Klarant Verlag

Bärbel Muschiol wurde 1986 in Weilheim, Oberbayern, geboren. Glücklich verheiratet lebt und arbeitet sie mit ihrem Mann und ihren zwei Kindern heute noch immer im tiefsten Bayern. Im Genre Erotik und in der Belletristik hat sich die Autorin mittlerweile einen festen Platz in den Bestsellerlisten geschaffen.

Bärbel Muschiol

Scorpion Motorcycle Club

Roman

Klarant Verlag

Klarant Verlag, www.klarant.de
ISBN: 978-3-95573-829-7
1. Auflage, 2018
Umschlagabbildung: Klarant Verlag unter Verwendung von shutterstock-Bildern.

Printed in the EU.

Prolog

Kelly

Das laute Aufheulen eines kraftvollen Motors dringt durch das offen stehende Fenster zu mir herein. Das ist mein Zeichen – Preston ist gekommen, um mich abzuholen. Sofort beschleunigt sich mein Herzschlag und die feinen Härchen in meinem Nacken stellen sich erwartungsvoll auf.

Auch ohne einen Blick zu riskieren, weiß ich, dass mein Biker auf seiner silbernen Harley sitzt, einen Fuß lässig auf den Boden gestützt und die Arme entspannt auf den Lenker gelehnt. Wahrscheinlich klemmt eine Kippe in seinem Mundwinkel und seine langen blonden Haare hat er garantiert am Hinterkopf mit einem Gummi zusammengebunden.

Aufgeregt eile ich zur Türe, schnappe mir die schwarze Lederjacke, die über meinem Stuhl hängt und riskiere einen letzten prüfenden Blick in den Spiegel. Dank des bronzefarbenen Lidschattens wirken meine braunen Augen geheimnisvoll.

Ich habe etwas Mascara aufgetragen und meine Lippen mit einem durchsichtigen Lipgloss bedacht, so dass sie etwas größer wirken. Mit meinen Haaren habe ich mir nicht so viel Mühe gegeben. Aus Erfahrung weiß ich, dass es sich nicht rentiert, eine besonders aufwendige Frisur zu kreieren, wenn die dank des Helms, den ich gleich aufsetzen muss, sowieso wieder zunichtegemacht wird.

Also habe ich meine schulterlangen blonden Haare lediglich gekämmt, so dass sie in leichten Wellen fallen.

Das weiße Top und die Jeans, die ich trage, passen perfekt zu meinen geliebten Cowboystiefeln. Nervös atme ich mehrmals tief durch und gehe zur Türe.

Seit drei Monaten treffe ich mich jetzt schon mit dem Prospect des Scorpions-Motorcycle-Clubs und - was soll ich sagen - ich hoffe, dass heute endlich die Nacht aller Nächte ist und wir den letzten Schritt gehen und miteinander schlafen.

Wenn die Dinge anders stehen würden und ich nicht die kleine Schwester von Thomas, dem Vizepräsidenten des Devil's-Hangmen-MCs wäre, hätte Preston mich sicherlich schon längst flachgelegt, so aber ist die Sache etwas komplizierter.

Zwar pflegen die Devils und die Scorpions eine Art Freundschaft, falls das unter zwei rivalisierenden Clubs überhaupt möglich ist, dennoch herrscht längst kein Vertrauen.

Schon der kleinste Zwischenfall könnte einen Krieg auslösen, der auf beiden Seiten dutzende Tote fordern würde.

Als Mädchen, das quasi in einem Motorcycle-Club groß geworden ist, kenne ich mich in dieser Welt mehr als gut aus und daher weiß ich auch, welches Risiko Preston und ich eingehen, aber das ist es mir wert.

Ich war in meinem ganzen Leben noch nie verliebt und das, obwohl ich täglich von einer Menge Männern umgeben bin. Und jetzt, wo ich endlich weiß, wie es sich anfühlt, Schmetterlinge im Bauch zu haben, bin ich nicht gewillt, auf dieses schöne Gefühl zu verzichten. Es ist mir egal, ob sich die Hangmen und die Scorpions verstehen oder nicht. Was hat das denn bitte mit mir zu tun?

Ich bin weder ein Member, also ein Clubmitglied, noch eine Old Lady. Ich bin einfach nur Kelly, die Schwester von Thomas, der rein zufällig der Vize der Hangmen ist.

Weder habe ich eine Ahnung von den Geschäften, die die Clubs miteinander machen, noch von etwas anderem. Für mich ergibt dieses Rivalendings sowieso keinen Sinn.

Wahrscheinlich ist das so eine Art Schwanzvergleich, auf den sich die Männer gerne einlassen. Gerade als ich die Treppe hinter mir gelassen habe und die Haustüre öffnen will, stehe ich plötzlich meinem Bruder gegenüber.

„Gehe ich recht in der Annahme, dass der Möchtegern-Scorpion da draußen wegen dir hier ist?“

Sein dunkler Blick gleitet prüfend über mein Outfit. Als er den schmalen Streifen nackter Haut zwischen Top und Hosenbund entdeckt, beißt er die Zähne aufeinander.

„Ja. Wir wollen ein bisschen durch die Gegend fahren.“

Anstatt auf die Seite zu treten und mich durchzulassen, verschränkt er demonstrativ die Arme vor der Brust und nimmt so den kompletten Türrahmen ein.

„Ach und das kannst du nicht mit einem Hangman?“

Nicht schon wieder diese Diskussion.

„Es ist mir egal, welche Kutte der Mann, mit dem ich mich treffe, trägt. Ich interessiere mich für Preston und nicht für den Scorpions-Motorcycle-Club. Also mach nicht so einen Aufriss und geh beiseite.“

Ungläubig schüttelt Thomas den Kopf.

„So etwas aus deinem Mund zu hören, enttäuscht mich. Der Devil's-Hangmen-MC sorgt gut für uns. Dank ihm haben wir ein Dach über dem Kopf und einen vollen Kühlschrank, du solltest der Vereinigung, zu der wir gehören, etwas mehr Respekt erweisen. Ich sage dir seit Wochen, dass du dich nicht mehr mit diesem Typen treffen sollst. Es reicht jetzt,

Kleines!“
Club hier, Club da, dieser ganze Scheiß kotzt mich so an.
„*Wir* gehören zu gar nichts. *Du* bist ein Member und *ich* bin einfach nur mit dir verwandt.“
Wie immer, wenn Thomas richtig wütend wird, tritt eine unheilvoll pochende Ader auf seiner Stirn hervor.
„Du vergisst, wer du bist, Mädchen. Du lebst in meinem Haus und von meinem Geld, also hast du dich auch an meine Regeln zu halten.“
Seit unsere Eltern vor einem Jahr bei einem Flugzeugabsturz ums Leben gekommen sind, sorgt Thomas für mich und dafür danke ich ihm sehr, doch das bedeutet noch lange nicht, dass ich mich seinem übertriebenen Beschützerinstinkt beugen muss.
„Ich werde nächsten Monat einundzwanzig. Bitte hör auf, dich wie ein Arsch aufzuführen, und lass mich mein Leben selbst gestalten. Preston ist ein netter Kerl, gib ihm doch eine Chance.“
Thomas verdreht die Augen.
„Der nette Kerl, von dem du da gerade sprichst, hat erst letzte Woche drei Mexikaner erschossen. Du scheinst keine Ahnung zu haben, auf was für einen Mann du dich da einlässt. Du bist jung und naiv und träumst von der großen Liebe – aber die gibt es nicht. Wenn du dich mit jemandem treffen willst, dann nimm einen Hangman, da weiß ich zumindest, welchen Umgang du pflegst. Außerdem bist du die Schwester des Vizes, das hat in unserer Welt etwas zu bedeuten. Verkauf dich nicht unter Wert, Kelly.“
Ich dachte wirklich, dass ich zu meinem Bruder durchdringen kann und dass ich ihm wichtiger bin als der verdammte Motorradclub, dem er vor über fünfzehn Jahren beigetreten ist – doch da habe ich mich anscheinend getäuscht.
Natürlich schockt mich die Information, dass Preston drei Menschen ermordet hat, aber es überrascht mich nicht wirklich.
Ich weiß, dass das Leben, für das sich mein Bruder und all die anderen Rocker entschieden haben, alles andere als harmlos ist. Preston ist ein Prospect, ein Anwärter, der sich erst eine gewisse Zeit lang beweisen muss, ehe er zu einem vollwertigen Clubmitglied ernannt werden kann. Knox, der Präsident der Scorpions, ist ein gefährlicher Mann. Zwar bin ich ihm noch nie persönlich begegnet, aber die Gerüchte, die über ihn im Umlauf sind, reichen mir, um mir ein Bild von ihm zu machen. Es ist nur logisch, dass er von seinen Anwärtern dieselbe Härte erwartet, die auch er an den Tag legt.
„Hast du noch nie jemanden umgebracht?“

„Das tut jetzt nichts zu Sache."
Das sehe ich aber anders.
„Doch, das tut es. Du kannst Preston nicht für etwas verurteilen, was du selbst schon getan hast."
Ein gezischtes: „Fuck!" von sich gebend, packt Thomas mich an den Schultern.
„Ja, ich bin ein Killer, aber ich bin der Killer, der dich mehr als alles auf dieser Welt liebt und der nur das Beste für dich will. Und dieser Pisser da draußen ...", er deutet mit dem Kopf raus auf die Straße, wo mein Date auf mich wartet, „ist nicht das Beste, was die Welt für dich bereithält."
Thomas spricht mit so einer Eindringlichkeit, dass leise Zweifel in mir aufsteigen. Was weiß er, was ich nicht weiß?
Unsicher, was ich jetzt tun soll, sehe ich meinem Bruder direkt in die Augen.
„Sei ehrlich zu mir. Bist du nur gegen Preston, weil er ein Scorpion ist, oder gibt es da noch einen anderen Grund, den du mir nicht verraten willst?"
Sich mit der Hand durch die kurzen Haare fahrend, atmet er gepresst aus.
„Zwischen den Scorpions und den Hangmen läuft es nicht gut. Es ist nur noch eine Frage von Wochen, bis uns die Scheiße um die Ohren fliegt. Aber das geht dich nichts an. Alles, was du wissen musst, ist, dass du dich von diesem Typen da draußen fernzuhalten hast!"
Das war keine Antwort.
Für einen Augenblick spiele ich mit dem Gedanken, auf Thomas zu hören, doch dann entscheide ich mich für Preston.
Was auch immer die Biker für ein Problem untereinander haben – es hat nichts mit mir zu tun.
Geschickt ducke ich mich, zwänge mich an meinem Bruder vorbei und eile mit großen Schritten zu dem Mann, der, genau wie ich es mir vorgestellt habe, lässig auf seiner Harley sitzt.
„Hey Babygirl ..."
Wie jedes Mal, wenn er mich so begrüßt, drehen meine Hormone völlig durch.
„... ich dachte schon, du versetzt mich."
Die Hand, die er mir entgegenstreckt, ergreifend, gehe ich so nah wie möglich zu ihm und lasse zu, dass er mir einen Kuss auf die Lippen pinnt.
„Sorry, ich wollte dich nicht warten lassen, aber mein Bruder spinnt gerade etwas."

Kaum dass ich die Worte ausgesprochen habe, ertönt auch schon der laute Knall eines Schusses. Erschrocken zucke ich zusammen. In der einen Sekunde sitzt Preston noch vor mir, in der nächsten ist er von seinem Motorrad gesprungen, hat sich schützend vor mich gestellt und seine Pistole gezogen.

Heilige Scheiße ..., was läuft hier?

Fassungslos beobachte ich, wie mein Bruder mit gezogener Waffe auf uns zukommt.

Ich versuche, mich an Preston vorbeizuschieben, doch das lässt er nicht zu – was meinen Bruder noch wütender zu machen scheint.

„Du wagst es, dich zwischen mich und meine Schwester zu stellen? Bist du lebensmüde, Scorpion?“

„Ich beschütze meine Süße nur vor einem schießwütigen Hangman.“

Die Muskeln in Thomas’ Armen zucken. Wenn es mir nicht sofort gelingt, die Situation zu entschärfen, wird das hier böse enden.

„Bitte regt euch ab. Das muss doch alles nicht sein.“

Anstatt auf mich zu hören, hebt mein Bruder seine Hand und zielt direkt auf den Brustkorb meines Dates.

„Ich gebe dir jetzt drei Sekunden, meine Schwester loszulassen. Wenn du es nicht tust, knalle ich dich, wie das widerliche Insekt, das du bist, ab.“

Oh lieber Gott, steh mir bei ...

Mit aller Kraft versuche ich, mich von Preston loszureißen, doch er hält mich, die Warnung meines Bruders ignorierend, entschlossen weiter fest.

„Was soll das? Lass mich gehen! Er macht sonst ernst!“

„Das zwischen *dir und mir* ist ernst, es wird Zeit, dass dieser Hangman das endlich kapiert. Wenn ich dich jetzt kampflos aufgebe, dann wird er mich nie respektieren.“

Vor Panik hämmert mir das Herz gegen die Brust. So hatte ich mir diesen Abend definitiv nicht vorgestellt.

„Scheiß auf den Respekt. Er wird dich erschießen.“

„Das werden wir ja sehen.“

Thomas bedenkt Preston mit einem eiskalten Blick, ich sehe die Entschlossenheit in den Augen meines Bruders und beginne vor Angst zu zittern.

„Bitte, tut das nicht!“

Mein Flehen verhallt ungehört.

„3 – 2 – 1 - verfickte Scorpions. Mehr Munition als Verstand.“

Kaum dass Thomas das ausgesprochen hat, bewegt er seinen Zeigefinger und drückt, ohne zu zögern, ab. Wieder ertönt ein ohrenbetäubender Knall, den Bruchteil einer Sekunde später sackt Preston in sich zusammen.

Wie erstarrt beobachte ich, wie der Mann, dem ich heute meine Jungfräulichkeit schenken wollte, mit einem klaffenden Loch im Oberkörper auf den Boden fällt.

Dank seines röchelnden Atems weiß ich, dass er noch am Leben ist. Ich zwinge mich dazu, den Schock zu überwinden, hole mein Handy heraus und wähle die Nummer des Notrufs. Als ich die Frauenstimme am anderen Ende der Leitung höre, gebe ich ihr stotternd meinen Standort durch und erläutere ihr mit wenigen Worten, was passiert ist. Noch bevor ich zum Ende komme, taucht mein Bruder neben mir auf und reißt mir das Mobiltelefon aus der Hand.

„Was soll der Scheißdreck, Mädchen? Keine Cops! Oder willst du mich für den Rest deines Lebens im Knast besuchen?“

Im Augenblick bin ich so wütend auf ihn, dass ich das tatsächlich will.

„Was hast du getan? Warum? Ich liebe ihn - wie konntest du nur?“

Während Preston um sein Leben kämpft, lacht Thomas freudlos auf.

„Liebe? Du hast keine Ahnung von Liebe, Schwesterherz. Dafür bist du zu jung und unerfahren.“

Um die Blutung etwas zu stoppen, drücke ich mit voller Kraft meine Hände auf das Einschussloch in der Brust meines Bikers.

Warm und pulsierend rinnt mir sein Blut über die Finger.

Hilflos muss ich dabei zusehen, wie meine erste große Liebe langsam verblutet. Nach und nach fallen meinem Geliebten die Augen zu. Er versucht, noch etwas zu sagen, doch er schafft es nicht.

„Bitte ... bleib bei mir ... sieh mich an. Der Notarzt ist schon informiert.“

Tatsächlich flattern seine Lider. Wir sehen uns an, er hebt die Hand und mein Blick fällt auf die Waffe in seinen Fingern.

„Was hast du vor?“ Die Erkenntnis trifft mich wie ein Blitz. „Nein, tu das nicht!“

Thomas hat uns den Rücken zugewandt und telefoniert, wahrscheinlich organisiert er gerade ein paar Männer, so dass er nicht mitbekommt, was geschieht.

Wie erstarrt beobachte ich, wie Preston mit letzter Kraft auf meinen Bruder zielt. Noch bevor ich reagieren und ihm die Pistole aus der Hand schlagen kann, drückt er ab. Wieder donnert ein Knall durch die Straßen, wieder muss ich dabei zusehen, wie jemand, den ich liebe, zu Boden sinkt. Ich schreie und obwohl ich weiß, dass ich irgendetwas tun muss, um die beiden zu retten, gelingt es mir nicht, aufzustehen.

Es fühlt sich an, als wären meine Füße erstarrt und meine Beine gelähmt. Tränen laufen mir über das Gesicht - ich bekomme kaum noch Luft.

Um Himmels willen, was passiert hier gerade?

Prestons Hand fällt auf den Asphalt der Straße, er gibt ein Gurgeln von sich, ehe er seinen letzten Atemzug aushaucht und sein Körper erschlafft. Verzweifelt blicke ich in die reglosen Augen des Mannes, den ich liebe und der meinen Bruder erschossen hat.

Es dauert einige Sekunden, bis ich endlich genug Kraft finde, um aufzustehen und zu Thomas zu gehen.

Ich bin zu spät ... Die Kugel hat ihn in den Hinterkopf getroffen, er ist tot.

Würgend gehe ich auf die Knie, übergebe mich und kneife die Augen zusammen.

Mein Bruder ist tot- er war mein letztes Familienmitglied – ab jetzt bin ich ganz allein.

Eine fiese innere Stimme wispert mir zu, dass ich an dieser Katastrophe schuld bin.

Sie hat recht. Wenn ich nicht darauf bestanden hätte, mich mit Preston zu treffen, dann wäre das alles nie passiert. *Oh Gott!* Was habe ich nur getan?

Mein Blick fällt auf meine blutverschmierten Hände, ich übergebe mich erneut.

Ein heftiges Zittern breitet sich in mir aus, das Heulen der sich nähernden Sirenen und das immer lauter werdende Geboller der heraneilenden Harleys hallen durch die dunkle Nacht. Völlig egal, wer zuerst eintrifft. Die um Hilfe gerufenen Sanitäter oder die Devil's Hangmen – sie kommen alle zu spät.

Was geschehen ist, ist geschehen, es lässt sich nicht mehr rückgängig machen.

Und während ich hier knie, mein Erbrochenes anstarre und fühle, wie das Blut an meinen Händen trocknet, schwöre ich mir, dass die Liebe hiermit für mich zusammen mit Preston gestorben ist.

So einen unerträglichen Schmerz wie den, der in diesem Augenblick in meinem Inneren wütet, will ich nie, nie wieder verspüren ...

1. Kapitel

Knox

Ein Projektil saust zischend an mir vorbei, streift mein rechtes Ohr und schlägt dann mit einem *Bumm* in die Wand hinter mir ein.

„Fuck Knox! Was zur Hölle ist das für eine Munition?“

Ich gehe hinter einem umgekippten Kühlschrank in Deckung und wende meinen Kopf in die Richtung, aus der ich die Stimme von Brock, meinem Vizepräsidenten, gehört habe.

Er steht nach vorn gebeugt da, die Hände presst er gegen seine linke Flanke, Blut quillt zwischen seinen Finger hindurch. *Verdammt!*

„Die Wichser benutzen Cop-Killer, panzerbrechende Munition.“

Brock wirft mir einen fassungslosen Blick zu.

„Scheiße! Scheiße! Scheiße! Die ganze Aktion läuft nicht wie geplant. Wir müssen hier raus, Präs, bevor uns die Hangmen der Reihe nach wie räudige Köter abknallen.“

Ich weiß, dass er recht hat, doch ein Rückzug kommt einer Niederlage gleich und ich hasse es, zu verlieren.

Es war eine beschissene Idee, uns in das Revier des Devil's-Hangmen-Motorcycle-Clubs zu schleichen, um an die Frachtunterlagen zu kommen. Die Devils kaufen und versenden ihre Waffen zum Teil über den Seeweg und ich hatte gehofft, dass wir Aufzeichnungen finden, mit deren Hilfe wir ihnen die nächsten Lieferungen abnehmen können. Mein genialer Plan ist geplatzt, jetzt wissen die Penner, dass wir da sind, und wollen uns abschlachten. So wie ich sie einschätze, haben sie garantiert schon eine Straßensperre errichtet, so dass sie uns abpassen können, wenn wir uns mit eingezogenem Schwanz zurück nach Madison aufmachen.

In dem Moment, in dem wir die Staatsgrenze von Minnesota überschritten haben, sind wir in den Zuständigkeitsbereich der Teufelshenker gekommen. Das büßen wir jetzt.

Zwischen unseren Motorcycle-Clubs, also den Scorpions und den Hangmen, hat bis vor vier Jahren noch eine Art Freundschaft, die wohl eher als Waffenstillstand bezeichnet werden sollte, geherrscht. Doch seit der Schießerei zwischen einem unserer Prospects und Thomas, dem Vizepräsidenten der Hangmen, die damals beide ums Leben gekommen sind, herrscht ein erbitterter Krieg. Die Fronten sind verhärtet. Dank dem bitteren Hass, den wir füreinander hegen, geht es nur noch darum, möglichst viele Member des Feindes abzuknallen.

Es ist äußerst unwahrscheinlich, dass wir es zurück nach Madison schaffen, ohne unter Beschuss zu geraten - im Moment befinden wir uns in einer aussichtslosen Lage.

Was ein Bullshit!

„Was schlägst du vor, Bro?“

Zane, der Sergeant-at-Arms unseres Clubs, rennt, mit der Waffe über seine Schulter hinter sich schießend, auf uns zu.

„Nachhause schaffen wir es nicht. Das lassen die Typen niemals zu. Für sie ist es wie Weihnachten, dass wir in ihr Revier eingedrungen sind. Wir sitzen wie die Maus in der Falle.“

Ach, was er nicht sagt.

Zane, der wieder zu Atem gekommen ist, wechselt mit routinierten Handbewegungen das leere Magazin seiner Halbautomatik gegen ein neues, ehe er das Wort ergreift.

„Wir müssen uns verstecken, und das am besten an einem Ort, an dem garantiert keiner nach uns suchen wird.“

Brock verzieht das Gesicht vor Schmerzen.

„Ach und wo soll das sein? Auf dem Polizeirevier oder was?“

„Ich bezweifle, das uns das retten würde, die Devils sind Profis, die haben die Bullen garantiert geschmiert.“

Mit der Handfläche wischt Zane sich über die schweißnasse Stirn.

„Nein, ich dachte da eher an etwas Gemütlicheres.“

Gemütlich? Echt jetzt?

„Ein Bordell? Yeah ... eine nasse Pussy wäre jetzt genau das Richtige. Was gibt es Lebensbejahenderes als einen harten Fick und ein Glas Bourbon.“

Typisch Brock, er denkt mal wieder nur ans Bumsen.

Eine neue Salve Schüsse wird auf uns abgefeuert, lange halten wir nicht mehr durch.

„Ich dachte eher ans *Break*. Da wird das mit den Muschis eng, aber das mit dem Bourbon geht klar.“

What? Das kann nicht sein Ernst sein.

„Du weißt aber schon, wer die Inhaberin dieser Pension ist?“

Zane sieht mich an und nickt.

„Aye Präs. Und genau darum wird uns dort niemand vermuten.“

Entweder ist seine Idee absolut genial oder unser Todesurteil. Da wir aber keine weiteren Optionen haben, bleibt uns nichts anderes übrig, als es herauszufinden.

Kelly, die Frau, der die kleine Pension am Stadtrand gehört, war damals der Auslöser für die Schießerei, bei der die Hangmen ihren Vize und wir unseren Anwärter verloren haben. Mit einem hat Zane definitiv recht, dort wird niemand nach uns suchen. Die Frage ist nur, wie diese Kelly auf unser plötzliches Auftauchen reagieren wird.

Den Gerüchten nach hat sie sich seit der Tragödie von damals völlig aus dem Clubleben zurückgezogen und macht seitdem ihr eigenes Ding. Doch das bedeutet noch lange nicht, dass sie einer Handvoll blutender Scorpions Unterschlupf gewährt.

Wenn sie uns tatsächlich hilft, und das ist nicht gewiss, würde sie dadurch wieder in Dinge hineingezogen werden, mit denen sie offensichtlich nichts zu tun haben will.

Holy Fuck! Für einen Moment zögere ich, die Frau in den Krieg unserer MCs mit reinzuziehen – aber ich habe keine andere Wahl.

„Wir müssen uns bedeckt halten. Falls uns diese Kelly tatsächlich hilft und die Hangmen bekommen das im Nachhinein heraus, wäre das fatal für sie."

Zane und Brock nicken zustimmend, wir sind uns einig.

„Zeit für den Rückzug. Die Türe ist versperrt, wir hauen durchs Fenster ab, schleichen zu unseren Bikes und dann nichts wie weg."

Brock lehnt stöhnend an der Wand, seine Jeans ist von all dem Blut braun gefärbt.

Fluchend stehe ich auf, verlasse die Deckung, riskiere einen Blick und sehe, wie einer der Devils auf uns zukommt.

Wohl ein ganz Mutiger ...

Ich setze alles auf eine Karte, spiele volles Risiko und stürme auf das Arschloch zu.

Bis er kapiert, was los ist, ist es zu spät. Ich umfasse seinen Kopf, drehe ihn mit einem schnellen Ruck nach rechts und breche ihm so das Genick. Noch bevor er mit einem dumpfen Laut auf den Boden aufschlägt, taucht ein weiterer Teufel auf.

„Ihr verfickten Scorpions glaubt also allen Ernstes, dass ihr hier einfach so auftauchen und uns verarschen könnt?"

Er reißt seine Hand hoch, richtet den abgesägten Lauf einer Schrotflinte auf mein Gesicht und will gerade abdrücken, als ihn mehrere Geschosse durchsieben.

Mit einem ungläubigen Blick sieht er mich an, ehe er wie ein gefällter Baum umkippt. Durch den Aufprall bewegt sich sein Zeigefinger, eine Ladung Schrot fliegt durch die Luft, verfehlt mich nur um Haaresbreite.

„Das war knapp, Präs."

„Ja, das war es."

Zane zündet sich eine Kippe an und betrachtet die zwei Toten.

„Ab jetzt muss jeder Schuss sitzen. Das ist mein letztes Magazin.

Schreie werden laut, noch mehr Teufelshenker, jetzt wird's eng ...

Brock, der sich wieder etwas gefasst hat, eilt zu den Regalen, kippt jeweils die Hälfte des Inhalts von zwei Wodkaflaschen in den Ausguss und zerreißt ein Geschirrtuch.

Anschließend stopft er die Enden in die Flaschenhälse und zündet die Stofffetzen an.

„Achtung!"

Sein lauter Schrei hallt in genau dem Moment durch den Raum, als mehrere Hangmen auf uns zugestürmt kommen.

Ohne lange zu zögern, springe ich zur Seite und bedecke das Gesicht mit den Armen.

Mit perfekt gezielten Würfen lässt Brock die Brandsätze durch die Luft fliegen, so dass sie auf den ersten zwei Typen landen, die in die Küche gestürmt kommen.

Das Glas zerbricht. Der Alkohol entflammt und panische Schreie werden laut.

Burn Baby, Burn ...

Die Molotowcocktails erzielen die gewünschte Wirkung – wir sind wieder im Vorteil.

Brocks: „Jetzt oder nie!", lässt mich aufspringen. Während ich zum Fenster eile, zerschlägt Zane bereits die Scheibe, entfernt mit dem Lauf seiner Waffe die letzten Scherben vom Rahmen und springt aus dem ersten Stock.

Holy Shit! Wenn das mal gut geht.

Mit einem Schmerzenslaut quält Brock sich ebenfalls durch den improvisierten Notausgang und fällt mit einem dumpfen Aufprall auf das Flachdach der sich unter dem Fenster befindenden Garage.

Im Augenwinkel sehe ich, wie die Devil's Hangmen noch immer damit beschäftigt sind, die Flammen auszuschlagen. Ich folge meinen Brüdern, rolle mich auf der Garage ab und helfe meinem Vize anschließend dabei, auf die Straße zu springen.

Schulter an Schulter rennen wir die zwei Querstraßen bis zu unseren Harleys.

„Kennst du die Adresse der Pension?"

Brock nickt.

„Kannst du selber fahren?"

„Verdammt soll ich sein, wenn ich nicht mal mehr mein Bike halten kann."

Zane und ich tauschen einen besorgten Blick. Da uns aber die Möglichkeiten ausgehen - Brock würde niemals seine Maschine zurücklassen - steigen wir ebenfalls auf und starten die Motoren. Es wird nicht lang dauern, bis uns die Hangmen auf den Fersen sind.

„Fahr voraus und nimm Seitenstraßen. Wir folgen dir."

In gebeugter Haltung fährt er los. Wir sind noch keine zehn Meter gekommen, da kleben uns unsere Verfolger auch schon wieder am Arsch. Da sie uns durch das Fenster gefolgt sind und ihre Bikes auf der anderen Seite des Gebäudes stehen, haben sie keine Motorräder und kommen uns nicht hinterher. Besorgt behalte ich Brock im Auge. Es wird nicht mehr lange dauern, bis ihn der Blutverlust vom Sattel holt. Hoffentlich ist das *Break* nicht allzu weit von hier entfernt. Die Blutung muss gestoppt und die Schusswunde gereinigt und desinfiziert werden.

Im Grunde genommen gehört Brock in eine Klinik. Aber dank der offenen Haftbefehle, die auf uns warten, ist das unmöglich. Krankenhäuser sind gesetzlich verpflichtet, Schuss- und Stichverletzungen zu melden. Es würde keine halbe Stunde dauern, ehe wir alle Handschellen an den Gelenken hätten.

In Madison im Club hätten wir einen Arzt, hier hingegen fehlen mir die Kontakte.

In den nächsten zehn Minuten biegen wir dutzende Male ab, erst als ich mir sicher bin, dass wir die Hangmen endgültig abgehängt haben, höre ich auf, mir immer wieder über die Schulter zu sehen.

Nach weiteren sechs Meilen Richtung Osten kommen wir am Stadtrand von Duluth und zugleich auch an der Pension, die unser Ziel ist, an.

Duluth ist eine Stadt mit etwa 90000 Einwohnern, in der sich der Verwaltungssitz des St. Louis County befindet und die von den Devils kontrolliert wird.

Die viertgrößte Stadt Minnesotas bildet zusammen mit der sich südlich anschließenden Stadt Superior (Wisconsin), die in unser Revier fällt, die *Twin Ports* genannte Metropolregion, die über einen gemeinsamen Hafen verfügt. Dieser ist über den Sankt-Lorenz-Seeweg mit dem Atlantik verbunden und es ärgert mich immer noch maßlos, dass wir diesen Dreh- und Angelpunkt an die verfickten Hangmen verloren haben. Falls es uns jemals gelingen sollte, unser Revier auszuweiten, dann will ich diesen Hafen für uns Scorpions.

Mit den Hauptumschlagsgütern Eisenerz, Getreide und Kohle wäre es ein Leichtes, die Waffen, mit denen wir handeln, zu versenden.

Allein wenn ich an all die Möglichkeiten denke, die uns mit dem Hafen offenstehen würden, kribbeln mir die Finger. Der Seeweg ist noch immer die sicherste Art, illegalen Handel zu betreiben und es kotzt mich an, dass sich diese Chance ausgerechnet der Hangmen-MC gesichert hat.

Um möglichst unsichtbar zu sein, umrunden wir das dreistöckige Haus, das von einer weißen Veranda eingerahmt wird, von der bereits die

Farbe abblättert, und parken unsere Harleys in einem offen stehenden Schuppen.

Noch bevor ich den Motor abgestellt habe, kippt Brock mit einem schmerzerfüllten Grunzen von seiner Fat Boy. Das schwarze Motorrad, das mit roten Airbrush-Flammen verziert ist, fällt auf Brock und begräbt sein linkes Bein unter sich.

So schnell ich kann, steige ich ab und eile meinem Bruder zur Hilfe. Zane hilft mir, die Harley aufzustellen.

„Wir müssen ihn ins Haus bringen."

„Mal sehen, ob wir willkommen geheißen oder zum Teufel geschickt werden."

Stöhnend hält Brock sich an uns fest. Es wird nicht mehr lange dauern, bis er das Bewusstsein verliert.

Prüfend lasse ich meine Augen über die nähere Umgebung gleiten.

Auf der Wiese neben dem Hinterhof steht ein alter Ford im hohen Gras. Selbst auf die Entfernung kann ich erkennen, dass er die letzten Jahre nicht bewegt worden ist. Verrostete Ölfässer, umgekippte Bäume und von Efeu eingewachsene Autoreifen, eine Fünf-Sterne-Unterkunft ist das hier garantiert nicht. Sehr schön! Mit ein bisschen Glück sind wir die einzigen Gäste, die sich heute Nacht im *Break* einquartieren.

„Dieses Mädchen ist die Schwester des verstorbenen VPs?"

„Aye."

Zane stößt einen Pfiff aus.

„Und dann lassen die das hier so verfallen? Fuck! Die Devils kümmern sich wohl nicht um die ihren. So etwas wie Clubehre scheint es bei denen nicht zu geben.

„Das überrascht mich nicht."

Ich lasse mich nicht so weit herab, diese Wichser mit uns zu vergleichen. Zwischen ihrem Club und dem unseren liegen Welten ...

Noch bevor wir an der Hintertüre angekommen sind, wird diese auch schon mit Wucht aufgerissen. Zum zweiten Mal in kürzester Zeit schaue ich in die zwei Läufe einer Schrotflinte.

„Ich habe euch schon hundertmal gesagt, dass ihr hier nicht willkommen seid!"

Nicht bereit, auch nur einen Schritt zurückzuweichen, bleibe ich stehen und sehe in ein paar karamellfarbene Augen unter wütend zusammengezogenen Brauen. Das Mädchen, ich schätze es auf Mitte zwanzig, hat eine süße kleine Nase, Sommersprossen und lange blonde Haare, die sich in wilden Locken um ihre zarten Schultern kringeln. Mein Blick fällt auf ihre vollen Lippen und gleitet anschließend hinab zu dem engen Top, das ihre prallen Titten nicht wirklich verdeckt, sondern sie eher präsentiert. Durch den rosa Stoff zeichnen sich zusammengezogene Nippel ab, ehe er deutlich über dem Bauchnabel endet.

Eine schießwütige Sexbombe, immer mal was Neues ...

Der Geruch von Apfel steigt mir in die Nase und obwohl das gerade der denkbar ungünstigste Zeitpunkt für einen Harten ist, spüre ich, wie sich mein Schwanz erregt gegen meine Jeans presst. Ich schreibe diese körperliche Reaktion dem Adrenalin, das durch meine Adern pulsiert, zu und zwinge mich, meine Aufmerksamkeit wieder der Waffe zu widmen, die meinem Kopf noch immer viel zu nahe ist.

So langsam scheint das Püppchen zu kapieren, dass wir nicht die Kerle sind, die sie - ihren Worten nach - schon hunderte Male weggeschickt hat.

„Verdammt, ihr seid keine Hangmen." Anstatt die Schrotflinte runterzunehmen, legt sie nur den Kopf leicht schief und mustert das Colour unserer Kutten. „Ihr seid Scorpions."

Genau wie Zane entgeht mir nicht die Verwunderung, die in ihrer Stimme mitschwingt.

„Seid ihr lebensmüde oder was macht ihr im Revier der Devil's Hangmen?"

Bei ihrer Frage huschen ihre Augen zu Brock und seiner blutdurchtränkten Kleidung.

Anstatt auf eine Antwort zu warten, zieht sie die Stirn kraus und stößt einen Fluch aus.

„Wie ich sehe, wissen die Devils längst, dass ihr es gewagt habt, die Grenze zu überschreiten."

Für ein Mädchen, das völlig alleine mitten in der Nacht vor ein paar bewaffneten Rockern steht, bleibt sie erstaunlich ruhig.

„Wir brauchen ein Versteck und Verbandsmaterial."

Kellys Blick huscht zu Zane, sie zögert kurz, presst die Lippen aufeinander und stößt, während sie die Schrotflinte runternimmt, einen lauten Fluch aus.

„Ach verflixt! Wisst ihr eigentlich, in was ihr mich da mit reinzieht?"

Brocks Beine geben nach, ich verlagere sein Gewicht und fange Kellys Blick ein.

„Uns bleibt keine andere Möglichkeit."

Sie sieht mir in die Augen, ehe das Tattoo an meinem Hals ihre Aufmerksamkeit auf sich zieht.

Der schwarze Totenkopf mit den rot ausgefüllten Augenhöhlen und dem offen stehenden Kiefer, aus dem Blut tropft, lässt sie erschaudern.

„Ich weiß, wer du bist, Knox. Und ich weiß, zu was du im Stande bist. Woher soll ich wissen, dass ich dir vertrauen kann?“

Meinen Namen aus ihrem Mund zu hören, lässt meinen Schwanz zucken.

„Du hast Preston vertraut.“

Ein schmerzhaftes Flackern huscht über ihre Gesichtszüge.

„Er hat meinen Bruder erschossen. Kein besonders gutes Beispiel, findest du nicht, Mister Präsident.“

Ein gutes Argument. Das Mädel ist nicht nur sexy, sondern auch intelligent – eine gefährliche Mischung.

„Ich schwöre dir, keines deiner Familienmitglieder zu töten.“

Die Lippen zu einem schmalen Strich zusammenpressend, tritt sie beiseite und macht uns so die Türe frei.

„Diesen Schwur wirst du leicht halten können, Scorpion, mein Bruder war meine ganze Familie.“

Mit dem Gewehr in der Hand lehnt sie sich an die Wand und lässt uns vorbei.

„Bringt ihn den Flur entlang direkt in die Küche. Ich hole Verbandsmaterial und sehe nach, was ich an Medikamenten und Desinfektionsmitteln dahabe. Ein paar Schmerztabletten wären wohl auch nicht schlecht.“

Als ich an ihr vorbeigehe, steigt mir wieder dieser süße Apfelduft in die Nase, ich beiße die Zähne fest zusammen und zwinge mich zur Konzentration.

Verflucht! Was hat diese Frau nur an sich, das mich so erregt?

Sexuelle Abstinenz ist definitiv nicht der Grund. Es vergeht kein Tag, an dem ich nicht irgendeine Clubbitch ficke. Und zum Teufel, diese Pussys wissen genau, was ich brauche. Also warum führt sich mein Schwanz auf, als wäre er auf Muschientzug?

Als wir in der Küche angekommen sind, sehe ich, wie Kelly das Haus verlässt, den Hof überquert und die Türen der Scheune, in der sich unsere Motorräder befinden, schließt. Ihre Begrüßung verdeutlicht mir eine Sache ganz genau – es ist jederzeit möglich, dass die Hangmen hier auftauchen. Im Augenblick ist unser Aufenthaltsort geheim, mal sehen, wie lange das so bleibt.

Zane zieht Brock die Kevlarweste aus, wirft sie achtlos auf den Boden, hilft ihm, seine Kutte abzulegen, und schneidet ihm anschließend mit seinem Dolch das zerfetzte Shirt vom Leib.

Zu meiner Erleichterung ist die Wunde nicht so gefährlich wie befürchtet. Meine Angst, dass es ein Durchschuss ist, bestätigt sich nicht. *Gott sei Dank!*

Nur ein Streifschuss, blutet aber wie die Sau.
Ich war so auf Brock konzentriert, dass ich nicht mitbekommen habe, dass Kelly mit den versprochenen Sachen aufgetaucht ist.
„Diese panzerbrechende Munition ist Teufelszeug. Als ob mit normalen Geschossen nicht schon genug Menschen sterben.“ Ihre Stimme klingt zittrig.
Mit einer bestimmenden Handbewegung schickt sie mich auf die Seite, geht vor Brock in die Knie und betrachtet seine Verletzung genauer.
Nach wenigen Minuten sind ihre Finger blutverschmiert, doch sie atmet erleichtert auf.
„Es ist nur eine Fleischwunde, keine Ahnung, ob die genäht werden muss.“
Seufzend streicht sie sich mit dem Handrücken eine Strähne aus dem Gesicht.
„Wir müssen ihn hinlegen, alles reinigen und ihm anschließend einen Druckverband anlegen. Wenn die Blutung nicht stoppt, brauchen wir einen Arzt.“
Mit fällt auf, dass sie *wir* sagt, das imponiert mir.
Keine Ahnung, womit ich gerechnet habe, wohl eher mit einer hirnlosen Tussi, die bei einer Schusswunde in Panik gerät als mit dieser wunderschönen Frau, die Ruhe bewahrt und mit anpackt.
Mir ist bekannt, dass sie in ihrer Jugend viel Zeit bei den Hangmen verbracht hat. Wer weiß, was sie dort alles erlebt und gelernt hat.
„Mach ihn einfach transportfähig. Bei Sonnenaufgang brechen wir auf, zuhause haben wir einen Doc, der sich um ihn kümmern kann.“
Kelly wirft mir einen zweifelnden Blick zu.
„Du meinst, er soll auf seiner Harley von hier nach Madison fahren? Das schafft er nie.“
„Hör zu, Baby. Er ist keiner von den verdammten Henkern, mit denen du sonst zu tun hast, sondern ein Scorpion und die sind hart im Nehmen.“
Sie verdreht die Augen, steht auf und stemmt in einer kämpferischen Geste die Hände in die Hüften.
„Erstens bin ich nicht dein Baby, Knox. Zweitens habe ich mit den Devil’s Hangmen nichts zu schaffen. Für gewöhnlich meide ich den Kontakt zu Rockern jeglicher Couleur und drittens habe ich schon einen Scorpion sterben sehen - er ist in meinen Armen verblutet. Erzähl mir also nicht, was ein Scorpion aushält und was nicht. Ihr Kerle macht immer einen auf hart und unverwundbar, dabei vergesst ihr, dass in euren Adern auch nur Blut fließt. Nimmt man euch eure Kutten weg, unterscheiden sich die Hangmen und die Scorpions nicht im Geringsten.

Dieses gegenseitige Töten ist so sinnlos ... Ihr seid keine Kinder mehr, sondern erwachsene Männer. Also überwindet euren Peter-Pan-Komplex. Das hier ist nicht Nimmerland. Es gibt keinen Feenstaub, der Wunden wie durch Zauberei heilen lässt und ich bin nicht Tinker Bell, sondern eine Frau, die weiß, wie es läuft und die keinen Wert darauf legt, von irgendeinem Harley fahrenden Macho Baby genannt zu werden."

Ein lautes Schnauben von sich gebend, schüttelt sie aufgebracht den Kopf.

„Also Knox, wenn du damit fertig bist, dich wie ein Arsch aufzuführen und deinen Bruder auf den Tisch legst, kann ich ihn, so gut wie es eben unter den gegebenen Umständen möglich ist, verarzten."

Zane stößt einen langgezogenen Pfiff aus und sieht mich blöd grinsend an.

„Du hast Tinker Bell gehört. Lass uns Brock auf den Tisch legen, bevor er noch den kompletten Küchenboden vollblutet."

Kelly, die es gar nicht witzig findet, wie diese zigarettenschachtelgroße Disney-Fee genannt zu werden, reckt meinem Sergeant ihren Mittelfinger entgegen, ehe sie zum Waschbecken geht und sich die Hände wäscht. Ich höre, wie sie mit sich selbst schimpft: Sie bereut es, uns reingelassen zu haben und befürchtet, dass es ein böses Ende nimmt.

Letzteres ist durchaus möglich. Ich schwöre mir, dass ich sie, falls sie durch die heutige Nacht mit den Hangmen Ärger bekommt, beschützen werde.

Als sie sich wieder zu uns umdreht, meidet sie meinen Blick und wendet sich sofort Brock zu. „Dann wollen mir mal sehen ..."

2. Kapitel

Kelly

Ich beobachte, wie Knox, der gefürchtete Präsident des Scorpions-Motorcycle-Clubs, seinem angeschossenen Clubbruder zwei Schmerztabletten reicht.

Er wirkt ruhig und gefasst, so als ob er die Situation im Griff hätte, was meiner Ansicht nach absoluter Bullshit ist.

Wenn ich eines gelernt habe, dann, dass diese Biker unberechenbar und absolut tödlich sind. Alleine die Tatsache, dass ein angeschossener Mann auf meinem Küchentisch liegt, ist der beste Beweis dafür, dass meine Entscheidung, mich vom Club loszusagen, absolut richtig war.

Jetzt hier zu stehen, den rostigen Geruch des Blutes, den würzigen Duft des Leders der Kutten und den Gestank von Schießpulver, der sie wie eine Wolke umgibt, einzuatmen, erinnert mich auf schmerzliche Weise an die zwei Männer, die ich verloren habe. Es vergeht kein Tag, an dem ich nicht an meinen Bruder denke und keine Nacht, in der ich mich nicht nach Preston sehne. In dieser verhängnisvollen Nacht vor etwas über vier Jahren ist mein Herz gebrochen und seitdem versuche ich verzweifelt, es wieder zusammenzusetzen. Es funktioniert nicht.

Damals habe ich das Haus, in dem wir gelebt haben, verkauft. Es war einfach undenkbar, dortzubleiben und jeden Tag auf die Einfahrt zu sehen, in der so viel Blut vergossen wurde. Von dem Erlös habe ich mir die Pension gekauft. Irgendwie dachte ich, dass ich so ein neues Leben beginnen könnte, aber die Schatten meiner Vergangenheit holen mich in meinen Träumen immer wieder ein.

Es hilft auch nicht sonderlich, dass die Hangmen in unregelmäßigen Abständen unter dem Vorwand, nach mir sehen zu wollen, hier auftauchen.

In den Augen von Ty, dem Präsidenten des MCs, bin ich immer noch eine Clubangelegenheit. Ich habe schon Stunden damit verbracht, ihn davon überzeugen zu wollen, dass er meine Existenz einfach vergessen soll - vergeblich.

Nach dem Tod meiner ersten großen Liebe, die zugleich der Mörder meines Bruders war, wollte ich nichts weiter als ein ruhiges, beschauliches Leben.

Bis jetzt ist mir das auch gut gelungen. Meine Pension hat nicht viele Gäste, aber das ist okay, ich brauche nicht viel Geld, um glücklich zu sein.

Und was die Männer betrifft ... tja ... seit Preston gab es keinen, der mein Herz aus dem Takt gebracht hat ...

Ich spüre Knox' Blick auf meinem Gesicht, hebe den Kopf und sehe ihn an.

Dieser Mann ist faszinierend, er gleicht einem wilden, absolut tödlichen Raubtier. Seine silbernen Augen wirken zeitlos, so als ob sie schon viel zu viel Leid auf dieser Welt gesehen hätten. Er hat eine gerade Nase, die so aussieht, als ob sie schon des Öfteren gebrochen gewesen wäre, buschige Augenbrauen und einen sündigen Mund. Doch es ist nicht sein markantes Gesicht, das meine Aufmerksamkeit an sich fesselt, sondern das Tattoo, das seinen kompletten Hals einnimmt. Es ist ein schwarzer Totenkopf mit rot leuchtenden Augen und einem Mund voller Blut. Am liebsten würde ich ihn nach der Bedeutung dieser Tätowierung fragen, doch ich habe zu viel Angst vor der Antwort.

Sein intensiver Blick lässt meine Nervenbahnen erzittern. Mit wild rasendem Puls wende ich meinen Blick ab, gehe zum Regal mit den Spirituosen, das sich an der rechten Wand befindet und schnappe mir die erstbeste Flasche.

Nach einem kurzen Blick auf das Emblem weiß ich, dass es sich dabei um einen hochprozentigen Kräuterschnaps handelt. Obwohl ich eigentlich nur wenig trinke, und dann meist nichts Härteres als Weißwein, zögere ich nicht, sondern setze die Flasche an und zwinge mich, ein paar Schlucke zu nehmen. Der Alkohol brennt in meiner Kehle, raubt mir die Luft zum Atmen und lässt mir Tränen in die Augen steigen. Ich hoffe, dass es das wert ist und die Kräuter schon bald ihre beruhigende Wirkung entfalten. Das Auftauchen dieser Scorpions, das Leder, das sie tragen und dieses ganze Durcheinander machen mich fertig. Das letzte Mal, als ich so eine Kutte, auf der ein großer Skorpion abgebildet ist, gesehen habe, war, als Preston in meinen Armen gestorben ist ...

Gegen die Trauer und den wohlbekannten Schmerz, der in meinem Inneren immer stärker anschwillt, ankämpfend, verlasse ich ohne einen Blick zurück die Küche. Ich brauche etwas Abstand zu diesen Männern und ein paar Minuten für mich, um das emotionale Chaos, das in mir herrscht, zu sortieren.

Erschöpft und von den überraschenden Ereignissen dieses Abends überfordert, setze ich mich auf die Stufe am Hintereingang und starre auf den Schuppen, in dem sich die Harleys der Scorpions befinden.

Wie um alles in der Welt konnte ich nur in diese verzwickte Situation geraten?

Warum bin ich weich geworden und habe diese Rocker nicht einfach weggeschickt?

Im Grunde weiß ich die Antwort längst. Weil sie Prestons Brüder sind und mein Herz noch immer dem verstorbenen Prospect gehört.

Ich hole die Zigarettenschachtel aus meiner Hosentasche, ziehe eine Gauloise heraus und rolle sie gedankenverloren zwischen meinen Fingern hin und her.

Wenn die Hangmen jemals herausfinden, dass ich ihren schlimmsten Feind nicht nur bei mir versteckt, sondern ihm auch noch geholfen habe, bin ich erledigt.

Sie werden vergessen, dass mein Bruder einst ihr Vizepräsident war, das *Break* anzünden und mir die Seele aus dem Leib prügeln. Alleine die Vorstellung lässt mich erschaudern. Den Devil's-Hangmen-MC sollte man sich nicht zum Feind machen.

Ich spüre eine Bewegung hinter mir und drehe mich langsam um.

Als ich Knox' große Gestalt erblicke, will ich aufstehen, doch er hält mich davon ab, indem er mir seine große warme Hand auf die Schulter legt und mich wieder nach unten drückt.

„Bleib sitzen, Tinker Bell, du hast dir eine Pause verdient."

„Nenn mich nicht so."

Seine Mundwinkel zucken, der Ansatz eines Lächelns umspielt seine Lippen.

„Zieh die Krallen ein, kleine Löwin, ich bin nicht hier, um einen Streit anzufangen, sondern um mich zu bedanken. Du hast uns heute den Arsch gerettet. Das werde ich dir nie vergessen."

Da ich nicht weiß, was ich sagen soll, bin ich einfach still. Knox setzt sich mit einem Seufzen neben mich, greift in die Innentasche seiner Kutte und zieht ein silbernes Zippo hervor, auf dem das Zeichen der Scorpions eingraviert ist - ein schwarzer Skorpion, dessen Kopf durch einen roten Death Skull ersetzt wurde. Er rollt mit dem Finger über den Zünder, eine grünlich schimmernde Flamme erwacht zum Leben. In einvernehmlichem Schweigen hält er es in meine Richtung, so dass ich meine Zigarette anzünden kann. Tief einatmend inhaliere ich den ersten Zug, fülle meine Lungenflügel mit der köstlichen Mischung aus Rauch und Nikotin und halte kurz den Atem an, ehe ich den warmen Qualm durch die Nase entweichen lasse.

Der Schnaps beginnt zu wirken und meine Nerven beruhigen sich. Ich fasse Mut und spreche die Frage aus, die mir auf der Zunge brennt.

„Verrätst du mir den Grund, aus dem ihr die Grenze überschritten habt und in das Revier der Hangmen eingedrungen seid?"

Der Präsident der Scorpions zündet sich ebenfalls eine Kippe an, ehe er leicht den Kopf schüttelt.

„Sorry. Du weißt, wie es läuft."

Oh ja, das tue ich ...

Als die kleine Schwester des Vizepräsidenten war ich, ohne es zu wollen, ein Teil des Clubs. Ich kenne die Abläufe und ich weiß um die Bedeutung der vielen Patches, die Knox' Leder zieren. Der rechteckige *GFSD*-Aufnäher steht für *God forgives, Scorpions don't!* und bedeutet so viel wie: Leg dich nicht mit den Scorpions an, denn wir verzeihen nicht, wir töten. Das rote kreisrunde Abzeichen, in dem die Abkürzung *OMC* steht, findet man auch bei den Hangmen. Ausgesprochen heißt es *Outlaw-Motorcycle-Club.* Direkt daneben befindet sich das rautenförmige *1 %*-Patch.

Die Entstehung des 1 %-Patchs ist eine interessante Geschichte. Angefangen hat alles am 4. Juli 1947. An dem Tag fand in der kalifornischen Kleinstadt Hollister ein großes Motorrad-Wochenende der American Motorcyclist Association (AMA) statt, bei dem es zu starken Unruhen und gewalttätigen Auseinandersetzungen kam. Damals gab es in der Presse viel Wirbel um diesen Tag. Nachdem die AMA angeblich in einer öffentlichen Stellungnahme 99 % der amerikanischen Biker, also ihre eigenen Mitglieder, als friedliche und rechtschaffene Bürger bezeichnet haben soll, die sich mit ihren Freunden und ihren Familien nur am Wochenende zu einer Ausfahrt treffen und die restlichen 1 % als gesetzlose Raufbolde abgestempelt hat, zogen die Biker, die sich mit der Sonntagsfahrermentalität der AMA nicht identifizieren konnten, einen Schlussstrich unter das ganze Chaos und nähten sich 1 %-Abzeichen auf ihre Kutten. *Onepercenter* oder eben das *1 %*-Patch wurde so zur selbstgewählten Bezeichnung für die Rocker, die ihren meist kriminellen Lebensstil ohne Kompromisse und Rücksicht auf die öffentliche Meinung ausleben. Diese Lebenseinstellung wird durch das Tragen des rautenförmigen 1-%-Aufnähers auf der Kutte oder durch entsprechende Abzeichen auf Motorrädern und Clubhäusern für die Welt gut sichtbar demonstriert.

Die Verwendung des 1 %-Abzeichens wird nur bei Outlaw-Motorcycle-Clubs toleriert. Anderen Rockern werden die Patches unter Gewaltanwendung abgenommen. Männer wie mein Bruder oder Knox legen großen Wert darauf, sich von den normalen Freebikern abzugrenzen.

Süchtig nach dem ganz speziellen Geruch, den nur Biker an sich haben, lehne ich mich leicht zu Knox rüber, schließe die Augen und atme tief ein. Für einen Moment gelingt es mir, mir vorzustellen, dass Preston neben mir sitzt und dass er es ist, der mit seiner rauen Fingerkuppe über mein Schlüsselbein streicht. Als ich dann aber meine Augen öffne, verpufft die Illusion und Knox zieht seine Hand zurück.

Mein Blick fällt auf das Präsidenten-Patch auf seiner linken Brust.

Ich höre, wie er eine Art Knurren von sich gibt. Erschrocken sehe ich ihm in die Augen. Seine Iriden wirken wie ein tiefer, silberner See, unter dessen Oberfläche sich bedrohliche Abgründe auftun.

Mit geblähten Nasenlöchern und zuckendem Kiefer beobachtet er mich.

Preston war schon ein faszinierender Mann, aber dieser Knox ist noch mal eine ganz andere Nummer. Er wendet sich mir noch etwas zu, plötzlich komme ich mir tatsächlich so klein und schutzlos wie diese Tinker Bell vor.

Obwohl Knox scheinbar entspannt neben mir sitzt, spüre ich die Macht, die er ausstrahlt. Ihn umgibt eine natürliche Gnadenlosigkeit und eine Arroganz, die nur Männer an sich haben, die ganz genau wissen, dass sie es ohne Probleme mit der Welt aufnehmen können.

Ohne es zu wollen, stelle ich mir die Frage, wie es sich wohl anfühlen würde, in den Armen dieses Scorpions-Präsidenten zu liegen? Reflexartig zucken meine Augen zu seinen breiten Schultern und den dicken Muskelsträngen die sich unter seiner braungebrannten Haut abzeichnen und bis an seine Handgelenke hinab reichen. Erst jetzt fällt mir die Wunde an seinem linken Ohr auf.

„Du bist verletzt?“

„Ist nicht der Rede wert.“

Da er sich sein blutverschmiertes Hemd ausgezogen hat, trägt er jetzt nur seine Lederkutte.

Fasziniert lasse ich meinen Blick über seinen linken Arm gleiten, der über und über mit blau-schwarzen Tattoos verziert ist.

Ganz oben auf seiner Schulter prangt ein großer Totenkopf, dessen Schädel mit blauen Spuren durchzogen ist. Derselbe, fast schon türkise Farbton füllt auch die Augenhöhlen aus – echt gespenstisch. Direkt darunter befindet sich ein großes Reptilienauge, ich würde auf das eines Krokodils tippen, bin mir jedoch nichts ganz sicher. Es ist ebenfalls bläulich und hat eine schlitzartige Pupille, die so perfekt in die Haut gestochen worden ist, dass es so wirkt, als würde sie mich direkt anstarren. Ich setze meine visuelle Erkundungstour fort und entdecke noch zwei verschnörkelte Buchstaben, Geldscheine und das Gesicht von

Benjamin Franklin, dem Mann, der sich schon am Entwurf der Unabhängigkeitserklärung der Vereinigten Staaten beteiligt hat und nun auch auf dem 100-Dollar-Schein zu sehen ist.

Den Abschluss des großen Kunstwerks, zu dem sich all die vielen Tätowierungen zusammenfügen, bildet ein Death Skull, der auf Knox' linkem Handrücken zu finden ist. Er gleicht dem, den er an seinem Hals trägt, da er ebenfalls mit Rotschattierungen ausgearbeitet wurde. Das alles wird von Ranken zusammengehalten, deren Blätter den geschwungenen Blüten von Lilien ähneln – absolut faszinierend und wunderschön.

„Gefällt dir, was du siehst, Tinker?"

Da ich mir nicht anmerken lassen will, *wie* gut es mir gefällt, bemühe ich mich um eine neutrale Miene und nicke nur.

Meine Erfahrung mit Männern ist minimal, genauer gesagt gleich null. Wahrscheinlich bin ich die einzige fast 25 jährige Jungfrau auf diesem Planeten und das, obwohl ich es kaum erwarten kann, herauszufinden, wie es sich wohl anfühlt, mit einem Mann Sex zu haben.

Knox hebt seinen Arm, ich entdecke ein blaues Dreieckstatoo kurz über seinem Ellenbogen, das mir bisher noch nicht aufgefallen ist. Meine Neugierde gewinnt die Oberhand. Ich deute mit dem Finger darauf.

„Was ist das? Irgendwoher kenne ich dieses Zeichen. Hat das nicht was mit den Freimaurern zu tun?"

Knox folgt meinem Blick.

„Das ist das sogenannte *Allsehende Auge.* Auch wenn es in der Freimaurerei häufig verwendet wird und angeblich von den Betreibern der Freimaurer sogar auf Dollarscheinen platziert worden sein soll, ist das Auge kein originäres Freimaurer-Symbol. Viele verwechseln es mit dem legendären Zeichen der Illuminati, doch das ist ebenfalls falsch. Es ist eigentlich ein Gottessymbol, das unter der Bezeichnung *Auge der Vorsehung* schon in der ägyptischen Mythologie bekannt war."

Na sieh an, sieh an, ein gebildeter Bad-Boy-Biker ... Ich stehe ja auf intelligente Männer und dieser Knox hier weckt mit jeder weiteren Sekunde, die ich in seiner Nähe verbringe, mehr und mehr mein Interesse.

„Interessant. Aber das erklärt nicht, warum du es an deinem Arm trägst."

„Ja, das stimmt."

Seine Augen funkeln belustigt und ich kapiere, dass er nicht vorhat, mir eine richtige Antwort zu geben.

Zane gesellt sich zu uns, in seiner Hand hält er die Flasche mit dem Kräuterschnaps, aus der ich vorhin getrunken und die ich auf der Küchenplatte stehen gelassen habe.

Ich schätze ihn auf um die vierzig, er hat braune Haare, die er zu einem Pferdeschwanz zusammengebunden hat und die an den Schläfen bereits ergrauen. Er ist etwas kleiner als sein Präsident, 1,80 Meter etwa, doch er wirkt genauso bedrohlich. Zane ist ein attraktiver Mann, obwohl seine Oberlippe so aussieht, als hätte sie mal mit einem Messer Bekanntschaft gemacht. Seine braunen Augen wirken beinahe schwarz. Er hat eine große, leicht schief stehende Nase, hohe Wangenknochen und einen silbernen Ring in seinem rechten Ohrläppchen.

Die beiden beginnen eine Unterhaltung, ich greife nach dem Schnaps, nehme ihn Zane ab und nippe daran. Dank der Patches, die Zanes Leder zieren, weiß ich nicht nur, dass er der Sergeant-at-Arms, also der Sicherheitsbeauftragte der Scorpions ist, sondern auch, dass er bereits einen Cop getötet und eine längere Haftstrafe abgesessen hat. Diese Männer, die heute Nacht einfach so vor meiner Türe gestanden haben, sind Kriminelle, sie sind Killer und sie werden nicht zögern und jeden Hangman, den sie treffen, abknallen.

Es fühlt sich ein bisschen so an, als würde ich, indem ich Knox und seinen Männern helfe, meinen Bruder verraten. Thomas hat die Scorpions gehasst, wenn er wüsste, was ich gerade tue, würde er sich im Grab umdrehen.

Einen letzten Schluck der bitteren Spirituose zu mir nehmend, stehe ich auf und gehe zurück ins Haus.

Meine Schrotflinte steht an die Wand gelehnt da und wartet darauf, irgendwann einmal benutzt zu werden.

Für einen Moment spiele ich mit dem Gedanken, sie aus der Reichweite der Scorpions zu schaffen. Ich meine, ich kenne diese Typen kaum und woher soll ich wissen, dass ich ihnen vertrauen kann oder dass sie mir nichts antun werden? Doch dann verwerfe ich diesen Gedanken schnell wieder.

Knox, Zane und selbst der verletzte Brock brauchen keine Waffe, um mich zu überwältigen. Diese Biker sind groß wie Bären, haben kein Gewissen und bestehen nur aus Muskeln. Schrotflinte hin oder her – wenn sie mich vergewaltigen oder töten wollen, habe ich, nicht die geringste Chance gegen sie.

In der Küche sehe ich nach Brock, der liegt, mit seiner zusammengerollten Kutte unterm Kopf, noch immer auf meinem Tisch.

Da der Verband immer noch weiß ist, scheint es uns gelungen zu sein, die Blutung zu stoppen.

Ale er mich kommen hört, öffnet er die Augen und dreht sich in meine Richtung.
„Wie geht es dir, Scorpion?"
Seine Mundwinkel verziehen sich zu einem gequälten Grinsen.
„Wie sehe ich aus?"
„Beschissen."
„Da hast du deine Antwort, Mädchen."
Ich setze mich auf einen der Stühle und lege die Füße hoch.
„Soll ich dir noch eine Tablette geben?"
Obwohl er ganz offensichtlich Schmerzen hat, seine Hautfarbe ist quasi nicht mehr existent und kleine Schweißperlen glänzen auf seiner Stirn, lehnt er ab.
„Ich brauche nichts, was mein Bewusstsein trübt. Ich muss zumindest geistig fit sein. Wenn die Hangmen herausbekommen, wo wir sind, muss ich in der Lage sein zu schießen und mein Bike zu halten."
Ersteres mag er vielleicht gerade noch so schaffen, Letzteres hingegen wage ich zu bezweifeln.
„Ich habe euch nicht verraten und das werde ich auch nicht tun."
Brocks Stirn legt sich in Falten.
„So war das nicht gemeint, Kelly."
Für eine Weile sagen wir nichts. Ich höre, wie schwer seine Atmung geht und frage mich, was diesen ganzen Ärger wert war. Welchen Grund haben Knox und seine Männer gehabt, um sich in das Revier der Devil's Hangmen zu wagen?
Geld? Waffen? Drogen? Vielleicht eine Kombination aus allem zusammen?
Ich hoffe, dass ihnen die heutige Nacht eine Lehre war und sie zukünftig auf ihrer Seite der Grenze bleiben.
„Wenn damals alles anders gekommen wäre, wärst du jetzt vielleicht eine Old Lady der Scorpions."
Bei seinen Worten zieht sich mein Herz krampfend zusammen.
In den vergangenen Jahren habe ich mir oft vorgestellt, wie Prestons und meine Zukunft vielleicht ausgesehen hätte. Mit den Schultern zuckend sehe ich ihn an.
„Ja, vielleicht. Und vielleicht wäre zwischen den Hangmen und euch nie so ein verbitterter Krieg ausgebrochen. Wir werden es nie herausfinden. Ihr Rocker habt einfach einen zu locker sitzenden Zeigefinger." Erschöpft stehe ich wieder auf, gehe zum Kühlschrank und hole mir eine kalte Coke heraus.
„Magst du auch was trinken?"

„Aye, ein Bier wäre gut."
Ich zögere. „Blutverlust und Alkohol? Ehrlich?"

Zane und Knox kommen zurück zu uns, ihre Gesichter wirken angespannt, das von Knox sogar regelrecht wütend.

„Wolltest du nicht eigentlich einen Bourbon, Bro?"

„Wirklich sehr witzig, Sergeant."

Knox, der sich aus der Unterhaltung raushält, stellt sich neben mich, plötzlich sind wir uns so nah, dass mir sein verwegener Geruch in die Nase steigt. Sein Bein streift über das meine, unsere Arme reiben kurz aneinander. Ein heißer Schauer lässt mich erzittern. Unsicher werfe ich einen Blick über meine Schulter und stelle fest, dass ihm meine körperliche Reaktion auf seine unerwartete Nähe nicht entgangen ist.

Der Präsident sieht mir direkt in die Augen, in meinem Magen beginnt es merkwürdig zu kribbeln.

Er müsste sich nur ein ganz klein wenig vorbeugen, dann könnte ich meine Lippen auf die seinen pressen und ... *Verdammt!* Über was zur Hölle denke ich da eigentlich gerade nach?

Das Silber seiner Augen scheint zu glühen, für einen Moment befürchte ich, dass er ganz genau weiß, wie es in mir aussieht und was für verrückte Gedanken ich gerade habe.

Ich habe mein Herz eingefroren, es in einen Eisberg gepackt und gut vor der Welt versteckt. Doch jetzt, hier, neben Knox, spüre ich, wie die Kälte aus meinem Inneren weicht und von einem warmen Prickeln abgelöst wird.

Sei realistisch Kelly, dieser Rocker-Präsident ist garantiert nicht dein Mister Right.

Die Stimme der Vernunft ist laut genug, um die Anziehungskraft, die zwischen Knox und mir herrscht, zu übertönen. Instinktiv weiche ich einen Schritt zurück und schaffe so etwas Abstand zwischen uns. Sobald die Sonne aufgeht, wollen die Scorpions aufbrechen, das heißt, ich muss nur noch wenige Stunden warten, bis dieses Chaos vorbei ist und meine Normalität wieder ihren Lauf nimmt, ihren einsamen Lauf.

Keine Ahnung warum, aber Knox verängstigt und fasziniert mich gleichermaßen.
Mit zitternden Händen schnappe ich mir meine Cola-Dose und verschwinde aus der Küche. Ich höre, wie die Männer reden, doch ich blende ihre Stimmen einfach aus und setze mich zurück auf die Stufe vor der Eingangstüre.

Die Luft ist frisch und angenehm kühl. Mich mit dem Rücken an die Hauswand lehnend, schließe ich die Augen und gönne mir eine kurze Pause.

3. Kapitel

Knox

Mit dem Bier in der einen und einer Kippe in der anderen Hand, lehne ich mich gegen die Wand und behalte Kelly im Auge. Es ist ihr deutlich anzusehen, dass sie erschöpft ist.

„Befürchtest du, dass sie ihre Meinung ändert und die Hangmen kontaktiert, oder warum behältst du die Kleine im Blick?"

Zane lehnt sich neben mich und überkreuzt die Füße.

Es besteht durchaus noch die Möglichkeit, dass sie uns verrät, doch das ist nicht der Grund, aus dem ich sie beobachte.

Mein Interesse an diesem Mädchen ist eher persönlich. Seit sie die Türe geöffnet und mir die verdammte Schrotflinte ins Gesicht gehalten hat, frage ich mich, wie es sich wohl anfühlt, wenn diese kleine Kämpferin unter mir liegt, sich mir hingibt und kapituliert. Diese Frau ist die personifizierte Herausforderung und ich konnte Herausforderungen noch nie widerstehen.

„Ich frage mich nur, was in ihrem Kopf vorgeht."

Lachend boxt er mir gegen die Schulter.

„Hast du in all den Jahren nichts gelernt, Präs? Sie ist eine Frau und gehört damit zu den größten Rätseln, die das Universum für uns Männer bereithält. Wir werden nie verstehen, wie die ticken, und warum sollten wir das auch wollen? Solange sie sich von uns ficken lassen, ist doch alles im grünen Bereich."

Im Prinzip hat er recht.

All die Bitches, die ich bumse, sind austauschbar. Jede ist darum bemüht, mir all das zu geben, was ich will. Sie überschlagen sich vor Eifer und legen ihre Bedürfnisse und Vorlieben auf Eis, in der Hoffnung, dass ihr sehnlichster Wunsch wahr wird, ich sie zu meiner Old Lady ernenne und sie somit zur First Lady des Scorpions-Motorcycle-Clubs mache.

Wie lächerlich. Erstens denke ich nicht daran, meine Freiheit aufzugeben und mir eine feste Frau zu suchen, mir gefällt die Abwechslung. Und zweitens würde ich niemals einer Bitch mein Leder anziehen. Allein der Gedanke, dass über meine Frau bereits jeder meiner Brüder drübergerutscht ist, widert mich an.

„Pack sie dir, Alter. Beug sie über den Tisch und lass deinen aufgestauten Frust an ihr aus. Dann wirst du dich besser fühlen."

Vor meinem geistigen Auge sehe ich sie bereits vor Lust schreiend unter mir liegen.

„Da wird sie wohl kaum mitmachen.“
Zane zuckt mit den Schultern.
„Dann frag sie nicht. Sie gehört zu den Hangmen, scheiß auf ihre Zustimmung.“
„Spinnst du, Alter? Ich werde doch nicht das Mädchen, das uns geholfen hat, vergewaltigen.“
Den Bullshit, den Zane da von sich gibt, kann ich nicht ernst nehmen.
Mit einem Grunzen macht Brock sich bemerkbar. „Sie hat mich verarztet. Wer sie anrührt, stirbt. Klar?“
Die beiden führen die Diskussion weiter, ich rauche meine Zigarette zu Ende und will mich gerade auf die Suche nach dem Klo machen, als ich das wohlbekannte Bollern von sich nähernden Harleys höre.
Oh Scheiße!
Instinktiv ziehe ich meine Waffe. Zane hilft Brock dabei, sich aufzurichten. Gerade als ich zur Tür stürmen will, eilt Kelly auf mich zu. In ihren winzigen Frauenhänden wirkt die Schrotflinte nicht nur viel zu groß, sondern auch fehl am Platz. Blitzschnell schaltet sie das Licht aus, so dass niemand zu uns hereinsehen kann.
„Versteckt euch im Keller. Ich werde sie abwimmeln.“
Die Idee, ein Mädchen an die Front zu schicken und mich wie ein altes Weib im Keller zu verschanzen, gefällt mir nicht.
Einen Blick aus dem Fenster werfend, ruft Zane mir zu, dass es zehn Devil’s Hangmen sind, die auf das Grundstück fahren.
„Brock fällt aus. Also fünf für dich und fünf für mich. Könnte knapp werden, Knox. Das ist mein letztes Magazin.“
Mit schmerzverzerrtem Gesicht zwingt Brock sich dazu, vom Tisch zu rutschen und aufzustehen.
„Hey Arschlöcher, ich bin nicht tot. Drei gegen zehn klingt machbar. Das wäre nichts, was wir nicht früher schon geschafft hätten.“
Damit hat er recht. Wir Scorpions haben kein Problem damit, in der Unterzahl zu sein. Was uns an Männern fehlt, machen wir für gewöhnlich durch Schnelligkeit wieder wett. Doch heute Nacht geht es nicht nur um uns, sondern auch um Kelly.
„Verdammt, hat mir gerade keiner zugehört? Geht in den Keller und verhaltet euch still. Alles andere kläre ich!“
Obwohl sie versucht tapfer zu sein, erkenne ich die Furcht in ihren kaffeebraunen Augen.
„Und wie willst du das erklären?“
Ich zeige auf den blutüberzogenen Boden und den versauten Küchentisch.
„Gar nicht. Ich lasse sie erst gar nicht ins Haus.“

„Wenn das so ist, bleiben wir, wo wir sind. Von hier aus können wir dir helfen, falls es mit den Wichsern Probleme gibt."
Kelly kneift die Augen zusammen, stößt einen Fluch aus und nickt schlussendlich. Braves Mädchen, sie hat wohl kapiert, dass sie diese Diskussion nicht gewinnen kann.

Die Scheinwerfer der Motorräder erleuchten den Raum, die ersten Motoren verstummen. Entschlossen, das zu regeln, rennt Kelly zur Eingangstüre. Ich stelle mich neben der Küchentür an die Wand, so dass mich niemand sehen kann, ich aber einen guten Überblick behalte.

„Fuck Präs. Jetzt sitzen wir schon wieder in einer verdammten Küche fest. So langsam wird das zur Gewohnheit."

Angespannt sehe ich, wie Kelly die Türe öffnet, ignoriere Zanes Gerede und beobachte, wie sie Ty, dem Präsidenten der Devil's Hangmen, genauso entschlossen die Schrotflinte ins Gesicht hält, wie sie es bei mir getan hat.

„Eines muss man Tinker Bell wirklich lassen, Mut hat sie. Nicht viele würden es wagen, sich gegen Ty zu stellen."

Und das aus gutem Grund.

„Nicht viele würden so ein Verhalten überleben."

„Aye, aber Kelly schon."
Zane klingt nachdenklich.

„Irgendetwas muss zwischen den beiden vorgefallen sein, anders lässt es sich nicht erklären, dass Ty Kelly für ihre Respektlosigkeit nicht grün und blau schlägt."

Nach und nach verstummen alle Harley-Motoren, so dass es stiller wird und ich hören kann, was vorne an der Türe gesprochen wird.

„Bullshit Baby. Was soll das? Wann wirst du aufhören, gegen uns anzukämpfen?"

Ty klingt nicht wie erwartet wütend, sondern eher genervt.

„An dem Tag, an dem ihr meine Existenz vergesst und aufhört, hier aufzutauchen."

Warum nennt der Präsident der Hangmen Kelly sein *Baby*?

Lief da mal was zwischen den beiden? Der bittere Geschmack von Eifersucht steigt in meiner Kehle hoch, ich schlucke ihn herunter und kämpfe gegen den Drang an, mich erkennen zu geben und dem Wichser in den Kopf zu schießen. Mit ruhiger Stimme, leicht gespreizten Beinen und durchgedrückten Schultern steht Kelly vor einer Horde Biker und behauptet sich. Respekt!

„Das wird nie passieren, Baby, du gehörst zur Familie."
Ein genervtes Schnauben von sich gebend, senkt sie den Lauf der Flinte etwas.

„Ich habe keine Familie. Thomas ist tot – Ende der Geschichte."

Für eine Minute starren sich die beiden an, dann gibt Ty ein ungläubiges Brummen von sich. Der Präsident reibt sich über seine Glatze. Ty ist zwanzig Jahre älter als ich, wenn ich mich recht erinnere, feiert er dieses Jahr seinen sechzigsten Geburtstag. Von der Statur her gleichen wir uns, so dass Kelly ihm gegenüber wie ein kleines Kind aussieht.

„Aus welchem Grund taucht ihr mitten in der Nacht bei mir auf? Was soll der Mist, Ty?"

„Wir sind auf der Suche nach ein paar Scorpions"

Kelly bleibt cool.

„Ach, und da kommt ihr zu mir? Warum?"

„Weil du eine Schwäche für diese Bastarde hast."

Ich sehe, wie Zane bei der Beleidigung zusammenzuckt und sofort einen Schritt Richtung Türe macht. Mit einem Kopfschütteln halte ich ihn davon ab, unbedacht vorzupreschen.

„Das ist viele Jahre her."

Mit einer Handbewegung gibt Ty seinen Männern zu verstehen, dass sie ausschwärmen und sich auf dem Grundstück umsehen sollen. Zwei der Arschlöcher steuern auf direktem Weg auf den Schuppen zu, in dem sich unsere Bikes befinden.

„Wir sind gefickt, Brüder!" Brocks treffende Feststellung liegt schwer im Raum.

Zane kommt zu mir und sieht mich auf einen Befehl wartend an.

„Was sollen wir tun, Knox? Abwarten?"

Ich gehe nicht auf ihn ein, sondern konzentriere mich ganz auf das Mädchen, das noch immer versucht, die Situation zu retten.

„Ruf deine Soldaten zurück und haut ab. Ihr seid hier nicht erwünscht." Mittlerweile klingt ihre Stimme nicht mehr ganz so selbstsicher. Kelly muss ebenfalls realisiert haben, dass die Luft dünn wird.

„Ich sage dir, wie's läuft, Baby. Du lässt uns rein, wir sehen uns um und wenn wir nicht finden, wonach wir suchen, verschwinden wir."

Sie schüttelt entschieden den Kopf.

„Nein, Ty. Du hast hier nicht das Sagen. Du bist nicht mein Präsident und das hier ist nicht dein Club. Du wirst mir wohl vertrauen müssen, wenn ich dir sage, dass hier keine Scorpions sind.

Sein freudloses Lachen hallt durch die Nacht.

„Dir vertrauen? Scheiße! Dein Bruder hat dir vertraut, er hat dich geliebt und was hat es ihm gebracht? Er wurde von einem gottverdammten Prospect erschossen. Dich zu lieben, ist eine tödliche

Angelegenheit, Baby. Jetzt tritt beiseite oder muss ich erst Gewalt anwenden?“

Wieder geht ein Ruck durch Zanes Körper, er knirscht mit den Zähnen.

„Gewalt? Du hast wohl vergessen, wer vor dem tödlichen Ende meiner Waffe steht.“

Brocks gezischtes: „Gib’s ihm, Tinker“, lässt meine Mundwinkel zucken.

„Ich hab kein gutes Gefühl. Das wird böse enden ...“

Kaum dass Zanes Worte verhallt sind, passiert die Scheiße auch schon. Die Hangmen öffnen den Schuppen, entdecken unsere Bikes, stoßen einen lauten Pfiff aus und zerschießen uns die Reifen.

Ty reagiert sofort, blitzschnell entwindet er Kelly die Flinte und verpasst ihr einen so harten Schlag ins Gesicht, dass sie rückwärts umfällt.

„Du verlogene Hure! Wenn dein Bruder nicht mein bester Freund gewesen wäre, würde ich dich für diesen Verrat ausbluten lassen. So aber werde ich dich einfach meinen Männern schenken. Du wirst eine hervorragende Bitch abgeben.“

Er steigt über Kelly, verpasst ihren Rippen einen Tritt, reicht die Schrotflinte dem Hangman hinter ihm und zieht eine kleinere, handlichere Halbautomatik aus seinem Hosenbund.

„Jetzt sind wir so was von gefickt!“

Brock bringt es mal wieder auf den Punkt.

In gebückter Haltung steht er auf und sieht sich um.

„Mal wieder durchs Fenster?“

Zane sieht meinen Vize herausfordernd an.

„Fuck! Nein, Bro. Das verkraftet mein Ego kein zweites Mal. Dieses Mal stelle ich mich den Arschlöchern.“

Um die Ernsthaftigkeit seiner Aussage zu unterstreichen, zieht Zane sein Messer, umfasst die Klinge und schleudert es mit aller Kraft durch die Luft, so dass es sich mehrmals leise surrend um die eigene Achse dreht, ehe es auf Lungenhöhe in der Brust des Hangman, der gerade die Küche betreten wollte, stecken bleibt.

„Einer erledigt ...“

Über den röchelnd zu Boden sinkenden Wichser steuern Ty und seine Henker direkt auf uns zu.

„Oh ja, das hast du ja wirklich toll hinbekommen.“

Mit einem breiten Grinsen zeigt er mir den Mittelfinger.

„Sehr gerne, Präs. Der nächste gehört dir.“

Brock, der es kaum schafft, gerade zu stehen, zieht seine Waffe, zielt auf Ty und drückt ab.

Die Kugel schlägt direkt über dem Herzen ein, Ty gerät ins Stolpern und ringt nach Luft. Doch der eklatante Mangel an Blut verrät mir, dass der Drecksack vorgesorgt hat und eine schusssichere Weste trägt.

Brocks Schuss wird ihm maximal Rhythmusstörungen einbringen, ihn aber garantiert nicht töten.

Als er sich gefasst und sein Gleichgewicht wiedergefunden hat, hebt der Präsident der Devil's Hangmen die Hand und betätigt zweimal hintereinander den Abzug.

Der Lärm ist ohrenbetäubend, dennoch kann ich das entsetzte Schreien meines Bruders hören. Um mich herum ist die Hölle los, doch es kommt mir vor, als würde mein Vizepräsident wie in Zeitlupe fallen. Noch bevor sein Kopf auf dem Boden aufschlägt, starren seine weit aufgerissenen Augen leblos in meine Richtung.

Zane brüllt laut und knallt alles, was sich bewegt, ab. Er schießt wie ein Wilder um sich, doch da wir keine panzerbrechende Munition haben und er nur drei Kopfschüsse landet, bringt seine Aktion so gut wie nichts. Viel zu schnell ist sein Magazin verballert und es ertönt nur noch das Klicken seines Abzugs.

Mit einem selbstgefälligen Lachen geht Ty auf Zane zu. Gerade als er ihn ebenfalls umbringen will, lässt dieser sich fallen, rollt sich ab, schnappt sich Brocks Kutte, die bis jetzt auf dem Tisch gelegen hat, und gibt mir ein Handzeichen, ihm zu folgen.

Einen letzten Blick auf Brock werfend, springe ich hinter ihm aus dem Fenster – wieder mal.

„Was hattest du noch mal über dein Ego gesagt?"

„Halt's Maul, Präs."

Der Schock, dass mein Vize tot in dieser verfickten Pension liegt, sitzt tief.

Zane läuft auf den Schuppen zu, ich halte ihn davon ab.

„Stopp! Was hast du vor? Schon vergessen, dass uns die Wichser die Reifen zerschossen haben?"

Er stößt einen Fluch aus.

„Fuck, Präs! Daran habe ich tatsächlich nicht mehr gedacht.

„Wir müssen uns an den Motorrädern der Hangmen bedienen."

Entsetzt schüttelt er den Kopf.

„Was? Nein!"

Ich kann seine Reaktion nachvollziehen. Das eigene Bike zurückzulassen ist genauso schlimm, wie die Kutte zu verlieren.

„Denk nach, Zane. Wir haben keine andere Wahl."

„Na gut. Aber eines sage ich dir gleich. Wir holen uns unsere Maschinen zurück."

„Logo, was denkst du denn!"
Wir hetzen über den Hof, verstecken uns hinter dem alten Ford. Unser Plan geht auf, die Hangmen, die uns durch das Fenster gefolgt sind, haben unsere Spur verloren, teilen sich fluchend auf und suchen das Gelände ab. Wir warten, die Minuten vergehen. Erst als sich niemand mehr in unserem Sichtfeld befindet, rennen wir gebückt über den Platz und schleichen an der Hauswand entlang. Zwei der Devils kommen uns entgegen. Bevor sie Alarm schlagen und die anderen informieren können, liegen sie auch schon mit gebrochenem Genick im Staub.
Mit großen Schritten nähern wir uns den Harleys, die direkt vor dem Eingang des *Break* stehen.
Ein Prospect bewacht die Maschinen. Noch bevor er weiß, wie es ihm geschieht, schneide ich ihm die Kehle auf. Er fällt auf die Knie, umfasst panisch mit den Händen seinen Hals und sinkt wenige Atemzüge später tot auf das Kopfsteinpflaster des Hofs.
Gerade als ich es Zane nachmachen und mich auf eine der Harleys schwingen will, fällt mein Blick auf das am Boden liegende Mädchen.
Aus weit aufgerissenen Augen rinnen dicke Tränen, sie hält sich die Rippen und kauert sich so eng wie möglich gegen die Wand.
Dass sie sich jetzt in dieser Situation befindet, ist unsere Schuld – ich kann sie nicht zurücklassen und sie Ty überlassen. Es mag sein, dass er sie nicht sofort getötet hat, doch das hat nichts mit Gnade zu tun. Wenn er sie wie angekündigt seinen Männern überlässt, und daran besteht kein Zweifel, wird sie früher oder später an den Folgen der Vergewaltigungen sterben oder sich selbst richten.
Ich schreie Zane zu, dass er mir den Rücken decken soll, bücke mich zu dem toten Prospect, der neben meinen Füßen liegt, und reiße ihm die Waffe aus dem Holster, das er unter seiner Kutte trägt. Mit geübten Handgriffen checke ich das Magazin, entsichere sie und knalle zwei weitere Wichser ab.
Kelly, die mich beobachtet hat, reißt die Arme hoch und verbirgt ihr Gesicht dahinter. Anscheinend denkt sie, dass ich sie kaltmachen will, aber da irrt sie sich.
„Steh auf, Mädchen."
„W...warum?"
Frauen. Warum können sie nicht einmal, nur ein einziges Mal tun, was man von ihnen verlangt?
„Weil ich dich mitnehmen werde."
Anstatt endlich zu tun, was ich von ihr will, sieht sie mich verständnislos an.
„W...warum?"

Mir wird klar, dass sie unter Schock steht.

Nicht auf Zanes Zurufe, dass ich mich beeilen soll, achtend, bücke ich mich zu ihr hinunter, picke sie vom Boden auf und trage sie mit großen Schritten zu den Motorrädern.

Ich höre Schritte hinter mir, drehe mich um und sehe Ty mit einem Sturmgewehr im Anschlag auf mich zukommen. Seine Lippen verziehen sich zu einer Fratze der Vorfreude, er drückt ab – doch nichts passiert. Verwirrt schlägt er gegen die Waffe, drückt erneut ab – wieder nichts.

„Ladehemmung? Tja, so etwas passiert, wenn man keine original russischen AKs kauft, sondern nur die billigen Lizenzbauten."

Ich hebe die Waffe, drücke ab und jage ihm zwei Kugeln ins Bein.

Strauchelnd fällt er um, was mir genug Zeit verschafft, Kelly aufs Bike zu setzen, ebenfalls aufzusteigen und den Motor zu starten. Zwei Devils stürmen aus dem Haus, eröffnen das Feuer und sorgen so dafür, dass uns die Projektile nur so um die Ohren fliegen.

Mit durchdrehenden Reifen fahren wir los, Kies und Dreck fliegen durch die Luft. Das hintere Rad gerät ins Schlingern, doch es gelingt mir, die Kontrolle über die Harley zurückzugewinnen. Bis eben saß Kelly noch wie eine steife Puppe hinter mir, doch jetzt schlingt sie mir ihre Arme so fest um die Mitte, dass es sich so anfühlt, als würde sie mich zerquetschen wollen.

Zane rast voraus, ich folge ihm und nur wenige Sekunden später biegen wir auf die geteerte Straße ab.

Einen Blick über die Schulter werfend, sehe ich ein letztes Mal zurück auf das Gebäude, in dem mein toter Bruder liegt. Es fühlt sich falsch an, Brock zurückzulassen, aber uns bleibt nichts anderes übrig. Jetzt, wo die Adrenalinausschüttung etwas nachlässt, breitet sich ein wildes Grollen tief in meinem Inneren aus, das aus Trauer und Wut besteht. Es macht mich rasend, dass ich jetzt nicht anhalten, umdrehen und diese ganzen Drecksäcke einen nach dem anderen von der Nase bis zu den Eiern aufschlitzen kann. Brock war viele Jahre mein Vize. Er war nicht nur mein Clubbruder und mein Vertrauter, sondern auch mein Freund. Die Zähne fest aufeinanderbeißend, schwöre ich mir, Rache zu üben. Ich werde den Devil's-Hangmen-Motorcycle-Club zerlegen, ich werde ihn zerstören und in Flammen aufgehen lassen. Jedes dieser Arschlöcher wird am eigenen Leib erfahren, wie es sich anfühlt, am Galgen zu hängen, und wie lange es dauert, bis der Strick einem den letzten Sauerstoff aus der Lunge gepresst hat. Ich werde die Devils zum Teufel schicken und sie werden kapieren, dass nicht sie die Handlanger des Höllenfürsten sind, sondern dass ich es bin!

Für heute heißt es Rückzug, es gilt am Leben zu bleiben. In dieser Nacht ist es den Devil's Hangmen gelungen, die Scorpions in die Flucht zu schlagen, doch das wird kein weiteres Mal passieren. Sobald wir zuhause sind, werde ich mir einen Plan zurechtlegen, in dem es darum geht, wie wir unsere Bikes zurückbekommen. Ich werde die Fehler der letzten Stunden analysieren und herausfinden, warum wir gescheitert sind.

Das nächste Mal, wenn wir den Hangmen gegenüberstehen, wird viel Blut fließen, aber es wird nicht das unsere sein. Und wenn es ganz gut läuft, wird es uns gelingen, den Hafen für uns zu beanspruchen.

4. Kapitel

Kelly

Raues Leder scheuert über meine Wange, ich spüre an meinen Händen Knox' Muskelpakete, die sich während der Fahrt immer mal wieder anspannen. Der Fahrtwind ist kalt, treibt mir die Tränen in die Augen. Ich versuche, mein Gesicht hinter seinem breiten Rücken zu verbergen und etwas von der Landschaft, die regelrecht an uns vorbeifliegt, zu erkennen, es ist vergebens.

Wenn ich zurückdenke, habe ich keine Ahnung, wie genau es so weit kommen konnte, dass ich jetzt hinter dem Präsidenten des Scorpions-Motorcycle-Clubs sitze und nichts bei mir habe als die Klamotten, die ich am Leib trage. Doch so ist es.

Trotz der Taubheit, die sich wie eine Schlange um meinen Verstand gewunden hat, ist mir mehr als bewusst, dass das Leben, das ich bisher geführt habe, vorbei ist. Ty hat mich dabei erwischt, wie ich seinen größten Feinden geholfen habe, das wird er mir nie verzeihen!

Ich kann von Glück sprechen, wenn er und seine Männer das *Break* nicht abfackeln. Es ist allgemein bekannt, was mit Menschen passiert ist, die sich gegen die Hangmen gestellt haben. Entweder sind sie auf Nimmerwiedersehen spurlos verschwunden oder aber sie wurden gefoltert, getötet und zerstückelt. Tys Plan, mich zur Clubhure zu machen, mag in seinen Augen noch gnädig gewesen sein, doch das beweist mir nur, was für eine kranke Seele er hat. Damals, als mein Bruder noch gelebt hat, war Ty anders, er hatte noch eine menschliche Seite und etwas Mitgefühl, auch wenn das nur schwach ausgeprägt gewesen sein mag, aber es war da. In den letzten Jahren hat er dieses allerdings gänzlich verloren.

Von Duluth nach Madison, der Stadt, in der sich der Scorpions-Motorcycle-Club befindet, sind es geschätzte 330 Meilen, mir bleiben also gut fünf Stunden, in denen ich darüber nachdenken kann, was jetzt aus mir werden soll.

Bei den Scorpions kann ich nicht bleiben. Weder bin ich die Verwandte von einem Mitglied noch eine Old Lady. Aber was dann? Zurück nach Duluth kann ich nicht, Ty würde mich, jetzt, wo ich vor ihm geflohen bin, umbringen.

Wir fahren eine lange Zeit und bleiben dabei immer auf der Interstate 94, erst in Eau Claire setzt Knox den Blinker und hält an einer Raststätte an.

Die Tankstelle ist so hell erleuchtet, dass es einen Moment dauert, bis sich meine Augen an das grelle Licht gewöhnt haben. Zane, der ebenfalls von der Interstate abgefahren ist, fährt einen Kreis und bleibt anschließend direkt neben uns stehen.

Erst jetzt fällt mir auf, dass ein Scorpion fehlt.

„Wo ist Brock?“

Zane wirft mir einen finsteren Blick zu.

„Er ist tot.“

Fassungslos starre ich ihn an.

„Wer? Wie?“

Knox stößt einen Fluch aus. „Ty hat ihn erschossen.“ Seine Stimme klingt hart und emotionslos, doch in seinen Augen erkenne ich, dass er viel fühlt. Ich sehe Trauer und Schmerz in den Tiefen seiner silbernen Iriden. Es sind genau die zwei Emotionen, die mich seit Jahren plagen.

Eine Welle Mitleid überkommt mich. Ich wende mich Knox zu, da wir sehr nahe beieinander stehen, berühren sich nun unsere Arme. Seine tätowierte Hand ist nur wenige Zentimeter von der meinen entfernt, doch es fühlt sich so an, als würden ganze Welten zwischen uns liegen.

„Das mit deinem Vize tut mir leid. Ich habe wirklich gedacht, dass ich Ty und seine Schläger abwimmeln kann.“

Er kneift die Augen zusammen, stößt den Atem geräuschvoll aus und reibt sich mit der Hand übers Gesicht. Als er seine Augen wieder öffnet, sind sie ausdruckslos. Der Präsident der Scorpions hat eine Maske aufgesetzt und seine Gefühle in den Griff bekommen.

„Nichts davon ist deine Schuld, Kelly. Es war von vornherein eine beschissene Idee, uns bei dir zu verstecken.“

Obwohl er nichts als die Wahrheit sagt und wir uns kaum kennen, tun seine Worte weh.

„Wie geht es jetzt weiter?“

Ein schwarzes Motorrad biegt auf den Rastplatz und kommt direkt auf uns zu. Knox packt meine Hand, zieht mich schützend hinter sich und greift mit der rechten nach seiner Waffe. Vor lauter Angst, dass Ty uns gefunden haben könnte und hier in der Öffentlichkeit eine weitere Schießerei anfängt, zieht sich mein Magen schmerzhaft zusammen.

Knox’ Rückenmuskeln spannen sich an, sind bereit zuzuschlagen und zu töten. Vor Panik atme ich tief ein, ein heftiger Stich zuckt durch meinen Brustkorb.

Den Tritt in die Rippen werde ich wohl noch einige Tage spüren. Der Motorradfahrer, der uns drei in Aufruhr versetzt hat, sieht nur kurz zu uns herüber und hält anschließend an einer Zapfsäule.

„Nur ein harmloser Freebiker."

Die Anspannung weicht aus Knox, er dreht sich wieder zu mir um. Anstatt meine Hand jetzt frei zu geben, hält er sie länger als notwendig fest. Mit seiner rauen Daumenkuppe streicht er über die empfindliche Haut an meinem Handgelenk und bringt so meinen Puls zum Flattern.

„Geht es dir gut, Tinker?"

Mir ist klar, dass er mir nur die Angst nehmen will - es klappt nicht. Das Zittern in meinen Knien wird immer stärker, es fühlt sich so an, als würde die Anspannung der vergangenen Stunden wie ein Sturzbach auf mich herunterprasseln. Plötzlich bekomme ich keine Luft mehr, ich sacke zusammen und wäre wahrscheinlich auf den Boden geknallt, wenn Knox nicht so blitzschnell reagiert und mir seinen Arm um die Mitte geschlungen hätte.

„Sie hat eine Panikattacke, Präs."

Knox gibt ein Schnauben von sich.

„Ach, was du nicht sagst."

Die Stimmen um mich herum klingen weit entfernt, so als wären sie am anderen Ende eines langen Tunnels.

„Du musst atmen, Kelly - atmen."

Ich versuche es, doch mein Hals fühlt sich wie zugeschnürt an. Meine Lungenflügel krampfen, in meinem Sichtfeld breiten sich schwarze Punkte aus.

„Verdammt, sieh mich an Mädchen. Du bist hier, bei mir, in Sicherheit. Ich passe auf dich auf. Ich beschütze dich, es gibt keinen Grund, Angst zu haben."

Knox klingt entschlossen und kriegerisch, ein Teil meines Unterbewusstseins entscheidet sich dazu, ihm zu glauben, die Enge in meiner Brust lockert sich etwas.

„So ist es gut. Und jetzt sieh mich an, Baby."

Seiner Stimme folgend hebe ich den Kopf und suche seinen Blick.

Meine Finger habe ich noch immer in seiner Kutte vergraben, die Wärme seines Körpers vertreibt die Kälte, die sich in mir ausgebreitet hat. Er hebt seine Hand, streicht über meine linke Wange und reibt mit seinem Daumen über meine Unterlippe.

„Ty wird dir nichts antun. Ich schwöre es dir."

Ich lehne mich bereitwillig in seine Berührung und zwinge mich dazu, meine Lungenflügel mit frischem Sauerstoff zu füllen.

Das Herz wummert mir gegen die Brust, doch dieses Mal ist nicht die Angst, von den Devil's Hangmen einkassiert zu werden, daran schuld, sondern der Mann, der mich so eindringlich ansieht. Das Silber seiner Augen hypnotisiert mich, und ich muss all meine Kraft aufbringen, um mich nicht an ihn zu schmiegen und mich unter seiner Kutte vor den Gefahren, die in dieser Welt auf mich lauern, zu verstecken.

Keine Ahnung, wie lange wir so dastehen, erst als Zane eine Art Grunzen von sich gibt, realisiere ich, dass wir noch immer auf der Raststätte stehen. Wenn ich mich recht erinnere, dann liegt Eau Claire genau in der Mitte zwischen den zwei Clubhäusern, das bedeutet, dass wir die Hälfte geschafft haben. Aber wenn wir in Madison angekommen sind, was passiert dann?

Wo soll ich hin und wo soll ich schlafen? Und es geht ja nicht nur um diese eine Nacht, sondern auch um die Zukunft.

Es steht außer Frage, dass ich nicht mehr zurück ins *Break* kann. Sobald ich auch nur einen Fuß in das Revier der Hangmen setze, wird Ty es erfahren und dann wird er an mir ein Exempel statuieren.

Ich bin so was von am Arsch ...

Warum zur Hölle habe ich nur den Scorpions geholfen?

Wie konnte ich nur so dumm sein und denken, dass die Teufelshenker niemals erfahren werden, dass ich ihren Feinden geholfen habe?

Zum zweiten Mal in vier Jahren bricht meine Welt zusammen und wieder ist der Auslöser der Scorpions-MC. So wie es aussieht, habe ich nichts dazugelernt.

Mein Plan war es, mich von jeglichen Bikern fernzuhalten und eine lange Zeit ist mir das auch gelungen. Aber heute Nacht nicht. Ich konnte Knox und seine Männer nicht wegschicken, irgendwie hat es sich so angefühlt, als wäre ich es Preston schuldig gewesen, seinen Brüdern zu helfen.

Nervige Tränen steigen mir in die Augen und rinnen mir über die Wange.

„Hey, es wird alles gut, Baby.“

Der sonst so finster dreinschauende Rocker-Präsident sieht mich mitfühlend an.

„Ich bin verloren.“

Knox schüttelt entschieden den Kopf.

„Nein, das bist du nicht.“

„Ach, und wie würdest du dann die Situation, in der ich mich gerade befinde, beschreiben?“

Zane mischt sich in unsere Unterhaltung ein, indem er nur ein Wort von sich gibt: „Aussichtslos!“, doch das reicht aus, um mich erneut beinahe in die Knie zu zwingen.

„Halt’s Maul, Sergeant, du machst dem Mädchen nur Angst.“

Knox fährt Zane wütend an, mir hingegen antwortet er nicht, aber er lässt mich auch nicht los. Sein Arm hält mich noch immer fest, und wir sind uns so nah, dass ich die Bewegungen seiner Muskeln spüren kann.

„Du kommst mit zu mir, Tinker, alles andere wird die Zeit schon regeln.“

Ich nicke, versuche mich an einem kleinen Lächeln und löse mich widerwillig von ihm.

Mit wackeligen Beinen und pochendem Schädel lasse ich zu, dass Knox mich hochhebt, auf die Harley setzt und mir ein letztes Mal beruhigend über den Rücken streicht, ehe er sich seinem Bruder zuwendet und sich so leise mit ihm unterhält, dass ich kein Wort verstehe.

Mir schwirrt der Kopf.

Der letzte Mann, dem ich erlaubt habe, mir so nah zu kommen, wie Knox es gerade gewesen ist, war auch ein Scorpion. Preston war meine große Liebe und seit seinem Tod habe ich mich von Männern ferngehalten. Dennoch kann ich nicht umhin zuzugeben, dass es sich verdammt gut anfühlt, starke Arme, ein Sixpack und so viel Kraft zu spüren.

Knox ist schon eine beeindruckende Persönlichkeit. Wie er so dasteht, groß und scheinbar unerschütterlich, nur in Jeans, Stiefeln und seinem Leder, sieht er wild und urtümlich aus. Gleich einem wilden Barbaren, den niemand stoppen kann.

Ich betrachte die faszinierenden Motive auf seinem tätowierten Arm – wunderschön ...

Keine Ahnung, ob es an den Schrecken der Nacht oder daran liegt, dass ich die letzten Jahre ziemlich einsam war, aber ich kann nicht bestreiten, dass dieser Rocker-Präsident eine enorme Anziehungskraft auf mich ausübt.

Wer weiß, wie lange ich mich in seiner Nähe aufhalten werde, aber eines steht fest: Ich werde auf mein Herz aufpassen müssen, das Letzte, was ich gebrauchen kann, ist, dass ich es erneut an einen Scorpion verliere.

5. Kapitel

Knox

Seit dem kurzen Zwischenstopp in Eau Claire sind knapp zwei Stunden vergangen. Die ersten Sonnenstrahlen vertreiben die Schwärze der Nacht und sorgen dafür, dass sich die Wolken lila färben.

Wie ein Roboter fahre ich die Interstate lang, folge den Kurven und versuche, die Tatsache, dass ich auf dem Bike meines Feindes sitze, zu verdrängen.

Wieder und wieder gehe ich gedanklich den Moment durch, in dem Brock erschossen wurde. Die Erinnerung ist wie eine Dauerschleife, aus der es kein Entkommen gibt.

Ich frage mich, was gewesen wäre, wenn wir doch in den Keller gegangen wären, oder ob er noch leben würde, wenn ich anders gehandelt hätte, doch im Grunde genommen spielt das keine Rolle. Ich kann die Zeit nicht zurückdrehen und meine falschen Entscheidungen ungeschehen machen. Der Tod ist eine Reise ohne Wiederkehr ...

Das Einzige, das mich immer wieder aus meinen dunklen Überlegungen reißt, ist der kleine Frauenkörper, der sich schutzsuchend an meinen Rücken presst.

Kelly muss längst völlig erschöpft und entkräftet sein, doch sie jammert nicht, sondern hält sich einfach nur an mir fest und überlässt mir die Führung.

Als Präsident ist es meine Aufgabe, den Club zu beschützen und die Member zu befehligen, doch es ist noch nie so gewesen, dass ich mich ganz speziell um eine Frau kümmern musste.

Bis jetzt bin ich jeglichen Beziehungen, die auch nur annähernd eine Verpflichtung bedeutet hätten, aus dem Weg gegangen - bis jetzt.

Ich habe diesem Mädchen versprochen, dass ich auf sie aufpassen und sie beschützen werde.

Fuck!

Und so überraschend und untypisch das auch für mich sein mag, das Erschreckendste ist, dass ich es nicht bereue.

Doppel-Fuck!

An einer roten Ampel anhaltend, stelle ich die Füße ab, strecke die Beine durch und reibe mir mit beiden Händen über das Gesicht.

Wenn ich Kellys Sicherheit garantieren will, muss ich Ty und alle seine Männer töten und in Duluth ein weiteres Chapter der Scorpions eröffnen.

Keine Ahnung, wie ich das anstellen soll, ich werde mir etwas einfallen lassen müssen.
Zane hält neben mir, deutet auf Kelly und sieht mich besorgt an.
„Die Kleine kann nicht mehr. Es ist nur noch eine Frage der Zeit, bis sie vom Bike fällt.“
Aye, mir ist auch schon aufgefallen, dass der Griff, mit dem sie sich an mir festhält, schwächer geworden ist.
„Vor uns liegt noch eine Stunde, da muss sie jetzt durch.“
Die Kreuzung liegt völlig verlassen vor uns, wenn ich nicht so verdammt erschöpft wäre, würde ich das rote Licht ignorieren und einfach weiterfahren. So aber nehme ich die kurze Pause dankend an.
„Sollten sich diese Pisser an unseren Bikes zu schaffen machen, werde ich sie in Stücke hacken.“
Der Ausdruck in Zanes Augen verrät mir, dass ihm etwas anderes viel größere Sorgen bereitet, das er nur nicht aussprechen will. Genau wie er habe ich mir ebenfalls schon Gedanken darüber gemacht, was die Hangmen nun mit Brocks Leiche machen.
Brock war ein guter Mann. Genau wie die meisten Scorpions hat er nichts mit der Religion am Hut gehabt, dennoch hat er eine anständige Beerdigung verdient.
„Wie könnten den Wichsern einen Deal vorschlagen. Ihre Bikes gegen den Leichnam unseres Bruders.“
Ein Zischen von sich gebend, starrt Zane auf die Ampel, die von Rot auf Grün umschaltet. Anstatt weiterzufahren, bleiben wir einfach stehen.
„Ohne die Maschinen der Henker haben wir nichts, was wir gegen unsere Harleys eintauschen können.“
„Das ist mir durchaus bewusst, Bro.“
Kelly bewegt sich hinter mir, rutscht noch näher an mich heran und schiebt ihre eiskalten Finger ein kleines Stück in den Bund meiner Hose.
Sie mag sich der Wirkung, die diese Berührung auf mich hat, nicht bewusst sein, doch es dauert nur wenige Atemzüge, bis mein Schwanz hart wie Stein ist. Auf einem Motorrad sitzend, ist das eine äußerst schmerzhafte Angelegenheit.
„Bullshit, Präs! Wir sind es Brock schuldig, ihn da rauszuholen.“
„Aye, das sehe ich auch so.“
Zane nickt.
„Dann ist es beschlossene Sache.“
Die Entscheidung ist uns beiden nicht leichtgefallen. Unsere Harleys sind, genau wie das Leder, das wir immer tragen, ein Teil von uns, sie aufzugeben, fühlt sich an wie ein Dolchstoß mitten ins Herz.

Als wir etwas über eine Stunde später endlich in Madison am Club ankommen, ist es kurz vor sieben Uhr morgens. Die beiden Anwärter, die in dem Wachhaus neben dem Tor Posten schieben, nicken uns begrüßend zu, ehe sie im Laufschritt die Zufahrt frei machen.

Das Gelände ist verlassen, alles ist totenstill. Ich lenke das Bike über den Hof und parke direkt neben dem Eingang des Clubhauses. Mit der Handfläche klopfe ich Kelly auf den Oberschenkel und gebe ihr so zu verstehen, dass sie absteigen soll. Zögerlich und beinahe in Zeitlupe krabbelt sie regelrecht von dem Sozius. Kaum dass sie auf ihren Füßen steht, wankt sie gefährlich. Zane eilt ihr zu Hilfe und stützt sie, bevor sie umkippt.

„Die Kleine ist kurz vor der Ohnmacht."

Obwohl er ihr nur helfen will, stört es mich, seine Hände auf ihren Hüften liegen zu sehen.

Mit einer fließenden Bewegung stehe ich auf, steige ab und packe sie mir in einer besitzergreifenden Geste.

Zane kapiert sofort, was Sache ist, lässt sie umgehend los und hebt in einer abwehrenden Bewegung die Hände.

„Ey, schon gut, Boss. Ich hab's kapiert. Don't touch."

Kelly, der die Augen zufallen, bekommt von dem, was um sie herum passiert, nichts mit.

„Wohin mit ihr?"

Eine gute Frage, ich denke kurz nach, ehe ich das absolut Undenkbare ausspreche.

„Ich nehme sie mit zu mir."

Den überraschten Ausdruck, den Zanes Gesicht annimmt, ignorierend, rede ich einfach weiter, bevor er einen dummen Kommentar loslässt und ich ihm meine Faust ins Gesicht rammen muss. „Gib allen Bescheid, dass sie sich um zwölf Uhr in meinem Büro einfinden sollen. Es gibt einiges zu besprechen!"

Mit diesen Worten lasse ich ihn stehen, hebe Kelly in meine Arme und trage sie durch den Club bis hin zu der kleinen Einliegerwohnung, die sich auf der Rückseite des Gebäudes befindet. Ihr Kopf sinkt gegen meine Schulter, ein warmes Pochen breitet sich in meinem Brustkorb aus.

Oh Gott, verdammt will ich sein ... Trotz der Schmerzen in meinem Rücken und der Erschöpfung, die mir das Denken schwer macht, will ich diese Frau unter mir liegen haben. Ich will sie ficken, beißen, in Besitz nehmen und herausfinden, was zur Hölle diese Kleine an sich hat, das mich so um den Verstand bringt.

Doch anstatt der Gier, die mich zu zerfressen droht, nachzugeben, lege ich sie einfach nur in mein Bett, decke sie zu und falle wenige Minuten später auf die Couch, die sich im angrenzenden Wohnzimmer befindet.

Ohne mir die Mühe zu machen, die Stiefel abzustreifen, verschränke ich die Arme unter dem Kopf, schließe die Augen und schlafe sofort ein.

Im Traum sehe ich immer wieder, wie Brocks Körper von Projektilen durchsiebt wird, sein Blut durch die Luft spritzt, während seine Augen den starren Ausdruck des Todes annehmen.

Als ich vier Stunden später wieder aufwache, fühle ich mich noch mieser als zuvor. Das wird ein echt beschissener Tag.

Mir bleibt noch eine Stunde, ehe ich bekanntgeben muss, dass der Club seinen Vize verloren hat.

Unruhig setze ich mich auf, nehme mir die Marlboroschachtel, die auf dem gläsernen Wohnzimmertisch liegt, und zünde mir eine Kippe an. Der warme Rauch füllt meine Lunge, ich brauche einen Kaffee. Auf dem Weg in die Küche höre ich, wie es an der Türe klopft. Fluchend gehe ich zu ihr, um nachzusehen, wer es wagt zu stören. Kaum dass ich sie geöffnet habe, bereue ich es auch schon.

Lola steht in einem kurzen schwarzen Minirock und einem ausgefransten bauchfreien Top vor mir. Ihre Lippen sind viel zu grell geschminkt, der süßliche Duft ihres Parfüms steigt mir in die Nase und beschert mir Kopfschmerzen.

„Was willst du hier?“

Trotz meiner unfreundlichen Begrüßung schenkt sie mir ein breites Lächeln.

Sie öffnet den Rock, lässt ihn nach unten gleiten und steht nun mit bloßer Muschi vor mir.

„Ist das nicht offensichtlich?“

Obwohl sie nicht die Pussy ist, die ich eigentlich ficken will, denn die schläft in meinem Bett, beginnt mein Schwanz zu zucken. Ihm ist es egal, in welches Loch er sich rammen darf, Hauptsache er wird den Druck los, den er verspürt, seit Kelly sich auf der Herfahrt so eng an mich geschmiegt und ihre kleinen Finger in meine Hose geschoben hat.

Im ersten Moment spiele ich mit dem Gedanken, Lola einfach wegzuschicken und in Ruhe einen Kaffee zu trinken, doch dann streckt sie ihre Hand aus und massiert mein hartes Glied durch den Stoff der Hose hindurch.

„Komm schon, Knox. Du willst mich.“

Falsch! Ich will nicht sie, ich will einfach nur ihre Vagina.

Fluchend ziehe ich erneut an der Kippe, packe Lola an den Haaren und ziehe sie grob in die Wohnung.

„Sorg besser dafür, dass du ausreichend feucht bist.“

Die Bitch kapiert sofort, dass ich in schlechter Stimmung bin, Unsicherheit huscht über ihr Gesicht. Falls sie es jetzt bereut, dass sie sich mir angeboten hat – Pech gehabt!

„Geh ins Wohnzimmer und beug dich über die Couch!“

Sie will etwas sagen, doch ich schüttle nur warnend den Kopf.

Ergeben kommt sie meinem Befehl nach, zieht sich das Top über den Kopf und nimmt die gewünschte Stellung ein. Dank ihrer leicht gespreizten Beine sehe ich ihre glatt rasierte Fotze.

Die Kippe auf dem Glastisch ausdrückend, hole ich ein Kondom aus der Kommode, öffne meine Hose, ziehe sie bis zu den Knien herab, hole meinen Schwanz raus und lasse ihn ein paarmal durch meine Faust gleiten. Ohne den Blick von ihrer rosa Öffnung zu nehmen, rolle ich mir das Latex über und bringe mich hinter ihr in Stellung.

„Halt dich fest.“

Sie tut, was ich will, ich packe ihre Hüfte und ramme mich mit einem kraftvollen Stoß in ihre feuchte Pussy. *Yeah, das ist es ...* Lolas Schrei hallt von den Wänden wieder, stachelt mich nur noch mehr an. Wieder und wieder stoße ich zu, arbeite den Frust der vergangenen Nacht an ihr ab und spüre, wie sich der Kopfschmerz, der sich angekündigt hat, auflöst.

Holy Shit, genau das habe ich jetzt gebraucht. Ihre Hand zwischen die Schenkel schiebend reibt sie über ihren Kitzler, sorgt so dafür, dass sie noch nasser wird. Mit zusammengebissenen Zähnen, angespannten Muskeln und festem Griff ficke ich sie so lange, bis sich meine Hoden zuckend zusammenziehen. Ein heißer Schauer rieselt an meinem Rücken hinab. Ich verpasse Lolas prallem Arsch einen harten Schlag, sie zuckt schmerzerfüllt zusammen.

Wieder und wieder lasse ich meine Hand auf ihre Rückseite klatschen, so lange, bis ihre Haut dunkelrot gefärbt ist. Sie bockt und schreit und presst sich meinen Stößen entgegen. Ohne Gnade treibe ich mich bis zur Wurzel in sie. Das Blut in meinem Schwanz beginnt zu kochen. Ich kneife die Augen zusammen und stelle mir vor, dass es Kelly ist, die ich bis zum Anschlag ausfülle. Das gibt mir den Rest. Schwall für Schwall spritze ich ab, knurre laut und werfe den Kopf in den Nacken. *Yeahhh, das ist es ...*

Ohne Rücksicht darauf zu nehmen, ob sie ebenfalls gekommen ist, ziehe ich mich aus ihr heraus, rolle das Kondom runter, knote es zu und lasse es auf den Boden fallen.

„Verpiss dich, Bitch!“
Sie sieht mich überrascht an. Genervt kneife ich mir mit zwei Fingern in den Nasenrücken.
„Raus, oder dein Arsch bekommt eine weitere Ladung Schläge verpasst.“
Ihr geflüstertes: „Du blödes Arschloch!“, lässt mich grinsen. Dank dem Fick mehr oder weniger entspannt, sehe ich zu, wie Lola sich wieder anzieht, ehe sie mit hocherhobenem Kopf aus dem Wohnzimmer rauscht.
Noch bevor ich in die Küche gehen und mir endlich meinen wohlverdienten Kaffee machen kann, entdecke ich Kelly, die mit weit aufgerissenen Augen im Türrahmen zum Schlafzimmer steht. Keine Ahnung, wie lange sie mich schon beobachtet, aber, ihrer dunkelroten Gesichtsfarbe nach, lang genug.
Als sie sieht, dass ich sie entdeckt habe, stottert sie ein leises „...Ähm ... guten Morgen“, ehe sie aus meinem Blickfeld verschwindet.
Gut? Na ja. Gut wäre er, wenn sie diejenige gewesen wäre, in die ich mich gerade bis zum Anschlag gerammt habe - so aber ...
Über mich selbst verwundert, gehe ich in die Küche, schütte ein paar Löffel Kaffeepulver in den Filter, fülle Wasser auf und schalte die Maschine an.
In vierzig Minuten muss ich offiziell verkünden, dass einer unserer First Nine, also eines der neun wichtigsten Mitglieder unseres Clubs, von den Devil's Hangmen getötet wurde.
Eines steht schon mal fest - heute wird mir die Scheiße nur so um die Ohren fliegen.

6. Kapitel

Kelly

Oh mein Gott! Oh mein Gott! Oh mein Gott!
Zwischen meinen Beinen pulsiert es, mein Gesicht brennt vor Scham und meine Hände sind verschwitzt.

Mit einer Mischung aus Faszination, Erregung, Angst und Neugierde habe ich Knox dabei beobachtet, wie er diese Frau nicht nur gevögelt, sondern auch geschlagen hat.

Mir ist klar, dass ich das nicht hätte sehen sollen und dass es meine Pflicht gewesen wäre, dem Präsidenten, in dessen Bett ich ganz offensichtlich die letzte Nacht verbracht habe, seine Privatsphäre zu lassen, aber ich konnte den Blick einfach nicht abwenden – ich war wie erstarrt.

In meiner Fantasie habe ich mir oft vorgestellt, wie es wohl ist, mit einem Mann zu schlafen - aber das? *Oh je ...,* das übersteigt meine Fantasie um Welten.

Obwohl ich mir mein erstes Mal zärtlich und liebevoll wünsche, kann ich nicht abstreiten, dass mich dieser animalische, grobe Akt extrem erregt hat.

Dass Knox kein Mann ist, der auf Kuscheln steht, habe ich mir fast schon gedacht, aber das, was er da mit dieser Frau gemacht hat, das war echt krass:

Er hat sie benutzt und dann einfach rausgeschmissen.

Dank meiner Unerfahrenheit fällt es mir schwer, ihre Schreie zu kategorisieren. War das Lust? Angst? Schmerz? Oder vielleicht sogar eine Kombination aus allem?

Bei Gott, ich habe keine Ahnung. Was ich aber weiß, ist, dass meine Brustwarzen geschwollen sind und dass mein Slip feucht ist.

Mit flatterndem Puls lasse ich mich auf die Matratze sinken und vergrabe das Gesicht in den Händen. Wie soll ich Knox denn jetzt, wo er weiß, dass ich ihn beim Sex beobachtet habe, jemals wieder gegenübertreten?

Für eine Weile spiele ich mit dem Gedanken, mich einfach heimlich davonzuschleichen, doch dank des eklatanten Mangels an Bargeld und Optionen, verwerfe ich ihn gleich wieder.

So ungern ich es auch zugebe, aber im Augenblick ist der Scorpions-Motorcycle-Club meine einzige Option.

„Verdammte Scheiße!“
Flüsternd schimpfe ich mit mir selbst.

Erst als mich eine dunkle, wohlbekannte Stimme fragt, ob ich einen Kaffee will, bemerke ich, dass ich nicht mehr alleine bin.

Unsicher, ob er wütend auf mich ist, hebe ich den Kopf und sehe ihn zerknirscht an.

„Das mit gerade, also das tut mir ... ähm ... echt leid ... Ich wollte nicht spionieren oder so."

Anstatt mich wie erwartet anzuschreien, reicht er mir eine schwarze Tasse mit dampfendem Kaffee. Dankend nehme ich sie an. Unsere Fingerspitzen berühren sich leicht, es fühlt sich so an, als würde ein elektrischer Schlag durch mein Handgelenk zucken. Verwirrt weiche ich zurück, was ihm ein Lächeln entlockt. Es ist so unfair. Während ich unsicher bin und nicht weiß, wie ich mit Knox umgehen soll, ist er die Ruhe selbst. Verlegen senke ich den Blick und konzentriere mich auf die cremige, wohlduftende Flüssigkeit. Das köstliche Aroma steigt mir in die Nase, mein Magen knurrt laut und erinnert mich daran, dass ich seit einer gefühlten Ewigkeit nichts gegessen habe.

„Ich wusste nicht, wie du ihn willst, also habe ich ihn für dich genauso gemacht wie für mich. Zwei Stück Zucker und ein Schuss Milch. Ich hoffe, das passt so?"

Echt jetzt? Wir unterhalten uns über Milch und Zucker. Wie skurril. Fehlt nur noch, dass er einen Kommentar über das Wetter abgibt.

Ich nicke und nehme einen Schluck.

„Du bist also nicht böse auf mich?"

Er trägt nur eine Hose und seine Stiefel und sieht verflucht sexy aus.

Seine kurzen braunen Haare sind verwuschelt und seine Augen blitzen vor Belustigung.

„Warum sollte ich? Wir sind beide erwachsen. Es war nur ein Fick, nichts Besonderes. Du wirst wohl kaum etwas beobachtet haben, was du nicht längst selbst getan hast."

Falls überhaupt möglich, laufe ich noch roter an. Knox bemerkt es natürlich und lacht.

„Was? Willst du mir etwa sagen, dass du schüchtern bist? Oder vielleicht gar eine Jungfrau?"

Vor Lachen schlägt er sich gegen die Brust, während ich mich an meinem Kaffee verschlucke und zu husten anfange.

Überrascht reißt er die Augen auf.

„Ach du Scheiße! Eine Jungfrau? Fuck! Ist das zu glauben?"

Mit den Fingern fährt er sich durch die Haare.

„Du machst Witze?"

Als ich weiterhin nichts sage, fallen ihm beinahe die Augen aus dem Kopf.

Mit seiner Tasse in der Hand lehnt er sich an die Wand, verschränkt die Fußknöchel und legt den Kopf schief.

„Ja leck mich am Arsch. Wie es scheint, muss *ich* mich bei *dir* entschuldigen. Es war nicht meine Absicht, dich zu schockieren, kleine Tinker Bell."

„Du hast mich nicht schockiert. Außerdem ist es dein Zuhause. Du kannst hier tun und lassen, was du willst. Ich danke dir dafür, dass ich in deinem Bett schlafen durfte."

Knox zwinkert mir frech zu.

„Das war quasi für mich ein erstes Mal."

Verständnislos sehe ich ihn an.

„Was meinst du?"

Er beugt sich ein kleines bisschen in meine Richtung, doch es reicht aus, um meine Atmung zu beschleunigen.

„Na, dass eine Frau in meinem Bett geschlafen hat."

Will er mir damit sagen, dass er sie sonst die ganze Nacht hindurch vögelt? *Wow!*

Meine Verwirrung muss mir ins Gesicht geschrieben stehen. Knox gibt ein Schnauben von sich und richtet sich wieder auf.

„Ich vermeide es, Frauen in mein Bett zu lassen. Ich ficke sie an jedem Ort, den du dir nur vorstellen kannst und das auf jede erdenkliche Art und Weise, aber ich lasse sie nicht in mein Bett."

Erneut setze ich die Tasse an meine Lippen und trinke.

„Und warum hast du mich in dein Bett getragen? Es hätte mir nichts ausgemacht, auf der Couch zu schlafen."

Seine Pupillen weiten sich. Anstatt meine Frage zu beantworten, stößt er sich von der Wand ab und wendet mir den Rücken zu.

„Das Bad ist den Flur runter, die letzte Tür rechts. Falls du duschen und dich frisch machen willst."

Mit diesem Hinweis lässt er mich sprachlos zurück. Gedanklich gehe ich unser Gespräch noch mal durch. Ich kann nicht fassen, dass er mich so schnell durchschaut und herausgefunden hat, dass ich noch nie mit einem Mann geschlafen habe.

Verdammt ist das peinlich!

Den Kaffee leerend stehe ich auf und sehe mich zum ersten Mal genauer in dem Schlafzimmer des Präsidenten des Scorpions-Motorcycle-Clubs um.

Die Wände sind schwarz angemalt, das massive Holzbett, das direkt unter einem silbernen Longhorn steht, ist mit anthrazitfarbener Bettwäsche bezogen und auf dem Boden liegt ein mitternachtsblauer Fransenteppich.

Alles ist überraschend sauber und staubfrei.
An den Wänden hängen Poster von Harleys, alte, verblichene Fotos und eine Uhr, die in einen Reifen eingearbeitet wurde.
Nicht gerade mein bevorzugter Einrichtungsstil, aber es hat seinen Charme. Auf dem abgeschnittenen Ölfass, das als Nachtkästchen fungiert, steht eine halb leere Flasche Jack Daniels, neben der nicht nur ein Revolver, sondern auch ein zerfledderter Straßenplan liegt. Mit einem roten Stift wurde eine Route eingezeichnet, neben der verschiedene Abkürzungen, die aus Zahlen und Buchstaben bestehen, notiert wurden. Was die wohl zu bedeuten haben?
Ich zügle meine Neugierde, riskiere einen Blick ins Wohnzimmer und lasse zu, dass meine Augen an genau der Stelle verweilen, an der Knox die Frau von hinten genommen hat.
Wie es sich wohl anfühlt, seinen Penis in sich zu spüren?
Ob es weh tut? Wahrscheinlich tut es das ...
Ich setze meine visuelle Erkundungsreise fort. Auf einem Holztisch steht ein viereckiger Glaskasten, in dem weißer Sand und mehrere Steine so drapiert wurden, dass es nach einer mini Wüste aussieht.
Etwas Kleines, Gelbes, das ich von hier nicht erkennen kann, huscht hinter einem der Steine hervor. Was ist das?
Ich wage mich weiter vor und entdecke hinter der Scheibe des Terrariums einen etwa zehn Zentimeter großen Skorpion, er hat einen eher schlanken Körperbau und zierlich wirkende Scheren. Als er mich sieht, rennt er angriffslustig auf das Glas zu und hebt in einer bedrohlichen Geste seinen spitzen Stachel an.
Auf eine abstruse Weise finde ich ihn nicht nur erschreckend und angsteinflößend, sondern auch wunderschön.
„Wie ich sehe, hast du mit Leiurus Bekanntschaft gemacht."
Ich war so auf den Skorpion konzentriert, dass ich das zweibeinige Raubtier, das sich mir von hinten genähert hat, gar nicht bemerkt habe.
„Leiurus? Was ist das denn für ein Name?"
Knox beugt sich vor, schnippt gegen das Glas und sieht mich an.
„Das hier ist ein Gelber Mittelmeerskorpion, auf Latein heißt er Leiurus quinquestriatus. Weil mir das aber zu lang und zu kompliziert ist, habe ich es abgekürzt."
Ich versuche, seinen kompletten Namen auszusprechen, scheitere aber.
„Sieh ihn dir genau an, Kelly. Er ist das Vorbild für unser Zeichen."
Sofort muss ich an den schwarzen Skorpion mit dem roten Death Skull denken.
„Erkennst du die fünf Längsstreifen auf seinem Rücken? Und siehst du, wie klein seine Scheren sind?"

Ich nicke.
„Skorpionarten mit großen Scheren sind weniger giftig, dieser hier ist jedoch die giftigste und tödlichste Art, die es auf diesem Planeten gibt."
Ein Schauer lässt mich erbeben.
„Warum um alles in der Welt will man so ein Haustier haben?"
„Er ist kein Haustier, also nicht im herkömmlichen Sinn."
Ich beobachte, wie der Skorpion über den Sand läuft und winzig kleine Spuren darin hinterlässt.
„Was meinst du damit?"
„Diese Gattung ist besonders angriffslustig. Sie benutzt ihren Giftstachel immer, wenn sie eine Gefahr oder eine Bedrohung verspürt. Sie sticht blitzschnell mehrere Male hintereinander zu. Das Gift des Leiurus greift zuerst das Herz an, ehe es das Nervensystem lahmlegt. Ein Stich reicht aus, um dein Herz stillstehen zu lassen. Wenn er dich gestochen hat, verspürst du zuerst starke Schmerzen, so dass der sicher eintretende Tod fast schon eine Erlösung ist."
Er macht eine dramaturgische Pause, die ihre Wirkung nicht verfehlt, ehe er weiterspricht.
„Dieser Skorpion und ich, wir haben eine Menge gemeinsam."
„Ach und was genau? Einen tödlichen Stachel vielleicht?"
Ich muss über meinen eigenen Witz lachen.
Knox hingegen bleibt ernst und sieht mir tief in die Augen.
„Nein, Baby. Das habe ich nicht gemeint. Außerdem hast du selbst gesehen, dass die Bitch, als ich mit ihr fertig war, noch gelebt hat. Sie konnte sogar noch laufen, und das ist nicht selbstverständlich."
Was??? So langsam wird mir etwas unwohl ...
„Ähm ja, okay, worauf willst du dann hinaus?"
Für eine Weile starrt er mich einfach nur an, dann hebt er ganz langsam seine Hand und streift mit dem Handrücken mehr als zärtlich über mein Schlüsselbein. Ein Schauer rieselt zwischen meinen Schulterblättern hinab, meine Brustwarzen ziehen sich erregt zusammen. Die Intensität seines Blicks lähmt mich. Als er zu sprechen anfängt, klingt seine Stimme dunkel und rau, fast schon wie ein Knurren.
„Wir zögern nicht – wir töten!"
Was um Himmels willen soll ich darauf antworten?
Da mir nichts Passendes einfallen will, schlucke ich den Kloß, der sich in meinem Hals gebildet hat, herunter und bleibe still.
So wie ich das sehe, wurde alles Wichtige gesagt – die Warnung ist angekommen.

7. Kapitel

Knox

Beinahe lautlos schließt Kelly die Badezimmertüre hinter sich. Ich höre, wie das Schloss einrastet und weiß, dass ich sie geängstigt habe. Gut so ...

Noch bevor ich heute Morgen herausgefunden habe, dass sie noch unberührt ist, wollte ich sie dringender als den nächsten Atemzug. Dass ich Lola gefickt habe, war nur, um etwas von dem Druck abzubauen, der sich dank Kelly in mir aufgestaut hat.

Dieses Mädchen reizt mich wie noch keine zuvor. Das ist gefährlich – zumindest für sie.

Was zur Hölle soll ein Mann wie ich mit einer Frau wie ihr?

Sie ist eine gottverdammte Jungfrau und sie gehört genau genommen den Hangmen.

Kelly würde an mir zerbrechen, ich würde sie zerstören und mich selbst dafür hassen.

Das Beste wäre, wenn ich sie mir aus dem Kopf schlage, ihr tausend Dollar in die Hand drücke und sie fortschicke.

Sie hat versucht, uns zu retten, wir haben sie gerettet – wir sind quitt.

Und obwohl mir das alles mehr als bewusst ist, bringe ich es nicht übers Herz, sie einfach gehen zu lassen. Dass ich sie mit zu mir genommen und nicht einfach in einer clubeigenen Gästewohnung untergebracht habe, sagt schon viel aus - dass ich sie aber auch noch in mein Bett gelegt habe ... *Fuck!* Das kommt einem Statement gleich.

Fluchend raufe ich mir die Haare und ziehe so fest an ihnen, dass es schmerzt.

Das Rauschen der Dusche ertönt und mein Schwanz beginnt zu zucken. Das Wissen, dass sich Kelly nackt und feucht nur wenige Meter von mir entfernt in meiner Bude aufhält, stellt meine Selbstbeherrschung auf eine harte Probe. Uns trennt nichts weiter als eine Türe, die bei Gott kein wirkliches Hindernis für mich darstellt. Es ist süß, dass sie abgesperrt hat, aber das schützt sie auch nicht vor mir.

Es wäre so leicht, sie mir zunehmen – im Grunde genommen gehört sie schon mir. Sie befindet sich nicht nur im Revier des Scorpions-Motorcycle-Clubs, sondern auch noch auf unserem Gelände. Niemand würde mich zur Rechenschaft ziehen, wenn ich sie mir jetzt packen, sie an die Wand pinnen und ficken würde - und dennoch tue ich es nicht.

Teufel noch eins! Was ist nur mit mir los?

Entwickle ich nach all den Jahren etwa so etwas wie ein Gewissen?

Zu meinem Erstaunen will ich Kelly nicht verletzen, ich will sie auch nicht nur für einen bedeutungslosen Fick, oh nein, das, was ich von ihr will, ist wesentlich mehr und es macht mir eine Scheißangst.

Ich kenne Kelly nicht. Alles, was ich über sie weiß, ist, dass sich wegen ihr ein Hangman und ein Scorpion erschossen haben, dass sie verdammt süß, extrem sexy und unglaublich mutig ist.

Den Blick von der Türe abwendend, drehe ich mich zu Leiurus um.

Die Leiurus quinquestriatus sind nachtaktiv und Einzelgänger, bis jetzt konnte ich mich damit ebenfalls perfekt identifizieren. Doch im Moment fühlt es sich so an, als hätte jemand ein weibliches Geschöpf in das Terrarium, das mein Leben darstellt, gesetzt, und ich habe keine Ahnung, wie ich mit dieser Entwicklung umgehen soll.

„Fuck!"

Mit dem Fingerknöchel gegen das Glas klopfend, beobachte ich Leiurus, wie er kampfbereit den Stachel hebt und mich durch die Scheibe hindurch angreifen will.

Er hat recht ...

Jetzt ist nicht der richtige Zeitpunkt, um sich von einer süßen, blonden und nach Apfel riechenden Tinker Bell den Kopf verdrehen zu lassen. Jetzt ist der richtige Zeitpunkt, um zu kämpfen. Blut liegt in der Luft, es liegt an mir, die Straßen damit zu tränken ...

Wir müssen an den Leichnam unseres verstorbenen Vizes kommen, seinen Tod rächen und einen Weg finden, wie wir unsere Bikes zurückbekommen.

Nach einem kurzen Blick auf die Uhr weiß ich, dass mir nur noch fünf Minuten bleiben. Schnell ziehe ich mir eine frische Hose, ein sauberes Shirt und meine Kutte an und verlasse die Wohnung. Es wird Zeit, ein paar Dinge zu regeln – wir brauchen einen Plan!

Die Ellenbogen auf den Tisch stützend, reibe ich mir über die müden Augen.

Mein Büro ist voll – alle sind gekommen. Völlig egal, ob First Nine, einfacher Member oder Prospect, alle sind Zanes Ruf gefolgt und alle stehen jetzt, wo ich verkündet habe, dass Brock tot ist, unter Schock.

Rhett, der Chef der Rotlichtcrew unseres MCs, springt wütend von seinem Sitzplatz auf.

„Dafür werden wir jeden einzelnen Hangman am Galgen baumeln lassen. Diese Wichser werden den Boden unter den Füßen verlieren und das nicht nur sprichwörtlich." Er schlägt mit der geballten Faust auf den Tisch und sieht mich kämpferisch an.

Zustimmendes Gemurmel wird laut, jeder Scorpion ist bereit, für unseren Motorcycle-Club sein Leben zu lassen – das erfüllt mich mit Stolz. Loyalität, Treue, Ehrlichkeit und Aufopferungsbereitschaft sind die Pfeiler, auf die sich unsere Bruderschaft stützt.

Zane steht auf, bittet mit einem Handzeichen um Ruhe.

„Wie besprochen brauchen wir eine Handvoll Männer, die bereit sind, Brock gegen die Bikes der Hangmen einzutauschen, damit wir ihm eine anständige und ehrenvolle Beerdigung zuteilwerden lassen können.“

Noch bevor ich fertig gesprochen habe, gehen fünf Hände hoch.

„Gut. Wir werden einen Boten vorausschicken, der alles Nötige mit Ty bespricht.“

Eleven, eines unserer jüngsten Mitglieder, der eigentlich Peter heißt und seinen Namen daher hat, dass er elf Menschen in nur einer Nacht getötet hat, wirft vor Zorn seine leere Bierflasche durch den Raum. Sie fliegt über unsere Köpfe, knallt gegen die Wand und zerplatzt dort in tausend kleine Splitter. Als Kind wurde ihm eine Impulskontrollstörung attestiert, in meinen Augen ist dieser Fachbegriff nicht annähernd ausreichend für das, was in seinem irren Kopf vorgeht. Er ist in dutzenden Heimen aufgewachsen und hat mehr Zeit im Jugendknast verbracht als wir alle zusammen. Und das will was bedeuten. Eleven ist eine tickende Zeitbombe und doch ist er unserem MC gegenüber loyal bis in den Tod - und das schätze ich an ihm. Zane legt ihm in einer beruhigenden Geste die Hand auf die Schulter.

„Hey Kleiner, reg dich ab. Alles hat seine Zeit ... Es gibt Tage, an denen verhandelt wird und es gibt Tage, an denen gekämpft wird. Bevor wir die Devil’s Hangmen auslöschen, müssen wir uns um Brock kümmern, das sind wir ihm schuldig.“

Mit geballten Fäusten und vor Hass blitzenden Augen gibt Eleven ein: „Verstanden, Sergeant“ von sich.

„Was ist mit euren Bikes? Wollt ihr die aufgeben?“

Rhetts Frage ist mehr als berechtigt.

Ich werfe einen Blick auf die Kutte meines verstorbenen Vizes, die zu seinen Ehren mittig auf dem Tisch, an dem wir sitzen, ausgebreitet wurde.

„Dafür werde ich mir noch etwas einfallen lassen müssen. Da wir die Harleys der Hangmen gegen unseren toten Bruder eintauschen, fehlt uns ein Tauschgut. Aber alles zu seiner Zeit.“

Zane reibt sich über die Stirn und sieht mich an. An dem Ausdruck in seinem Gesicht erkenne ich, dass er eine Idee hat.

„Was ist mit dem Mädchen? Ty will sie, das war ihm deutlich anzusehen. Was, wenn wir ihm Kelly anbieten? Ich wette, dieser kranke

Wichser wird sich auf diesen Deal einlassen! Was sagst du, Präs? Das wäre die einfachste und schnellste Lösung, unsere Harleys zurückzubekommen."

Fassungslos sehe ich Zane an und kämpfe gegen den Drang an, ihn unter den Tisch zu prügeln.

Bullshit! Was ist nur mit mir los?

Im Grunde genommen ist seine Idee genial. Kelly ist kein Teil unseres Clubs, sie ist eine Außenstehende, deren Schicksal mir eigentlich völlig egal sein sollte ... eigentlich ...

Dieses Mädchen hat kein Recht auf den Schutz des Clubs und ja, mir ist auch aufgefallen, dass da etwas zwischen Ty und Kelly war, dennoch sträubt sich in mir alles gegen die Vorstellung, die Kleine an meinen Erzfeind zu übergeben.

Wenn sie jemand fickt, dann will ich derjenige sein, der das tut.

Verdammt! Verdammt! Verdammt!

Noch bevor ich die richtigen Worte finde, mit denen ich Zanes eigentlich geniale Idee als schlecht abstempele, meldet sich Eleven zu Wort.

„Das können wir nicht machen. Sie ist eine Frau. Und Frauen müssen beschützt werden."

Von dieser Aussage überrascht sehe ich ihn an.

„Das sagst du?" Zane klingt belustigt und fassungslos. „Du hast schon mehr Männer auf dem Gewissen als wir alle zusammen. Aber dieses Mädchen, das du noch nie gesehen hast, willst du schützen? Fick dich, Bro! Fick dich! Es geht hier ja schließlich nicht um deine Harley, du kannst leicht großmütig sein."

Von Zanes Ausbruch völlig unberührt, zuckt Eleven nur mit den Schultern.

„Frauen sind was anderes. Die schlägt man nicht, man verletzt sie nicht und man tötet sie nicht. Sie sind das Licht dieser Welt und sie müssen beschützt werden."

Oh, jetzt fängt das wieder an ...

Rhett, der nur lachend den Kopf schüttelt, zündet sich eine Kippe an und bringt schlussendlich die Lösung zur Sprache.

„Was, wenn wir einen Mittelweg finden? Wenn wir Ty den Tausch so anbieten, wie Zane es vorgeschlagen hat, wir das Mädchen aber nie an die Hangmen übergeben. Damit wäre uns doch allen geholfen. Oder sehe ich das falsch?"

Alle Anwesenden nicken, selbst Eleven scheint einverstanden zu sein.

Entschlossen endlich eine Lösung zu finden, stehe ich auf und lasse meinen Blick über jeden der anwesenden Scorpions gleiten.

Nach und nach verstummen alle und schenken mir ihre Aufmerksamkeit.

„Hört mir zu, Brüder. Letzte Nacht haben wir einen Rückschlag erhalten. Ein Scorpion wurde getötet und somit unsere Gemeinschaft geschwächt. Aber wir wären nicht die, die wir sind, wenn wir nicht kämpfen würden! Viel Blut wird fließen und einige Leichen werden unseren Weg zieren, doch wir werden es schaffen – wir werden siegen und den Devil's-Hangmen-Motorcycle-Club auslöschen. Diese Wichser werden in Vergessenheit geraten, während wir unseren Sieg feiern. Doch das alles geht nicht an einem Tag, wir werden unsere Ziele in Etappen erreichen und wir werden uns in Geduld üben müssen."

Ich atme tief durch und mache eine kurze Pause.

„Wir werden Ty nicht nur seine Bikes im Austausch für Brock, sondern auch Kelly für unsere Harleys anbieten. Das ist ein riskanter Plan, aber wir werden es schaffen, da bin ich mir sicher."

Einige nicken, andere grunzen zustimmend und jeder, der einen Platz am Tisch ergattern konnte, klopft mit den Fäusten auf die abgewetzte Holzplatte.

Jetzt, wo das entschieden ist, werden wir uns einen Plan zurechtlegen müssen.

Ja, ich habe zugestimmt, das Mädchen einem gewissen Risiko auszusetzen, aber ich werde nicht zulassen, dass sie in die Hände der Hangmen gerät.

Früher oder später werde ich mir diese Jungfrau schnappen und ihr enges Loch so wund ficken, dass sie mich um Gnade anflehen wird. Wenn ich erst mal mit ihr fertig und diese irre Besitzgier, die ich ihr gegenüber empfinde, losgeworden bin, steht es ihr frei zu gehen. Doch bis dahin wird sie bleiben, wo sie ist. In meiner Wohnung, in meinem Bett, aber vor allem unter meiner Kontrolle.

8. Kapitel

Kelly

Während ich geduscht und mich etwas frisch gemacht habe, ist Knox verschwunden. Unsicher, was ich jetzt tun soll, streife ich durch seine Wohnung, doch nach einer knappen halben Stunde hat meine Geduld ein Ende.

Mein ganzes Leben steht kopf, weil ich so naiv war und den drei Scorpions geholfen habe. Jetzt stehe ich hier, traue mich nicht mehr in mein Zuhause, in dem vermutlich eine Leiche liegt, und weiß nicht, wie ich aus dem Schlamassel wieder rauskommen soll.

Das letzte Mal, dass das *Break* zahlende Gäste hatte, ist schon eine gefühlte Ewigkeit her, dennoch fühle ich mich in diesem Haus wohl. Jetzt werde ich es verkaufen und in eine andere Stadt ziehen müssen. Aber wohin?

Hinter meinen Schläfen breitet sich ein schmerzhaftes Pochen aus, mein leerer Magen rebelliert.

Knox schuldet mir Antworten. Ich will wissen, wie es weitergeht und was auf mich zukommt. Wenn dieser Scorpion denkt, dass er sich vor mir verstecken kann, hat er sich geschnitten.

Entschlossen ihn zu suchen, verlasse ich die Wohnung. Da ich letzte Nacht nicht ganz bei mir war und Knox mich getragen und anschließend ins Bett gebracht hat, dauert es einen Moment, bis ich mich zurechtfinde und ungefähr eine Ahnung habe, wo ich bin.

Den langen Flur entlanggehend vernehme ich laute Stimmen. Die Türe, hinter der eine Art Versammlung stattfindet, ist nur angelehnt. Unsicher, ob ich einfach stören kann, bleibe ich stehen und lausche, was gesprochen wird. Es wird über Brock, Motorräder und einen Tausch gesprochen. Nicht alle sind sich einig, die Diskussion wird hitziger. Gerade als ich die Hand heben und mich mit einem Klopfen bemerkbar machen will, höre ich Zane.

„… Was ist mit dem Mädchen? Ty will sie, das war ihm deutlich anzusehen. Was, wenn wir ihm Kelly anbieten? Ich wette, dieser kranke Wichser wird sich auf diesen Deal einlassen! Was sagst du, Präs? Das wäre die einfachste und schnellste Lösung, unsere Bikes zurückzubekommen …“

Wie vom Schlag getroffen verharre ich in der Bewegung. Es fühlt sich so an, als ob mir jemand einen harten Punch in den Bauch verpasst hätte.

Die Erkenntnis, dass mich ausgerechnet der Rocker, dem ich letzte Nacht geholfen und wegen dem ich alles verloren habe, einfach so an Ty ausliefern will, macht mich schwindelig. Wie konnte ich diesen Männern nur vertrauen? Es war ein Fehler, zu denken, dass diese Scorpions anständige Kerle sind. Mit aller Willenskraft widerstehe ich dem Drang, in den Raum zu stürzen, um Zane und Knox zu sagen, dass ich sie für widerliche, hinterhältige Drecksäcke halte. Ich muss hier weg! Sofort!

Anstatt wie geplant mit Knox über die Zukunft zu reden, drehe ich mich um, renne zurück in die Wohnung und schlage die Türe hinter mir zu.

Was soll ich denn jetzt machen?

Alles, was ich weiß, ist, dass ich offensichtlich niemandem trauen kann.

Völlig egal, wo ich als Nächstes hingehe, bevor ich von hier abhaue, brauche ich Bargeld - und davon so viel wie möglich.

Unter anderen Umständen hätte ich ein schlechtes Gewissen, eine mir fremde Wohnung mit dem Vorsatz zu stehlen nach Wertsachen zu durchsuchen – in diesem Fall allerdings nicht. Hätte ich Knox und den Scorpions nicht geholfen, wäre ich jetzt nicht in der misslichen Lage, also ist es ja quasi deren Aufgabe, mich zu unterstützen, selbst wenn sie es unfreiwillig tun.

Die Tatsache, dass sie mich einfach so gegen ihre bescheuerten Motorräder eintauschen wollen, zeigt mir, dass es die Scorpions nicht so mit dem Unterstützen haben.

Diese blöden, emotionslosen Arschlöcher!

Hektisch und mit rasendem Puls durchsuche ich sämtliche Schubladen.

Als ich im Schlafzimmer nichts außer Munition und ungefähr ein Dutzend unterschiedlicher Waffen finde, setze ich mich kurz hin und denke fieberhaft darüber nach, wo ich mein Geld verstecken würde, wenn ich ein Rocker-Präsident wäre ...

Irgendwie muss ich an die Küche denken, also gehe ich da hin und schaue als Erstes in der Besteckschublade nach – Fehlanzeige.

Der Kühlschrank hinter mir beginnt zu rattern, mir kommt eine Idee.

Neugierig öffne ich das Gefrierfach. Es ist bis auf eine silberne Dose und eine Flasche Wodka leer.

Das Gefühl, auf der richtigen Spur zu sein, wird immer stärker. Ich hole die Dose raus, öffne unter Einsatz all meiner Kraft den Deckel und breche vor Erleichterung in Tränen aus. Das nenne ich einen Volltreffer!

Ein dickes Bündel zusammengerollter grüner Geldscheine, die von einem schwarzen Gummiband zusammengehalten werden, sticht mir ins Auge.

Mit zitternden Fingern hole ich es heraus und rolle den Gummi ab - alles 500-Dollar-Scheine. Ich zähle sie und sinke, als ich bei der unglaublichen Summe von 10000 Dollar ankomme, auf den kalten Fliesenboden.

Ach du heilige Scheiße!

Je länger ich hier sitze und das Geld anstarre, umso klarer werden meine Gedanken.

Entschlossen ruhig und überlegt vorzugehen sortiere ich die Dinge, deren ich mir sicher sein kann.

Weder kann ich den Scorpions noch den Hangmen vertrauen. Aber wer weiß - vielleicht kann ich mir die Idee von Zane zu eigen machen.

Ty hasst auf dieser Welt nichts so sehr wie die Scorpions. Wenn ich ihm anbiete, ihm dabei zu helfen, die Scorpions in eine Falle zu locken, dann kann ich mich mit ihm wieder gut stellen, muss das *Break* vielleicht nicht verkaufen und komme dank der 10000 Dollar, die gerade in meinen Besitz übergegangen sind, die nächste Zeit über die Runden.

Eigentlich ein echt megagenialer Plan, dumm nur, dass ich keine Ahnung habe, wie ich ihn umsetzen soll.

Als Erstes brauche ich ein Telefon, dann werde ich Ty anrufen und dann werde ich sehen, wie er auf mich reagiert und ob er auf meinen Vorschlag eingeht.

Selbst wenn seine Wut auf mich so groß ist, dass er sich nicht auf meinen Deal einlässt, habe ich immer noch das kleine Vermögen, das ich eben im Tiefkühlschrank gefunden habe. Auf jeden Fall hat sich meine Ausgangsposition in den letzten Minuten sehr zu meinem Vorteil verändert.

Ich höre, wie die Wohnungstüre geöffnet wird, springe erschrocken auf, rolle das Geld zusammen und stecke es mir in den Ausschnitt, ehe ich mit zitternden Fingern die Dose schließe und zurück zur Wodkaflasche in das Gefrierfach lege. Eine Sekunde bevor Knox zu mir in die Küche kommt, nehme ich eine unauffällige Position am Waschbecken ein und tue so, als würde ich aus dem Fenster auf das Gelände draußen sehen.

Shit! Das war verdammt knapp!

Dank dem Adrenalin, das durch meine Adern rauscht, höre ich meinen viel zu schnell kommenden Herzschlag in den Ohren dröhnen.

Gott, bin ich nervös. Was, wenn er Verdacht schöpft, in die silberne Dose schaut und herausfindet, dass ich ihn bestohlen habe?

Irgendwie habe ich das Gefühl, dass es meiner Gesundheit nicht gerade guttun würde, Knox auf mich wütend zu machen. Aber andererseits tut es ihr ebenfalls nicht gut, wenn mich die Scorpions wie geplant gegen ihre Bikes eintauschen.

So oder so - wenn ich meine Moralvorstellungen nicht über Bord geworfen und das Geld an mich genommen hätte, wäre ich zu der Verliererin in dieser Geschichte geworden, und das werde ich nicht zulassen.

Unsicher lecke ich mir über die Unterlippe, der Skorpion auf Knox' Kutte sticht mir ins Auge. Jetzt, wo ich weiß, was es mit dem Zeichen dieses Clubs auf sich hat, finde ich es irgendwie noch furchteinflößender.

„Bist du gekommen, um zu schauen, ob mich dein Haustier schon vergiftet hat?"

Mit diesem eher schlechten Witz versuche ich, meine Nervosität zu überspielen, hoffentlich gelingt es mir.

„Du wirst wohl kaum so naiv sein und ihn streicheln wollen?"

Ganz gewiss nicht.

„Nein, aber was ist, wenn ich beschließe, ihn frei zu lassen?"

Knox legt den Kopf leicht schief und sieht mich prüfend an. Oh, oh, hat er etwa bemerkt, dass etwas nicht stimmt?

„Warum solltest du das tun?"

„Aus Mitleid. Ein Leben in Gefangenschaft ist nicht gerade erstrebenswert."

Die Augen zusammenkneifend nähert er sich mir.

„Leiurus wurde in Gefangenschaft geboren. Er kennt nichts anderes, solltest du ihn frei lassen, wäre das sein Todesurteil."

Warum kommt es mir im Augenblick so vor, als wäre dieser Skorpion nicht der einzige Gefangene hier? Wenn ich jetzt beschließen würde zu gehen, würde Knox mich aufhalten? Wahrscheinlich schon.

„Jedes Lebewesen hat einen Überlebensinstinkt. Du solltest Leiurus nicht unterschätzen, Knox."

Die Rolle Dollarscheine, die ich in mein Dekolleté gesteckt habe, fühlt sich so an, als würde sie eine Tonne wiegen, das Gewicht zwingt mich beinahe in die Knie.

Erneut nähert er sich mir, jetzt sind wir uns so nah, dass mir sein Geruch in die Nase steigt. Die Luft um uns herum beginnt zu flirren, meine Brustwarzen ziehen sich zusammen und stellen sich auf. Knox scheint die Anziehungskraft, die sich zwischen uns ausbreitet, ebenfalls zu spüren, ein wildes Knurren löst sich aus seiner Kehle.

Im Augenwinkel sehe ich etwas Grünes auf dem grauen Fliesenboden liegen und zucke, als ich erkenne, dass ich einen der Geldscheine auf dem Boden liegen gelassen habe, erschrocken zusammen.

Wenn Knox ihn entdeckt, wird er sofort ahnen, was ich getan habe und dann bin ich am Arsch. *Verflucht! Was jetzt?*

Ich muss ihn unbedingt ablenken.

Mangels anderer Ideen greife ich zur ersten, die mir durch den Kopf schießt, überwinde die Distanz, die mich noch von dem Präsidenten der Scorpions trennt, stelle mich auf die Zehenspitzen und drücke ihm einen unbeholfenen Kuss auf den Mund.

Lieber Gott, steh mir bei!

Seine Lippen sind warm und fest und absolut reglos.

Ein schmerzhafter Stich zuckt durch mein Inneres, anscheinend will er mich nicht küssen. Findet er mich nicht sexuell anziehend?

Beschämt löse ich mich wieder von ihm, gerade als ich einen Schritt zurückweichen will, packt er mich blitzschnell an der Hüfte, umspannt mit seinen großen Händen meine Beckenknochen und reißt mich kraftvoll an sich. Ich gerate ins Stolpern, falle gegen seinen harten Oberkörper und quietsche erschrocken auf.

Plötzlich hält er mich anders. Einen Arm schlingt er mir um die Taille, mit der anderen Hand packt er sich meine Haare, vergräbt seine Finger darin und reißt meinen Kopf nach hinten. Bevor ich mich auf die neue Position einstellen kann, gibt er ein gezischtes: „Zum Teufel!“, von sich und presst auch schon seinen Mund auf den meinen. Dieses Mal ist er nicht reglos und unbeteiligt, sondern bestimmend, wild, feucht, gierig und unberechenbar. Unsere Zähne schlagen aufeinander, Knox’ Zunge wühlt sich durch meinen Mund und fordert mich so auf, seinen Kuss zu erwidern. Atemlos unterwerfe ich mich seiner Inbesitznahme und streiche vorsichtig mit meiner Zunge über die seine. Sein Geschmack flutet meine Sinne. Eine Mischung aus Rauch, Kaffee und Mann, die mich völlig schwindelig macht.

Erst zögerlich, doch dann immer selbstsicherer küsse ich ihn zurück und seufze verzückt auf, als seine Hand meinen Po umfasst und ihn zu kneten beginnt. Die Konturen seines harten Glieds pressen sich gegen meinen Oberschenkel, machen mich neugierig auf mehr.

In meinem Leben habe ich schon ein paar Männer geküsst, aber so? Nein, so war es noch nie. Dieser Rocker nimmt sich, was er will, erobert jenen Winkel meines Mundes und sorgt so dafür, dass es zwischen meinen Schenkeln sehnsüchtig zu pochen beginnt.

Für einen Moment vergesse ich, dass wir auf zwei verschiedenen Seiten stehen, dass er mich an Ty ausliefern will und dass sich sein Geld in meinem BH befindet. Für ein paar kostbare Sekunden sind wir einfach nur ein Mann und eine Frau, die sich begehren. Erst als er seine Hand immer weiter über meinen Körper gleiten lässt und sich meinen Brüsten nähert, beginnt mein Verstand wieder zu funktionieren.

Ich muss das sofort stoppen! Ein paar Zentimeter mehr und er spürt, was sich unter meinem BH befindet.

Mit letzter Willenskraft stemme ich meine Hände gegen seinen Brustkorb, drehe meinen Kopf zur Seite und beende so unseren Kuss.

Knox atmet schwer, gibt ein widerwilliges Grollen von sich und will mich zurück in Position bringen, um da weitermachen zu können, wo ich ihn gerade unterbrochen habe, doch ich schüttle den Kopf.

„Bitte ... bitte nicht ..."

Ich spüre, wie sich die Muskeln unter meinen Fingern anspannen und sehe an seinen verzerrten Gesichtszügen, dass es ihn einiges an Selbstbeherrschung kostet, auf mein Flehen zu hören. Die Arme, die mich umschlingen, sind hart wie Stahl, ich komme mir vor wie in einem lebendigen Käfig.

„Nenn mir einen Grund, warum ich jetzt aufhören soll."

Seine Stimme klingt so dunkel, dass ich sie kaum wiedererkenne.

„Es geht zu schnell."

Und das ist nicht einfach nur eine Ausrede, sondern eine Tatsache.

Auch wenn die Dinge zwischen uns anders stehen würden und sich sein Geld nicht in meiner Unterwäsche befinden würde, könnte ich das Spiel, das ich angefangen habe, nicht zu Ende bringen.

Ja, ich bin erregt und ja, mein Slip ist feucht, aber ich bin nicht bereit, mich jetzt und hier, in einer Küche stehend, von diesem Biker entjungfern zu lassen.

Knox' Wangenmuskulatur zuckt und an seiner Schläfe pocht es. Gerade als ich befürchte, dass er meinen Willen übergehen und mich einfach erneut küssen wird, lässt er mich so abrupt los, dass ich ins Wanken gerate.

„Lass dir eins gesagt sein, Mädchen. Das nächste Mal, wenn du mich küsst, lasse ich mich nicht mehr stoppen. Dann nehme ich mir, was ich will und dann zeige ich dir, wie es sich anfühlt, von einem Mann bis zum Anschlag ausgefüllt zu werden."

Einen Fluch auf den Lippen, wendet er sich von mir ab, lässt mich zitternd stehen und verlässt die Küche.

Mit prickelnden Lippen, einem feuchten Höschen, 10000 Dollar zwischen den Brüsten und einem vor Lust pochendem Unterleib, sehe ich ihm nach und bereue ein winzig kleines bisschen, dass ich mich ihm verweigert habe ...

Halleluja!

Dieser Mann ist auf mehr als nur eine Art und Weise gefährlich für mich – ich sollte zusehen, dass ich meinen Plan, mich mit Ty in Verbindung zu setzen, vorantreibe.

Ich muss schnellstens hier weg, ehe ich noch auf dem Rücken liegend unter diesem furchteinflößenden Rocker-Präsidenten ende.

Den Geldschein vom Boden pickend, atme ich tief durch und schleiche mich ins Badezimmer. Dort angekommen lasse ich mich auf dem geschlossenen Klodeckel nieder, schließe die Augen und lege den Kopf in den Nacken. Nach und nach löst sich der Druck, der sich in meinem Unterleib aufgebaut hat, und mein Hirn fängt wieder zu arbeiten an.

Es muss mir gelingen, Ty mein Angebot zu unterbreiten, noch bevor sich Zane mit ihm in Verbindung setzt. Aber wie soll ich an ein Handy kommen?

Dumpfe Schritte hallen durch den Flur, dann wird die Wohnungstüre mit einem lauten Knall zugeschlagen. Erleichtert atme ich aus, ich bin wieder alleine, das ist meine Chance ...

9. Kapitel

Knox

Eine Minute länger in Kellys Nähe und ich hätte ihr die Kleidung zerfetzt, sie gegen die Wand gepresst und sie vergewaltigt.

Dieser kurze, unsichere Kuss hat meine Synapsen Feuer fangen lassen.

Ihr betörender Geschmack liegt noch immer auf meinen Lippen, sorgt dafür, dass sich meine Eier puckernd zusammenziehen. Bis jetzt war mir nicht bewusst, dass ich auf unschuldige kleine Jungfrauen stehe – nun weiß ich es.

Kelly schmeckt nach Apfel, Frau und reiner Begierde. Eine gefährliche Kombination. Weder glaube ich an Gott noch an das Paradies oder diesen ganzen anderen Schwachsinn, den uns die Kirche da auftischen will.

Doch falls ich mich täusche und es den Garten Eden tatsächlich gegeben hat, weiß ich jetzt, wie Adam sich gefühlt haben muss. Ich habe meine Eva gerade probiert, und fuck, dadurch wurde mein Hunger erst richtig zum Leben erweckt.

Die Hände zu Fäusten geballt gehe ich zur Bar, die sich im Hauptraum unseres Clubs befindet, hole eine Flasche Whisky aus dem Regal und kippe mir die goldene Flüssigkeit in den Hals.

„Ist es dafür nicht noch etwas früh, Präs?"

Ich drehe mich um und entdecke Rhett hinter mir stehen.

„Nein, im Gegenteil. Es ist viel zu spät."

Mit den Händen in den Hosentaschen stellt er sich neben mich. Für eine Weile schweigen wir.

Ich lasse den Blick durch den knapp zweihundert Quadratmeter großen Raum gleiten und spüre, wie sich mein Magen dank des Alkohols zusammenzieht. Die Billardtische sind leer, die Dartpfeile stecken unbenutzt in den Zielscheiben, die Trauer um Brock hat sich wie ein schwarzer Nebel über den Scorpions-Motorcycle-Club gelegt.

Auch ohne nachzusehen, weiß ich, dass die weiße Fahne, die sich auf dem Hof befindet und auf der der schwarze Skorpion mit dem roten Totenschädel abgebildet ist, nur auf halbmast hängt.

„Gibt es einen Auslöser für deine höllische Laune?"

Mein „Fick dich!" lässt ihn auflachen.

„Lass mich raten. Der Auslöser hat zwei wohlgeformte Beine, blonde Haare, braune Augen und wird von Zane nur Tinker genannt."

Das lasse ich unkommentiert, nippe erneut an der Flasche und versuche das Chaos, das in meinem Kopf herrscht, im Whisky zu ertränken.

An manchen Tagen ist die Realität mit ein paar Umdrehungen im Blut einfach besser zu ertragen.

Rhett schüttelt lachend den Kopf, eine Sekunde später wird seine Mimik hingegen wieder ernst.

„In einer Stunde wird abgestimmt."

Es mag geschmacklos wirken, dass Brocks Posten so schnell neu besetzt wird, aber der MC braucht einen Vize, so sieht es nun mal aus.

Wie heißt es so schön?

Der König ist tot – hoch lebe der König.

Ty und seine Männer werden Pläne schmieden, sie wollen uns vernichten und sie werden es versuchen. Wir Scorpions können es uns nicht leisten, in unserer Trauer zu versinken und uns angreifbar zu machen.

„Deine Chancen stehen gut, Rhett."

Er nickt.

„Ja, ich weiß …"

Seine Stimme klingt freudlos.

„Du weißt, wie Brock mich immer genannt hat?"

Trotz der Anspannung, die in meinem Inneren wütet, zucken meine Mundwinkel.

„Oh ja, den König der Nutten."

Er nimmt mir den Whisky ab und gönnt sich ebenfalls einen großen Schluck.

„Shit! Ich habe es gehasst, wenn er das gesagt hat."

Wieder schweigen wir, jeder von uns hängt seinen eigenen Gedanken nach. Minuten vergehen, ehe Rhett sich räuspert und mir die Flasche zurückgibt.

„Lass uns Klartext reden, Präs. Wirst du für mich stimmen?"

Rhett ist ein guter Mann – loyal, ehrlich, fleißig und immer bereit, die Drecksarbeit zu übernehmen. Das Geschäft mit den Nutten ist hart. Von außen mag es nach Muschis, Partys und Spaß aussehen – doch so ist es nicht.

Das Rotlichtmilieu ist ein brutales Business. Wir Scorpions betreiben weder Mädchenhandel noch zwingen wir unsere Huren dazu, für uns zu arbeiten. Dennoch muss ihnen in regelmäßigen Abständen klargemacht werden, wer das Sagen hat.

Gewalttätige Freier, konkurrierende Zuhälter und Zahlungsausstände sind nur ein kleiner Teil der Aufgaben, mit denen sich Rhett tagtäglich auseinandersetzen muss. Als Boss der Red Light Crew leistet er seit Jahren gute Arbeit.

Es wäre mir eine Ehre, ihn meinen Vize nennen zu können.

„Du kannst dir meiner Stimme sicher sein, Bro.“
„Danke, Präs, das bedeutet mir viel.“
Bevor wir noch sentimentaler werden, stelle ich den Whisky ab, ziehe meine Kutte aus und reiße mir das Shirt über den Kopf.

Zane kümmert sich gerade um die Übergabe von Brocks Leiche. Mal sehen, wie Ty auf unseren Vorschlag reagiert. *Holy Fuck!* Dieser Vorschlag ist das Letzte, worauf ich Bock habe. Ich will dem Killer meines Bruders keinen Deal anbieten, ich will ihn bluten sehen, ihn leiden lassen und ihm das Herz aus der Brust reißen. Doch im Moment bin ich nicht in der passenden Position dafür, was bedeutet, dass ich meine Rachegelüste noch eine Weile auf Eis legen muss … Vor Wut und Hass breiten sich rote Flecken am Rand meines Sichtfelds aus, es fällt mir schwer zu atmen. Die Bestie in mir reißt an ihren Ketten, sie will freigelassen werden. Seit jeher kämpfe ich gegen die schwarzen Schatten an, die in meinem Inneren existieren. Ich habe schon als Jugendlicher erkannt, dass ich anders bin als die meisten Menschen. An manchen Tagen kommt es mir so vor, als hätte ich eine gespaltene Seele, die sich zwei Persönlichkeiten teilen. Meistens gelingt es mir, das Böse, das in mir auf seinen Ausbruch wartet, zu unterdrücken, hin und wieder gewinnt diese Seite meines Ichs jedoch die Oberhand über mein Handeln, und dann kenne ich kein Halten mehr.

Es lässt sich schwer beschreiben, doch der Drang zu töten, der wie eine Welle über mir hereinbricht, ist dann so stark, dass mich niemand mehr stoppen kann. Zane und die anderen kennen mich, sie versuchen längst nicht mehr mich aufzuhalten, sondern kümmern sich am nächsten Tag nur noch um die Schadensbegrenzung. Die Zähne fest aufeinanderbeißend zwinge ich die immer schwärzer werdende Dunkelheit zurück und schaffe es, die Kontrolle zu behalten. Ich spüre, dass es nicht mehr lange dauern wird, bis sich der Schalter in meinem Kopf umlegt und ich ein gewaltiges Blutbad anrichte. Die Trauer um Brock und der Hass auf Ty brauchen ein Ventil …

Bei allen Heiligen ...

Ich muss mich beherrschen. Jetzt ist nicht der richtige Zeitpunkt für eine Todesfahrt nach Duluth. Mir bleibt noch eine Stunde, um dafür zu sorgen, dass ich wieder einen klaren Kopf bekomme – sechzig Minuten, die ausreichen müssen, um mich abzureagieren.

Fluchend gehe ich raus in den Hof, ignoriere das geschäftige Treiben um mich herum und verpasse dem von der Decke hängenden Boxsack den ersten harten Punch. Wieder und wieder schlage und trete ich auf ihn ein, so lange, bis meine Muskeln brennen und mir der Schweiß über den Rücken rinnt.

Erst als meine Fingerknöchel aufgeplatzt sind und der Druck in meinem Inneren erträglich geworden ist, höre ich auf.

„Hey Knox, wer oder was hat dich so wütend gemacht? Nenn mir einen Namen und ich töte ihn."

Eleven lehnt sich mit verschränkten Armen neben mir an die Wand und mustert mich prüfend. Aus Erfahrung weiß ich, dass das keine leeren Worte sind.

Trotz seines jungen Alters, er ist erst vierundzwanzig, ist er ein erfahrener Killer. Eleven ist unser Tracker. Wenn sich jemand vor uns verstecken will, schicken wir ihn los, um denjenigen aufzuspüren. Bis jetzt ist es niemandem gelungen, Eleven zu entwischen.

Das mit dem Namennennen wird schwer. Die Wut in meinem Inneren bezieht sich auf viele. Ich bin auf Kelly wütend, weil es ihr gelingt, mich zu faszinieren. Auf Brock, weil er sich hat abknallen lassen, auf Ty und jeden anderen Devil's Hangman. Aber vor allem richtet sich meine Wut gegen mich selbst.

Es war *meine* Idee, nach Duluth zu fahren. Wir haben *meinen* Plan ausgeführt und der hat einen Scorpion in den Tod geführt.

Als Präsident ist es meine Aufgabe, für die Sicherheit meiner Männer zu sorgen. Das ist mir in der vergangenen Nacht nicht gelungen – ich habe versagt.

„Töten hilft nicht immer, um Probleme zu beseitigen."

Eleven zuckt mit den Schultern.

„Mag sein. Aber es hilft mir beim Entspannen."

Das kann ich sogar bis zu einem gewissen Grad nachvollziehen …

Erneut schlage ich gegen den Boxsack.

Nicht zum ersten Mal wird mir klar, dass Eleven und ich uns in mancher Hinsicht sehr ähneln. Das Töten gehört zu unserem Leben. Der einzige Unterschied ist, dass ich gegen die Bestie, die in mir schlummert, ankämpfe, während Eleven die seine füttert und wachsen lässt. Wir sind Killer. Es ist ein Teil unseres Lebens – eine Aufgabe, die erledigt werden muss, um unsere Welt in Balance zu halten. Dennoch würde ich das Töten nicht als entspannend beschreiben, eher als notwendig.

„Hast du es schon mal mit Yoga versucht?"

Lachend wirft er den Kopf in den Nacken.

„Guter Witz, Präs. Aber im Ernst: Wenn das Töten nicht hilft, dann das Ficken. Geh zu dem Mädchen, das in deiner Bude auf dich wartet, und nimm sie so hart ran, bis sie zusammenbricht. Du wirst sehen, das hilft."

Oh yeah! Das würde definitiv helfen, aber ich werde es nicht tun.

Meine Lungenflügel mit frischem Sauerstoff füllend sehe ich Eleven direkt an.

„Du willst mir wirklich helfen?“

„Logo.“

„Gut, dann halt’s Maul und verpiss dich.“

Wieder lacht er, doch er nimmt meinen Ratschlag ernst und verschwindet im Club.

Zur Hölle! Ein weiteres Wort und ich hätte ihn seine Zähne schlucken lassen.

Die nächste halbe Stunde prügle ich wie ein Irrer weiter auf den Sandsack ein. Erst als meine Schultern schmerzen und ich vor Erschöpfung kaum noch geradeaus schauen kann, beschließe ich, dass es reicht.

Rhett, der auf einem der weißen Plastikstühle sitzt, die sich ein paar Meter von mir entfernt vor den offen stehenden Werkstatttoren befinden, zündet sich eine Kippe an. Ich packe mir mein Shirt, wische mir damit den Schweiß aus den Augen und setze mich zu ihm. Sein Handy klingelt, er nimmt das Gespräch an, hört, was der Anrufer zu sagen hat, und wirft mir einen alarmierenden Blick zu. Sein erstes Wort ist ein gezischtes „Fuck!“, dann folgt ein „Ich kümmere mich darum!“, und schon ist das Telefonat beendet.

„Wir haben ein Problem, Präs.“

Ach, was er nicht sagt, das habe ich mir fast schon gedacht.

„Definiere das Wort Problem.“

Der Muskel, der an seinem Kiefer zu zucken beginnt, verrät mir, dass es heftig sein muss.

„Drei tote Nutten, eine vergewaltigte Putzfrau und ein in Brand gestecktes Laufhaus.“

Heilige Scheiße!

„Welches?“

„Das in Arbor Hills, an der Grenze zu Fitchburg.“

Verflucht! Das ist unser gewinnbringendstes Etablissement.

Die Gegend um Arbor Hills ist eine Goldmine. In diesem Stadtviertel treiben sich die Geldigen herum. All die vielen Manager und CEOs, deren verklemmte Hausfrauen nicht bereit sind, die versauten Vorlieben ihrer Gatten zu erfüllen, kommen zu uns. In dem Haus in der Layton Lane herrscht eine Null-Tabu-Politik. Für jede noch so ausgefallene Vorliebe haben wir die passende Bitch. Egal ob Rollenspiele, Bondage, SM, Cutting oder anderes perverses Zeug, bei uns gibt es für jeden Freier die passende Frau.

Je perverser der Sex, desto höher der Preis, eigentlich eine ganz einfache Gleichung.

Dieses Laufhaus hat uns auf legalem Weg die Kassen gefüllt.

„Was bedeutet in Brand gesteckt? Kann es renoviert oder muss es abgerissen werden?“

Geräuschvoll lässt er den Zigarettenrauch durch seine Nase entweichen.

„Laut Billy, dem Hausmeister, ist der erste Stock, in dem das Feuer gelegt wurde, am schlimmsten betroffen. Da er den Brand recht schnell löschen konnte, sollten wir den Betrieb in ein paar Wochen wieder aufnehmen können.“

In ein paar Wochen? *Fuck! Fuck! Fuck!*

„Wenn wir den Verdienstausfall der nächsten Wochen und das Geld, das wir in den Wiederaufbau stecken müssen, zusammenzählen, ist das eine ordentliche Summe. Ganz davon abgesehen, dass drei der Girls tot sind. Das ist eine echte Scheiße!“

Ich bin weder ein Pessimist noch ein Optimist, sondern ein Realist – doch das Gefühl, das sich gerade in meinem Bauch zusammenbraut, verrät mir, dass wir erst am Anfang eines langen und Ärger einbringenden Rattenschwanzes stehen.

Die Überlegung, dir mir als Nächstes durch den Kopf geht, spreche ich laut aus.

„Das ist ein sehr verdächtiger Zeitpunkt. Letzte Nacht brechen wir in ein Haus der Devil’s Hangmen ein und heute geht eines unserer Nuttenhäuser in Flammen auf.“

Fluchend springt Rhett auf die Füße und verpasst dem Stuhl, auf dem er bis eben noch gesessen hat, einen harten Tritt, sodass er krachend über den Hof fliegt und schlussendlich zerbricht.

Mit gerunzelter Stirn sieht er mich an.

„Sorry, Präs. Das ist mein Fehler. Ich bin für die Sicherheit unserer Schlampen verantwortlich und jetzt sind drei tot. Ich habe versagt.“

Nein, das hat er nicht. Ich würde meine rechte Hand dafür ins Feuer legen, dass hinter dieser Scheiße Ty steckt. Er ist wütend und will uns bluten sehen.

„Verdoppel die Sicherheitsvorkehrungen für all unsere Häuser. Ich will, dass an jeder Türe, egal ob Bordell oder Casino, zwei Scorpions Wache schieben. Sie sollen nach Tys Männern Ausschau halten, wobei ich bezweifle, dass sie so dumm sind und mit ihren Kutten auftauchen werden. Sie werden in Zivil kommen. Wir werden also jeden, der auch nur irgendwie verdächtig wirkt, einkassieren, hierher bringen und befragen. Keine Risiken! Keine weiteren Verluste! Verstanden, Bro?“

Mit einem knappen Nicken gibt Rhett mir zu verstehen, dass er alles verinnerlicht hat.

„Was soll mit den toten Nutten passieren, Boss?"

„Du hast gesagt, dass Billy den Brand selbst gelöscht hat?"

Wieder nickt er.

„Gut, das bedeutet, keine Feuerwehr, keine Bullen und kein Aufsehen. Lass die Leichen verschwinden. Tote Mädchen sind immer geschäftsschädigend!"

Rhett will etwas sagen, mit einem finsteren Blick halte ich ihn davon ab.

Normalerweise weiß ich seine Meinung zu schätzen, doch für heute reicht es mir.

„Kümmere dich um die vergewaltigte Putze. Steck ihr etwas Geld zu, damit sie schweigt. Sollte sie vorhaben, Probleme zu machen oder gar zu den Cops zu gehen, heb ein Grab mehr aus."

Seine blauen Augen verhärten sich. Genau wie ich hasst er es, Frauen zu beseitigen. Doch manchmal ist die Welt scheiße und es bleibt einem einfach nichts anderes übrig.

„Verstanden, Präs. Sobald die Abstimmung gelaufen ist, mache ich mich auf den Weg in die Layton Lane und setze alles in Gang."

Was für ein Bullshit! Erschöpft stehe ich auf und ziehe mir das Shirt an.

Rhett eine Hand auf die Schulter legend, führe ich ihn zum Club.

„Komm schon, Bruder, es wird Zeit, dich zum Vize zu machen."

Der finstere Ausdruck, den sein Gesicht angenommen hat, hellt sich etwas auf.

Für ihn mag heute noch etwas Positives auf dem Plan stehen – bei mir sieht das anders aus. Jetzt wird abgestimmt und dann muss ich mich mit der verführerischsten Jungfrau, die mir je begegnet ist, auseinandersetzen.

Es ist ambivalent.

In der einen Sekunde bin ich mir sicher, dass es die richtige Entscheidung war, Kelly zu retten und mit nach Madison zu nehmen, in der nächsten hingegen verfluche ich mich für diesen Einfall.

Sie kann nicht für immer hier sein. In meinem MC ist kein Platz für unbedarfte kleine Mädchen. Die Erinnerung, wie sie mir die Schrotflinte ins Gesicht gehalten hat, flackert vor meinem geistigen Auge auf. So unbedarft ist sie dann wohl doch nicht ...

Kelly ist ein wandelnder Widerspruch. Es juckt mich in den Fingern, durch ihre goldenen Haare zu streichen, erneut ihren Rosenmund zu küssen und ihren kleinen Körper fest an den meinen zu pressen ...

Konzentrier dich, Knox!

Bis jetzt habe ich auf die Frage, was ich mit ihr anstellen soll, keine Antwort.
Als Erstes werden wir sie dafür benutzen, unsere Bikes zurückzubekommen, alles Weitere muss ich mir erst überlegen.
Eins ist klar: Kelly einfach zurück nach Duluth zu schicken würde ihren sicheren Tod bedeuten … Die Zähne fest aufeinanderbeißend verdränge ich diesen Gedanken und konzentriere mich auf das Wesentliche, den Krieg zwischen uns und den Teufelshenkern.
Diese Bastarde sind größenwahnsinnig. Sie denken, nur weil sie gestern einen Sieg davongetragen haben, können sie es mit uns aufnehmen – aber da irren sie sich.
Der Schlag gegen unser Laufhaus schmerzt. Ich werde nicht zulassen, dass sie noch einen landen.

An meinem Büro angekommen stelle ich fest, dass sich die First Nine, nach Brocks Tod nur noch zu acht, bereits eingefunden haben. Jeder sitzt auf seinem Platz, eine erwartungsvolle Stille hat sich im Raum ausgebreitet.
Eleven spielt mit dem Butterfly, einem aufklappbaren Messer, das er immer bei sich trägt, herum.
Gelangweilt lässt er die scharfe Klinge durch die Luft surren, wendet den Griff und bringt sie so zum Tanzen.
„Yeah, da ist unser neuer Vize."
Zane steht auf und begrüßt Rhett überschwänglich.
„Noch wurde nicht abgestimmt, Alter." Jaxton, der Kassenwart unseres Clubs, wirkt ernst. Mir ist klar, dass er gerne den Platz an meiner Seite einnehmen würde, doch ich ahne auch, dass sein Wunsch nicht in Erfüllung gehen wird. Jaxton ist ein loyaler Scorpion, zuverlässig und kampferprobt, doch unberechenbar.
Bei Jaxton kann es sein, dass man ihn dazu abkommandiert, einen Mann unauffällig zu bewachen, und man diesen dann am nächsten Tag nackt am Kirchturm aufgehängt vorfindet. Am Lagerfeuer gewiss eine amüsante Story, aber im Alltag einfach zu kompliziert. Viele der Männer verehren und fürchten ihn gleichermaßen. Das mag seine Vorteile haben, doch es wird ihn nicht zum Vizepräsidenten des Scorpions-Motorcycle-Clubs machen.
Rhett geht nicht auf die Bemerkung ein, lässt sich auf seinen Sessel sinken, lehnt sich zurück und fischt die Marlboro-Schachtel aus seiner Hosentasche.
Ich tue es ihm nach. Erst als die Spitze meiner Zigarette orange glüht und der erste Nikotinschwall meine Lunge füllt, setze ich zum Reden an.

„Ihr alle wisst, warum wir uns jetzt hier eingefunden haben." Gemurmel wird laut. „Es sind schwere Zeiten und unser Club braucht einen Vize." Ich lasse meinen Blick über die Anwesenden schweifen. Ich fokussiere Jaxton und rede weiter.

„Rhett hat viele Jahre gute Arbeit als Anführer der Red Light Crew geleistet, ich bin der Überzeugung, dass er der geeignete Mann ist, um Brocks Nachfolge anzutreten."

Bis auf Jaxton stimmen mir alle zu.

„Will noch jemand anderer Anspruch auf den Posten erheben?"

Obwohl es Jaxton sichtlich schwerfällt zu schweigen, bleibt er still. Er ist nicht dumm und weiß, dass er gegen Rhett keine Chance hat.

Als keine Meldungen kommen, starte ich die Abstimmung.

„Wer Rhett als neuen Vizepräsidenten sehen will, gibt ein Handzeichen."

Sieben Hände gehen in die Höhe, einzig Jaxton enthält Rhett seine Stimme. Doch auf diese sind wir gar nicht angewiesen, das Ergebnis muss nicht einstimmig sein.

„Die Mehrheit hat entschieden. Das Vize-Patch geht an Rhett. Glückwunsch, Bro."

Zufrieden klemme ich die Marlboro zwischen die Lippen und klatsche in die Hände.

Alle bis auf einen beglückwünschen Rhett zu seiner neuen Position. Nur Jaxton verlässt ohne ein Wort das Büro.

Ich hoffe, dass er keinen Ärger machen wird, wir haben schon genug Scheiße am Hals.

Rhett ergreift das Wort, bedankt sich für das entgegengebrachte Vertrauen und verspricht, sein Bestes zu geben.

Meine Gedanken schweifen erneut zu Kelly ab und ich frage mich, was sie gerade macht.

Sie verhält sich ungewöhnlich still. Meiner Erfahrung nach ist es ein schlechtes Zeichen, wenn Frauen Ruhe geben.

Ich beschließe, nach ihr zu sehen, erkläre die Sitzung für beendet und mache mich auf den Weg in meine Wohnung. Wollen wir doch mal kontrollieren, was die kleine Jungfrau so treibt …

10. Kapitel

Kelly

„Du kleines Luder. Der Plan könnte funktionieren." Ty stößt ein schauriges Lachen aus, das aus einem Horrorfilm stammen könnte. „Ich vertraue dir nicht, Kelly. Wenn du mich hinters Licht führst, wirst du es bereuen. Ein Baseballschläger kann viel Schaden an dem zerbrechlichen Körper einer Frau anrichten." Der Klang, den seine Stimme bei seinen letzten Worten annimmt, lässt mich erzittern.

Ty ist ein herzloses Arschloch, das Spaß daran findet, Frauen zu quälen und Männer zu töten.

Oh mein Gott, was tue ich da ...

„Ich ... ich werde dich nicht verraten. Ehrlich. Alles, was ich will, ist, mein Leben in Ruhe weiterzuführen, ohne mit den Devil's Hangmen Ärger zu haben."

Obwohl mein Plan aufgegangen ist, will sich keine Erleichterung einstellen. Es fühlt sich so an, als wäre ich von einem Dornenbett ins nächste gestiegen.

„Ärger? Das ist ein zu mildes Wort für das, was dir droht, wenn deine Idee nicht funktioniert, Mädchen." Ty legt auf, die Leitung ist tot. Sollte etwas schiefgehen, werde ich das auch bald sein. Langsam lasse ich meinen Arm sinken und starre auf den Glaskasten, in dem Leiurus reglos auf einem der Steine sitzt.

Im Augenblick würde ich nur zu gerne mit diesem giftigen Tier tauschen.

Es muss toll sein, wenn man sich um nichts Sorgen machen muss.

Wütend über mich selbst und die verqueren Gedanken, die durch meinen Kopf huschen, schlage ich mir mit der Handfläche gegen die Stirn.

Nein. Natürlich will ich nicht wie dieser arme Skorpion in Gefangenschaft leben. Ich will frei sein, auch wenn das bedeutet, dass das Leben manchmal verdammt unschön ist.

Wenn ich das Gespräch von den Scorpions nicht durch Zufall belauscht hätte, dann wäre ich nie auf die Idee gekommen, Knox zu verraten, indem ich ihn und seine Brüder in eine Falle locke.

Knox und Zane sind mir, obwohl ich sie kaum kenne, um einiges sympathischer als Ty.

Verdammt! Ich habe Knox sogar geküsst und zugelassen, dass er mich zurückküsst. Ich habe seinen Geschmack, das Gefühl seiner Hände auf meiner Haut und seine Körperwärme genossen. Wer weiß, wie weit ich gegangen wäre, wenn sich nicht sein Geld in meinem BH befunden hätte.

Herrgott, ich bin so schwach ...

Kaum liege ich mal in den muskulösen Armen eines attraktiven Kerls, schreit mein Jungfernhäutchen nach seiner Zerstörung.

Was sagt das über mich aus?

Dass ich naiv bin?

Dass ich nicht fähig bin, aus den Fehlern meiner Vergangenheit zu lernen?

Im hintersten Winkel meines Herzens weiß ich, dass ich am Tod meines Bruders schuld bin. Hätte ich mich damals nicht mit Preston getroffen, wäre das alles nie passiert. Diese Skorpione sind meine Schwachstelle. Vielleicht habe ich ja so was wie eine Unverträglichkeit, die dafür sorgt, dass mein Verstand nicht richtig funktioniert, wenn ich in die Nähe eines Mitglieds des Scorpions-Motorcycle-Clubs komme.

So oder so fühlt sich die Vereinbarung, die ich mit Ty getroffen habe, nicht wie ein Sieg an.

Mit rasendem Herzen stehe ich auf und lege das kleine silberne Mobiltelefon wieder an genau die Stelle, an der ich es vorgefunden habe. Das Letzte, was ich will, ist, dass ein gewisser Rockerpräsident Verdacht schöpft.

Jetzt, wo das mit Ty geregelt ist, werde ich Knox gegenüber so tun, als ob ich nichts von seinen Plänen, mich an die Devil's Hangmen auszuliefern, wüsste. Mein Deal mit Ty ist, dass ich die Übergabe sabotiere und ihn über jeden Schritt, den Knox und seine Männer machen, auf dem Laufenden halte, sodass er zum Schluss die Motorräder und den Anführer der Scorpions in seiner Gewalt hat.

Ob das mal gut geht?

Ich will gar nicht genauer darüber nachdenken, was Ty mit Knox vorhat, es wird bestimmt kein harmloses Kaffeekränzchen sein …

Wenn ich Tys Motive richtig durchschaut habe, dann ist sein Plan, sämtliche Scorpions umzubringen, ihr Revier einzunehmen und seine eigene Macht auszubauen.

Ty behauptete gerne, dass alle seine Motive edel sind und dass jede grausame Tat, die er vollzieht, nur einem Zweck dient, nämlich die Teufelshenker zu stärken, doch ich habe ihn längst durchschaut. Der Präsident der Hangmen ist ein zutiefst böser und rachsüchtiger Mann, der sein eigenes Privatvermögen immer mehr anhäufen will.

Ich würde das *Break* darauf verwetten, dass er seine Brüder und seinen Club in Flammen aufgehen lassen würde, wenn er dadurch einen persönlichen Vorteil hätte.

Es wäre naiv, mich auf das Wort dieses Mannes zu verlassen. Es ist durchaus möglich, dass Ty mich, obwohl ich mich an meinen Teil der Vereinbarung gehalten habe, umbringen wird. Mein Verstand arbeitet fieberhaft an einer Notfallstrategie, doch bis jetzt ist mir keine eingefallen.

Mit den 10.000 Dollar im BH und der kleinen Tüte, die ich mir aus der Küche geholt habe, verlasse ich Knox' Junggesellenbude und mache mich auf den Weg raus auf den Hof. Es ist keine besonders gute Idee, das gestohlene Geld die ganze Zeit über am Körper zu tragen – ich brauche ein Versteck.

Kaum dass ich vom Clubhaus raus auf den Parkplatz getreten bin, schlägt mir eine Welle warme, trockene Luft entgegen. Die Sonne steht hoch am Himmel, ihre Strahlen liebkosen mein Gesicht. Unauffällig sehe ich mich um. Bis auf eine Gruppe Männer, die sich auf der anderen Seite des Geländes um eine zerlegte Harley versammelt haben, ist niemand zu sehen. Aus den offen stehenden Werkstatttoren hallt das laute Krachen eines Hammers über den Hof. Niemand schenkt mir besondere Aufmerksamkeit. Mit großen Schritten gehe ich zu der Rasenfläche und entdecke am Rand einen kleinen Haufen Steine. Einen prüfenden Blick über die Schulter werfend, stecke ich die Dollarscheine in die Tüte und verschließe sie mit einem festen Knoten.

Gerade als ich mich auf die Knie begebe und die ersten Steine auf die Seite lege, fällt ein großer Schatten auf mich. Die feinen Härchen in meinem Nacken stellen sich auf, mein Herz gerät aus dem Takt.

Oh Scheiße! Erwischt!

Auch ohne mich umzudrehen, weiß ich, wer da hinter mir steht – Knox.

„Willst du mir sagen, was das werden soll?“

„Ähm … mir ist ein Ohrring runtergefallen.“

Was für eine schlechte Lüge.

„Du trägst keine Ohrringe, Kelly.“

Ach, das ist ihm aufgefallen?!

„Ja, stimmt genau … das habe ich verwechselt, ich meinte auch Kontaktlinse.“

Mit seinen Fingern streicht er über meine Schulter bis hinauf an meinen Hals, ehe seine warme Hand meinen Nacken umschließt und leichten Druck ausübt. Mir ist nur allzu deutlich bewusst, dass er mir ohne große Anstrengung das Genick brechen könnte.

„Wenn du lügst, überzieht eine leichte Röte deinen Hals und deine Stimme wird zittrig.“

Ich schlucke schwer, versuche aufzustehen, doch das lässt er nicht zu.

Geistesgegenwärtig schiebe ich die Tüte mit dem Geld unter mein Bein, sodass er sie nicht sehen kann.

Mit schwitzigen Händen drehe ich den Kopf und sehe zu ihm hoch.

„Ich lüge nicht, das ist die Wahrheit. Wirklich."

Knox' Augen verdunkeln sich unheilvoll. Die kraftvollen Finger, die meinen Hals umspannen, erhöhen den Druck.

„So zart, so schön und so zerbrechlich."

Oh, oh ... Ist das eine Drohung oder ein Kompliment?

Wenn ich ihm jetzt die Wahrheit sage, was wird dann passieren? Wird er mich umbringen? Gleich jetzt und hier?

Ja, okay, ich habe ihn bestohlen, und ja, er hat mich dabei erwischt, wie ich meine Beute verstecken wollte. Aber verflixt! An diesem ganzen Schlamassel ist er im Grunde genommen selber schuld. Hätte er nicht letzte Nacht vor meiner Türe gestanden und mich um Hilfe gebeten, wäre ich jetzt nicht in dieser aussichtslosen Lage.

Es wäre meiner Gesundheit sicherlich zuträglicher, wenn ich einfach alles gestehe und mich anschließend bei ihm entschuldige, dennoch würde ich ihm viel lieber die Augen auskratzen. Eine unglaubliche Wut braut sich gleich einem Gewitter in meinem Bauch zusammen. Ohne groß darüber nachzudenken, umfasse ich einen der größeren Steine, lasse mich auf die Seite kippen und springe anschließend auf die Füße.

Knox, der mit dieser Aktion nicht gerechnet hat, sieht abschätzig auf meine Waffe, falls man den Stein so nennen kann.

„Oha, was soll das werden, Kelly? Willst du mich damit etwa erschlagen?"

Seine Augen blitzen spöttisch, und die Winkel seines Mundes zucken amüsiert.

„Nein, ich will dir damit nur verdeutlichen, dass ich nicht annähernd so *zerbrechlich* bin, wie du denkst."

Langsam, ohne seinen Blick von meinem Gesicht zu lösen, verschränkt er die Arme vor der Brust. Perplex starre ich auf die Muskelberge, die sich auf beeindruckende Weise unter der braunen Haut wölben. Plötzlich komme ich mir ziemlich dumm vor.

Was habe ich mir nur gedacht?

Dass ich einen knapp zwei Meter großen, geschätzt hundertzwanzig Kilo wiegenden Rockerpräsidenten mit einem Stein in die Flucht schlage?

Lächerlich ...

„Ich denke, dass du meine Gastfreundschaft ausgenutzt und mich bestohlen hast. Und jetzt, anstatt dass du dich entschuldigst und mich um Verzeihung bittest, bedrohst du mich mit einem Kieselstein.

Scheiße, Weib, bist du irre?“
Eine berechtigte Frage ...
Die Wut in meinem Bauch wird immer stärker, sodass sie die Angst, die ich zeitgleich empfinde, verdrängt.
„Bestohlen nennst du es. Ich nenne es eine Wiedergutmachung. Wegen dir und deinen Männern habe ich eine Leiche in der Küche liegen und Ärger mit den Devil's Hangmen. Das Geld aus deiner Gefriertruhe steht mir also zu, als Schadensersatz sozusagen.“
Ein Grunzen von sich gebend zieht er eine Augenbraue nach oben. Sofort komme ich mir zehn Zentimeter kleiner vor.
Der Arm, in dem ich den Stein halte, zuckt ungeduldig. Wie war das noch mal in der Bibel? David gegen Goliath – hatte der Kleinere der beiden nicht auch nur einen Stein und hat dennoch gewonnen?
Wenn ich jetzt einen Rückzieher mache, dann ist das Geld futsch.
„Wer sagt, dass ich mich um die Scheiße in Duluth nicht längst kümmere?“
Oh ja und wie er sich kümmert. Er will mich gegen seine blöde Harley eintauschen. Das ist nicht kümmern, das ist ausnutzen.
Hektisch lasse ich meinen Blick über das Gelände zucken. Bis jetzt ist niemand auf uns aufmerksam geworden, aber das kann sich jeden Moment ändern und das wäre nicht gut, denn es würde meine Fluchtchancen deutlich minimieren.
Knox' Iriden wirken wie flüssiges Quecksilber – schön, jedoch tödlich.
In meinem Kopf schreien zwei Stimmen um die Wette. Eine ist die der Vernunft, die mir rät, dass ich auf die Knie sinken und um mein Leben betteln soll. Die andere hingegen ist die meiner inneren Kämpferin, die von mir verlangt, dass ich diesen arroganten Scorpion mit dem verdammten Stein ausknocken soll.
Was tun?
Tief durchatmend verdränge ich meine Angst, werfe einen letzten Blick auf die noch immer am Boden liegende Tüte und hole aus. Mit all meiner Kraft schleudere ich Knox den Stein an die Stirn, treffe mittig zwischen seine Augen und bücke mich, so schnell ich kann, nach dem Geld. Dank dem Adrenalin, das durch meine Adern pulsiert, laufe ich so schnell wie nie zuvor, stürme auf das offen stehende Tor zu und kann die Freiheit beinahe schon riechen.
Hinter mir höre ich einen derben Fluch und schwere Schritte.
Liebes Schicksal, wäre es wirklich zu viel verlangt gewesen, diesen blöden Rocker nur für ein paar Minuten ohnmächtig werden zu lassen?

Mit stechenden Seiten renne ich immer weiter, riskiere keinen Blick über die Schulter, sondern fokussiere mein Ziel. Ich schaffe noch genau drei Schritte, dann werde ich grob von den Füßen gerissen.

Mein erschrockener Schrei hallt über das Gelände, sorgt dafür, dass sich alle Köpfe zu uns umdrehen.

„Du kleines Miststück!"

Knox' Stimme klingt wie das gefährliche Zischen einer tödlichen Schlange.

Es kostet mich einiges an Mut, dass ich wild um mich schlage, anstatt ihn um Gnade anzuflehen. Mit den Fäusten prügle ich auf seinen Rücken ein, versuche zu treten und ramme ihm meine Zähne in das Schulterblatt.

Dank der Anstrengung und seiner Schulter, die sich mir in den Bauch drückt, bin ich nach nur wenigen Minuten atemlos. Vor meinen Augen zucken schwarze Flecken, doch ich kämpfe weiter.

„Lass mich sofort los!"

Er schweigt. Bittere Angst kriecht wie ein zäher Nebel an meinem Rückgrat nach oben, macht mich schwindelig und lässt mich erschaudern.

Das war es dann wohl mit mir ...

Knox, den meine Gegenwehr völlig kaltlässt, festigt seinen Griff und trägt mich in aller Ruhe zurück in seine Wohnung.

„Lass mich runter, du blöder Arsch!"

„Halt die Klappe, du alte Jungfer."

Boah ... hat der mich gerade alt genannt?

„Ich finde es nicht okay, dass du meine sexuelle Unerfahrenheit dazu ausnutzt, um mich zu beleidigen. Ganz davon abgesehen bist du älter als ich. Von einem Scorpion hätte ich wirklich mehr Einfallsreichtum beim Thema Schimpfwörter erwartet."

Zuerst spüre ich nur, wie sein Brustkorb zu beben beginnt, dann dröhnt ein lautes Lachen aus seiner Kehle.

„Scheiße, Mädchen! Du hast echt Unterhaltungswert."

Na, das hört man als Frau doch wirklich gerne...

In seinem Wohnzimmer angekommen, lässt er mich langsam – viel zu langsam — an sich herabgleiten, sodass ich jeden harten Muskel überdeutlich spüre. Ich schlucke schwer, versuche mich aus seinem Griff zu befreien, doch es gelingt mir nicht.

„Loslassen! Jetzt!"

Anstatt meinem Befehl nachzukommen, umfasst er meine Schultern und sieht mir so tief in die Augen, dass es sich so anfühlt, als könnte er mir bis ins Innerste meines Herzens blicken. Hoffentlich sieht er mir nicht an der Nasenspitze an, dass ich nicht nur sein Tiefkühlfach leer geräumt, sondern mich auch mit Ty verbündet habe.

„Was hast du dir bei dieser bescheuerten Aktion gedacht? Dass du damit durchkommst? Dass du mich bestehlen und anschließend einfach so vom Hof spazieren kannst? Fuck, Kelly! Fuck!"

Oha, er ist echt sauer. Gut so, denn das bin ich auch.

„Ach, und was hast du dir gedacht? Dass du erst mein Leben ruinieren, mich dann in deiner Wohnung absetzen und genauso ignorieren kannst wie dein blödes Haustier?"

Ein wildes Knurren ausstoßend, lässt er mich so abrupt los, als ob er sich an mir verbrannt hat. Ich wanke kurz, ehe ich erleichtert einen Schritt zurücktrete. Der Körperkontakt mit diesem Mann verwirrt meine Sinne und sorgt dafür, dass ich keinen zusammenhängenden Gedanken fassen kann.

Knox ist gefährlich für mich, und das auf viele Arten.

„Oh ja, weil es mir auch so leichtfällt, ein unschuldiges schönes Mädchen, das zu allem Überfluss in meinem Bett liegt, zu ignorieren."

Mein Unterbewusstsein wispert mir verschwörerisch zu, dass Knox mich schön genannt hat … Anscheinend steht es auf Schmeicheleien.

„Offensichtlich schon!"

Kämpferisch stemme ich die Hände in die Hüften und funkle ihn zornig an.

Wie hat mein Bruder immer gesagt? Wissen ist Macht – Unwissenheit ist Angst.

Ich entscheide mich für Ersteres und stelle Knox die Frage aller Fragen.

„Jetzt, wo du weißt, dass ich dich bestehlen wollte, was hast du mit mir vor?"

Er reibt sich in einer nachdenklichen Geste mit der Hand über die schwarzen Bartstoppeln an seinem Kinn. Das schabende Geräusch lässt mich erschaudern. Wie es sich wohl anfühlt, wenn er an meinen Brustwarzen nuckelt und die Stoppeln verspielt über meine weiche Haut kratzen?

Verdammt! Wo kam das denn jetzt her?

„Im Normalfall töten wir Leute, die uns bestehlen!"

Mein Herz verweigert die Arbeit, hört auf zu schlagen und zieht sich ängstlich zusammen.

Sämtliches Blut weicht mir aus dem Kopf, nur mit allerletzter Willenskraft gelingt es mir, auf den Beinen zu bleiben.

„Vergiss nicht, dass du mir was schuldest, Scorpion."

Ungläubig kneift er die Augen zusammen.

„Ich habe dein Leben gerettet. Wir sind quitt."
Echt jetzt? Der spinnt wohl.
„Ohne dich wäre mein Leben nie in Gefahr geraten. Wir sind nicht quitt."
Mit der Zunge schnalzend, wendet er sich von mir ab und setzt sich selenruhig auf die schwarze Ledercouch.
„Genau genommen habe ich dich nicht bestohlen, ich wollte dein Vermögen lediglich umplatzieren."
In einer lässigen Geste lehnt er sich zurück und legt die Arme auf die Rückenlehne.
Seine Körperhaltung strahlt Überlegenheit aus. Dieser Arsch genießt es, mich unter seiner Kontrolle zu haben.
„Typisch Frau, um keine Ausrede verlegen."
„Typisch Mann, nicht in der Lage, die Wahrheit zu sehen."
Wir liefern uns ein Blickduell, das ich nach wenigen Atemzügen verliere.
Für eine Weile schweigen wir, mein Puls dröhnt mir immer lauter in den Ohren, diese Stille macht mir am meisten Angst. Wenn er schreien würde, wäre es nicht halb so schlimm.
„Was bietest du mir als Wiedergutmachung an?"
Seine Frage schlägt ein wie eine Bombe. Obwohl seine Stimme neutral klingt, erkenne ich an dem hungrigen Ausdruck in seinen Augen, in welche Richtung seine Gedanken gehen.
„Wie wäre es mit einem weiteren Stein?"
Zu meinem Unmut hat er nicht mal eine Platzwunde an der Stirn.
„Du findest das witzig?"
„Eher unterhaltsam. Wie es scheint, hat der mächtige Scorpion-Präsident gerade eine Pechsträhne. Erst muss er sich bei einer ihm völlig fremden Frau vor seinen Feinden verstecken. Dann wird sein Vize erschossen und er verliert seine Harley. Und nun muss er unschuldige Frauen bedrohen, um überhaupt so etwas wie Macht zu verspüren. Echt erbärmlich. Vielleicht solltest du zurücktreten und die Verantwortung an jemand anderen überge…"
Noch bevor ich den Satz zu Ende sprechen kann, springt er mit einem wilden Brummen auf, packt mich und drückt mich rücklings gegen die Wand. Seine Finger graben sich tief in meinen Hals, ich japse nach Luft, doch ich bekomme kaum Sauerstoff in die Lunge.
„Noch ein Wort, ein verficktes Wort, und ich breche dir das Genick!"
Oh Scheiße! Jetzt habe ich es zu weit getrieben …
Mit den Fingern umklammere ich seine Hand, versuche sie zu lockern – vergebens.

„Du hast recht. Die letzte Nacht ist nicht die ruhmreichste in der Geschichte unseres Clubs. So was muss man wegstecken. Schlussendlich werden wir siegen. Wir werden die verfickten Henker aufhängen und sie einen nach dem anderen in die Hölle schicken."

Er seufzt, sein heißer Atem streift über meine Wangen.

„Solltest du es jemals wieder wagen, mich so respektlos anzureden, töte ich dich! Verstanden?"

Ich nicke hektisch, mein Hals fühlt sich an, als würde er in Flammen stehen.

„Gut."

Noch immer drückt er mir erbarmungslos die Luft ab, ein roter Schleier trübt meine Sicht. Als er bemerkt, dass ich kurz vor der Bewusstlosigkeit stehe, löst er seinen Griff etwas. Zwar kann ich immer noch nicht richtig atmen, aber der winzige Lufthauch, den ich gierig einsauge, hilft mir dabei, gegen die drohende Ohnmacht anzukämpfen.

„Denk von uns, was du willst. Aber wir sind keine Horde Barbaren, die sich über wehrlose Jungfrauen hermachen. Zumindest nicht, wenn man uns nicht reizt."

Die Warnung ist angekommen.

„Wirst du dich jetzt benehmen?"

Ich nicke. Langsam löst er seine Finger von meiner Kehle, ich sacke wie eine Marionette, bei der man die Fäden durchgeschnitten hat, auf den kalten Boden. Hustend, würgend und mit Tränen in den Augen fülle ich meine Lungenflügel mit so viel Sauerstoff wie irgend möglich.

Es war leichtsinnig von mir, Knox zu reizen. Ich weiß, was für ein Mann er ist. Seine Reaktion hat es mir noch mal bestätigt.

„Was passiert jetzt mit mir?"

Kratzig und heiser hallt meine Stimme durch sein stilles Wohnzimmer.

Unsere Blicke treffen sich.

„Fürs Erste wirst du bleiben. Wer weiß, vielleicht gefällt es mir ja, dich als weiteres Haustier zu besitzen."

Sprachlos starre ich ihn an, kann nicht glauben, was ich gerade gehört habe.

„Das ist nicht dein Ernst."

Knox sagt nichts, steht auf und lässt mich alleine zurück. Mal wieder höre ich, wie die Haustüre zugeschlagen wird, doch dieses Mal wird sie zugleich verschlossen.

Verdammt! Verdammt! Verdammt!

Warum musste ich auch meine Klappe so weit aufreißen?

Die Tüte, in der sich die 10.000 Dollar befinden, liegt auf dem gläsernen Couchtisch, verhöhnt mich regelrecht.

Die Arme um die Knie schlingend mache ich mich so klein wie möglich.

Oh ja ... ich bin wirklich eine ganz tolle Kriminelle. Ich schaffe es nicht mal, eine Rolle Dollarscheine unbemerkt verschwinden zu lassen ...

Mein Bruder würde sich im Grab umdrehen, wenn er wüsste, in welche aussichtslose Lage ich mich mal wieder manövriert habe.

Die Gedanken überschlagen sich in meinem Kopf, erwecken ein unangenehmes Pochen hinter meinen Schläfen.

Hat Knox das mit dem Haustier wirklich ernst gemeint?

Wohl eher nicht, oder?

11. Kapitel

Knox

Ich bin wütend, verwundert, amüsiert, aber vor allem geil.

Dieses kleine Luder überrascht mich jedes Mal aufs Neue.

Kelly ist wie ein Unwetter – unberechenbar und faszinierend. Sie muss die Wohnung durchsucht haben, anders kann ich mir nicht erklären, wie sie auf die Idee gekommen ist, in den Gefrierschrank zu sehen. Eigentlich dachte ich, dass das Geld dort sicher ist, falsch gedacht. Das herausfordernde Funkeln in ihren Augen in Kombination mit ihrer frechen Klappe hat meine Sicherungen durchbrennen lassen.

Es war nicht geplant, dass ich sie angreife, es war ein Reflex auf die Worte, die sie mir voller Inbrunst entgegengeschleudert hat.

Fuck off!

Es hat sich gut angefühlt, ihren Hals zu umfassen, meine Finger in ihrer weichen Haut zu vergraben und sie zu dominieren. Zu beobachten, wie sich ihre Pupillen vor Angst geweitet haben, war verflucht erregend. Noch immer hängt mir ihr unverkennbarer Duft in der Nase, mein Schwanz ist mal wieder hart.

Das wird noch mal zur Gewohnheit ...

Dieses Miststück hat mich bestohlen, und als ob das noch nicht unverschämt genug ist, hat sie es gewagt, mir einen Stein an den Kopf zu werfen und vor mir davonzulaufen.

Dieses Mädchen weiß anscheinend nicht, mit wem sie es zu tun hat, oder aber sie ist so verrückt zu glauben, dass sie es mit mir aufnehmen kann.

Alleine die Erinnerung an ihre weichen Lippen … *halleluja ...*

Bis eben wusste ich nicht, ob Kelly eine Freundin oder eine Feindin des Scorpions-Motorcycle-Clubs ist – jetzt weiß ich es. Sie hat sich dafür entschieden, sich gegen uns zu wenden. Diese Entscheidung wird sie bereuen.

Für einen Moment spiele ich mit dem Gedanken, Zanes ursprünglichen Plan wieder in Betracht zu ziehen und Kelly tatsächlich an Ty auszuliefern.

Aber das kann ich nicht. Meine Weigerung, diese Jungfrau meinem Feind zu überlassen, hat nichts mit edlen Motiven wie Mitleid oder Ähnlichem zu tun, sondern ihr liegt reiner Egoismus zugrunde. Alleine die Vorstellung, dass er sie küsst, sich ihr aufdrängt und ihre samtweiche Haut berührt, lässt mich rotsehen. Trotz der Tatsache, dass sie mich bestehlen wollte und angegriffen hat, will ich sie. Es ist bescheuert und völlig unlogisch – doch so ist es.

In der Sekunde, in der sie vergangene Nacht ihre Türe geöffnet und mir diese verdammte Schrotflinte ins Gesicht gehalten hat, ist sie zu meiner ultimativen Herausforderung geworden. Kelly ist kein eingeschüchtertes, wehrloses Püppchen, sondern eine couragierte Frau, die sich nicht verängstigt in einem Eck versteckt, sondern immer im Angriffsmodus ist. Ich meine, scheiße! Sie hat mir einen Stein, einen gottverdammten Stein, an den Kopf geworfen … Das allein sagt doch schon alles über sie aus.

All die Bitches, die sich mir an den Hals werfen, sind langweilige Pussys für zwischendurch. Mann fickt sie – Mann spritzt ab – Mann vergisst sie.

Kelly hingegen … yeah … sie hinterlässt einen unvergesslichen Eindruck!

Keine Ahnung, wie oder wann es dazu kommen konnte, aber der Jäger in mir hat diese Jungfrau zu seiner persönlichen Beute erkoren. Er will sie so weit bringen, dass sie aufhört, gegen uns anzukämpfen, und sich uns freiwillig ergibt.

Noch immer stehe ich mit dem Rücken zur Wand, den Kopf an den rauen Putz gelehnt und mit einer deutlich ausgebeulten Jeans im Flur.

Mit den Händen durch meine Haare fahrend, ziehe ich so fest an ihnen, bis ein stechender Schmerz durch meine Kopfhaut zuckt.

Konzentration! Ich kann es mir nicht leisten, mich von einem Mädchen ablenken zu lassen, das es sich ganz offensichtlich zur Lebensaufgabe gemacht hat, mich in den Wahnsinn zu treiben.

Fluchend rücke ich meinen Schwanz zurecht und mache mich auf die Suche nach Rhett, meinem neuen Vize. Weder finde ich ihn in seinem neuen Büro noch in meinem.

Wo zum Teufel steckt er?

Ungeduldig gehe ich weiter in den großen Hauptraum des Clubs und lasse meinen Blick über die Bar bis hin zu den Billardtischen gleiten.

Anstatt Rhetts vernarbtes Gesicht zu erblicken, bleiben meine Augen an einem prallen Arsch, der in verdammt knappen Hot Pants steckt, hängen. Pinke Heels, scheinbar unendliche Beine, eine schmale Taille und lange blonde Locken, die sich an einem zierlichen Rücken ringeln.

Logo weiß ich, dass diese Bitch da vorne nicht Kelly ist, doch meinem zuckenden Schwanz scheint das völlig egal zu sein. Er muss Druck loswerden – und die Bitch da vorne ist ein geeignetes Ventil.

Die Suche nach Rhett unterbrechend, durchquere ich den Raum, verpasse ihrem Arsch einen kraftvollen Klaps und hebe sie hoch. Sie quietscht kurz und wirft einen prüfenden Blick über ihre Schulter. Sally ist eine erfahrene Clubmaus. Sie weiß, wie es läuft, und sie beschwert sich nicht, wenn es mal etwas härter zugeht.

In dem Moment, in dem sie mich erkennt, leckt sie sich gierig die Unterlippe.

„Lust auf einen wilden Ritt, Mister President?"

„Du wirst schreien, weinen und stöhnen, Bitch."

Sie bemerkt sofort, dass ich schlechte Laune habe, öffnet ihre Shorts, zieht sie samt dem schwarzen String nach unten und beugt sich ergeben über den Billardtisch.

Yes! Genau so soll das laufen.

Frauen, die zicken, unnötig kompliziert sind und mit Steinen um sich werfen, sind nicht das, was ich will. Ich bevorzuge gezähmte Stuten und keine bockenden Ziegen.

Zumindest war das bis vor Kurzem noch so …

Knurrend beuge ich mich über die Bitch, packe ihre Haare und wickle sie mir um die Faust. Das Wimmern, das sie von sich gibt, ist Musik in meinen Ohren.

Ihre Hände flach auf den grünen Bezug gepresst, überlässt sie mir willig die Kontrolle.

„Besorg es mir, Knox. Zeig mir, was ein Scorpion drauf hat."

Der Klang ihrer Stimme widert mich an, versaut mir meine Kelly-Fantasie.

„Halt's Maul und sei still. Wenn du auch nur einen Mucks von dir gibst, wirst du das bereuen."

Sie zuckt zusammen, ein klares Zeichen, dass sie kapiert hat, wie es läuft.

Zufrieden schließe ich die Augen und stelle mir vor, dass es Kelly ist, deren Arsch sich gegen mein Glied drückt. Es funktioniert nicht!

Meinen Eiern ist es hingegen egal, in welche Frau sie ihre Ladung spritzen werden. Sie ziehen sich ungeduldig zusammen.

Der Moment, in dem ich mich noch beherrschen konnte, ist vergangen und zurück bleibt reine Gier.

Es spielt keine Rolle, dass ich vor wenigen Stunden erst Lola gefickt habe, mein Schwanz ist so hart, dass es sich anfühlt, als würde er gleich platzen.

Ungeduldig schicke ich meine Hände auf Reisen, umfasse die prallen Titten, drücke fest zu. Erst als Sally vor Schmerz aufkeucht, löse ich den festen Griff und schiebe meine Hand zwischen ihre gespreizten Schenkel.

Feucht und nass zuckt ihre Fotze an meinen Fingern. Ich spüre, wie sie trotz der Angst, die sie im Augenblick verspürt, immer erregter wird.

Muschi ist Muschi – scheiß auf die Jungfrau ...

Ich versuche mir einzureden, dass es viel besser ist, erfahrene Nutten zu bumsen, als sich mit schüchternen Mädchen rumzuärgern – es klappt nicht.

Fuck! Der Hunter in mir hat sich für Kelly entschieden, er wird erst zufrieden sein, wenn er bekommen hat, was er will.

Das Gefühl der glitschigen Spalte, die sich an meiner Handfläche reibt, lässt einen Teil meiner Gedanken verpuffen.

Zwickend foltere ich ihre geschwollenen Nippel, genieße das Gefühl der absoluten Kontrolle, die ich über diese Frau habe.

Der vertraute Geruch von Muschi hängt in der Luft, steigt mir zu Kopf, hilft mir dabei, ein paar Dinge zurechtzurücken.

Ich brauche das Miststück, das ich in meine Wohnung eingesperrt habe, nicht. Wozu auch? Es gibt genug Nutten, die nur allzu bereit sind, mir sämtliche Bedürfnisse zu erfüllen.

Spätestens bis Sonnenuntergang will ich, dass sich Eleven mit zwei Prospects auf den Weg nach Duluth macht, um die Bikes der Hangmen gegen Brock einzutauschen.

Und während sich meine Brüder darum kümmern, dass unser verstorbener Vize nach Hause kommt, werde ich mich mit Kelly beschäftigen. Diese Frau ist ein Problem, ein Risiko, das es zu beseitigen gilt.

Es kostet mich einiges an Beherrschung, dass ich nicht wie ein wildes Tier über die Bitch vor mir herfalle.

Lola habe ich hart und schnell rangenommen, jetzt will ich es langsamer angehen. Ich will mich selbst davon überzeugen, dass Kelly nicht halb so faszinierend ist, wie ich denke.

Die immense Zurückhaltung, die ich mir auferlegt habe, ist schmerzhaft. Alles in mir schreit nach Erlösung, doch ich weiß jetzt schon, dass sie nicht lang anhalten wird.

Ja, ich ficke – aber die falsche Frau ...

Kreisend streiche ich über Sallys geschwollenen Kitzler, erhöhe den Druck, spüre, wie sich ihr Unterleib krampfend zusammenzieht.

Meine Finger wühlen sich durch ihre nasse Möse, ehe ich mit zweien kraftvoll in sie stoße.

Amüsiert beobachte ich, wie sie sich verzweifelt auf die Unterlippe beißt, um meinen Befehl, still zu sein, befolgen zu können.

Immer und immer wieder ficke ich sie mit meinen Fingern, genieße die Feuchtigkeit, die an meiner Hand herunterläuft.

Der Anblick, den Sally mir bietet, ist so holy fucking geil, dass es mir tatsächlich gelingt, Kelly aus meinem Kopf zu verbannen.

Nicht bereit, die Nummer hier jetzt schon zu Ende zu bringen, entziehe ich der Bitch meine Finger, drehe sie um und drücke sie vor mir auf die Knie.

Von dem plötzlichen Positionswechsel überrascht, braucht sie einen Moment, um ihr Gleichgewicht wiederzufinden.

Ungeduldig öffne ich meine Hose, hole meinen Schwanz heraus und klatsche ihn ihr ein paar Mal ins Gesicht. Sally zuckt leicht zusammen, weicht mir jedoch nicht aus.

Brave Bitch.

Mit der Faust umschließe ich meine Härte, reibe mit festem Griff über jeden Zentimeter und quetsche meine Eichel so fest zusammen, dass mir der Atem stockt.

Erst als ich es kaum noch aushalte, führe ich die geschwollene Spitze meines Glieds an ihre Lippen. Nach kurzem Zögern öffnet sie ihren Mund, leckt über die empfindliche Haut an der Unterseite und saugt ihn Stück für Stück tiefer in ihre enge Kehle.

Samtig weich und zugleich fest massieren ihre Lippen meinen Schwanz.

Ich gebe dem Drang zuzustoßen nach und ramme mich mit einem kraftvollen Stoß bis zur Wurzel in ihren Hals.

Sally zuckt zurück, ich packe ihre Haare und ziehe sie wieder in Position.

Keine Gnade ...

Ohne den Blick von ihrem Mund zu lösen, falle ich in einen schnellen, tiefen Rhythmus.

Das leise Röcheln, das sie von sich gibt, wenn ich mich vollständig in sie ramme, lässt mich noch härter werden.

Zufrieden beobachte ich, wie ihr die ersten Tränen in die Augen steigen. Ihr Mascara verläuft, hinterlässt schwarze Spuren auf ihrer milchweißen Haut.

Ein lautes Stöhnen von mir gebend, genieße ich ihren Anblick.

Entschlossen, sie an ihre Grenzen zu bringen, packe ich sie am Hinterkopf, drücke sie gegen meinen Bauch und schiebe mich noch etwas mehr in ihre Kehle.

Sie würgt, ihre Atmung stockt, meine Hoden zucken.

Wohl wissend, dass ich so tief in ihr stecke, dass sie keine Luft mehr bekommt, verharre ich reglos.

Sally zappelt und strampelt, versucht mir auszuweichen – ich lasse es nicht zu.

Aye, ich bin ein herzloses Arschloch. Aber was soll's, ich habe nie etwas anderes behauptet.

Ich ficke ohne Gnade, empfinde kein Mitleid und weide mich an dem Leid der Nutten, die vor mir knien …

Wieder und wieder, tiefer und tiefer dringe ich in ihren feuchten Mund ein, verliere mich in meiner Lust und nehme keine Rücksicht. Sallys Gegenwehr erlischt. Ihre Hände ruhen nachgiebig auf meinen Oberschenkeln, sie ergibt sich ihrem Schicksal. Genauso muss es sein. Nur eine Schlampe, die willig erträgt, was ich ihr antue, ist eine gute Schlampe.

Vielleicht sollte ich Sally für mich beanspruchen. Nicht als Old Lady – Gott bewahre –, aber als Sextoy. Dank ihrer Fähigkeit zu leiden wäre sie die perfekte Gespielin für mich.

Vielleicht sollte ich sie in den nächsten Stunden so lange ficken, bis es mir gelungen ist, mir Kelly endgültig aus dem Kopf zu schlagen. Ich kann es mir nicht leisten, abgelenkt zu sein, dafür warten einfach zu viele Dinge darauf, von mir geregelt zu werden. Unser Club befindet sich im Krieg. Wer da keinen klaren Kopf hat, stirbt.

Ich sollte diese Jungfrau Ty überlassen und sie einfach vergessen. Das kann doch nicht so schwer sein. Oder?

In Gedanken versunken habe ich gar nicht bemerkt, dass ich mich bis zum Schaft in Sallys Hals gerammt und dann in dieser Position gestoppt habe.

Sie beginnt zu zappeln, ihre Fingernägel zerkratzen mir den Oberschenkel, doch ich weiche nicht zurück. Ich bin viel zu sehr von dem panischen Ausdruck, der sich in ihren Augen spiegelt, gefangen.

Sallys Blick wirkt glasig, ihre Kehle krampft hektisch an meiner Eichel. Erst als ihre Augen nach hinten rollen und ich befürchte, dass sie während des Blowjobs das Bewusstsein verliert, habe ich Mitleid mit ihr und ziehe meinen Schwanz aus ihrem Mund.

Sie hustet, japst und schnappt nach Luft. Während sie versucht ihre Lungenflügel mit Sauerstoff zu füllen, ziehe ich sie grob an den Schultern nach oben, drehe sie um und drücke sie mit dem Gesicht auf den grünen Filz des Billardtischs.

Mit den Knien öffne ich ihre Beine. Mit dem Daumen reibe ich über den rosa Ring ihres Polochs, Sally zuckt erschrocken zusammen. Ihre Schamlippen klaffen auseinander, sodass ich einen guten Blick auf ihren engen Kanal habe.

Arsch oder Fotze?

Noch bevor ich mich entscheiden kann, kapiere ich, dass ich keinen Gummi bei mir habe.
„Fuck!“
Zane, der gerade zur Türe reinstolziert, hört meinen Fluch und kommt auf mich zu.
„Verpiss dich, Alter.“
Anstatt zu tun, was ich will, umrundet er den Spieltisch und stützt sich mir gegenüber auf dem hölzernen Rand ab.
„Warum sollte ich? Störe ich dich bei etwas Wichtigem?“
Wenn mein Schwanz nicht so verdammt hart und die Pussy vor mir nicht so verführerisch nass wäre, würde ich ihm jetzt die Fresse polieren.
Die Zähne zusammenbeißend verpasse ich Sally einen harten Schlag auf den Arsch. Sie zuckt zusammen, keucht leise.
„Wenn du schon entschlossen bist, mir auf die Nerven zu gehen, dann bring mir zumindest ein Kondom.“
Lachend zündet er sich eine Kippe an und bläst mir den Rauch ins Gesicht. Die Bitch vor mir versucht sich aufzurichten, ich umfasse ihr Genick und drücke sie bestimmend zurück nach unten.
„Also, was ist jetzt, Bro? Meine Laune verschlechtert sich mit jeder Sekunde, die ich länger darauf warten muss.“
Völlig unbeeindruckt greift er in die Innentasche seiner Kutte und zieht eine schwarze Zellophanverpackung hervor.
„Nutze es weise, Boss.“
In einer theatralischen Geste überreicht er mir den Gummi und wackelt dabei anzüglich mit den Augenbrauen.
„Scheiße! Du tust ja gerade so, als hättest du mir den blöden Ring überreicht, den dieser unterbelichtete Hobbit in diesem schrecklichen Film dauernd mit sich rumträgt.“
Auf den Boden aschend, zeigt Zane mir die Zähne.
„Vielleicht bin ich ja Sauron und warte nur darauf, dich endlich vernichten zu können.“
Ich verdrehe die Augen, reiße die Verpackung auf und hole das Kondom heraus.
Zane, der zu dem Entschluss kommt, dass er mir noch nicht genug auf die Nerven gegangen ist, beugt sich über die Bitch, streicht ihr eine Haarsträhne aus dem Gesicht und zwinkert ihr zu, ehe er wieder zu mir sieht.
„Knox alias Frodo Beutlin aus dem Auenland. Klingt doch gut oder findest du nicht?“
Ich würdige ihn keines Blickes, umfasse Sallys Taille und bringe mich hinter ihr in Position. Mit einem tiefen Stoß schiebe ich mich in ihre

samtene Fotze und genieße die nasse Enge. Ihre Hitze schleicht sich in meinen Schwanz, kriecht an meiner Wirbelsäule nach oben und lässt mich erschaudern.

Ohne dass ich es will, schiebt sich erneut Kellys zartes Gesicht vor mein geistiges Auge und ich frage mich, wie eng ihre noch unberührte Muschi wohl ist.

Zur Hölle!

Alleine die Vorstellung, wie ich mit einem Stoß ihr Jungfernhäutchen zerfetze, bevor ich sie so hart ficke, dass sie danach nicht mehr laufen kann, lässt mich beinahe kommen.

Ich erhöhe das Tempo, nagle mich in Sallys zuckende Öffnung und pinne sie mit meinem Gewicht auf den Tisch.

„Woran auch immer du gerade denkst, Präs. Es muss verflucht gut sein."

Aufdringlich, wie er ist, verpasst Zane der laut kreischenden Bitch einen nassen Kuss, bevor er pfeifend aus dem Club schlendert.

Sallys Schreie werden immer lauter, so viel zu meiner Ansage, dass sie gefälligst die Schnauze halten soll. *Weiber ...*

Es geht abwärts mit mir. Jungfrauen bewerfen mich mit Steinen und die Schlampen ignorieren meine Befehle. Wo soll das noch hinführen?

Stoß für Stoß arbeite ich meine Unzufriedenheit ab, schließe die Augen und blende alles um mich herum aus. Ein heißer Blitz zuckt über mein Rückgrat, meine Eier ziehen sich zusammen, es fühlt sich an, als würde mein Schwanz implodieren.

Schub für Schub pumpe ich mein Sperma in die dünne Latexmembran des Kondoms, kralle mich tiefer in die weiche Haut der Bitch und genieße das Gefühl völliger Befriedigung.

Ja, das ist es ...

Ein paar Atemzüge lang bleibe ich reglos stehen, dann ziehe ich ihn zurück und rolle den Gummi von meinem Glied. Nachdem ich ihn zugeknotet habe, lasse ich ihn neben Sallys Füßen auf den Boden fallen, ehe ich mir die Hose hoch- und mich wieder anziehe. Völlig derangiert stemmt Sally sich nach oben und sieht mich unsicher an. Ihre rechte Wange ist durch die Reibung an dem grünen Filz, mit dem der Billardtisch bespannt ist, ganz rot geworden, ihre Haare gleichen einem Vogelnest.

Sie sieht sexy und frisch gefickt aus und ich beschließe, dass ich mir Sally in nächster Zeit öfters vornehmen werde.

Noch bevor ich den Knopf meiner Jeans durch das Loch gedrückt habe, taucht Zane neben mir auf.

„Bist du mit ihr fertig, Frodo? Wenn ja, wird sich jetzt Sauron höchstpersönlich über die süße Menschenfrau hermachen."

Dieser Herr-der-Ringe-Blödsinn scheint ihm echt Spaß zu machen.

Ich verzichte darauf, ihn darauf hinzuweisen, dass ich der Präsident dieses MCs bin und dass die Rolle Saurons somit mir zustehen würde, und schließe meinen Gürtel.

„Fuck, Zane. Du schaust zu viel Fernsehen."

Sally versucht einen Fluchtversuch, schafft jedoch keine zwei Schritte, ehe Zane sie zurück zu dem Billardtisch dirigiert.

Gelangweilt sehe ich ihm dabei zu, wie er seine Hose öffnet und sich einen Gummi über den Schwanz rollt.

„Danke fürs Feuchtmachen, Knox."

Mit diesen Worten stößt er sich in Sallys Muschi und schließt die Augen.

„Viel Spaß bei der Zweitverwertung."

Sich die langen blonden Haare um die Faust wickelnd, gibt er ein raues „Danke, Boss" von sich, ehe er die Bitch genauso hart rannimmt wie ich zuvor.

Ohne einen weiteren Gedanken an Sally zu verschwenden, mache ich mich auf die Suche nach Rhett. Es wird Zeit, dass ich mich auf den neuesten Stand der Dinge bringe.

Rhett sitzt in dem Büro, das dem amtierenden Vizepräsidenten zusteht. Mit einer Zigarette im Mundwinkel und einer dampfenden Kaffeetasse vor sich betrachtet er ein altes sepiafarbenes Foto, auf dem Brock in einem alten Armeejeep zu sehen ist.

„Brock war ein guter Mann. Ein loyaler Bruder und fairer Vize. So einen beschissenen Abgang hatte er nicht verdient."

Da kann ich ihm nur zustimmen.

Das Büro betretend setze ich mich auf den abgewetzten Ledersessel, der vor dem Schreibtisch steht.

„Kein Scorpion sollte in einer gottverdammten Küche von einem Hangman abgeknallt werden."

Das Bild beiseitelegend, greift er nach der Tasse und trinkt einen Schluck.

„Wir werden ihn rächen. Und es wird dreckig werden."

In Rhetts blauen Augen glimmt purer Hass.

„Aye, das werden wir, Bro. Aber jetzt gilt es erst mal, ihn unter die Erde zu bringen."

Er nickt.

„Wir haben den Austausch geregelt. In einer Stunde brechen wir auf."

Endlich einmal gute Nachrichten.

„Wir sollten Eleven und die Prospects schicken."

Rhett nickt zustimmend.

„Wir müssen mit einem Hinterhalt rechnen. Diesem Ty traue ich nicht über den Weg."

Ich teile seine Einschätzung.

„Lass uns Eleven mit ein paar Handgranaten ausstatten. Du kennst ihn. Mehr braucht er nicht, um ein Massaker anzurichten."

Ein freudloses Lachen von sich gebend sieht Rhett mich an.

„Dafür übernimmst dann aber du die Verantwortung, Präs. Eleven ist unberechenbar. Ich traue ihm durchaus zu, dass er die Devil's Hangmen in einem ungeplanten Alleingang auslöscht."

Das wäre nicht der schlechteste Ausgang dieser heiklen Übergabe.

„Dein Wort in Gottes Ohr, Rhett. Aber was die Verantwortung angeht …", ich deute auf das rechteckige Patch, das seit einer guten Stunde sein Leder ziert, „… die teilen wir uns seit heute."

Rhetts Mund verzieht sich zu einem dreckigen Grinsen.

„Kommen wir zu einem anderen Thema. Was ist mit dem Mädchen, das du in deiner Wohnung gefangen hältst?"

Ich zucke mit den Schultern, ziehe meine Marlboro-Schachtel heraus und fische die letzte Kippe aus der Packung.

„Willst du eine ehrliche Antwort?"

„Ehrlichkeit setze ich voraus, Bro."

Für einen Moment spiele ich mit dem Gedanken, die Aussage zu verweigern, entscheide mich dann aber dafür, aufrichtig zu sein.

„Ich habe keine Ahnung, was ich mit Kelly anstellen soll. Wenn ich intelligent bin, liefere ich sie, genau wie Zane es vorgeschlagen hat, im Tausch gegen unsere Maschinen an Ty aus."

Einen lauten Pfiff ausstoßend setzt Rhett sich aufrechter hin.

„Was hat dir die Kleine angetan, dass du sie dem Teufel zum Fraß vorwerfen willst?"

Meine Lunge mit warmem, nikotinhaltigem Rauch füllend, atme ich tief ein.

„Das Luder wollte mich bestehlen und sie hat mich angegriffen."

Lachfältchen bilden sich an seinen Augenwinkeln.

„Womit?"

Jetzt wird's peinlich.

„Mit einem verdammten Stein."

Laut auflachend verschluckt er sich an seinem Kaffee und beginnt zu husten.

„Verdammt, das hätte ich ja mal zu gerne gesehen. Die Kleine gefällt mir. Du solltest sie behalten."

Das Dumme ist, dass sie mir ebenfalls gefällt und dass ich sie nur allzu gerne behalten würde.
„Frauen wie sie machen nur Ärger. Dafür habe ich weder die Zeit noch den Nerv."
„Und warum hast du die dann überhaupt gerettet und hierher gebracht?"
Gute Frage …
„Das war instinktiv. Keine bewusste Entscheidung."
Rhett hat sich wie eine Zecke an dem Thema festgebissen und lässt nicht locker.
„Und was sagt dir dein Instinkt jetzt?"
Genervt stehe ich auf.
„Der ist dank dem Stein, den sie mir an den Kopf geworfen hat, noch immer bewusstlos."
Wieder lacht er, zumindest einer von uns hat seinen Spaß.
„Also wenn du das Mädchen nicht willst — ich nehm es …"
Seine lockere Bemerkung lässt mich die Zähne zusammenbeißen. Meine Reaktion entgeht ihm natürlich nicht.
„Da beißt sich doch der Fuchs in den Schwanz … Unser Präsident will ein Mädchen und hat Angst, es sich einfach zu nehmen. Was ist mit dir los, Knox? Wirst du etwa weich?"
Das muss ich mir nicht anhören. Anstatt ihm, so wie er es eigentlich verdient hat, meine Faust ins Gesicht zu rammen, schnippe ich ihm nur den glühenden Kippenstummel an die Stirn.
„Kümmere dich um die Übergabe. Sorg dafür, dass alles reibungslos verläuft, und halt mich auf dem Laufenden. Kelly ist nicht deine Sorge, also ignorier sie."
Sich die Asche vom Shirt klopfend, bedenkt er mich mit einem zornigen Blick, nickt jedoch zustimmend.
„Ganz wie du willst, Boss."
Erleichtert, dass *dieses* Thema erst mal erledigt ist, lehne ich mich rücklings an die Wand. „Hast du dich schon um die Layton-Lane-Angelegenheit gekümmert?"
Sofort wird seine Mimik ernst.
„Ja, ich war dort. Jaxton und zwei der Prospects kümmern sich in diesem Augenblick um die toten Huren. Der Putzfrau habe ich ein Bündel Dollarnoten in die Hand gedrückt und ausführlich erklärt, was ich mit ihr tun werde, sollte sie zu den Bullen rennen und singen."
Sehr gut.
„Was denkst du, wie lange es dauern wird, bis wir das Laufhaus wieder in Betrieb nehmen können?"

Er überlegt kurz und presst dabei die Fingerkuppen der linken gegen die der rechten Hand.

„Einen Monat. Wenn es gut geht, drei Wochen."

Ich überschlage die Zahlen, fluche laut.

„Das kostet den Club ein Vermögen."

Tief Luft holend beugt Rhett sich zu mir vor.

„Wir haben noch ein anderes Problem. Die Nutten haben Angst. Du weißt, was das bedeutet, Präs?"

Aye. Panische Stuten lassen sich nur schlecht reiten.

„Beruhige sie. Sag ihnen, dass wir die Sicherheitsvorkehrungen verschärfen. Und dass wir, bis die Sache mit den Henkern geklärt ist, zwei Securitys bereitstellen. Das sollte fürs Erste helfen."

Rhett nickt und lehnt sich wieder in seinem Stuhl zurück. So weit ist alles geklärt, das Gespräch ist beendet.

Bevor ich ihn weiter sein neues Büro einrichten lasse, sage ich ihm noch, dass er Jaxton zu mir schicken soll, sobald dieser aus der Layton Lane zurück ist.

Ein Stechen breitet sich in meiner Stirn aus – Kopfschmerzen.

Erleichtert, dass zumindest in dieser Hinsicht alles glattläuft, gehe ich in mein Büro, lasse mich in den Sessel fallen und denke nach.

Kann es sein, dass Rhett mit seiner bescheuerten Behauptung, dass ich weich geworden bin, recht hat?

Wütend, dass es Kelly, einem Mädchen, das ich kaum kenne, gelungen ist, mich aus der Bahn zu werfen, starre ich Löcher in die Luft und überlege mir mein weiteres Vorgehen.

Mein Blick fällt auf das große Terrarium, das am anderen Ende des Raums steht.

Darin befinden sich um die dreißig Leiurus quinquestriatus. Eine genaue Zahl kann ich nicht nennen, diese Tiere neigen dazu, sich in Gefangenschaft gegenseitig umzubringen.

In der Vergangenheit haben wir Dutzende unserer Feinde mit dem Gift der Skorpione getötet. Man fesselt das Opfer einfach an einen Stuhl, setzt ihm einen von Leiurus' Artgenossen auf das Bein und wartet ab, bis der Skorpion seine Arbeit erledigt hat.

Das Gift wirkt schnell, ist extrem schmerzhaft und ohne die Verabreichung von Antivenom, ein speziell für die Behandlung von Bissverletzungen durch giftige Tiere entwickeltes Immunserum, zu hundert Prozent tödlich. In meinem Kopf entsteht ein perfider Plan. Der Präsident der Hangmen hat Brock auf dem Gewissen, sein MC ist uns seit Jahren im Weg und es wird nun endlich Zeit, den Henkern eine tödliche Lektion zu erteilen.

Ty wird nicht nur einfach erschossen oder erstochen – oh nein, das wäre ein viel zu gnädiger Tod. Ich werde dafür sorgen, dass Gift sein Herz zum Erstarren bringt. Nur so wird er am eigenen Leib erfahren, wie es sich anfühlt, von den Scorpions umgebracht zu werden.

Wenn alles so läuft, wie ich das will, dann werden wir Dutzende Skorpione im Clubhaus der Henker laufen lassen. Nur um Ty werde ich mich persönlich kümmern.

Vorfreude steigt in mir auf, lässt mich immer unruhiger werden.

Damit das alles genauso klappt, wie ich es will, brauche ich eine Falle, und erfahrungsgemäß ist die Falle nur so gut wie der Köder, der darin platziert wurde. In diesem besonderen Fall wird dieser blonde Haare, karamellbraune Augen und samtene Lippen haben …

Endlich habe ich die perfekte Einsatzmöglichkeit für Kelly gefunden.

Oh, das ist genial ...

Eine Jungfrau wird mir dabei helfen, den Teufel in die Hölle zu schicken!

12. Kapitel

Kelly

Das Warten macht mich verrückt, die Stille macht mich verrückt, doch was am schlimmsten ist, ist die Ungewissheit.

Was wird jetzt passieren?

Nur weil ich verrückterweise den Mut hatte, ihn anzugreifen und zu beleidigen, bedeutet das noch lange nicht, dass ich nicht weiß, mit wem ich es zu tun habe. Eine kleine Kostprobe von Knox' Wut habe ich ja schon zu spüren bekommen. Mein Hals brennt wie Feuer, es fühlt sich so an, als ob dieser blöde Scorpion meinen Kehlkopf zermalmt hätte.

Einzig und allein der Furcht, die ihre schwarzen Krallen tief in mein Herz gerammt hat, habe ich es zu verdanken, dass ich noch immer in dieser Wohnung festsitze.

Die verschlossene Haustüre ist ärgerlich, keine Frage, aber sie wäre nur halb so schlimm. Knox' Zuhause liegt im Erdgeschoss, ich müsste also nur ein Fenster öffnen und schon könnte ich frische Luft atmen. Es wäre so leicht – theoretisch zumindest. Praktisch hingegen sitze ich auf der Couch und starre wie hypnotisiert auf die Tüte, in der sich das Geld befindet.

Dass Knox dieses Mal den Schlüssel im Schloss herumgedreht hat, ist ein deutliches Zeichen dafür, dass sich der Status meines Aufenthalts geändert hat. Ich bin nicht länger nur ein Gast – sondern eine Gefangene.

Ich will mir gar nicht ausmalen, wie er reagieren wird, wenn ich seine Wohnung verlasse und erneut versuche zu flüchten. Vielleicht wird er sich das nächste Mal nicht mehr nur damit zufriedengeben, mich beinahe zu erwürgen, sondern wird mir gleich das Genick brechen.

Nennt mich feige, aber ich bin absolut nicht scharf darauf, das herauszufinden.

Dank meines eklatanten Mangels an Lebenserfahrung in Sachen Kerle weiß ich nicht, wie es mir gelingen soll, mich mit Knox wieder gut zu stellen.

Natürlich könnte ich es wie diese Bitch, die er heute Morgen gefickt hat, machen und mich ihm halb nackt an den Hals werfen.

Vielleicht wäre er wieder besser auf mich zu sprechen, wenn ich mich ebenfalls über die Lehne des Sofas beugen und mich von ihm bumsen lassen würde.

Das Problem an der Sache ist nur, dass ich meine Jungfräulichkeit nicht auf so eine Art und Weise verlieren will.

Mit den Fingerspitzen streiche ich mir über den Mund und schließe die Augen. Es hat sich gut angefühlt, mich von diesem Rocker küssen zu lassen. Und es war ein sehr beeindruckendes Gefühl, an seinen muskulösen Körper gepresst zu werden.

Vielleicht – also nur ganz vielleicht – wäre es ja gar nicht so schlecht, mit ihm zu schlafen? Über die Richtung, die meine Gedankengänge einschlagen, erschrocken, schlage ich mir mit der Handfläche gegen die Stirn und schimpfe mich selbst.

Reiß dich gefälligst zusammen, Kelly!

Was zum Teufel ist nur los mit mir?

Frustriert und auf die ganze Welt wütend stehe ich auf, nehme das Geld und gehe in die Küche. Entschlossen stopfe ich die 10.000 Dollar zurück in die silberne Dose und räume sie zurück in das Gefrierfach.

Mein Blick fällt auf den eisgekühlten Wodka. Ich zögere kurz, ehe ich nach der Flasche greife, mit aller Kraft den festgefrorenen Deckel öffne und mir einen großen Schluck gönne.

Leckt mich doch alle mal am Arsch!

Normalerweise bin ich kein Fan von Hochprozentigem – normalerweise …

Ich trinke und trinke, mir wird schlecht, mein Magen brennt und meine Kehle wehrt sich gegen die eisige Flüssigkeit, doch ich setze die Flasche erst ab, als ich dringend etwas Sauerstoff benötige.

Hajajaj … Das Zeug ist, wenn man es unter den Gefrierpunkt kühlt, echt gut.

Nach einem letzten Blick auf die Dose schließe ich die Gefrierfachtüre und mache es mir mit dem Wodka auf einem der Küchenstühle gemütlich. Der Fenstergriff lockt mich, flüstert mir zu, dass ich ihn benutzen und abhauen soll.

Noch bevor ich meine Angst überwinden und rausklettern kann, höre ich, wie ein Schlüssel ins Schloss gesteckt wird – er kommt zurück. Unsicher, wie ich mich ihm gegenüber verhalten soll, bleibe ich einfach sitzen und gönne mir noch etwas von der durchsichtigen Flüssigkeit.

Groß und beeindruckend taucht er wenige Atemzüge später im Türrahmen auf und füllt ihn mit seinen breiten Schultern vollständig aus.

„Übt mein Kühlschrank eine magische Anziehungskraft auf dich aus oder was geht hier vor?“

Ich schwöre … Wenn ich jetzt einen Stein zur Hand hätte, ich würde ihn Knox erneut an den Kopf werfen.

Entschlossen, seinen dummen Kommentar zu ignorieren, drehe ich ihm den Rücken zu und sehe aus dem Fenster.

„Du überraschst mich, Kelly. Letzte Nacht hätte ich noch gewettet, dass es keine Jungfrau in deinem Alter gibt. Aber jetzt auch noch eine schweigsame Jungfer, das ist beinahe genauso unglaublich wie eine Meerjungfrau in der Wüste."

Oh, dieses Arschloch! Das kann ich einfach nicht unkommentiert lassen ...

Langsam sehe ich ihn wieder an.

„Weißt du was, Knox? Bis ich dir begegnet bin, habe ich den Scorpions-MC mit Sympathie betrachtet, jetzt hingegen ist das anders. Du machst es einem leicht, dich zu hassen."

Erstaunt über die Bitterkeit, die in meiner Stimme mitschwingt, beschließe ich, dass ich mir ruhig noch etwas von dem russischen Nationalgetränk gönnen kann.

„Eine Flasche dieses Wodkas kostet vierhundert Dollar und du kippst ihn weg, als wäre er Wasser."

Mit den Schultern zuckend stelle ich die Flasche vor mir auf den Tisch.

„Dank deiner auf Eis gelegten Ersparnisse kannst du dir durchaus eine neue leisten."

Ohne den Blick von mir abzuwenden, setzt er sich zu mir.

„Ich bin nicht hier, um mit dir über deinen Wodkakonsum zu streiten, sondern um dir ein Angebot zu machen. Aber dafür brauche ich dich bei vollem Bewusstsein und ohne den Einfluss von Alkohol."

Was denkt sich dieser Idiot eigentlich?

„Und wie kommst du auf die Idee, dass ich an deinem Angebot interessiert bin?"

„Nenn es männliche Intuition."

Ich schüttle mich vor Lachen, Schluckauf steigt in meiner Kehle hoch.

„Sehr geil. So etwas gibt es nicht. Aber lass dir eines gesagt sein, Knox. Wenn dein Angebot mit Freiheit und einem Taxi zu tun hat, dann bin ich interessiert, aber auch *nur* dann."

Mit der Zunge schnalzend nimmt er den Wodka und trinkt davon.

„Ach, und wenn es um die 10.000 Dollar geht, die du mir stehlen wolltest, nicht?"

Hmmm ... Worauf will er hinaus?

Um cool zu wirken, verschränke ich die Arme vor der Brust und sehe ihn möglichst desinteressiert an.

„Kommt drauf an."

„Auf was?"

„Was ich dafür tun muss. Du wirst mir das Geld wohl kaum schenken wollen."

Seine silbernen Augen wirken dunkel und geheimnisvoll.

„Ich will, dass du mir dabei hilfst, Ty in eine Falle zu locken. Wenn du das tust, bekommst du das Geld und deine Freiheit."

Erschrocken sehe ich ihn an. Eine Falle? Ty? Scheiße! Hat Knox vielleicht gemerkt, dass ich sein Handy benutzt habe, und will mich jetzt prüfen?

Sofort wird mein Gaumen trocken und mein Hals schnürt sich zu. Meine Augen huschen zu seinen langen Fingern. Ich kann mich nur zu gut daran erinnern, wie es sich angefühlt hat, als sie sich gnadenlos um meine Kehle gelegt haben.

„Ach, und wie soll das funktionieren?"

„Du bist jung, schön und Ty hasst dich dafür, dass du uns geholfen hast. Also was denkst du wohl, was ich mit dir vorhabe, Kelly?"

Oh nein, das kann er vergessen. Ich sehe viele Actionfilme und weiß, dass die Person, die den Köder mimen soll, immer die ist, die als Erstes stirbt. Mein Leben ist mir deutlich mehr wert als lächerliche 10.000 Dollar.

„Warum muss ich da sofort an den Film Jurassic Park denken? Da gibt es doch diese eine Szene, in der eine hübsche kleine Ziege an den großen bösen T-Rex verfüttert wird. Kennst du die?"

Knox nickt.

„Gut. Ich habe kein Interesse, deine Ziege zu sein. Also vergiss es."

Über meine Weigerung sichtlich verärgert, nuschelt er irgendetwas über Zane, Hobbits und blöde Filmvergleiche – ich verstehe kein Wort.

„Hör zu, Kelly: Ty mag vieles sein, aber gewiss kein T-Rex. Ich schwöre dir, dass für dich keine Gefahr droht." Er besitzt doch glatt die Frechheit, mir zuzuzwinkern. „Ich beschütze dich, Baby, versprochen."

Oh klasse.

„Jetzt bin ich natürlich total beruhigt."

Unschlüssig, was ich jetzt tun soll, studiere ich seine markanten Gesichtszüge. Knox ist ein attraktiver Mann. Nicht im herkömmlichen Sinn. Er ist eher wie ein zerklüfteter Berg, mit Ecken und Kanten, der aus seiner Umwelt beeindruckend hervorsticht, anstatt sich ihr anzupassen.

Den blauen Wodkaflaschendeckel zwischen meinen Fingern kreisen lassend, denke ich über die Situation, in der ich mich befinde, gründlich nach. Doch das ist mit dem vielen Alkohol, der durch meinen Kreislauf rauscht, gar nicht so leicht. Abwartend greift Knox sich eine meiner Hände, umfasst sie mit der seinen und streicht über die bogenförmige Lebenslinie in meiner Handfläche. Kleine Funken stieben durch mein Nervensystem. Auch wenn ich mich bis zu einem gewissen Grad vor diesem Scorpion fürchte, kann ich nicht verleugnen, dass ich ihn auf eine düstere, gefährliche Art sehr anziehend finde. Unfähig, mich ihm zu entziehen, hebe ich den Blick und sehe ihm direkt in die Augen. Funken huschen an meinem Handgelenk nach oben, bringen mein Herz aus dem Takt.

Zu meinem Entsetzen beginnen meine Lippen zu prickeln. Sie sehnen sich nach einem weiteren Kuss, gieren nach Knox' herbem Geschmack.

Das Quecksilber seiner Iriden verdunkelt sich, er stößt ein Brummen aus, während sich seine Nasenflügel blähen.

„Fuck, Mädchen. Wenn du mich weiter so ansiehst, packe und ficke ich dich."

Seine Androhung hilft mir nicht gerade dabei, die Kontrolle über meine Gedanken zurückzugewinnen.

„Ach, und wie würdest du mich ficken?"

Die Frage entschlüpft mir, bevor ich mich überhaupt entscheiden kann, ob ich eine Antwort haben will.

Knox' Mund verzieht sich zu einem Killerlächeln, das mich bis an die Zehenspitzen erschauern lässt.

Zuerst rechne ich mit einer schnellen, vulgären Bück-dich-und-ich-besorg-es-dir-Antwort. Doch er lässt sich Zeit, liebkost mein Handgelenk, übt leichten Druck aus und bringt mich so vollends durcheinander.

Ich zähle meine Herzschläge, erst als ich bei neununddreißig ankomme, setzt er mit ruhiger, tiefer Stimme an …

„Zuerst würde ich deinen Mund für mich beanspruchen. Ich würde dich sanft küssen, bis du all deine Scheu vergisst und deine Finger ungeduldig in meinen Schultern vergräbst. Dann würde ich dich ins Bett tragen, langsam ausziehen und jeden Zentimeter deiner Haut, gleich einem unerforschten Kontinent, erkunden. Erst wenn ich jede deiner erogenen Zonen entdeckt und dich mit meiner Zunge zwischen deinen Schenkeln zum Schreien gebracht hätte, würde ich stoppen. Du würdest zittern, mit gespreizten Schenkeln und einer geschwollenen Pussy vor mir liegen und du würdest wunderschön und faszinierend aussehen. Gleich einem gefallenen Engel, der sich einem Dämon anbietet …"

Knox verstummt, seine Worte entfalten ihre Wirkung und in meinem Unterleib breitet sich ein sehnsüchtiges Ziehen aus.

Oh ja, dieser Rockerpräsident ist verdammt gefährlich …

Mit der Zungenspitze lecke ich mir über die trockenen Lippen und warte darauf, dass er endlich weiterspricht.

„Ich würde wirklich versuchen langsam vorzugehen, doch es wäre unglaublich schwer. Allein das Wissen, dass noch nie ein Mann in deinen zarten Körper eingedrungen ist, turnt mich so unfuckingfassbar an, dass es mir schwerfällt, die Kontrolle zu behalten."

Sein letzter Satz hat nichts mit der Fantasie zu tun, über die wir gerade sprechen, sondern entspricht ganz klar einer Tatsache. Der raue Klang, den seine Worte angenommen haben, verrät mir, dass ihn das Wissen, dass ich noch nie Sex hatte, erregt.

Lachend schüttelt er den Kopf und sieht mich aus zusammengekniffenen Augen an.

„Verdammt, Kelly, du bist gefährlich …"

Ich? Er ist doch der Killer! Verwirrt zwinge ich mich dazu, meine Hand zurückzuziehen. Kaum dass wir uns nicht mehr berühren, beschleicht mich eine unangenehme Kälte.

Sich eine Zigarette anzündend lehnt er sich zurück und inhaliert den Rauch.

„Was ist jetzt? Lässt du dich auf den Deal ein?"

Sofort muss ich an Ty denken. An dessen stechend blaue Augen und an die Vereinbarung, die ich mit ihm getroffen habe.

Was soll ich denn jetzt tun? Auf Ty hoffen oder mich für Knox entscheiden?

Von dem plötzlichen Themenwechsel überrascht, gelingt es mir für eine Sekunde nicht, meinen Gesichtsausdruck unter Kontrolle zu bringen. Knox' Augen verengen sich zu Schlitzen, seine Lippen pressen sich zusammen. Er sieht verdammt wütend aus.

Er springt so schnell von seinem Stuhl auf, dass dieser mit einem lauten Krachen rückwärts umfällt.

Sein geknurrtes „Zur Hölle! Was hast du getan?" hallt bedrohlich durch den Raum.

Ich versuche ruhig zu bleiben und ihn möglichst unschuldig anzusehen.

„Was meinst du?"

Mit den Fäusten stemmt er sich auf dem Tisch auf und kommt mir so nahe, dass sein Atem meine Stirn streift.

„Lüg mich nicht an, Kelly. Ich erkenne Verrat, wenn ich ihn sehe! Außerdem hast du Angst, ich kann sie riechen."

Ich starte einen letzten kläglichen Versuch, mein Geheimnis vor ihm zu bewahren.

„Natürlich habe ich Angst. Du willst mich als Köder benutzen, um einen Mörder einzufangen. Soll ich mich freuen, dass du mich zum Opfer deines persönlichen Rachefeldzugs gegen die Devil's Hangmen machen willst?"

Er hat seine Fäuste so fest geballt, dass seine Knöchel ganz weiß werden.

„Falsche Antwort, Mädchen. Sag mir jetzt sofort die Wahrheit oder du wirst am eigenen Leib erfahren, wie es sich anfühlt, wenn …“

Knox spricht den Satz nicht zu Ende, doch das ist auch gar nicht nötig. Unter seinem eisigen Blick bricht mir der Schweiß aus. Ich rutsche unruhig auf dem Stuhl hin und her, werfe einen prüfenden Blick zur Türe und wäge meine Chancen ab.

„Wenn du von mir gejagt werden willst, nur zu, lauf. Du bist eine verführerische Beute, du wirst den Jäger in mir gewiss zufriedenstellen.“

Ohhhhh …

Hätte er mir damit gedroht, mich zu verprügeln oder zu töten, hätte mir das nur halb so viel Angst gemacht wie diese Beute-Jäger-Sache.

Wenn ich Knox jetzt sage, dass ich Ty heimlich kontaktiert und mit ihm ausgemacht habe, die Scorpions in eine Falle zu locken, wie wird er reagieren?

Kann er überhaupt noch wütender auf mich werden? Das Zucken an seinem Kiefer verrät mir, dass er es kann. Knox gleicht einem Vulkan kurz vor dem Ausbruch. Mein Überlebensinstinkt rät mir, mich erst mal mit dem Scorpion hier auseinanderzusetzen, ehe ich mir den Kopf über den Hangman, der mehrere hundert Meilen von mir entfernt ist, zerbreche.

Ich kämpfe gegen die Angst, die sich in mir gleich einem Flächenbrand ausgebreitet hat, an und betrachte den Death Skull mit den roten Augen, der seinen Hals ziert.

„Es ist nicht so, wie du denkst, Knox. Ehrlich nicht.“

Seine Stirn legt sich in Falten, in seinen Augen blitzt es hämisch.

„Ach nein? Dann sei doch so gut und erkläre es mir.“

Hoffentlich überlebe ich das.

Ich greife nach dem Wodka, ignoriere Knox’ missbilligenden Blick und schlucke mehrmals. Gerade als ich meinen Mund erneut füllen will, entwendet er mir die Flasche und stellt sie außerhalb meiner Reichweite ab. *So ein Arsch!*

„Du hast genug!“

Ach, sind wir jetzt schon so weit, dass er weiß, was gut für mich ist? Dass ich nicht lache.

„Wenn ich jetzt einen Stein hätte, dann würde ich …“

Mit seiner Hand bedeckt er meinen Mund und bedenkt mich mit einem warnenden Blick.

„Treib es nicht zu weit, Baby.“

Mit den Zähnen knirschend, ignoriere ich die Tirade an Schimpfwörtern, die mir auf der Zunge liegt, und schenke ihm mein süßestes Lächeln.

Mit dieser Reaktion hat er offensichtlich nicht gerechnet. Etwas, das verräterisch nach Verwunderung aussieht, blitzt in seinen Iriden auf.

Für ein paar Sekunden schweigen wir. Die Anspannung, die sich zwischen uns aufbaut, ist beinahe schon greifbar.

„Rede!"

Die Finger ineinander verknotend hole ich tief Luft und lege mir meine Erklärung gedanklich zurecht.

„Es war nicht geplant, dass ich Ty anrufe." Kaum dass ich den Namen des Präsidenten der Devil's Hangmen ausspreche, gibt Knox ein leises Zischen von sich.

In der Hoffnung, dass meine Überlebenschancen besser stehen, wenn Knox meine Beweggründe kennt, spreche ich schnell weiter.

„Ich wollte dich suchen, um mit dir darüber zu reden, wie es weitergeht, und da habe ich eure Besprechung belauscht."

Unverständnis breitet sich auf Knox' Gesicht aus.

„Na und?"

Er wirkt verwirrt.

„Ich habe Zanes Plan, in dem es darum geht, dass ihr mich im Tausch gegen eure Motorräder an Ty ausliefern wollt, gehört und Panik bekommen. Ich meine, Scheiße! Was habt ihr denn erwartet? Bis ihr vor meiner Türe aufgetaucht seid, war mein Leben zwar langweilig, aber ungefährlich. Ty und seine Männer haben mir nichts getan und es war alles bestens. Ich habe, nur weil ich euch geholfen habe, Ärger, und ihr wollt es mir danken, indem ihr mich gegen eure blöden Harleys eintauscht. Was denkt ihr Arschlöcher euch eigentlich?"

Vor Zorn und Enttäuschung am ganzen Leib zitternd, stehe ich auf und sehe Knox direkt an.

„Was habt ihr denn erwartet? Dass ich hier sitze und Däumchen drehe, während ihr meinen Untergang plant? Ihr spinnt doch! Natürlich versuche ich mein Leben zu retten und mich mit Ty gut zu stellen. Was bleibt mir denn auch anderes übrig?"

Etwas wie Ungläubigkeit spiegelt sich in seinen Augen. Mit der Hand reibt er sich über das Kinn, die dunklen Bartstoppeln sorgen für ein kratzendes Geräusch. Obwohl es sehr unpassend ist, muss ich sofort daran denken, wie es sich angefühlt hat, als sie über meine Haut gestrichen sind, während sich unsere Zungen umschlungen haben.

Wie wäre es, wenn du dich daran erinnerst, wie er dich beinahe erwürgt hat?

Die Stimme meines Unterbewusstseins meldet sich fauchend – sie hat recht.

Das hier ist keine Lovestory und auf mich wartet auch kein Happy End.

„Lass mich raten, du hast unsere Besprechung nicht bis zum Ende mitangehört, sondern bist sofort losgerannt und hast Ty kontaktiert."
Ich nicke.
„Fuck, Kelly. Sei froh, dass du das *Break* hast. Du hättest keine besonders gute Spionin abgegeben."
Was soll das denn schon wieder bedeuten?
„Ich hatte nie vor, zum Geheimdienst zu gehen. Keine Sorge."
„Wenn du geblieben wärst, hättest du gehört, dass ich nie vorhatte, dich auszuliefern. Ja, wir wollten deine Hilfe, um an unsere Bikes zu kommen. Aber wir hätten dich nie einfach so den Devils überlassen."
Obwohl ich ihn gerne als Lügner abgestempelt hätte, erkenne ich an seinem Blick, dass er die Wahrheit sagt.
„Aber Zane?"
„Mein Sergeant ist impulsiv und voller Zorn. Ja, sein Plan war, dich einfach bei Ty abzuliefern, das hätte ich aber nicht zugelassen. Davon abgesehen kenne ich Zane. Er macht immer einen auf hart, aber er hätte es nicht übers Herz gebracht, dich an unsere Feinde zu übergeben. Eher hätte er sich eine Kugel eingefangen, als dich den Wichsern zum Fraß vorzuwerfen."
Da bin ich mir ja nicht so sicher.
Knox bemerkt meine Skepsis und schenkt mir ein kurzes Lächeln.
„Vertrau mir, Kelly."
Niemals!
Mein von Wodka umnebelter Verstand braucht einen Moment, um das Gehörte zu verarbeiten.
„Warte mal. Du hast gerade gesagt, dass du das nicht zugelassen hättest. Aber warum? Mein Schicksal kann dir doch peripher am Arsch vorbeigehen."
Lachfältchen bilden sich an seinen Augenwinkeln, mal wieder fällt mir auf, wie verflucht sexy dieser Rocker ist. Um einiges gefährlicher als Preston, aber auch um einiges heißer. Knox ist eine ganz andere Liga, und ich denke nicht, dass ich dieser gewachsen bin. Wenn ich nicht verteufelt gut auf mich aufpasse, liege ich schneller unter ihm, als ich das Wort Scorpions buchstabieren kann.
„Da du so herrlich aufrichtig zu mir warst, kleines Mädchen, werde ich es auch zu dir sein."
Na, da bin ich ja mal gespannt ...
Seine Quecksilberaugen brennen sich in die meinen, ich vergesse zu atmen, alles um mich herum beginnt sich zu drehen und mein Puls spielt verrückt.

„Du faszinierst mich, Kelly. Du weckst etwas in mir, von dem ich bis jetzt nicht wusste, dass es überhaupt existiert. Und obwohl ich dich nicht kenne, verspüre ich den seltsamen Drang, dich beschützen zu müssen. Ich will dich besitzen, der erste Mann sein, dessen Namen du vor Lust schreist, und mich so tief in dir versenken, dass du mich dein Leben lang in dir spüren wirst. Das, was ich von dir will, ist nicht nett oder süß, sondern düster und intensiv, und ich kämpfe, seit du mir mit der Schrotflinte bewaffnet gegenübergestanden hast, dagegen an. Es dauert nicht mehr lange, bis meine Selbstbeherrschung zerbröckelt, und dann werde ich dich packen. Mit deinem Einverständnis oder ohne."

Ein trauriges Lächeln zupft an seinen Mundwinkeln.

„Wie du siehst, ist es in deinem eigenen Interesse, mit uns zusammenzuarbeiten, damit wir Ty und seine Männer möglichst bald ausgelöscht haben und du so schnell wie möglich zurück in deine Pension flüchten kannst. Es wäre fatal, wenn du länger als nötig in meiner Nähe wärst. Du musst in dein altes Leben zurück, ehe ich die Kontrolle verliere und dich für mich beanspruche. An meiner Seite könntest du nicht existieren, ich würde dich zerstören."

Oh mein Gott ...

Knox' brutale Aufrichtigkeit überfordert mich.

Wie soll ich damit umgehen?

Was soll ich darauf erwidern?

Und wie kommt er darauf, dass er mich zerstören würde?

Lauf um dein Leben, lauf, so schnell du kannst.

Wieder meldet sich mein Unterbewusstsein zu Wort, dieses Mal stimme ich ihm nicht zu.

Unwillkürlich frage ich mich, was passieren würde, wenn Knox seine Beherrschung jetzt schon verlieren würde. Wäre es wirklich das Schlechteste, zu diesem Rocker zu gehören? Zwar hat er das Wort Lady nicht in den Mund genommen, doch ich bin einfach mal so naiv zu glauben, dass es darauf hinauslaufen würde.

Was sollte er sonst unter *‚für mich beanspruchen'* verstehen?

„Falls du mir mit deiner Ansage Angst machen wolltest, das ist dir gelungen. Dennoch fürchte ich mich nicht vor dir."

Er umfasst mit seinen großen Händen zärtlich mein Gesicht, reibt mit seinen rauen Daumenkuppen über meine Lippen und sucht meinen Blick.

„Oh, Mädchen, was mache ich nur mit dir?"

Küss mich ...

Mir meinen unausgesprochenen Wunsch von den Augen ablesend, lehnt er sich zu mir vor und streicht mit seinem Mund über den meinen.

Ich kann nicht mehr atmen, nicht mehr denken – sondern nur noch fühlen.

Knox' raue Zunge schlängelt sich zwischen meine Lippen, öffnet sie und dringt ein winziges bisschen in meinen Mund ein.

Sein Geschmack und sein Duft berauschen mich. Ich rutsche auf dem Stuhl so weit wie möglich nach vorne, suche seine Nähe.

Ohne lang darüber nachzudenken, umfasse ich das Revers seiner Kutte, kralle mich an ihm fest und nehme ihn so gefangen. Zögerlich komme ich ihm mit meiner Zunge entgegen und keuche zufrieden auf, als sie sich umschlingen. Hinter meinen geschlossenen Lidern zucken grelle Blitze, meine Nervenbahnen sprühen Funken, das Blut in meinen Adern beginnt zu kochen.

Dieser Rockerpräsident hat eine unglaubliche Wirkung auf mich …

Süchtig nach mehr knabbere ich an seiner Unterlippe und trinke das Knurren, das er von sich gibt.

Ich ziehe ihn noch ein Stückchen näher zu mir, der Stuhl gerät ins Kippen. Ohne unseren Kuss zu unterbrechen, schlingt er mir einen Arm um die Taille und schützt mich so vor dem Fall.

In der einen Sekunde stehe ich noch vor ihm, in der nächsten hebt er mich mühelos hoch, sodass ich ihm die Beine um die Hüfte schlinge, um mich an ihm festzuhalten.

Seine Hände umfassen meinen Po, drücken ihn fest.

Und während unsere Münder regelrecht verschmelzen und wir den Atem des anderen inhalieren, trägt er mich mit großen Schritten Richtung Schlafzimmer.

Du musst das stoppen!

Mir ist bewusst, dass meine innere Stimme recht hat, doch es fühlt sich einfach viel zu gut an, von diesem Kerl gehalten und geküsst zu werden.

Nur noch ein paar Sekunden ..., antworte ich meinem Unterbewusstsein und vertiefe unser Zungenspiel.

Etwas Hartes drückt sich gegen meinen Schenkel, instinktiv wird meine Mitte noch etwas feuchter. Während mein Körper sich längst für Knox entschieden hat, zieht mein Verstand die Reißleine.

Zitternd löse ich mich von ihm, japse nach Luft und sehe ihn unsicher an.

„Wir müssen damit aufhören."

Er schüttelt den Kopf.

„Nein, Baby, das müssen wir nicht."

„Hast du vergessen, was du gerade in der Küche zu mir gesagt hast? Du hast mich gewarnt und ich beschließe auf dich zu hören."

Die Muskeln in seinen Armen beginnen zu zucken, die Sehnen an seinem Hals treten deutlich hervor.

„Dafür ist es jetzt zu spät."

Verdutzt sehe ich ihn an.

„Nein, ist es nicht."

„Oh Baby." Ein wildes Knurren von sich gebend wirft er mich in die Mitte seines Bettes. „Du musst noch vieles lernen …"

Perplex starre ich zu ihm nach oben. Mein Fluchtinstinkt erwacht zum Leben. Schnell drehe ich mich um und versuche aus dem Bett zu krabbeln – vergebens. Mit einer blitzschnellen Reaktion packt Knox sich meinen Knöchel und zieht mich zurück in seine Nähe.

„Na, na, na, Süße. Was soll das werden?"

Atemlos sehe ich dabei zu, wie er seine Kutte auszieht und sie auf die Kommode legt.

„Flucht. War das nicht offensichtlich genug?"

„Du willst den Hunter in mir reizen? Bist du dir sicher?"

Hunter? Wovon redet er?

Mit einer fließenden Bewegung zieht er sich sein Shirt über den Kopf und entblößt so seinen beeindruckenden Oberkörper. Muskeln und tintenverzierte Haut, soweit das Auge reicht.

„Wir haben noch gar nicht besprochen, was wir jetzt mit Ty machen."

„Das hat keine Eile."

Er öffnet die bullenkopfförmige, silberne Schnalle seines Gürtels und schiebt den Knopf durchs Loch. *Ohhhh ...* Mit offen stehender Hose kniet er sich zu mir aufs Bett, drückt mich mit seinem Gewicht tief in die weiche Matratze.

„Ich habe dich hintergangen, schon vergessen? Wir sind gerade dabei zu streiten. Wir können jetzt nicht das hier", ich wedel mit der Hand zwischen ihm und mir herum, „machen. Das ist falsch."

Seine Lippen verziehen sich zu einem trägen Grinsen.

„Das hier ist mein Club, ich bin der Präsident und du bist meine Gefangene. Ich kann mit dir anstellen, was immer ich will."

Die schwarz-türkisen Linien, die seinen rechten Arm zieren, bewegen sich. Das Reptilienauge wirkt auf einmal wie lebendig.

Eine Stimme in meinem Kopf flüstert leise, dass das an meinem übermäßigen Wodkakonsum liegt, ich stimme ihr schweigend zu.

Mein Blick fällt auf den Revolver, der auf dem Nachtkästchen liegt.

Wenn ich an ihn rankomme, dann könnte ich …

Was? Ihn erschießen? Ich sehe wieder zurück zu ihm. Auch wenn er ein Dämon ist, ich bin nicht skrupellos genug, um ihn kaltblütig abzuknallen.

„Aber du hast gesagt, dass ich an deiner Seite nicht existieren kann und dass du mich zerstören würdest."

Mir seinen Zeigefinger auf die Lippen legend, bedeutet er mir, dass ich still sein soll.

„Ich habe aber auch gesagt, dass ich dich ficken werde, wenn du mich das nächste Mal küsst."

Oh verdammt, das hat er tatsächlich, und zwar heute Morgen ...

Seine andere Hand gleitet an meinem Bauch nach unten, schiebt sich in meine Hose und bedeckt besitzergreifend meinen Venushügel.

Obwohl ich mich ihm verweigern und möglichst schnell aus seiner Reichweite flüchten will, kann ich nicht verhindern, dass mir ein lustvolles Keuchen entwischt.

„Wir dürfen das nicht tun, Knox."

„Wer sagt das?"

„Die Vernunft."

Sein Mittelfinger umzirkelt meinen Kitzler.

„Die Vernunft habe ich schon immer ignoriert."

Bevor ich weiß, was ich darauf erwidern soll, küsst er mich stürmisch.

Unsere Zähne schlagen krachend aufeinander, der kupferne Geschmack von Blut breitet sich auf meiner Zunge aus.

Wild und erbarmungslos wühlt er sich durch meinen Mund, lässt all die Stimmen in meinem Kopf verstummen. Der letzte klare Gedanke, zu dem ich fähig bin, ist, dass das hier ein Fehler ist – dass alle Skorpione Fehler sind …

13. Kapitel

Knox

Sie ist weich, sie ist süß und sie ist ein Fehler!

Kellys Gegenwehr ist minimal, dennoch ist sie da. Alles, was ich zu ihr gesagt habe, meine ich absolut ernst. Mit jeder weiteren Sekunde, die sie länger in meiner Nähe ist, ist sie in Gefahr. Nur eine zu grobe Bewegung und ihr Genick ist gebrochen – nur ein harter Stoß in ihren unberührten Leib und ihre Seele zerstört.

Selbst ich herzloser Bastard werde nicht so weit gehen und sie mir gegen ihren Willen nehmen. Kelly ist etwas Besonderes, sie ist wie ein helles Licht in all der Dunkelheit, aus der mein Leben besteht.

Ja, ich kenne sie kaum, und ja, ich weiß nichts über sie, dennoch spüre ich, dass sich dieses Mädchen von allen Frauen, denen ich bisher begegnet bin, unterscheidet. Selbst wenn mich die Gier nach ihr innerlich zerfrisst, werde ich gegen meine Dämonen ankämpfen und ihr nichts antun. Bevor ich ihr begegnet bin, konnte ich nicht verstehen, warum sich ein Hangman und ein Scorpion wegen einem Mädchen erschossen haben – jetzt hingegen kann ich es.

Es missfällt mir, Kelly dazu zu benutzen, Ty aus der Welt zu schaffen, doch es lässt sich nicht verhindern.

Sollte er es wagen, sie anzurühren, werde ich ihn in Stücke reißen und an meine Skorpione verfüttern.

Doch nur weil ich es mir versage, sie zu ficken, bedeutet das noch lange nicht, dass ich sie nicht kosten kann.

Ich will zumindest einen kleinen Teil ihrer Lust für mich. Ich will, dass sie, wenn sie zurück in Duluth und weit von mir entfernt ist, nachts in ihrem Bett liegt und an mich denkt.

Die weichen Falten ihrer Pussy drücken sich gegen meine Hand. Der süße Duft von Kellys Erregung liegt in der Luft, raubt mir den Verstand.

Auch wenn mein Schwanz so hart ist, dass es schmerzt, werde ich sie nicht ficken. Alles, was ich will, ist, sie dabei zu beobachten, wie sie sich in ihrer Lust verliert.

Das muss mir reichen, mehr steht mir nicht zu.

Es ist lächerlich, aber durch diese Frau entsteht so etwas wie ein Gewissen in mir.

Mit einem Finger in sie eindringend, tackere ich meine Augen auf ihrem Gesicht fest und sauge jede ihrer Regungen in mich auf. Kelly zuckt leicht zusammen. Erst als ich mit dem Daumen über ihren Kitzler reibe, entspannt sie sich wieder etwas.

Ihre Muschi ist so eng, dass es sich anfühlt, als würde sie meinen Finger zerquetschen. Unweigerlich stelle ich mir vor, dass es mein Schwanz ist, der die Kontraktionen in ihrem Inneren auslöst.

Holy Fuck!

Bis jetzt habe ich Jungfrauen immer gemieden – zu kompliziert. Ich will mich beim Sex weder zurückhalten noch Rücksicht nehmen müssen.

Jetzt gerade hingegen fällt es mir schwer, mich zurückzunehmen und mich an meinen Plan zu halten.

Kelly wird immer feuchter. Ihr Atem kommt stoßweiße und sie gibt süße kleine Stöhnlaute von sich. Wer hätte gedacht, dass es so verdammt geil ist, ein unberührtes Mädchen mit den Fingern zu ficken?

„Knox …“

Keuchend schließt sie die Augen und drückt den Rücken durch.

Dass sie meinen Namen stöhnt, löst eine Welle der Besitzgier in mir aus.

Ich rufe mir in Erinnerung, dass dieses Mädchen nicht für mich bestimmt ist, und entziehe ihr langsam meinen Finger. Als ich damit beginne, ihr die Hose auszuziehen, reißt sie erschrocken die Augen auf und sieht mich unsicher an.

„Was machst du?“

Ihre Stimme zittert.

„Ist das nicht offensichtlich?“

Sie schluckt, versucht mir auszuweichen.

„Wir dürfen das nicht tun. Es ist falsch.“

Ihre Worte verärgern mich.

„Ach, und wer sagt das?“

Herausfordernd sehe ich sie an.

„Du und ich, ich meine, du hast doch selber gesagt, dass …“

Verwirrt schüttelt sie den Kopf.

„Entspann dich, Kelly. Ich werde nichts tun, was du nicht willst.“

„Das hast du doch schon. Immerhin hast du mich in deiner Wohnung eingesperrt.“

Nicht bereit, mich erneut auf diese Diskussion einzulassen, ziehe ich ihre Hose mit einem Ruck nach unten, sodass ihre langen Beine und ihre von goldenen Locken bedeckte Scham entblößt sind.

„Ach, du willst das hier nicht?“ Bestimmend spreize ich ihre Beine. Sie versucht sich zu wehren, hat jedoch keine Chance. „Und warum bist du dann so nass?“

Eine zarte Röte legt sich auf ihre Wangen, sie senkt den Blick.

„Akzeptiere die Tatsachen. Dein Körper kann es kaum erwarten, endlich so richtig durchgevögelt zu werden.“

Wieder versucht sie die Knie zusammenzupressen.

„Sei nicht so vulgär. So kannst du mit deinen Nutten reden, aber nicht mit mir.“

Dieses kleine Biest ist immer auf Krawall gebürstet.

„Soll ich dir beweisen, dass du es vulgär magst?“

Ohne ihre Antwort abzuwarten, dringe ich erneut mit meinem Finger in ihre feuchte Pussy ein, dehne und reize sie so lange, bis sich Kellys Gegenwehr auflöst. Das laute Stöhnen, das sie von sich gibt, fühlt sich an wie ein Sieg.

Den Blick auf ihre nassen Falten geheftet, beobachte ich meinen Finger dabei, wie er wieder und wieder in sie gleitet.

Meine Eier ziehen sich pulsierend zusammen, es braucht nicht mehr viel und ich spritze wie ein unerfahrener Bursche in meiner Hose ab.

Knurrend lege ich mich auf sie, bedecke sie mit meinem Körper und reibe schnell und kreisend mit den Fingerspitzen über ihren Kitzler.

Zuckend, keuchend und nach Luft schnappend bäumt sie sich auf.

Ich spüre, wie sich ihr Unterleib bebend zusammenzieht und ein intensiver Orgasmus über sie hinwegrollt.

Aus halb geschlossenen Augen sieht Kelly zu mir hoch, das Braun ihrer Iriden scheint zu glühen, während sie sich in dem verzweifelten Versuch, leise zu sein, auf die Lippen beißt.

Gott, ist sie schön! Zum Teufel, das war auf jeden Fall mit das Geilste, was ich je erlebt habe …

Erst als ihr Zittern etwas nachlässt und sie ihre scharfen Fingernägel nicht mehr ganz so tief in meinen Rücken krallt, stoppe ich die zirkelnde Bewegung und entziehe ihr meine Hand.

Ohne meinen Blick von ihr zu nehmen, schiebe ich mir den Finger, mit dem ich in sie eingedrungen bin, in den Mund und koste Kellys Creme, die daran klebt.

Würzig, süß und unvergleichlich köstlich.

Langsam kommt wieder Leben in ihre Augen, ihre Pupillen weiten sich, fokussieren sich auf mein Gesicht.

„Das hast du nicht gerade wirklich getan, oder?“

Sie klingt leicht heiser.

„Was? Dich gekostet? Natürlich habe ich das. Und du schmeckst nach mehr. Dafür, dass ich mich beherrsche und dich jetzt nicht hart ficke, müsste eigentlich ein verdammter Heiligenschein über meinem Kopf aufleuchten.“

Kelly lacht, das Geräusch hallt in meiner Seele wider.

Bei allen Scorpions, diese Frau geht mir unter die Haut ...
„Dafür müsstest du erst mal weniger fluchen. Und verzeih mir, wenn ich das sage, aber ich glaube, deine Seele ist viel zu versaut. Weder werden dir Flügel wachsen noch wird jemals ein goldener Kreis dein Haupt zieren. Ich glaube, es ist wahrscheinlicher, dass dir Hörner wachsen und du dich in Lucifer höchstpersönlich verwandelst."
Damit könnte sie recht haben. Ihr einen Kuss auf den Mund pinnend, rolle ich von ihr herunter, ziehe sie fest an meinen Brustkorb und bedecke ihren Schamhügel erneut mit meiner Hand. Schüchtern verbirgt sie ihr Gesicht an meinem Hals.
„Was haben wir gemacht? Wie konnte ich das erlauben?"
Entschlossen, nicht zuzulassen, dass sie die letzten fünfzehn Minuten als Fehler einstuft, packe ich sie am Kinn und zwinge sie dazu, mich anzusehen.
„Erstens habe ich dir keine Wahl gelassen und zweitens haben wir nichts Schlimmes getan. Du bist eine wunderschöne Frau und ich bin ein Mann. Es ist nur natürlich, dass ich dich berühren und kosten will. Mach nichts Schlechtes daraus."
Sie überlegt kurz, dann nickt sie.
„Dennoch hat dieser *Vorfall* nichts zwischen uns geändert."
Wie sie das Wort Vorfall betont, entlockt mir ein Lachen.
„Ich habe es dir besorgt und du bist auf meinen Fingern gekommen. Alles hat sich verändert!"
Kelly legt sich schweigend wieder neben mich. Die nächsten Sekunden nutze ich dafür, meine Gedanken zu sortieren. Was gar nicht so leicht ist mit einer enormen Latte in der Hose.
„Was hast du mit Ty vereinbart?"
Sie zögert kurz und atmet dann seufzend aus.
„Dass ich ihn über eure Schritte auf dem Laufenden halte und ihm sage, wann ihr euch wo aufhaltet."
Instinktiv balle ich meine Hände zu Fäusten. Dieser Bastard will uns eine Falle stellen. Es reicht ihm anscheinend nicht, nur einen Scorpion zu töten.
Aber das ist gut – sehr gut. Ich werde dafür sorgen, dass Kelly sich an die Vereinbarung hält. Ty soll denken, dass alles so läuft, wie er es will, doch in Wirklichkeit werden wir diejenigen sein, deren Plan aufgeht.
„Womit hast du ihn kontaktiert? Schließlich lag kein Handy in dem Gefrierfach."
„Nein, aber es lag eins im Wohnzimmer."
Oh, dieses kleine Luder. Da ich es nicht gewohnt bin, dass sich außer mir noch jemand anderer in meiner Wohnung aufhält, und es nicht

geplant war, Kelly hierher zu bringen, habe ich natürlich keine Vorbereitungen getroffen. Völlig egal, was sie von mir denken mag, aber es gehört nicht zu meinen Gewohnheiten, kleine Mädchen gefangen zu halten.

„Du wirst Ty regelmäßig anrufen und ihm Informationen geben."

„Was? Warum?"

Überrascht setzt sie sich auf.

„Ich will, dass du ihn in Sicherheit wiegst. Was genau du ihm mitteilen darfst, werde ich dir sagen."

Bevor ich kapiere, was sie vorhat, springt sie aus dem Bett und zieht sich die Hose wieder an.

„Wenn du denkst, dass ich dir nach der Sache hier vertraue, irrst du dich, Knox. Woher soll ich wissen, dass du in der Lage bist, dich gegen Ty durchzusetzen? Was, wenn ich euch helfe und die Scorpions gegen die Devil's Hangmen verlieren? Was dann? Dann wird Ty das *Break* garantiert anzünden. Und über das, was er dann mit mir vorhat, will ich mir lieber gar keine Gedanken machen."

Wütend steige ich ebenfalls aus dem Bett.

„Diese verschissenen Henker haben keine Chance gegen uns. Wir werden sie auslöschen."

Kelly wirft mir einen unsicheren Blick zu.

„So sah das aber neulich in Duluth nicht aus."

„Das wird nicht wieder vorkommen."

Sie zögert, streift sich die Haare aus den Augen.

„Hör zu, Baby. Ty ist ein Monster. Selbst wenn du ihm hilfst und versuchst, dich wieder mit ihm gut zu stellen, wird er dich töten. Bis jetzt hat er davon abgesehen, weil er in dir immer noch die kleine Schwester seines verstorbenen Vizes gesehen hat. Aber jetzt, wo du dich erneut auf uns eingelassen hast, wird er keine Gnade kennen."

Gänsehaut breitet sich auf ihren Armen aus. In ihrem Blick spiegelt sich Furcht.

„Ach, und woher willst du das wissen, Knox?"

„Weil Ty und ich uns in dieser Hinsicht sehr ähnlich sind."

Ihr gemurmeltes „Scheiße!" verrät mir, dass sie endlich verstanden hat, was los ist.

„Entweder du hilfst den Scorpions oder du bist so gut wie tot."

Nachdenklich setzt sie sich auf die Bettkante.

„Wenn es euch tatsächlich gelingt, die Hangmen zu besiegen, was passiert dann?"

Die Frage ist leicht zu beantworten.

„Dann werden wir in Duluth ein weiteres Chapter eröffnen, die Kontrolle übernehmen und unsere Macht ausbauen."

Sie schüttelt den Kopf.

„Nein, das meine ich nicht. Ich will wissen, was du mit mir vorhast. Lässt du mich gehen?"

Obwohl meine Instinkte laut Nein schreien, gewinnt mein Verstand die Oberhand.

„Ja. Du bekommst wie vereinbart die 10.000 Dollar und wir werden dich und das *Break* in Ruhe lassen."

Bilde ich es mir etwa nur ein oder ist da gerade wirklich etwas wie Enttäuschung über ihr Gesicht gehuscht?

„Da ich, wie es aussieht, keine andere Wahl habe, bin ich auf eurer Seite. Möge Gott uns beistehen!"

Gott? Sie ist echt süß ...

„Baby, hier geht es ums Töten, vergiss Gott! Wenn du schon eine höhere Macht ins Spiel bringen willst, dann bitte den Satan um Beistand."

Kelly zuckt zusammen. Es ist ihr deutlich anzusehen, dass sie unsicher und verängstigt ist. Die nächsten Tage werde ich sie genau im Blick behalten. Kelly ist wankelmütig. Ich traue ihr durchaus zu, dass sie ein doppeltes Spiel spielt und nicht nur Ty austrickst, sondern auch mich.

Für gewöhnlich halte ich nichts von Sprichwörtern. Aber an diesem ‚Vertrauen ist gut, Kontrolle ist besser' ist definitiv was Wahres dran.

„Da ist noch etwas Wichtiges, worüber wir uns unterhalten müssen."

Neugierig sehe ich sie an.

„Ach und was?"

Ihre Mundwinkel ziehen sich leicht nach oben.

„Ich habe Hunger."

„Dann komm. Lass uns nachsehen, was wir in der Clubküche finden."

Sie steht auf, der Revolver, der neben meinem Bett liegt, erregt meine Aufmerksamkeit.

Für die Dauer, die Kelly mein Gast ist, werde ich alle meine Waffen beiseiteschaffen. Sicher ist sicher.

14. Kapitel

Kelly

Zusammen verlassen wir seine Wohnung. Nach dem, was zwischen uns vorgefallen ist, fühlt es sich merkwürdig an, in Knox' Nähe zu sein. Während mein Bauch vor Hunger knurrt, macht mein Herz seltsame Sachen.

Obwohl ich mich bis zu einem gewissen Grad vor Knox fürchte, kann ich nicht bestreiten, dass er auch noch andere Emotionen in mir weckt.

Verflixt!

Ich werde wirklich aufpassen müssen, dass ich mich nicht in diesen Mann verliebe.

Wenn ich eines vor vier Jahren gelernt habe, dann, dass es eine äußerst blutige und tödliche Angelegenheit ist, einen Scorpion zu lieben.

Wir gehen den langen Flur entlang, Knox führt mich durch die zweite Türe von rechts, hinter der sich eine gigantische Gastroküche verbirgt. Gerade als ich einen Witz darüber machen will, ertönt ein ohrenbetäubender Knall. Die Fliesen unter unseren Füßen erzittern und panische Schreie werden laut.

Noch bevor ich weiß, was los ist, ertönt das gnadenlose Rattern eines Maschinengewehrs.

In der einen Sekunde stehe ich, in der nächsten werde ich von Knox auf den Boden geschleudert.

Sein gebrülltes „Runter!“ geht in all dem Lärm beinahe unter. Mich mit seinem Körper von allen drohenden Gefahren abschirmend, zerquetscht er mich beinahe mit seinem Gewicht.

Erst als die Schüsse verstummen, gibt er mich zögerlich wieder frei.

„Geht es dir gut?“

Das Silber seiner Augen ist so dunkel, dass es schon fast anthrazitfarben wirkt.

„Ja, ich denke schon.“

Er nickt und eilt zum Fenster, um sich einen Überblick zu verschaffen.

„Küchen scheinen mir in letzter Zeit Unglück zu bringen.“

Noch bevor ich ihn fragen kann, was er damit meint, stürmt Zane auch schon auf uns zu.

„Was läuft hier, Präs?“

Ein weiterer Rocker eilt in die Küche.

Knox entdeckt ihn. Als er seinen Namen ruft, muss ich mir trotz der Panik, die durch meine Venen rauscht, ein Lächeln verkneifen.

Ein Outlaw-Biker namens Rhett? Das ist echt schräg. Da muss ich sofort an Scarlett O'Hara aus *Vom Winde verweht* denken.

Das *Red-Light-Crew*-Patch auf seiner Brust zieht meine Aufmerksamkeit auf sich. Ich traue meinen Augen kaum. Echt jetzt? Der Zuhälter des Clubs heißt wie Rhett Butler, der Romanheld meines Lieblingsliebesromans?

Ich wüsste ja nur zu gern, welche Geschichte hinter diesem Straßennamen steckt …

Knox wirft mir einen besorgten Blick zu, während ihn der Typ namens Rhett darüber aufklärt, dass ein schwarzer Minivan mit offener Schiebetüre vor dem Gelände des MCs vorbeigefahren ist und mehrere Handgranaten über den Zaun geworfen hat. Anschließend sollen zwei Motorräder vorgefahren sein, deren Fahrer das Feuer eröffnet haben.

Ich meine, mich daran erinnern zu können, dass diese Art von Anschlag Drive-by genannt wird, bin mir aber nicht zu hundert Prozent sicher.

„Gibt es Verletzte?"

Rhett verneint diese Frage.

„Gut."

Zane stößt einen derben Fluch aus.

„Hast du auf den Bikes irgendein Zeichen erkennen können? Vielleicht das der Devil's Hangmen?"

Der Zuhälter zündet sich eine Kippe an, ehe er antwortet.

„Nein, das waren keine Harleys, sondern Rennmaschinen. Entweder will Ty uns verarschen oder aber uns wird gerade von einer weiteren Front der Krieg erklärt."

Ein junger Kerl, der eine Prospectkutte trägt, bleibt im Türrahmen stehen und hält eine grausam zugerichtete Stoffpuppe hoch. Die braunen Kunsthaare wurden abgeschnitten, der Plastikkörper mit einem Messer bearbeitet und eine kleine rosafarbene Hand abgerissen. Garniert wurde dieses gruselige Schauspiel mit einer ordentlichen Portion roter Farbe, die wohl Blut darstellen soll … Das ist extrem unheimlich!

Obwohl mein Magen leer ist, habe ich das Gefühl, mich übergeben zu müssen.

Knox' „Fuck!" hallt in meinem Kopf wider.

Einen Pfiff ausstoßend geht Rhett auf den Anwärter zu und nimmt ihm das demolierte Spielzeug ab, das wohl eine Warnung darstellen soll.

„Diese Puppe wurde genauso zugerichtet wie die toten Nutten, die wir in unserem Haus vorgefunden haben. So langsam beschleicht mich der Verdacht, dass diese Scheiße hier nichts mit den Devils zu tun hat. Dahinter steckt nicht Ty. Die Russen sind bekannt dafür, Puppen als

Drohmittel einzusetzen. Jetzt, wo ich länger darüber nachdenke, glaube ich, mich auch daran erinnern zu können, dass Miodrag vor ein paar Jahren schon mal ein paar Huren von den Chinesen auf die gleiche Weise zugerichtet hat."

Handgranaten – Maschinengewehre – verstümmelte Prostituierte?

Wo zur Hölle bin ich da nur reingeraten?

Nicht zum ersten Mal verfluche ich mich dafür, dass ich so dumm war und die Scorpions letzte Nacht nicht einfach weggeschickt habe. Wenn ich könnte, würde ich die Zeit zurückdrehen und anders handeln.

Um mich herum beginnt sich alles zu drehen. Das war wohl zu viel Aufregung in den letzten vierundzwanzig Stunden. Mit einem Keuchen lasse ich mich auf den kalten Boden sinken.

Den Namen Miodrag habe ich vor einiger Zeit schon mal gehört. Auch damals war es nichts Gutes. Dieser Miodrag ist der Anführer der Russenmafia, neben ihm sehen Knox und Ty wie kleine unschuldige Jungs aus. Wenn dieser Russe Knox' Motorcycle Club vernichten will, dann kann ihn niemand davon abhalten – gegen diesen Mafioso haben die Scorpions nicht die geringste Chance.

Vielleicht hast du doch auf die falschen Rocker gesetzt ...

Mein Unterbewusstsein ist sich nicht sicher, ob es so eine gute Entscheidung war, zu Knox aufrichtig zu sein und ihm von der Vereinbarung mit Ty zu erzählen.

Ich stecke in einer Zwickmühle, aus der es im Augenblick kein Entkommen für mich gibt.

Um mich zu beruhigen, reibe ich mir die Handflächen. Genau wie Knox es heute schon mal getan hat, spure ich dabei die Lebenslinie, die sich von meinem Handgelenk bis rauf zum Zeigefinger schlängelt, nach.

Was das Schicksal wohl für mich bereithält?

Im Augenblick wäre eine Wahrsagerin, die mir meine Zukunft voraussagt, wirklich praktisch.

Der Präsident der Scorpions wirft mir einen besorgten Blick zu.

Offensichtlich befürchtet er, dass ich einen Zusammenbruch erleide.

Mit knappen Worten befiehlt Knox Zane, dass er sämtliche Unterlagen und Waffen in das Lager bringen soll, und kommt anschließend auf mich zu.

„Es wird nicht mehr lange dauern, bis die Bullen auftauchen und hier alles auf den Kopf stellen. Dieser Anschlag ist für diese Wichser die beste Möglichkeit, mal wieder ihre Nase in unsere Angelegenheiten zu stecken."

Rhett, Zane und der Prospect eilen mit großen Schritten aus der Küche. Am liebsten würde ich es ihnen nachtun. Wenn wirklich jemand

Handgranaten über den Zaun geworfen hat, dann hat dieser jetzt bestimmt ein Loch, durch das ich mich quetschen und fliehen kann.

Noch bevor ich den beiden folgen kann, kommt Knox auf mich zu und hilft mir hoch.

Mit eisernem Griff umfasst er mein Handgelenk und zieht mich dicht an seine Seite.

Das war es dann wohl mit meiner Fluchtmöglichkeit ...

So langsam habe ich das Gefühl, dass es kein Entkommen für mich gibt.

Bleibt mir nur zu hoffen, dass ich nicht wie die arme Puppe ende, die jetzt völlig allein, unbeachtet und zerstört auf dem Küchenboden zurückgeblieben ist …

15. Kapitel

Knox

Zehn Minuten nachdem die Handgranaten über das Tor geflogen sind, fahren die ersten Streifenwagen vor, weitere zehn Minuten später steht das SWAT-Team vor der Türe.

Die feigen Bullen waren zwar zuerst vor Ort, sind aber untätig in ihren schicken kleinen Einsatzwagen sitzen geblieben. Erst als uns die vermummten Spezialeinsatzkräfte mit auf den Rücken gefesselten Händen auf den Boden verfrachtet haben, trauen sich die übergewichtigen Donutfresser auf unser Gelände. Die Kabelbinder, die meine Handgelenke zusammenhalten, sind so fest verzurrt, dass die Blutzirkulation unterbrochen ist. Meine Finger kribbeln unangenehm, der Asphalt reibt mir über die linke Gesichtshälfte und ein Kieselstein drückt sich mir ins Knie.

Dennoch ist meine Laune bestens.

Die verschissenen Cops können suchen so viel sie wollen, sie können alles auf den Kopf stellen, sie werden nichts finden, womit sie uns Ärger bereiten können. Genau wie von mir befohlen, hat Zane sämtliche Unterlagen, die zwei MacBooks, auf denen unsere geschäftlichen Transaktionen gespeichert sind, und den Rest der letzten Waffenlieferung ins Lager geschafft.

Der unterirdische Bunker, den wir unser Lager nennen, befindet sich auf dem Nachbargrundstück, das einer MC-eigenen Scheinfirma gehört, deren Sitz sich auf einer karibischen Insel befindet. Die Cops werden nie auf die Idee kommen, für die scheinbar brach liegende Wiese einen Durchsuchungsbefehl zu erwirken, und falls doch, wird den kein Richter genehmigen. Mit dem Wissen, dass dem Club keine Gefahr droht, liege ich also ganz entspannt im Dreck und lache mich über Zanes Versuch, sich die juckende Nase an der Schulter zu kratzen, tot.

„Yeah, Bro. Frag doch mal die süße Blonde da vorne, ob sie dir behilflich sein will.“

Mit dem Kopf deute ich auf die junge Polizistin, die sichtlich verunsichert neben ihrem Vorgesetzten steht.

Zane wackelt anzüglich mit den Augenbrauen und lässt seine Zunge hervorschnellen.

„Ah ... die Gesetzeshüter haben Frischfleisch bekommen. Wenn die mir zur Hand gehen will, juckt es mich noch an ganz anderen Stellen.“

Über seinen eigenen Witz lachend, zwinkert er der kleinen Blondine zu.

Rhett lenkt mit einem Zischen meine Aufmerksamkeit auf sich.

„Hey, Präs!"

Unter einiger Anstrengung gelingt es mir, den Kopf auf die andere Seite zu drehen.

„Die Streifenhörnchen nehmen sich gerade Tinker Bell vor."

Die Belustigung, die ich gerade noch verspürt habe, verpufft.

Bis eben saß Kelly in einem der vielen Polizeiwagen und musste auf der Rückbank ausharren. In dem Moment, als ihr die Handschellen angelegt wurden, ist ihr sämtliche Farbe aus dem Gesicht gewichen.

Jetzt führt sie ein grauhaariger Bulle zu der am Rand stehenden SWAT-Einheit.

Sie wirkt verstört und verängstigt – das ist nicht gut.

„Fuck!"

Die Cops sind so schnell aufgetaucht, dass ich keine Zeit hatte, Kelly vorher zu instruieren. Alles, was ich ihr noch zurufen konnte, bevor ich mit einem Tritt auf den Boden befördert wurde, war, dass sie kein Wort sagen soll.

In Anbetracht der Situation, in der sie sich befindet, bin ich mir absolut nicht sicher, ob sie meinen Befehl ausführen und die Klappe halten wird.

Wütend reiße ich an den Fesseln, was zur Folge hat, dass sich das scharfkantige Plastik noch tiefer in meine Haut gräbt. Ich spüre etwas Warmes und weiß, dass ich blute. Der Cop, der dazu abkommandiert wurde, uns zu bewachen, schnauzt mich an, dass ich gefälligst stillhalten soll, wenn ich nicht mit seinem Taser Bekanntschaft machen will. Ich ignoriere ihn.

„Kelly!"

Mein Schrei hallt über den Hof. Sämtliche Gesetzeshüter drehen sich zu mir um.

„Denk an das, was ich dir gesagt habe!"

Unser Bewacher macht seine Drohung wahr. Ich sehe im Augenwinkel, wie er seine Elektroschockpistole auf mich richtet und wie die zwei Widerhaken auf mich zuschießen. *Verdammt ...* In dem Moment, in dem die 50000 Volt durch meine Nerven zischen, dreht Kelly sich zu mir rum. Blankes Entsetzen spiegelt sich auf ihrem Gesicht. Die elektrischen Schläge sorgen dafür, dass alles vor meinen Augen verschwimmt.

Der Schmerz ist durchdringend. Es fühlt sich an, als würden meine Organe gekocht werden. Da das nicht das erste Mal ist, dass mich ein Bulle grillt, weiß ich, dass es einige Sekunden braucht, bis ich wieder in der Lage bin, geradeaus zu sehen.

Als sich mein Puls endlich wieder normalisiert und mein Blick geschärft hat, ist Kelly aus meinem Sichtfeld verschwunden.

Fuck! Fuck! Fuck!

Ein hämisches Grinsen zur Schau stellend, richtet sich der Polizist zu seiner vollen Größe auf und spuckt direkt vor mir auf den Asphalt.

„Noch ein Wort und ich verpass dir noch eine Ladung, Präsident."

Das *Präsident* spricht er mit so viel Spott aus, dass ich kurzerhand beschließe, ihn zu töten. Im Augenblick mag er mir überlegen sein. Aber sobald ich die Kabelbinder los bin, hat der Typ keine Chance gegen mich.

Mein frisch ernannter Vize und ich tauschen einen kurzen Blick aus. Rhett nickt leicht, gibt mir so zu verstehen, dass er genau weiß, was in meinem Kopf vorgeht.

Die Bitches wurden längst wegen des Vorwurfs der Prostitution aufs zuständige Polizeirevier gebracht. So ein Bullshit! Prostitution? Das würde ja voraussetzen, dass wir sie fürs Ficken bezahlen würden. Ein absolut lächerlicher Gedanke.

Ich beobachte, wie einer der Polizisten mit der verstümmelten Puppe, die in einer durchsichtigen Plastiktüte steckt, zu Kelly in den Wagen steigt.

„Das wird ja immer beschissener ..."

Zane spricht aus, was mir auf der Zunge liegt.

Rhett verlagert sein Gewicht und versucht so, die Schultern zu entlasten.

„Was meint ihr, Brüder, wird sie schweigen?"

Eine gute Frage.

Kelly weiß rein gar nichts über den Scorpions-Motorcycle-Club. Bis auf den Vorfall von letzter Nacht kann sie den Cops also auch nichts erzählen. Und ich bin mir sicher, dass sie darüber kein Wort verlieren wird. Denn dann würde sie nicht nur den Scorpions, sondern auch den Devil's Hangmen ans Bein pissen, was einem selbst ausgehobenen Grab gleichkommt.

„Ich denke, sie hält die Klappe."

Zane gibt ein zustimmendes Grunzen von sich.

„Kelly ist die kleine Schwester eines Rockers. Ihr Bruder war jahrelang der Vize der Hangmen. Sie weiß, wie es läuft."

Von dem Elektroschock noch immer etwas mitgenommen, lege ich das Gesicht in den Dreck und warte, bis die Scheiße vorüber ist.

Das Schlimmste, was passieren kann, ist, dass die Bullen die Puppe sehen und genau wie wir darin Miodrags Handschrift erkennen.

Dieser blöde Russe hat uns gerade noch gefehlt.

So sehr ich die Devil's Hangmen auch verachte, sie sind ein würdiger Gegner. Ty ist ein Taktiker, er plant gewiss schon seine nächsten Schritte.

Wenn uns die Vergangenheit eine Sache gelehrt hat, dann, dass ein Krieg unter Motorcycle Clubs immer eine verdammt blutige Angelegenheit ist. Bomben, Leichen und zerstörte Träume – ein Kriegsschauplatz, auf dem es keine Gnade gibt.

Es wird schwer für uns, an zwei Fronten zu kämpfen. Das mit Ty und seinen Henkern hat sich längst angekündigt, aber das mit den Russen kommt überraschend.

Was, wenn es kein Zufall ist, dass sich Miodrag genau jetzt gegen uns wendet? Was, wenn er von der Scheiße mit Ty erfahren hat und nun denkt, dass wir verwundbar sind?

Wut kocht in mir hoch, frisst sich wie Lava durch meine Adern. Ich bin der gottverdammte Präsident des Scorpions-Motorcycle-Clubs und jeder, der denkt, dass er unserer Gemeinschaft schaden kann, wird es mit mir zu tun bekommen.

Ich liebe diesen Club – ich lebe für diesen Club und ja, wenn es sein muss, sterbe ich auch für ihn.

Rhetts „Das ging fix." reißt mich aus meinen düsteren Überlegungen.

Ich sehe in dieselbe Richtung wie er und beobachte, wie eine völlig verheulte Kelly von zwei Polizisten über die Zufahrt unseres Clubs raus auf die Straße geführt wird.

Sie unterhält sich kurz mit den Bullen, ehe sie ihnen die Hand schüttelt und ohne einen Blick zurück die Straße überquert und davongeht.

Bloody Hell! Was zum Teufel läuft hier?

„Wie es scheint, hat Tinker Bell ihre Flügel zurückgekriegt."

Verständnislos sehe ich Zane an.

„Wovon redest du, Alter?"

Er lacht.

„Na ja, du hast sie eingesperrt und die Bullen haben sie offensichtlich wieder frei gelassen. Jetzt fliegt sie zurück zu Ty und wird versuchen, ihn dazu zu bringen, ihr zu verzeihen."

Allein die Möglichkeit, dass er recht hat, lässt mich rotsehen.

„Kelly ist nicht so dumm, zurück nach Duluth zu gehen. Die Devils werden sie töten."

Mit den Schultern zuckend dreht Zane sich auf die Seite, so dass er mich besser ansehen kann.

„Vielleicht hast du recht, Knox, vielleicht auch nicht. Kelly ist eine schöne Frau. Ty wird sich erst seinen Spaß mit ihr gönnen."

Fluchend reiße ich erneut an den Fesseln. Jede Faser meines Ichs will ihr folgen und sie wieder einfangen. Die Vorstellung, dass Ty Kelly anrührt, reicht aus, um mich rasend zu machen.

„Ihr solltet euch lieber mal Gedanken machen, was das Mädchen den Polizisten gesagt hat, dass sie sie einfach so laufen gelassen haben." Rhetts nüchterner Einwand dringt durch den roten Nebel, der sich in meinem Kopf gebildet hat, durch. Er hat recht.

Zwei auf Hochglanz polierte Lederschuhe tauchen plötzlich neben meiner Schulter auf.

„Amüsiert ihr Arschlöcher euch auch schön?"

Ich erkenne die Stimme sofort. Mit zusammengebissenen Zähnen sehe ich an den in einer Anzughose steckenden Beinen nach oben und erblicke das vom Alter und Alkohol gezeichnete Gesicht des Polizeichefs der Metropolregion Madison.

In den vergangenen Jahren habe ich dutzende Male versucht, Nick Price auf unsere Gehaltsliste zu bekommen – vergebens.

Dieser Wichser scheint einer der wenigen Polizisten mit einer Ideologie zu sein. Im Grunde genommen etwas, das ich bewundere, dennoch erschwert mir seine Unbestechlichkeit das Leben enorm.

„Wir hatten nie mehr Spaß."

Zanes Stimme trieft nur so vor Ironie.

Es braucht wesentlich mehr als ein paar Kabelbinder und eine Hausdurchsuchung, um einen Scorpion in die Knie zu zwingen.

„Ihr wollt mir sicherlich sagen, wer die Handgranaten und das Spielzeug mit zur Party gebracht hat."

Die eingetütete Puppe hochhebend gibt er dem Wachmann mit einer Kopfbewegung zu verstehen, dass er uns beim Aufstehen helfen soll. Mit einem groben Griff am Ellenbogen werde ich auf die Füße gezogen. Stöhnend lasse ich den Kopf rollen und zucke zusammen, als es in meiner Wirbelsäule knackst. Rhett geht es nicht anders, er nimmt es mit Humor.

„Fuck! Wir werden alle nicht jünger, was, Präs?"

Eleven und Jaxton, die in die Razzia reingeplatzt sind, liegen etwas abseits und beobachten uns genau.

„Was ist jetzt?"

Price sieht mich abwartend an.

„Du weißt genau, wessen Handschrift das ist."

Er nickt.

„Ja, aber ich weiß nicht, was ihr Rocker mit der Russenmafia zu tun habt."

Bullshit! Das weiß ich ja selber nicht.

„Zerbrich dir darüber mal nicht den Kopf, Price. Ruf deine Hündchen zurück und dann verpisst euch von unserem Gelände. Ihr habt genug meiner Zeit mit eurem Mist verschwendet."

Mit einem knappen Befehl sorgt der Polizeichef dafür, dass uns die Kabelbinder abgenommen werden.

Erleichtert drehe ich die Hände und sorge so dafür, dass die Blutzirkulation wieder in Gang kommt. Ein fieses Stechen breitet sich in meinen Fingerspitzen aus.

Zane bedenkt den Cop, der unsere Plastikfesseln mit einem Messer aufgeschnitten hat, mit einem unheilvollen Blick und holt seine Kippenschachtel heraus.

„Süße kleine Klinge hast du da, Bulle. Ich wette mit dir, dass sie schmal genug ist, um zwischen deinen Rippen durchzupassen, und lang genug, um dir bis ins Herz zu stechen."

Amüsiert beobachte ich, wie der Polizist vor Angst zusammenzuckt. *Was ein Loser ...*

Zane zündet sich eine Zigarette an, inhaliert mit geschlossenen Augen den ersten Zug, ehe er sich wieder dem verängstigten Cop zuwendet.

„Solltest du meinen Präsidenten noch mal elektroschocken, schlitze ich dir mit deinem Messer den Brustkorb auf und sehe nach, ob ich recht habe. Kapiert?"

Price, der für Zanes Drohung nur ein schwaches Kopfschütteln übrig hat, sieht mich an.

„Auf ein Wort, Präs."

Wir gehen ein paar Schritte. Erst als wir etwas abseits sind, bleiben wir stehen.

„Deine Männer werden auch immer größere Weicheier. Hat die Polizei etwa Nachwuchsprobleme?"

Price zuckt mit den Schultern.

„Uns geht es da genau wie euch. Es kommt nichts Gescheites nach. Wir nehmen, was wir kriegen können. Zumindest das ist auf beiden Seiten des Gesetzes gleich."

Da muss ich ihm zustimmen. Zwar haben wir eine Handvoll Prospects, aber nur einer davon ist wirklich vielversprechend.

Genau wie Zane zünde ich mir eine Kippe an, halte Price die Schachtel hin, er nimmt sich dankend eine.

Für eine Weile schweigen wir. Mein Blick gleitet über das Gelände und verweilt auf dem gesprengten Zufahrtstor.

„Sag mir, was hier läuft, Knox. Handgranaten? Verdammt! Das ist ja wie in einem Videospiel. So etwas darf in unserer Stadt nicht passieren!"

Obwohl Price nicht auf unserer Gehaltsliste steht, und er aus offensichtlichen Gründen mein Feind ist, verbindet uns etwas – nämlich die Sorge um das Wohl unserer Stadt.

Der Polizeichef hat längst kapiert, dass wir, der Scorpions-Motorcycle-Club, ein Übel sind, mit dem er leben muss. Zwar wird er es niemals zugeben, aber er weiß genau, dass es der Verdienst des Clubs ist, dass nicht nur die Stadt, sondern unser ganzes Revier so gut wie drogenfrei ist. Es gibt keine vermissten Kinder und keine Überfälle. Jeder Kriminelle im Umkreis von 1000 Meilen weiß, dass das hier unser Gebiet ist und dass wir ihm sämtliche Knochen brechen, wenn er uns Ärger bereitet.

Die Einwohner wissen unsere Arbeit zu schätzen, sie begegnen uns mit einem fast freundschaftlichen Verhältnis und gebührendem Respekt.

Aber das wird sich ganz schnell ändern, wenn so eine Scheiße, wie das, was heute passiert ist, öfters vorkommt. Maschinenpistolen, Granaten und Explosionen lösen Furcht aus.

„Hat auch der Überfall auf eure Prostituierten mit den Russen zu tun?"

Anstatt Price zu antworten, starre ich auf die verstümmelte Puppe, die er neben sich auf den Boden gelegt hat.

„Verflucht noch mal, Knox, rede mit mir!"

Ich denke kurz nach und komme zu dem Entschluss, dass es nicht schaden kann, in dieser Hinsicht aufrichtig zu ihm zu sein.

„Aye, wir denken, dass dieser Anschlag und die Sache mit den Nutten auf Miodrags Konto gehen."

Price stößt einen Fluch aus und runzelt die Stirn.

„Wird es Krieg geben?"

Eine blöde Frage.

„Du weißt so gut wie ich, dass so ein Anschlag Vergeltung fordert."

Wir rauchen unsere Zigaretten. Sein Handy klingelt, er ignoriert den Anruf und sieht mich eindringlich an. Ich bin mir der neugierigen Blicke meiner Brüder nur allzu bewusst und beschließe, dass diese Unterredung hier nun schon lange genug gedauert hat.

„Eine Sache noch, Price. Halt deine Männer von uns fern. Wenn sie zwischen die Fronten geraten, werden sie draufgehen."

Mit dieser Warnung wende ich mich von ihm ab.

„Was soll das werden, Knox? Schon vergessen? Wir kacken nicht, wo wir essen!"

Daran muss er mich nicht erinnern.

Generyt drehe ich mich wieder zu ihm um.

„Nein, das habe ich nicht vergessen. Doch die Scheiße prasselt fröhlich auf uns nieder. Gib mir ein paar Wochen, misch dich nicht ein und ich werde das alles geregelt kriegen. Du hast mein Wort!“

Es spielt keine Rolle, dass wir auf verschiedenen Seiten des Gesetzes stehen. Price weiß genau, dass auf meine Zusagen Verlass ist.

Er nickt widerstrebend. Ich schnippe den Stummel meiner Kippe auf den Boden.

„Und was ist mit dem Mädchen, das du gefangen gehalten hast? Ist das jetzt eine neue Masche der Scorpions? Habt ihr nicht genug willige Nutten?“

Fuck! Kelly, dieses kleine Miststück!

„Ich weiß nicht, was dir das Mädchen erzählt hat, aber sie war garantiert nicht meine Gefangene. Sie war zu ihrem eigenen Schutz mein Gast.“

Price mustert mich ungläubig.

Ich beschließe, ihm einen Denkanstoß zu geben.

„Erinnerst du dich an die Schießerei vor vier Jahren, bei der einer unserer Anwärter und der Vizepräsident der Devil's Hangmen ums Leben gekommen ist?“

Er überlegt kurz, dann nickt er.

„Gut. Das Mädchen war der Auslöser dafür. Jetzt hat sie es wieder geschafft zwischen die Fronten zu geraten. Wenn ich sie nicht einkassiert hätte, dann hätte Ty sie längst umgebracht.“

Ein Stöhnen von sich gebend fährt er sich mit der rechten Hand durch die grauen Haare.

„Wenn das so ist, dann ist sie die Schwester des verstorbenen Henkers.“

„Richtig. Sie hat sich gegen Ty gestellt. Du weißt, was das bedeutet, Price.“

An seinem Gesichtsausdruck erkenne ich, dass ihm langsam klar wird, dass es ein Fehler war, Kelly laufen zu lassen.

„Hat das was mit den toten Hangmen in Duluth zu tun?“

Es war ja klar, dass er längst von dem Vorfall erfahren hat.

„Ich habe dir schon viel zu viel gesagt. Du bist der Cop, finde es heraus.“

Einen Fluch murmelnd folgt er mir zurück zu Zane und Rhett.

„Du bist arrogant geworden, Knox. Ich weiß mehr, als du denkst. Zum Beispiel, dass die Leiche deines verstorbenen Vizes im Bell-Brothers-Bestattungsinstitut liegt.“

Überrascht bleibe ich stehen.

„Bist du dir sicher?“

Ein selbstgefälliges Lächeln umspielt seine schmalen Lippen.

„601 North 56 Ave West. Sie wissen bereits, dass ihr kommen und ihn abholen werdet. Dafür schuldest du mir was, Scorpion."
Nach diesem letzten Satz befiehlt er den Rückzug, überlässt es uns, Eleven und Jaxton von den Kabelbindern zu befreien und steigt in sein gepanzertes Dienstfahrzeug.

Zane stellt sich zu mir.

„Was zur Hölle war das denn für eine Aktion, Boss?"

„Ich würde sagen, es war ein klassischer Schwanzvergleich."

Price wollte uns seine Macht demonstrieren – das hat er getan. Doch da war noch etwas anderes: unterschwellig, aber deutlich spürbar. Es hat sich angefühlt wie ein Friedensangebot.

„Was wollte dieser Wichser von uns?"

Es ist Rhett deutlich anzusehen, dass er mit seiner Beherrschung kämpft.

„Ich würde sagen, eine Bestätigung. Und die hat er von mir bekommen. Price weiß jetzt, dass die Russen hinter dem Anschlag stecken. Ihm ist klar, dass Miodrag für seine Männer unerreichbar ist, und räumt das Feld. Er hat nur eine Bedingung gestellt: keine Toten und kein Blutvergießen in der Stadt. Wir scheißen nicht, wo wir essen, aber das ist ja nichts Neues."

Zane wirkt überrascht, jedoch zufrieden. Rhett hingegen erkennt noch nicht den Wert, den so eine zerbrechliche Allianz für uns hat. Brock war ein Stratege, Rhett hingegen ist impulsiv und blind vor Hass. Mein neuer V.P. muss erst noch lernen, was Diplomatie bedeutet.

Eleven und Jaxton lassen die verbliebenen Cops nicht aus den Augen. Erst als auch der letzte Polizist und das SWAT-Team abgerückt sind, weicht die Anspannung, die uns alle im Griff hatte.

„Keine Festnahmen. Das ist fast schon eine Premiere."

Zane boxt mir gegen die Schulter.

„Sie haben Tinker Bell laufen lassen."

Eleven sieht mich abwartend an.

„Ein Wort, Präs, und ich bringe dir das Mädchen zurück."

Lachend schüttelt Jaxton den Kopf.

„Die Frage ist nur, in welchem Zustand du sie hier ablädst."

Herausfordernd dreht sich Eleven zu Jaxton um.

„Ey, was soll das denn schon wieder heißen?"

„Nichts, nichts. Nur dass du nicht gerade der Einfühlsamste von uns bist."

Für einen Moment überlegt Eleven, ob er diese Aussage akzeptieren kann, dann nickt er und entspannt sich wieder.

„Es war nie mein Ziel, eine Muschi zu sein, so wie du eine bist. Also ja, ich bin nicht *einfühlsam*, sondern effizient."

Jaxton lacht, holt aus und verpasst Eleven einen Hieb in den Magen.

Ein gepresstes *ufff* von sich gebend, krümmt sich dieser und ringt um Luft.

Da mir klar ist, dass das auf eine Prügelei hinausläuft, gebe ich Zane und Rhett zu verstehen, dass sie mir folgen sollen. Zusammen betreten wir das Clubhaus und betrachten die Verwüstung, die die Bullen hinterlassen haben. Gesplittertes Holz und zerbrochene Schnapsflaschen, zertrümmerte Stühle, Tische, die nur noch zwei Beine haben und ein Billardtisch, in dessen Mitte eine Axt steckt.

„Fuck! Diese Pisser haben sich ganz schön ausgetobt."

Tief einatmend ignoriere ich das Chaos und mache mich auf den Weg in mein Büro.

Genau wie ich es erwartet habe, wurde hier nichts angerührt.

Price kennt seine Grenzen, er weiß, was passiert, wenn er mich zu sehr herausfordert.

Einen Pfiff ausstoßend lehnt Rhett sich an meinen Schreibtisch.

„Bei der Sache mit dem Schwanzvergleich könntest du recht haben. Und die Tatsache, dass dein Zeug nicht angerührt wurde, zeigt deutlich, dass du den längeren hast."

Ja, das sehe ich auch so.

Erschöpft lasse ich mich in meinen Sessel sinken und schließe für einen kurzen Moment die Augen.

„Brocks Leiche liegt in einem Bestattungsinstitut in Duluth. Schick Eleven und Jaxton los, um sie zu holen."

Erstaunt sieht Rhett mich an.

„Woher weißt du das und - viel wichtiger - wie kommt er da hin?"

Ich öffne die Augen und sehe zu meinem Vize.

„Ein Geschenk von Price."

Mit einem gemurmelten „Holy Shit!" setzt er sich in den Stuhl mir gegenüber.

„Welche Gegenleistung wollte er dafür?"

„Das wird die Zeit zeigen ..."

Ich stehe auf, gehe zur Bar, die sich auf der anderen Seite des Raums befindet und schenke uns beiden ein Glas Whisky ein.

„Hast du die Adresse, Knox?"

„Bell-Brothers-Bestattungsinstitut, 601 North 56 Ave West."

Er nimmt das Glas, das ich ihm reiche und nickt dankend.

„Es ist riskant, erneut in das Revier der Devils einzudringen. Sie sollen den Van nehmen, der ist am unauffälligsten."

Noch bevor ich einen ersten Schluck der goldenen Flüssigkeit nehmen kann, taucht Eleven im Türrahmen auf.

„Da steht ein Streifenwagen vor dem Tor. Du wirst es nicht glauben, Knox. Aber wie es aussieht, bringen uns gerade zwei Cops Kelly zurück."

Rhett verschluckt sich vor Überraschung, hustet gequält und schlägt sich mit der Faust gegen die Brust.

„Nehmt sie entgegen und bringt sie her."

Eleven verschwindet und Rhett schüttelt fassungslos den Kopf.

„Nur du schaffst es, den Polizeichef dazu zu bringen, dir dein gefangenes Mädchen zurückzugeben. Du bist viel gerissener, als ich bisher vermutet habe. Eigentlich wollte ich dich fragen, über was du dich mit Price so lange unterhalten hast. Aber ich komme langsam zu der Überzeugung, dass ich es gar nicht mehr wissen will. Du bist immer für eine Überraschung gut - Respekt, Knox."

Ich spare mir eine Antwort, leere das Glas mit einem großen Schluck und spiele die verschiedenen Möglichkeiten durch, wie ich Kelly für ihren erneuten Verrat bestrafen werde.

Dieses kleine Luder hat die Razzia als Chance ergriffen, aus meiner Reichweite zu entfliehen. Keine Ahnung, was ich davon halten soll, dass sie lieber alleine und ohne Geld durch die Stadt irrt, anstatt bei mir zu bleiben.

Was hat sie sich nur dabei gedacht?

Wenn ich nur an all die Gefahren, die da draußen auf sie lauern, denke, zieht sich mein Magen schmerzhaft zusammen.

Ich rede mir ein, dass diese Reaktion nur daher kommt, weil ich Kelly brauche, um mein Bike zurückzubekommen. Doch das stimmt nicht. Erstens kommen wir an Brocks Überreste ganz ohne Tys Mitwirken, was bedeutet, dass wir die Harleys der Devil's Hangmen ganz einfach gegen die unseren tauschen könnten. Und zweitens ist mir dieses verrückte Mädchen mittlerweile wichtiger als meine Maschine.

Holy Shit! Bloody Shit! Bullshit! Ich bin so was von im Arsch ...

Die Erinnerung an ihren blumigen Geruch, ihren süßen Geschmack und die sexy Geräusche, die sie gemacht hat, als sie auf meinen Fingern gekommen ist, haben sich so tief in mein Hirn gebrannt, dass ich es nie wieder vergessen kann.

Abgeschrieben sind Lola und all die anderen Bitches. Die einzige Pussy, die ich will, ist die von Kelly. Zane hat recht, sie muss eine verdammte Fee sein, die mich mit ihrem Pixie Dust verzaubert hat. Anders kann ich mir nicht erklären, warum ich so fasziniert von diesem Luder bin. Und während ich wie ein liebeshungriger Trottel kaum noch geradeaus schauen kann, nutzt sie die erstbeste Gelegenheit, um zu flüchten.

Zum Teufel! Was ist nur los mit mir?

Seit ich beschlossen habe, sie vor Ty zu retten, habe ich Kelly viel zu viel Aufmerksamkeit gewidmet – damit ist jetzt Schluss.

Sobald Eleven sie reingebracht hat, werde ich sie mit Missachtung strafen. Im Grunde genommen könnte ich sie wie eine räudige Katze aussetzen. Es sollte mir egal sein, ob Ty sie zu fassen bekommt. Dieses Mädchen ist nicht mein Problem. Dummerweise will ich Kelly besitzen. Ich will sie ficken, wieder und wieder, bis mein verdammter Schwanz abfällt.

„Zieh die Reißleine, Bro, bevor du endgültig am Arsch bist."

Rhett, dessen Anwesenheit ich beinahe vergessen habe, muss an meiner Mimik abgelesen haben, was mir durch den Kopf geht.

„Die Reißleine zieht man nur in Notsituationen, und so eine liegt hier nicht vor. Ich habe alles im Griff."

Er steht auf und sieht mich eindringlich an.

„Diese Tussi macht dich völlig irre. Das ist gefährlich, Knox. Keine Ahnung was du an ihr findest, aber nimm sie dir doch einfach. Bums dir die Seele aus dem Leib und dann schick sie weiter. Muschi ist Muschi, rede dir da ja nichts anderes ein."

Über mein geknurrtes „Halt's Maul!" lachend verzieht er sich. Das will ich ihm auch geraten haben. Noch ein weiteres Wort und ich hätte ihm die Fresse poliert.

Mit einer ängstlich wirkenden Kelly im Schlepptau taucht keine Minute später Eleven auf.

„Hier ist das Mädchen, Präs. Was soll ich mit ihr machen? Wenn wir Löwen hätten, könnten wir sie denen zum Fraß vorwerfen."

Tja. Das ist dann wohl das erste Mal in meinem Leben, dass ich bereue, mir noch keine Raubkatze zugelegt zu haben.

„Löwen haben wir keine, aber dafür Skorpione."

Während sich auf Elevens Mimik so etwas wie Vorfreude abzeichnet, gibt Kelly einen ängstlichen Laut von sich.

„Soll ich Leiurus holen?"

„Nein danke, Bro. Schnapp dir Jaxton und dann fahr mit ihm nach Duluth. In einem Bestattungsunternehmen namens Bell Brothers wartet Brock darauf, von euch abgeholt zu werden. Nehmt den Van und bleibt unauffällig, man rechnet dort bereits mit eurem Kommen. Es dürfte also keine Probleme geben. Die Adresse schicke ich dir aufs Handy."

Falls Eleven von der Wendung überrascht ist, lässt er es sich nicht anmerken. Das ist etwas, das ich sehr an ihm schätze, er stellt keine unnötigen Fragen, sondern tut, was man ihm befiehlt.

„Alles klar, Boss. Bin schon auf dem Weg."

Er zwinkert Kelly zu, gibt ein Fauchen von sich, das wohl dem eines Löwen ähneln soll, und spaziert, als sie erschrocken zusammenzuckt, lachend den Flur entlang.

Genau wie ich es mir vorgenommen habe, ignoriere ich sie, stehe auf und schenke mir einen weiteren Whisky ein.

„Was hast du jetzt mit mir vor, Scorpion?"

Zur Hölle! Wenn ich das nur wüsste ...

Ich sollte Kelly einfach gehen lassen. Ihre Sicherheit ist nicht mein Problem und sie hat keinen Nutzen für mich.

An dem Glas nippend setze ich mich zurück in meinen Sessel, lege die Füße auf den Tisch und überkreuze sie an den Knöcheln.

„Nichts. Bis ich entschieden habe, wie es mit dir weitergeht, werde ich deine Anwesenheit ignorieren."

Vor Überraschung weiten sich ihre Pupillen. Damit hat sie nicht gerechnet.

„Aber warum?"

Echt jetzt? Das muss sie fragen?

„Du hast deutlich klargemacht, dass du kein Interesse an mir hast", selbst ich erkenne die Bitterkeit, die bei diesen Worten in meiner Stimme mitschwingt, „also lasse ich dich in Ruhe. Da ich dir nicht traue und ich befürchten muss, dass du auf schnellstem Weg zu Ty rennst und ihm irgendeine verlogene Story auftischst, nur damit er dir verzeiht, behalte ich dich fürs Erste hier."

Nervös tritt sie von einem Fuß auf den anderen.

Etwas, das sich verdächtig nach Mitleid anfühlt, breitet sich in meinem Magen aus, ich ertränke das unerwünschte Gefühl in Whisky.

„Wie hast du es geschafft, dass mich die Polizisten, die mich erst laufen gelassen haben, wieder eingefangen haben?"

Das wüsste sie wohl gerne.

Ganz das arrogante Arschloch, das ich nun mal bin, behalte ich meine gleichgültige Miene bei und schnalze mit der Zunge.

„Die Macht des Scorpions-Motorcycle-Clubs ist grenzenlos. Das solltest du lieber nicht vergessen. Die Wachen am Tor wissen, dass du das Grundstück nicht verlassen darfst. Solltest du es dennoch versuchen, werde ich dich im Keller in eine der Zellen sperren. Meine Geduld ist aufgebraucht, Kelly, also reiz mich nicht!"

Ihre wunderschönen braunen Augen quellen beinahe über.

„Aber ... aber ...“
Sie will etwas sagen, ich unterbreche sie.
„Nichts aber. Verschwinde jetzt, ich muss mich um Wichtigeres kümmern als um eine verzogene Göre.“
Ein Keuchen von sich gebend dreht sie sich um. Bevor sie das Büro endgültig verlässt, stoppt sie noch mal kurz.
„Du bist ein kaltschnäuziges Monster, Knox.“
Kelly lässt mich alleine. Wut, Hass und Enttäuschung kochen über. Ich packe das Glas, schmettere es mit aller Kraft an die Wand und beobachte, wie die Scherben durch die Luft surren. Mein gebrülltes „Fuck!“ vermischt sich mit ihrem leisen Schluchzen, das durch den Gang hallt.
Gott, wie gerne würde ich ihr jetzt eine Lektion verpassen, die sie eine Woche davon abhalten würde, sich hinzusetzen. Der Gedanke, dass ihre Haut von mir gezeichnet ist und sie zukünftig täglich an mich denken muss, lässt mich hart werden. Es wäre so leicht, ihr nachzujagen, sie zu packen und hart zu spanken. Doch anstatt der Versuchung nachzugeben, bleibe ich sitzen, beruhige mich und zwinge mich dazu, mich um die Clubbelange zu kümmern.

Als Erstes überlege ich mir, was wir mit den Russen machen, dann organisiere ich Brocks Beerdigung und anschließend plane ich die Vernichtung des Devil’s-Hangmen-MCs.
Ich habe viel zu tun, zu viel, um mich von einer jungfräulichen Tinker Bell verarschen zu lassen.

16. Kapitel

Kelly

Knox' Zurückweisung tut fast noch mehr weh als die Tatsache, dass mein zweiter Fluchtversuch fast noch peinlicher ist als mein erster.

So langsam hätte ich wirklich einen Orden verdient auf dem eingraviert ist:

Dümmste Flüchtende des Jahrtausends.

Mein erster Versuch ist draußen im Hof gescheitert, nachdem ich den Präsidenten mit einem Stein in Kirschgröße beworfen habe. Und der zweite ...: Erst verhilft mir die Polizei zur Freiheit, nur um mich dann dreißig Minuten später wieder einzufangen und zu meinem Peiniger zurückzubringen.

Ich meine, jetzt mal ernsthaft, was stimmt denn nicht auf dieser Welt?

Welche Cops arbeiten denn bitte mit einem Killer zusammen?

Unsicher, was ich jetzt tun, oder wo ich hingegen soll, wage ich mich in den großen Hauptraum des MCs und betrachte das Chaos.

Alle Achtung, die Polizisten müssen eine ordentliche Wut auf die Scorpions gehabt haben. Fast alles wurde zerstört. Aber wenn die Bullen mit dem Club im Streit sind, warum wurde ich dann hierher zurückgebracht?

Das ergibt doch alles überhaupt keinen Sinn!

Da ich noch nie ein Mensch war, der untätig rumgesessen ist, während andere Hilfe gebraucht haben, fange ich jetzt nicht damit an. Außerdem kann es nicht schaden, mich ein bisschen abzulenken. Entschlossen atme ich tief durch und beginne damit, die auf dem Boden verteilten Gläser und Flaschen, die nicht zu Bruch gegangen sind, aufzusammeln und zurück an die Bar zu tragen. Ich spüre die verwunderten Blicke der anwesenden Rocker, zwar fällt es mir schwer, tapfer zu sein und sie zu ignorieren, doch es gelingt mir.

Nachdem ich das erledigt habe, suche ich nach einem Besen und einer Schaufel - finde sie allerdings nicht.

„Verdammt noch mal. Alle fahren sie dicke Harleys, aber für einen Besen hat es wohl nicht gereicht!"

Rhett, den ich, bevor die Handgranaten geflogen sind, schon in der Küche kennengelernt habe, grinst breit.

„Schlechte Laune, was? So ist das Leben. Nicht alles, was man will, kriegt man auch ..."

Diese Scorpions glauben allen Ernstes, dass ich ein wehrloses Püppchen bin, auf dem alle herumtrampeln können – aber da täuschen sie sich.

Als mein Bruder noch gelebt hat, habe ich viel Zeit bei den Devil's Hangmen verbracht. Ich weiß also genau, wie es in einem Rockerclub zugeht.

Entschlossen, mir ab jetzt nichts mehr gefallen zu lassen, drehe ich mich zu dem Zuhälter, der wie mein Lieblingsromanheld genannt wird, um und strecke ihm meinen Mittelfinger entgegen.

„Leck mich, Arschloch!"

Angewidert beobachte ich, wie er sich eine Hand vor den Mund hält, mit dem Zeige- und dem Mittelfinger ein V bildet und seine Zunge darin hin und her schnellen lässt.

„Igitt! Soll mich das anturnen oder abschrecken?"

Von meiner Frage überrascht zieht er die Augenbrauen in die Höhe.

„Leg dich auf den Rücken und dann finden wir heraus, wie du es findest, von einem Scorpion geleckt zu werden."

Lachend stemme ich die Hände in die Hüften und mustere ihn mit einem abschätzenden Blick.

„Bevor ich dich ranlasse, werde ich lieber Nonne. Pack dir doch eine eurer Prostituierten, die hat bestimmt so geringe Ansprüche, dass du ihnen gerecht wirst."

Plötzlich weicht sämtliche Belustigung aus seinen Gesichtszügen.

Oh oh ... Bin ich zu weit gegangen?

Unsicher weiche ich einen Schritt zurück.

„Sag mal, Prinzessin, brennt dir der Tamponfaden oder was? Wie redest du eigentlich mit mir?"

Prinzessin? Tamponfaden?

„Ein wirklich geiler Spruch, Scorpion. Den muss ich mir definitiv merken."

Anscheinend hat er mit einer anderen Reaktion gerechnet, denn er blinzelt ein paarmal überrascht, ehe die Wut aus seinen Gesichtszügen weicht und er mir zuzwinkert.

„Ich hab noch einen, ist aber eher ein Witz, magst ihn hören?

Weil mir dieser Biker langsam sympathisch wird, nicke ich.

„Klar, leg los."

Gespannt, was jetzt kommt, setze ich mich auf den Rand des Billardtischs, in dem eine Axt steckt, und warte, bis er sich zu mir gesellt hat.

„Du hast doch bestimmt schon was vom Urknall und diesen ganzen Erd-Entstehungs-Märchen gehört. Oder?"

Neugierig, auf was er hinaus will, stimme ich zu.

„Gut. Aber ist dir auch schon mal aufgefallen, dass nie darüber berichtet wird, wie wir Rocker entstanden sind?“

„Ja. Und ich kenne auch die Antwort, warum das so ist. Weil ihr einfach nicht wichtig genug seid, um extra erwähnt zu werden.“

Mit einem lauten *tzzzz* und einer abwinkenden Handbewegung zeigt Rhett mir deutlich, dass er meinen Einwand als völligen Schwachsinn abtut.

Er zündet eine Kippe an, inhaliert einen tiefen Zug und reicht sie mir anschließend. Dankend nehme ich sie an, klemme mir die Gauloise zwischen die Lippen und fülle meine Lungenflügel mit warmem Rauch.

Ungeduldig mit dem Fuß wippend sehe ich ihn an, so dass er endlich weiterspricht.

„Als Gott die Welt erschuf, hat er festgestellt, dass Adam einfach nicht Manns genug war, um einen guten Rocker abzugeben, schließlich hat er nicht mal einem verdammten Apfel widerstehen können. Gott brauchte also eine Alternative und so kam es dazu, dass er die Steine fragte: *Steine, wollt ihr Rocker sein?* Die Steine überlegten kurz, doch dann antworteten sie verlegen: *Das würden wir gerne, aber wir sind dafür nicht hart genug!*“

Die Art, wie Rhett seine Stimme verstellt hat, um Gott und die Steine zu imitieren, und der Scheiß, den er da gerade von sich gegeben hat, sorgt dafür, dass ich mich vor Lachen krümme. Ich japse nach Luft, verschlucke mich an dem Rauch, den ich noch in meinem Hals habe und falle kichernd rückwärts um. Ein fieses Seitenstechen macht sich bemerkbar, während mir Tränen der Belustigung in die Augen steigen.

Es dauert ein paar Minuten, bis ich wieder Luft bekomme und mich so weit im Griff habe, dass ich wieder reden kann.

„Ach du heilige Scheiße! Wie bist du denn auf den Quatsch gekommen?“

Indigniert legt er die Stirn in Falten.

„Das ist kein Quatsch. So war es!“

„Ach, und wenn nicht mal Steine gefühllos genug waren, um Rocker zu werden, was hat der liebe Gott dann genommen?“

Selbst darauf kennt Rhett die Antwort.

„Asteroiden!“

„Ja natürlich ... Und die hat er mit der Hand aus der Umlaufbahn gepickt oder was?“

„Ganz genau, Kelly. Außerdem geht es hier nicht um gefühllos, sondern um hart, das sind zwei völlig unterschiedliche Attribute.“

Wieder kämpfe ich gegen einen Lachkrampf an. Nur mit größter Mühe gelingt es mir, ernst zu bleiben.

„Glaube mir, Rhett. Nach heute weiß ich, dass es ein und dasselbe ist. Euer Präsident ist ein verfluchter Eisklotz. Neben ihm wirkt sogar ein Baum emotional."

Er nimmt mir die Zigarette wieder ab und steckt sie sich in den Mund.

„Knox ist ein guter Mann und ein fairer Präsident. Es passiert gerade viel Scheiße, die er regeln muss. Die Zukunft unseres Clubs hängt von seinen Entscheidungen ab."

Das kann ich ja alles verstehen, dennoch ist das keine Entschuldigung, um sich wie ein Arschloch zu benehmen. Mein Blick fällt auf das quadratische Vizepräsidenten-Patch, das Rhetts linken Brustkorb ziert. Interessant. Die Scorpions haben Brocks Nachfolger bereits gewählt.

Für Rhett scheint unsere Unterhaltung damit beendet zu sein. Er schickt einen jungen Typen los, dessen Kutte mir verrät, dass er noch Anwärter ist, um einen Besen und eine Schaufel zu holen.

Ich klettere auf den Billardtisch und versuche, die Axt aus dem Holz zu ziehen – vergeblich, sie steckt einfach zu fest.

Aber das ist ja nicht so schlimm, schließlich wurden die Rocker, die hier herumlaufen, alle aus Asteroiden gemacht - für die wird so eine Axt ja keine Herausforderung sein.

Noch immer über Rhetts Geschichte schmunzelnd, nehme ich dem Prospect den Besen ab und fange damit an zusammenzukehren. Die stupide Arbeit lenkt mich von dem Chaos in meinem Kopf ab. Die nächsten Stunden verbringe ich damit aufzuräumen und verbiete mir, an den Rocker-Präsidenten mit den silbernen Augen zu denken.

***

Die nächste Woche vergeht, ohne dass ich Knox besonders oft zu Gesicht bekomme. Zwar schlafe ich auch weiterhin in seiner Wohnung, ich bin freiwillig auf die Couch gewechselt, doch er verbringt die Nächte irgendwo anders.

Ohne es zu wollen, frage ich mich, ob er sie im Bett der Bitch verbringt, die er an meinem ersten Morgen in Madison über die Sofalehne gebeugt gevögelt hat.

Natürlich ist mir bewusst, dass ich froh sein sollte, dass er mich endlich in Ruhe lässt – aber ich bin es nicht. Etwas, das sich extrem nach Eifersucht anfühlt, frisst sich durch mein Herz und macht mich schwermütig.

Was war ich für diesen Scorpion?

Eine kleine Ablenkung?

Nacht für Nacht träume ich von quecksilberfarbenen Augen, rauen Händen und gierigen Küssen. Zweimal ist es nun schon passiert, dass ich aufgewacht bin und mein Unterleib vor Sehnsucht gepocht hat.

Ich bin erledigt ...

Je nach meiner Stimmung, und die wird von Tag zu Tag schlechter, bereue ich entweder, dass ich zugelassen habe, dass er mich gefingert und zum Kommen gebracht hat oder dass ich an besagtem Tag nicht genug Mut hatte, um mit ihm Sex zu haben.

Ich bin ein wandelnder Widerspruch und so langsam habe ich keine Ahnung mehr, was ich eigentlich will.

In den vergangenen Tagen ist viel passiert. Das Clubhaus wurde wieder auf Vordermann gebracht. Brocks Leiche wurde aus Duluth geholt und mittlerweile beerdigt und Eleven, das Arschloch, das mich an die Löwen verfüttern wollte, hat mir eine Tasche voller Klamotten gebracht.

Zu meiner Erleichterung sind keine weiteren Handgranaten auf das Gelände des Clubs geflogen und es wurden auch keine süßen Puppen mehr verstümmelt.

Unruhig streife ich durch das Clubhaus. Alle anwesenden Member behandeln mich freundlich und mit Respekt. Sie unterhalten sich mit mir und akzeptieren mich in ihrer Mitte. Gerade Rhett ist stets darauf bedacht, mir irgendeinen blöden Witz zu erzählen, und meistens gelingt es ihm tatsächlich, mich zum Lachen zu bringen.

Dennoch lassen mich alle im Unklaren darüber, wie es jetzt weitergeht.

Keiner redet mit mir über Ty und wenn ich die Sprache auf Miodrag bringe, den Kopf der Russenmafia, bekomme ich keine Antworten. Mir ist klar, dass die Scorpions ihre Rache planen, doch ich habe keine Ahnung, wie diese aussehen wird.

Bis zu einem gewissen Grad fühle ich mich wie in einem Zeitvakuum gefangen. Knox hat den Pausenknopf gedrückt, mein Leben befindet sich in einer Art Wartemodus und ich kann nichts dagegen tun.

Hin und wieder spiele ich mit dem Gedanken, einfach meine Sachen zu packen und auf das Tor zuzumarschieren, nur um herauszufinden, ob mich die Wachen, die dort vierundzwanzig Stunden am Tag ihre Posten beziehen, aufhalten würden. Doch dazu fehlt mir bis jetzt der Mut. Ich habe keine Ahnung, wie Knox reagieren würde, wenn ich ein drittes Mal versuche abzuhauen. Ein Teil meines Herzens hofft, dass ich so endlich wieder seine Aufmerksamkeit auf mich lenken könnte, ein anderer Teil hingegen will einfach nur frei sein. Ich bin innerlich zerrissen und kenne mich selber nicht wieder – kein schönes Gefühl.

Und während ich meinen Gedanken nachhänge und spüre, wie die Anspannung, die sich wie Nebel auf den Club und seine Mitglieder gelegt hat, immer stärker wird, vergehen weitere Tage.

Es ist Freitag, das Gelände füllt sich mit immer mehr Rockern und das schrille Lachen der vielen Bitches, die wie ein Schwarm hungriger Heuschrecken über die Männer herfallen, erfüllt die Luft. Obwohl ich mir völlig deplatziert vorkomme, bleibe ich auf der Bank an einem der brennenden Ölfässer sitzen und starre in die Flammen. Laute Rockmusik dröhnt aus den Boxen. Eine wütend klingende Männerstimme singt etwas über spritzendes Blut, splitternde Knochen und gebrochene Herzen – wie passend.

Zane setzt sich zu mir. An der Art, wie er verzweifelt versucht, sein Gleichgewicht zu halten, erkenne ich, dass er betrunken ist.

„Na, Tinker Bell? Alles klar bei dir?"

Seufzend lasse ich meinen Blick über seine verrutschte Kutte gleiten und sehe die Waffe, die er in einem Holster unter dem Leder trägt. Wenn es mir gelingt, ihm diese unbemerkt abzunehmen, würden meine Fluchtchancen steigen.

„Willst du eine ehrliche Antwort?"

Er nickt und stützt sich mit der Hand an mir ab, um nicht rückwärts umzukippen.

„Ich will nachhause, Zane, ich gehöre nicht hierher."

Näher zu ihm rutschend, lege ich den Kopf auf seine Schulter und platziere meine Hand auf seinem Schenkel. Für Zane sieht es so aus, als würde ich mich an ihn ranmachen, in Wirklichkeit aber nähere ich mich so nur unauffällig seiner Waffe.

Die tanzenden Flammen tauchen uns in ihren rötlichen Schein, während sie einen Holzscheit nach dem anderen verschlingen.

„Nicht mehr lange und du kannst zurück nach Duluth. Unser Plan beginnt zu funktionieren. Hab einfach noch ein bisschen Geduld, Kelly."

In der Hoffnung, dass er so betrunken ist, um mir ein paar Antworten zu geben, frage ich ihn, wie der Plan denn aussieht.

„Das geht dich nichts an, Mädchen. Knox hat alles im Griff. Mehr musst du nicht wissen."

Mit seiner Hand umfasst er mein Kinn und dreht so meinen Kopf in seine Richtung.

„Aber falls du einsam bist, kleine Tinker, ich kümmere mich gern um dich."

Das glaube ich ihm sofort.

Zanes säuerlicher Atem bläst mir ins Gesicht. Er riecht nach Bier, Schnaps und Rauch und es kostet mich einiges an Willenskraft, dass ich ihn nicht von mir stoße, sondern zulasse, dass er sich mir immer mehr nähert.

Du brauchst die Waffe, um von hier abhauen zu können.

Die Stimme meines Unterbewusstseins hat recht.

Mit seinen Lippen streift er über meine Wange, leckt an meinem Mundwinkel und dringt anschließend mit seiner Zunge in meinen Mund ein. Es würgt mich, doch ich mache mit und lasse meine Hand zeitgleich an seinem Bauch nach oben unter seine Kutte gleiten. Als ich mit den Fingern den Griff der Pistole ertaste, beginnt mein Herz wie verrückt zu rasen.

Um Zane abzulenken, erwidere ich seinen Kuss willig, spiele ihm vor, dass ich dasselbe will wie er, während ich den Druckknopf löse, mit dem die Waffe im Holster befestigt ist.

Es gelingt mir, mein Ziel rückt in greifbare Nähe.

Langsam, Stück für Stück, ziehe ich die Knarre aus der Vorrichtung. Zane ist so damit beschäftigt mir zwischen die Beine zu fassen, dass er nicht bemerkt, dass er gerade von mir entwaffnet wird. Erst als ich die Pistole fest in den Fingern halte, ziehe ich meine Hand zurück und löse mich aus dem Kuss.

„Lass uns einen ruhigen Ort suchen, an dem wir weitermachen können.“

Zanes Augen glänzen erregt, seine Stimme klingt rau und in seiner Hose hat sich eine Beule gebildet.

Entschlossen, es nicht so weit kommen zu lassen, weiche ich zurück und springe auf die Füße. Die Waffe verstecke ich hinter meinem Rücken.

„Sorry, Zane. Aber ich will nicht.“

Während er mir nachschreit, dass ich eine blöde Tussi bin, eile ich mit großen Schritten Richtung Clubhaus.

Zane war immer nett zu mir, es tut mir leid, dass ich gerade seinen alkoholisierten Zustand ausgenutzt und ihn auf diese Weise verarscht habe. Aber wie heißt es so schön? Der Zweck heiligt die Mittel.

Wenn ich meine Situation richtig einschätze, dann gilt Knox’ Angebot, in dem es darum ging, dass ich ihm helfe, Ty zu Fall zu bringen und dafür die tiefgekühlten 10000 Dollar kassiere, längst nicht mehr. Seit der Razzia, bei der ich die Bullen dazu gebracht habe, mich laufen zu lassen, ignoriert Knox mich völlig. So, als ob nie etwas zwischen uns gewesen wäre. Das schmerzt.

Ja okay, ich gebe zu, mein Verhalten war nicht gerade fair ... Vor allem, weil ich kurz davor in seinem Bett und in seinen Armen gelegen bin und mich ihm hingegeben habe.

Das, was da zwischen uns passiert ist, hat sich gut und richtig angefühlt. Für einen Moment wollte ich diesen Rocker dringender als den nächsten Atemzug.

Aber, wie gesagt, nur für einen Moment.

Unter anderen Umständen, in einem anderen Leben, in einer anderen Welt hätten Knox und ich vielleicht eine Chance. So aber ...

Ich kann nicht leugnen, dass da etwas zwischen uns ist. Eine Anziehung so stark, dass ich sie körperlich spüren kann, doch sie ist falsch und darum darf ich ihr nicht nachgeben - so sehr ich das auch will. Wenn an diesem Tag nicht Handgranaten geflogen wären und keine verstümmelten Puppen rumgelegen hätten, hätte ich mich vielleicht anders entschieden. Aber das Wissen, dass die Russen die Nutten der Scorpions genauso zugerichtet haben wie dieses Spielzeug, war einfach zu heftig.

Die vielen Polizisten, die das Clubhaus gestürmt haben, waren einfach eine zu gute Gelegenheit. Die Chance, die sich mir an diesem Tag geboten hat, war zu gut, um sie ungenutzt verstreichen zu lassen. Woher hätte ich denn auch wissen sollen, dass man sich nicht mal mehr auf die Rechtschaffenheit der Polizei verlassen kann?

Im großen Hauptraum ist die Party noch wilder als draußen. Schnell verstecke ich die Waffe, indem ich sie hinten in meinem Hosenbund stecke. Zwei Frauen tanzen auf dem abgewetzten Tresen der Bar. Eine trägt nur noch ihre goldglitzernden High Heels, die andere ist komplett nackt und barfuß. Das schlechte Gewissen, das ich Zane gegenüber habe, verpufft. Es wird ihm sicherlich nicht schwerfallen, einen fickbaren Ersatz für mich zu finden. Dem Präsidenten der Scorpions ist das ja offensichtlich auch gelungen. Er sitzt mit einer Handvoll anderer Rocker weiter hinten im Raum. Auf seinem Schoß rekelt sich eine brünette Schönheit, die ein bauchfreies Top und einen äußerst knappen Minirock trägt. Selbst von hier aus kann ich erkennen, wie sich Knox' Hand zwischen ihren gespreizten Schenkeln hin und her bewegt. Sich auf die Lippen beißend legt sie den Kopf zurück, schmiegt sich enger an Knox und schließt die Augen.

Das Wissen, dass er das, was er erst mit mir getan hat, und was mir etwas bedeutet hat, nun auch mit dieser Bitch macht, presst mir sämtlichen Sauerstoff aus den Lungen.

Natürlich ist mir klar, dass ich keinen Anspruch auf diesen Biker habe, dennoch tut es weh, ihn mit einer anderen Frau zu beobachten. Während er sie befriedigt, hält er in der anderen Hand eine Bierflasche und unterhält sich mit Eleven.

Knox lautes Lachen schallt bis zu mir rüber - er scheint sich zu amüsieren.

Ich will meinen Blick abwenden, doch ich kann nicht.

Es wimmelt hier nur so von Männern, dennoch sticht Knox mühelos aus der Masse heraus. Der Hauch von Gefahr, der ihn umgibt, in Kombination mit der Macht, die er ausstrahlt und der natürlichen Arroganz, die ihm anhaftet, lassen ihn wie einen Dämon wirken. Während an seinen Mundwinkeln ein Lächeln zupft, wirken seine Augen hart und kalt. Es kostet mich einiges an Anstrengung, dass ich nicht zu ihm rübergehe, die Frau an den Haaren von ihm runterziehe und ihn vor allen Anwesenden als mein Eigentum markiere.

Knox wollte mich, er hat es mir gesagt und es mich deutlich spüren lassen, doch ich habe ihn weggestoßen und nun wurde ich ersetzt. Ich sollte froh darüber sein, dass er sein Interesse an mir verloren und sich ein anderes Opfer gesucht hat, doch ich bin es nicht ... Während ich ihn mit stechendem Herzen beobachte, schlingt sich ein Arm um meine Taille. Erschrocken zucke ich zusammen. Zane flüstert mir „Hab ich dich" ins Ohr und lässt seine Zunge an meinem Hals entlanggleiten.

Noch bevor ich dazu komme, ihn wegzustoßen, dreht Knox seinen Kopf in meine Richtung. Unsere Augen treffen sich. Er entdeckt Zanes Arm auf mir, sein Gesichtsausdruck verfinstert sich schlagartig.

Meinen Instinkt, Zane abzuschütteln, ignorierend, erwidere ich Knox' Blick und lehne mich willig an den Biker hinter mir.

Mir ist bewusst, dass ich ein gefährliches Spiel spiele, aber ich will, dass Knox spürt, wie beschissen es sich anfühlt, ersetzt zu werden.

Mit seiner Hand bedeckt Zane meinen Bauch, er will gerade seine Finger in meine Jeans schieben, als Knox die Bitch, die auf seinem Schoß sitzt, runterwirft, aufsteht und mit großen Schritten auf uns zukommt. *Oh ... oh ...*

„Komm schon Kelly, lass dich von mir ficken. Ich verspreche dir auch, dass es dir gefallen wird."

Kaum dass Zane fertig gesprochen hat, ist auch schon seine Nase gebrochen und er liegt blutend auf dem dreckigen Boden. Knox hat so blitzschnell zugeschlagen, dass weder ich noch Zane den Punch haben kommen sehen.

Heilige Scheiße!

Sich die blutende Nase haltend, sieht Zane erschrocken zu mir und dann zu seinem Präsidenten.

„Rührst du sie noch ein Mal an, Sergeant, werde ich mich nicht mehr mit deiner Nase zufriedengeben, sondern dir sämtliche Knochen brechen. Verstanden?"

Ich wünsche mir, dass Zane aufsteht und sich behauptet. Doch er bleibt einfach nur liegen und nickt. Was ein Weichei ...

Bevor ich überhaupt kapiere, was los ist, packt Knox mich an der Schulter, vergräbt seine Finger schmerzhaft tief in meinem Fleisch und zerrt mich den dunklen Flur entlang in Richtung seiner Wohnung. Die Muskeln in seinen Armen zucken, er kocht vor Wut. Aber warum? Weil ich mir dasselbe Recht rausgenommen habe wie er?

Das soll einer verstehen.

Anstatt wie erwartet seine Wohnungstüre zu öffnen, stößt er mich grob gegen die Wand und stützt sich links und rechts von meinem Kopf mit geballten Fäusten an der Wand ab.

„Luder!“

Ein Wort, ein geknurrtes Wort, mehr braucht er nicht, um mich vor Angst erzittern zu lassen.

Der Stahl der Waffe drückt sich beruhigend gegen mein Steißbein. Was auch immer passiert, zumindest habe ich einen Joker, von dem Knox nichts weiß.

Ich kann schießen und ich werde es tun, falls es nötig sein sollte ...

17. Kapitel

Knox

Seit elf Tagen gebe ich mein Bestes, um Kelly zu ignorieren. Aber es ist mir nur zum Teil gelungen. Diese Jungfrau hat mir mit ihrer engen Pussy das Hirn vernebelt. Völlig egal, was ich tue, mit wem ich rede oder wo ich bin, ich muss immer an das Mädchen mit den goldenen Locken, den schokobraunen Augen und dem Erdbeermund denken, und das macht mich unsagbar wütend.

Ich habe mich wegen dieses Luders zum Idioten gemacht, meine Pflichten vernachlässigt und sie sogar in mein Bett gelegt - und was war ihr Dank dafür? Erst hat sie mich bestohlen, dann mit einem Stein angegriffen, und anschließend, nachdem sie sich von mir hat berühren lassen, hat sie die Bullen überredet, sie frei zu lassen.

Zweimal wurde ich von ihr verraten, auf ein drittes Mal kann ich verzichten.

Zum ersten Mal in meinem Leben habe ich ein Mädchen getroffen, das mich fasziniert und für das ich bereit gewesen wäre, meine Regeln zu brechen, und genau dieses Mädchen will mich nicht. Gut, das ist hart, aber es bringt mich nicht um.

In den vergangenen Nächten habe ich viel zu viel Alkohol getrunken, dumme Nutten gefickt und in meinem Büro geschlafen. Meine Stimmung ist auf dem Tiefpunkt.

Und dass Kelly mich so weit gebracht hat, dass ich meinem Sergeant-at-Arms die Nase gebrochen habe, macht mich noch wütender, als ich es eh schon bin.

Und obwohl mich diese Frau nicht will, will ich sie immer noch.

Jetzt steht sie vor mir, die Dunkelheit hüllt sie ein, doch ihre Augen strahlen mich an, so dass ich von ihrer Schönheit beinahe geblendet bin.

Der süße Duft von Apfel und Vanille umgibt sie und benebelt meinen Verstand.

Vielleicht muss ich sie erst ficken, um sie vergessen zu können?

Vielleicht sollte ich Kelly einfach packen, ihr den Mund zuhalten und mich so hart in sie stoßen, dass sie gar nicht mehr in der Lage ist, vor mir davonzulaufen. Der Gedanke gefällt mir, mein Schwanz wird sofort hart!

Bullshit! Vor wenigen Minuten haben meine Finger noch in der nassen Pussy einer Bitch gesteckt und es hat mein bestes Stück nicht im mindesten interessiert, es war wie tot. Aber jetzt, wo sich Kelly in meiner Nähe aufhält, saugt es sich so mit Blut voll, dass mein Hirn nicht mehr richtig funktioniert.

Fuck! Fuck! Fuck!

Aus weit aufgerissenen Augen starrt sie mich erschrocken an. Sie wirkt wie ein kleines Rehkitz, das vor einem bösen Wolf steht. Der Vergleich gefällt mir, lässt mich freudlos auflachen.

„Was willst du von mir, Knox?“

Seit ich sie das erste Mal gesehen habe, versuche ich, mir diese Frage selbst zu beantworten, bis jetzt ist es mir nicht gelungen.

Ich will alles und nichts und das zur selben Zeit.

Meine Augen pinnen sich an ihren vollen Lippen fest, meine Eier ziehen sich ungeduldig zusammen.

Anstatt ihr zu antworten, beiße ich die Zähne zusammen und schlage mit der Faust direkt neben ihrem hübschen Gesicht gegen die Wand. Putz rieselt auf den Boden, Blut quillt aus den Wunden an meinen Fingerknöcheln, ein stechender Schmerz zuckt durch meinen Arm nach oben bis in meine Schulter.

Erschrocken zuckt sie zusammen und schließt die Augen.

Oh ja ... Sie wäre eine so leichte Beute.

Es wäre so einfach, sie zu vergewaltigen. Egal wie laut sie schreien würde, niemand würde ihr zu Hilfe eilen.

Fluchend löse ich meinen Blick von ihr und wende mich ab.

Was zum Teufel tue ich hier eigentlich?

Aufgebracht und vor Zorn kaum noch in der Lage, einen klaren Gedanken zu fassen, entferne ich mich ein paar Schritte von ihr und versuche, meine Dämonen wieder an die Kette zu legen.

Die Stimmen in meinem Kopf fordern mich auf, Kelly zu beißen und sie bluten zu lassen.

Sie wollen sie brechen, um ihr Inneres zu offenbaren.

Ich höre, wie sie sich bewegt, das leise unverkennbare Klicken verrät mir, dass ich sie mal wieder unterschätzt habe.

„Bist du dir sicher, dass du das tun willst, kleine Fee?

„Du lässt mir keine andere Wahl, Scorpion.“

Ihre Antwort amüsiert mich. Langsam drehe ich mich zu ihr um und sehe ihr direkt in die Augen.

Kelly hält Zanes Pistole in den zitternden Händen, ihr Blick wirkt gehetzt. Obwohl sie gerade mit dem Gedanken spielt, mich zu erschießen, empfinde ich beinahe so etwas wie Mitleid mit ihr. Seltsam - in Duluth, als sie die Schrotflinte auf mich gerichtet hat, sah sie selbstsicherer aus. Zwar zeigt die Mündung auf mich, doch so wie sie ihre Finger positioniert hat, kann sie keine Kugel abfeuern.

„Um einen Schuss abgeben zu können, musst du erst den Sicherungshebel umlegen, zudem wäre es sinnvoll, den Finger auf dem Abzug zu platzieren und ihn anschließend zu krümmen."

Verwirrung huscht über ihr engelsgleiches Gesicht.

„Das ist eine deutsche Waffe, eine Walther P99 mit einem 25-Schuss-Magazin. Du solltest es also schaffen, mir zumindest eine Kugel zu verpassen."

Wut blitzt in ihren Augen auf. Aus dem verängstigten Rehkitz ist eine Amazone geworden.

„Sei einfach still und lass mich frei, ehe ich dich wirklich abknalle."

„Du bist keine Mörderin, süße Tinker Bell, dafür ist dein Herz zu weich."

Das klingt zwar nach einem Vorwurf, in Wirklichkeit aber ist ihre Emotionalität genau das, was mich so anzieht. Dieses sture Mädchen schafft es, mich abgestumpften Killer, etwas fühlen zu lassen.

Einen Moment lasse ich ihr noch, gebe ihr die einmalige Chance abzudrücken.

Als sie es nicht tut, entscheide ich mich dazu, diesem Theater ein Ende zu setzen. Mit drei großen Schritten überwinde ich die Distanz und nehme ihr die Waffe aus den eiskalten Fingern.

Fuck! Das ging zu leicht. Sobald Kelly die Phase, in der sie sich gegen mich auflehnen und mich töten will, überwunden hat, werde ich ihr ein paar Selbstverteidigungsübungen beibringen. Es gefällt mir nicht, dass sie so wehrlos ist.

Blinzelnd sieht sie mir dabei zu, wie ich das Magazin herausgleiten lasse und es mir in die Hosentasche stecke. Die Waffe verstaue ich in der Innentasche meiner Kutte.

„Weiß Zane, dass du ihn nur so nah an dich rangelassen hast, weil du ihm die Waffe stehlen wolltest?"

Um selbstsicherer zu wirken, reckt sie das Kinn in die Höhe. Wir sind uns so nah, dass ihr warmer Atem über meinen Hals streicht.

„Ich habe sie nicht gestohlen, nur ausgeliehen."

Aha.

„Genau wie meine 10000 Dollar, nicht wahr?"

„Die wären auch nicht gestohlen gewesen, die stehen mir zu. Quasi als Schadenersatz."

Typisch, auf alles hat sie eine Antwort parat.

Oh, diese Frau treibt mich noch in den Wahnsinn ...

„Wegen deines kleinen Schauspiels habe ich meinem Bruder die Nase gebrochen."

Kelly zuckt mit den Schultern.

„Wenn du impulsiv und unkontrolliert bist, dann ist das weiß Gott nicht meine Schuld, Knox."

Und ob das ihre Schuld ist, nur sie bringt mich so weit ...

„Kann ich dir eine Frage stellen und eine ehrliche Antwort erwarten?" Der Ausdruck in ihren Augen sollte mir eine Warnung sein, dennoch nicke ich.

„Probier es aus."

Sie holt tief Luft, verschlingt die Finger ineinander und sieht mir direkt in die Augen.

„Du hast mich die letzten Tage völlig ignoriert, woraus ich schließe, dass dein Interesse an mir erloschen ist. Also warum behältst du mich? Warum kannst du mich nicht einfach gehen lassen?"

Bloody Hell.

Mein Interesse soll erloschen sein? Bullshit! Ich brenne vor Sehnsucht!

Ich war noch nie gut mit Worten, meine Stärken liegen in anderen Bereichen, darum entscheide ich mich dazu, ihre Frage auf meine Art zu beantworten.

Noch bevor sie weiß, wie ihr geschieht, schlinge ich meine rechte Hand um ihren Nacken, mit der linken umfasse ich ihren kleinen Arsch und knete das weiche Fleisch.

Sie keucht erschrocken auf, ich nutze ihre offen stehenden Lippen und schiebe ihr meine Zunge in den Mund. Ich wühle mich durch ihre samtene Mundhöhle, koste und verschlinge sie.

Mit der ganzen aufgestauten Gier der vergangenen Woche falle ich über Kelly her, presse sie an meinen Körper und lasse sie so spüren, wie verdammt hart mein Interesse an ihr ist.

Erst als sie nach Luft schnappend den Kopf abwendet, gebe ich sie ein Stückchen frei.

„Ich will dich, Baby. Ich will dich so sehr! Aber ich lasse mich nicht von dir verarschen. Du bist jung und unerfahren, also erkläre ich dir jetzt mal, wie es zukünftig laufen wird."

Sie will widersprechen, ich bringe sie mit leisem Knurren zum Verstummen.

„Wenn du das hier willst, dann hör auf, mich zu hintergehen, hör auf nach Fluchtmöglichkeiten zu suchen und gib dich mir hin." Um Beherrschung ringend atme ich so tief ein, dass es sich anfühlt, als würden meine Lungenflügel platzen. „Du bist die erste Frau, für die ich meine Regeln breche und der ich das Gesamtpaket anbiete. Wenn du jetzt ja sagst, dann hole ich dich in mein Bett, fordere alles von dir und biete dir dafür meinen Schutz."

Sie leckt sich die Lippen und runzelt die Stirn.

„Nur deinen Schutz, das ist aber ein schlechter Tausch."
Ich bin durchaus bereit mit ihr über die Konditionen zu verhandeln.
„Du weißt, was ich will, du kannst gerne Forderungen stellen."
Sie flüstert etwas, das so klingt wie „wirklich sehr romantisch", lässt sich dann aber auf die Verhandlungen ein.
„Exklusivität, brutale Ehrlichkeit und drei freie Wünsche."
Wenn man bedenkt, dass sich im Augenblick dutzende von Frauen in diesem Haus aufhalten, die nur allzu gern und ohne irgendwelche Ansprüche ihre Beine für mich spreizen würden, muss ich bescheuert sein, mich auf Kellys Forderungen einzulassen.
Das Problem an der Sache ist, dass ich all die anderen Bitches nicht will, ich will Kelly, und das mit einer Intensität, die mich erschreckt.
Mit diesem Mädchen ist einfach alles anders.
Zuerst breche ich wegen ihr meinem Bruder die Knochen, dann bedroht sie mich mit einer Waffe und nun verhandeln wir eine exklusive Beziehung, die drei Wünsche beinhaltet. Das ist verrückt, völlig verrückt!
„Was sind das für drei Wünsche?"
Ein scheues Lächeln erhellt ihre Gesichtszüge. Sie zuckt mit den Schultern.
„Das erfährst du, wenn es so weit ist."
Diese Jungfrau spielt Katz und Maus mit mir.
„Unter einer Bedingung, Baby."
Kelly schürzt die Lippen.
„Ach, und die wäre?
Ich kann nicht fassen, dass ich mich darauf einlasse ...
„Wenn einer dieser Wünsche bedeutet, dass ich zulasse, dass du dich in Gefahr begibst oder dass ich dich frei lasse, werde ich ihn dir nicht erfüllen."
Ihre Augen blitzen kurz auf.
„Das sind aber zwei Bedingungen."
„Pech gehabt meine Süße. Diese zwei Punkte sind nicht verhandelbar."
Es ist ihr deutlich anzusehen, dass sie sich gerne auf diesen Deal einlassen würde, sich aber davor fürchtet. So sanft wie möglich streiche ich mit dem Handrücken über ihre Schläfe.
„Du musst dich nicht vor mir fürchten. Fuck, Baby! Du bist wahrscheinlich der einzige Mensch auf diesem Planeten, der das von sich behaupten kann."
Stimmen werden laut, ein Fluch ertönt, dann wird ein Schuss abgefeuert. Während Kelly erschrocken zusammenzuckt, bleibe ich entspannt.

Wenn die Scorpions feiern, dann richtig, solange das Clubhaus nicht in Flammen aufgeht, ist alles noch im grünen Bereich.

Ein Schauer lässt sie erbeben, dann hebt sie ihre Hände, legt sie mir auf den Brustkorb und stellt sich auf die Zehenspitzen. Federleicht und mit jungfräulicher Scheu streift sie mit ihren Lippen über die meinen und schenkt mir einen Kuss.

„Ich muss völlig verrückt, sein. Aber ich will es ..."

Kellys geflüsterte Worte lösen etwas Wildes in mir aus. Meine inneren Dämonen reißen sich von ihren Ketten los. Mit gefletschten Zähnen fordern sie mich auf, Kelly zu packen, zu beißen und zu zeichnen.

Etwas Dunkles pulsiert durch meine Venen. Die Schatten, die meine Seele bis jetzt für sich beansprucht haben, wispern mir viel Glück zu, ehe sie sich zurückziehen und dem Licht, das Kelly ausstrahlt, weichen.

Bei jeder anderen Frau wüsste ich jetzt, wie es weitergeht, doch nicht so bei ihr.

Um meine Balance wiederzufinden, atme ich tief ein, öffne die Wohnungstüre und ziehe Kelly hinter mir her. Wenn ich ein guter Mann wäre, würde ich ihr etwas Zeit geben, in der sie ihre Entscheidung noch mal überdenken kann. Wahrscheinlich würde ich uns eine Flasche Wein öffnen und etwas Leckeres zu essen bestellen. Doch ich bin nicht gut – sondern böse.

Und darum packe ich mir Kelly noch, bevor die Türe hinter uns ins Schloss fällt, und tackere meinen Mund auf den ihren.

Das leise Wimmern, das sie von sich gibt, als ich sie anhebe und gegen meinen harten Schwanz presse, zerfetzt auch noch das letzte bisschen Beherrschung, das ich mir bis jetzt bewahren konnte.

Anstatt wie geplant langsam vorzugehen, trage ich sie ins Schlafzimmer, lege sie mittig ins Bett und nehme mir eine Sekunde Zeit, um den Anblick zu genießen. Schmale Schultern, ein flacher Bauch, lange Beine und goldene Locken.

Sie jetzt hier zu haben, fühlt sich an wie ein Sieg.

Vorsichtig und langsam ist normalerweise nicht mein Stil. Ich bevorzuge es hart, tief und schnell. Doch heute werde ich Kelly zuliebe eine Ausnahme machen.

Ihre Jungfräulichkeit ist ein Kreuz, das ich mir gerne auflade. Wenn ich Kelly jetzt ficke, dann ist sie mein. Ich werde der erste Mann sein, der sich in diesen wunderschönen Frauenkörper rammt und - verdammt - ich habe mir vorgenommen, dass ich auch der letzte sein werde.

Wenn mich meine Instinkte nicht täuschen und das tun sie eigentlich nie, dann ist Kelly die Richtige für mich. Keine Ahnung, woher ich diese

Gewissheit nehme, aber das Bedürfnis, sie für mich zu beanspruchen, wütet in mir, seit ich ihr das erste Mal gegenübergestanden bin.

„Willst du nur kucken oder auch anfassen, Rocker?"

„Ich will erobern und besitzen!"

Ihre Pupillen weiten sich, unsicher knabbert sie auf ihrer Unterlippe, ehe sie sich aufrichtet und sich in einer fließenden Bewegung das Top über den Kopf zieht. Cremig weiße Haut, ein rosa Spitzen-BH und eine Taille so schmal, dass ich sie mühelos mit meinen Händen umfassen kann. Kelly ist so zerbrechlich und so wunderschön, dass ich mich gar nicht an ihr sattsehen kann.

Holy Shit! Wenn es einen Gott gibt, dann hat er diesen Engel ganz gewiss nicht für ein Monster wie mich erschaffen.

Ich ziehe die Stiefel aus, streife mir die Kutte ab und entledige mich meines Hemds.

Die Hose lasse ich vorerst noch an.

Mich ein letztes Mal daran erinnernd, dass ich langsam und vorsichtig mit diesem Mädchen umgehen muss, steige ich zu ihr ins Bett.

„Küss mich, Scorpion."

Das muss sie mir nicht zweimal sagen. Ich lege mich auf sie, bedecke sie mit meinem Körper und presse sie tief in die Matratze, so dass sie mir nicht mehr entkommen kann.

Von einem unstillbaren Hunger getrieben küsse ich sie, erobere ihren Mund und ficke sie mit meiner Zunge. Kelly schlingt mir ihre Beine um die Hüfte und beginnt sich an mir zu reiben.

Sie muss wahnsinnig sein. Anstatt mich immer mehr anzuheizen, sollte sie mich bremsen und auf ein zärtliches Vorgehen bestehen.

Ich küsse sie tiefer, knabbere an ihrer Lippe und fresse sie regelrecht auf.

Seufzend dreht sie ihren Kopf auf die Seite und schnappt nach Luft. Ich verlagere mein Gewicht etwas, so dass sie nicht von mir zerquetscht wird.

„Bitte Knox ..."

Ich höre ihr Flehen, sehe die Unsicherheit in ihrem Blick und küsse sie erneut. Mit einem zutiefst weiblichen Stöhnen öffnet sie sich mir begierig.

Ungeduldig schicke ich meine Hände auf Reisen und zerreiße den Stoff ihrer Shorts. Ihrem Slip lasse ich dasselbe Schicksal zuteilwerden und schmeiße beides aus dem Bett.

Süchtig nach mehr, gleitet meine Zunge durch ihren Mund, duelliert sich mit der ihren und erforscht jeden Winkel.

Mit den Fingern erobere ich jeden Zentimeter ihrer weichen Haut. Erkunde jede Kuhle und genieße jede Erhebung. Als ich mich immer weiter nach unten vorarbeite und ihre Pussy berühre, zuckt sie leicht zusammen.

Mit der rechten Hand umfasse ich die weichen Falten ihrer Mitte. Zufrieden stelle ich fest, dass sie bereits nass und geschwollen sind. Es mag sein, dass sie noch unerfahren ist, doch ihr Körper reagiert instinktiv und bereitet sich auf mein Eindringen vor. Sie ist nicht rasiert, so dass ihre weichen Locken über meinen Handballen streichen. Ein letztes Mal an ihrer Unterlippe knabbernd löse ich meinen Mund von dem ihren und sehe sie an. Geschwollene Lippen, rosige Wangen, und ein ängstlicher Blick.

Welch ein faszinierendes Geschöpf ...

Meine Hoden ziehen sich puckernd zusammen, mein Schwanz zuckt ungeduldig.

Ohne sie aus den Augen zu lassen, streiche ich mit dem Daumen über ihren Kitzler, ein Zittern lässt sie erbeben, wimmernd beißt sie sich auf die Unterlippe.

Langsam wühle ich mich durch ihre Muschi, tauche mit der Spitze meines Zeigefingers in sie ein und unterdrücke einen Fluch, als ich spüre, wie unfuckingfassbar eng sie ist. Noch enger als in meiner Erinnerung.

Kelly verkrampft sich und versucht, etwas weiter nach oben zu rutschen.

„Entspann dich. Dein Körper ist dafür geschaffen worden, um mich aufzunehmen."

„Wenn wir jetzt miteinander schlafen, werde ich mich an dich verlieren ..."

Ihr leise gewispertes Eingeständnis bringt mein Herz aus dem Takt.

Gott sie ist so süß, aufrichtig und unschuldig.

„Mach dir keine Sorgen, Baby. Ich halte dich, beschütze dich und passe auf dich auf."

Es ist nur natürlich, dass sie in diesem Moment ihre eigene Verletzlichkeit überdeutlich wahrnimmt. Es ist die Aufgabe der Männer ihre Frauen zu beschützen – ab jetzt werde ich wie ein Adler über sie wachen, niemand wird ihr jemals zu nahe kommen oder ihr weh tun, das schwöre ich bei meinem Leben!

18. Kapitel

Kelly

Knox' Stimme ist ein dunkles Grollen, das dem Donner eines stürmischen Unwetters gleicht. Der Ausdruck in seinen quecksilberfarbenen Iriden verhärtet sich, erinnert nun mehr an einen Gletscher - eiskalt und wunderschön. Er schluckt, der Totenkopf mit den feuerroten Augen, der sich an seinem Kehlkopf befindet, wirkt lebendig.

Meine Welt fokussiert sich auf den Mann vor mir. Vergessen ist der Ärger der letzten Wochen, alles, was jetzt noch zählt, sind er und ich und die Leidenschaft, die in meinen Adern kocht.

Erneut streifen seine Lippen über die meinen. Leise stöhnend öffne ich mich ihm. Unsere Zungen treffen sich, verschmelzen miteinander und beginnen ein sinnliches Vorspiel.

Herr im Himmel, kann dieser Rocker küssen ...

Zwischen meinen Schenkeln pocht es gierig. Obwohl ich mich vor seinem Eindringen fürchte, kann ich es irgendwie auch kaum erwarten.

Eine bittersüße Ewigkeit später beendet Knox langsam unseren Kuss und gibt mich wieder frei. Nach Halt suchend, kralle ich mich an seinen zuckenden Oberarmen fest, genieße die Kraft, die dieser Scorpion ausstrahlt.

Kratzend lasse ich meine Fingernägel über die straffen Konturen seines Sixpacks gleiten.

Feste Muskeln, weiche Haut und ein dünner Streifen Haare, der mich auf geradem Weg zu seinem Hosenbund führt. Tief einatmend überwinde ich meine Scheu und beginne damit, ihn auszuziehen.

Mit zitternden Fingern hantiere ich an seiner Gürtelschnalle herum. Als es mir endlich gelingt, seine Hose zu öffnen und nach unten zu ziehen, stößt er ein ungeduldiges Stöhnen aus. Langsam lasse ich meine Augen an seinem Body nach unten gleiten.

Was für ein göttlicher Anblick ...

Sein harter Penis reckt sich mir in seiner ganzen Pracht entgegen. Die Muskeln in seinen Oberschenkeln zucken ungeduldig, so als könnten sie es kaum erwarten, mit aller Kraft zuzustoßen.

Sachte streiche ich über die seidige Haut an der Spitze seiner Eichel, umfasse seinen harten Schaft und pumpe mit meiner Hand über die beeindruckende Länge seines Phallus. Knox ist verdammt gut bestückt. Sein Schwanz ist lang und dick und er wird niemals in mich hineinpassen.

Er durchschaut mich, wittert meine stärker werdende Furcht.

„Schhhhh, Baby. Bleib ruhig, alles ist gut. Ich werde langsam vorgehen. Vertrau mir.“

Zu meiner Überraschung fürchte ich mich nicht davor, dass Knox seine körperliche Überlegenheit ausnutzt und mich verletzt.

Wie kann es sein, dass ich mich in den Armen dieses Killers so geborgen und sicher fühle? Bin ich verrückt?

Unsere Lippen treffen sich erneut wie von selbst.

Leise wimmernd lasse ich mich in den Kuss fallen, Knox umfasst meine Taille und hebt meinen Unterleib an, so dass sich sein hartes Glied gegen meinen Bauch presst. Zwischen meinen Beinen kniend, richtet er sich auf, und verschlingt mich mit seinen Augen. Das Spiel seiner Brustmuskulatur fasziniert mich, ich streiche mit meinen Fingern über seinen imposanten Oberkörper. Die tintenverzierte Haut spannt sich über seinem enormen Bizeps.

„Deine Pussy ist so nass, du kannst es kaum erwarten, von mir gebumst zu werden.“

Das dunkle Timbre seiner Stimme hallt in meinem Unterleib nach. Er beugt sich zu mir herab und bedeckt mich mit seinem Körper.

Haut an Haut – so nah wie nur irgend möglich ...

Automatisch schlinge ich ihm meine Arme um den Nacken. Einen winzigen Moment sehen wir uns an, ehe wir uns wild und stürmisch küssen.

Unsere Zähne schlagen krachend aufeinander, seine raue Zunge stiehlt mir gekonnt den Atem.

Ich bin verloren ...

Fieberhaft lasse ich meine Hände über seinen Rücken gleiten, Knox’ Atem kommt laut und stoßweise.

Zwischen meinen feuchten Schamlippen pocht es sehnsüchtig. Mein Kitzler ist geschwollen und meine Brustwarzen sind hart.

Er beendet unseren Kuss, seine Nasenflügel blähen sich.

Ich will ihn anfassen und erkunden. Doch ich komme nicht weit, ehe Knox laut stöhnt, meine Handgelenke einfängt und sie über meinem Kopf in das Kissen presst.

„Mach langsam, Frau, oder ich werde dich fesseln!“

Bondage? Lieber nicht!

Seine Lippen finden meine Brustwarzen.

Abwechselnd saugt er sie tief in den Mund, lässt mich seine Zähne spüren, beißt leicht zu. Keuchend schnappe ich nach Luft, der bittersüße Schmerz breitet sich wie ein Waldbrand in meinen Nervenbahnen aus.

„Ich muss endlich in dir sein.“

Winzige Schweißperlen bilden sich in meinem Nacken.

Er löst seine rechte Hand von meinem Handgelenk und umfasst sie nun nur noch mit der linken. Ich versuche, mich zu befreien, habe jedoch keine Chance gegen ihn.

Träge streicht er mit seinen Fingern durch meine Scheide, dringt leicht in mich ein, treibt mich weiter Richtung Höhepunkt.

Das Kribbeln in meinem Bauch wird immer stärker, mein Unterleib zieht sich ungeduldig zusammen.

Auf der verzweifelten Suche nach noch mehr Nähe presse ich meine Lippen wieder auf die seinen. Knox' Zunge wühlt sich durch meinen Mund.

Seine Augen verweilen auf meinen Brüsten, seine Wangenmuskulatur zuckt angespannt.

Es ist leicht zu erkennen, dass er sich nicht mehr lange kontrollieren kann.

Plötzlich verdunkelt sich seine Miene. Schlagartig sieht Knox wie der bedrohliche Rocker-Präsident aus, der er ist.

Verwirrt lecke ich mir über die Lippen.

„Was ist los?"

Ein dunkles Grollen löst sich aus seiner Kehle.

„Ab jetzt gehörst du mir!"

In seiner Stimme schwingt eine solche Endgültigkeit mit, dass ich keine Sekunde an seiner Feststellung zweifle.

Dieser Scorpion gibt sich nicht nur mit meinem Körper zufrieden, er schleicht sich auch Stück für Stück tiefer in mein Herz. Vielleicht gelingt es mir nicht, eine emotionale Barriere zwischen uns zu errichten, weil das mein erstes Mal ist und mir einfach die Übung darin fehlt, Sex als einen rein körperlichen Akt zu sehen. Vielleicht liegt es aber auch daran, dass mich dieser Rocker von der ersten Sekunde an in seinen Bann gezogen hat.

Knox' raue Zunge gleitet über meinen Hals, an meinem Schlüsselbein hinab, durch das Tal zwischen meinen Brüsten bis zu meinem Bauchnabel.

Ich spüre seine Zähne, die an meinem Beckenknochen knabbern, ehe er mit seinen Fingern meine Schamlippen teilt und über meine Klitoris züngelt.

„Woooaaah ..."

Mein lauter Schrei verwandelt sich in ein Schluchzen. Mein erster Instinkt ist, seinem Mund auszuweichen, die Empfindungen sind einfach zu intensiv, doch dann saugt er an meinem Knubbel und ich will mehr – viel mehr. Ich packe ihn an den Haaren und presse ihn fester gegen meine Mitte.

Das zwischen Knox und mir ist verrückt, zum Scheitern verurteilt und ohne die geringste Chance auf ein Happy End. Trotzdem unternehme ich nichts, um ihn zu stoppen. Ich will das hier – ich will ihn – und ich will ihn ganz. Jetzt!

Mit zwei seiner Finger gleitet er in mich, krümmt sie leicht und trifft auf diesen einen Punkt tief in meinem Inneren, der mich alles vergessen lässt.

„Schrei für mich, Baby."

Er beißt mir so fest in die Innenseite meines Oberschenkels, dass ich mich aufbäume und nach Luft schnappe. Die bittere Pein vermischt sich mit der Lust, die durch meine Venen pulsiert. In meinem Unterleib entsteht ein immer stärker werdender Druck, meine Knie zittern und meine Zehenspitzen krümmen sich.

Heute Morgen bin ich aufgestanden und dachte an nichts anderes, als daran zu flüchten, jetzt hingegen ... Jetzt liege ich stöhnend unter dem Präsidenten des Scorpions-Motorcycle-Clubs und bin dabei, mich mehr und mehr in ihn zu verlieben.

Meine Scheidenwände zurren sich um seine Finger zusammen, während mein Herz hilflos durch meinen Brustkorb stolpert.

Knox saugt meinen Kitzler in seinen Mund und lässt mich seine Zähne spüren.

Mein Stöhnen wird immer lauter, es fühlt sich so an, als wäre ich kurz davor zu explodieren. Wenn er so weitermacht, dauert es nicht mehr lange, bis ich direkt an seinen Lippen komme. Dieser Biker leckt mich nicht einfach nur, er frisst mich regelrecht auf. Ich versuche wirklich alles, um leise zu sein, kämpfe gegen das Zittern, das sich in mir ausbreitet, an, doch ich schaffe es nicht.

Nachdem er mir seine Finger zunächst entzogen hat, rammt er sie ein letztes Mal tief in mich, während er unermüdlich durch meinen Spalt leckt.

Der laute, fast schon verzweifelte Schrei, der sich aus meiner Kehle löst, erfüllt seine Wohnung.

Halleluja ...

Knox' breite Brust vibriert dank des animalischen Knurrens, das er von sich gibt. Unter halb gesenkten Lidern beobachte ich, wie er sich vor mir aufrichtet, ein dämonischer Ausdruck legt sich auf seine Mimik.

Plötzlich lässt er sich auf mich fallen und umfasst mit einem harten Griff meinen Kiefer.

„Ab heute wird sich dein Leben ändern, meine Süße. Es wird Regeln geben, an die du dich zu halten hast – meine Regeln. Du bist jetzt ein

Teil dieses Clubs und ein Teil meines Lebens. Und zum Teufel, ich kann es kaum erwarten, dich wieder und wieder zu ficken."

Am liebsten würde ich ihm erklären, dass er sich irrt, und dass das zwischen uns nichts Endgültiges ist. Das zwischen ihm und mir ist kompliziert, intensiv und gegen jede Norm. Woher soll ich wissen, ob er mit seiner besitzergreifenden Prognose nicht richtig liegt?!

„Woher willst du wissen, dass das zwischen uns gut geht? Es ist durchaus möglich, dass ich dich schon nach kurzer Zeit langweile oder dir so auf die Nerven gehe, dass du mich freiwillig zurück nach Duluth bringst."

Mit einem ungläubigen Lachen schüttelt er den Kopf.

„In den vergangenen Jahren habe ich so viele Nutten gebumst, dass ich mich nicht mal mehr an ihre Gesichter erinnere. Jede von ihnen war unbedeutend und austauschbar. Aber du bist anders, du bist einzigartig. Solange ich dich will, werde ich dich behalten, danach sehen wir weiter." Seine Dominanz ist auf eine düstere Art höllisch sexy.

Zwischen meinen Schenkeln pocht es noch immer dumpf, mein Herz rast wie verrückt und ich habe das Gefühl, dass dieser Höhepunkt die Sache zwischen uns noch komplizierter machen wird.

Sein hartes Glied lenkt meine Aufmerksamkeit auf sich. Lang, extrem dick und leicht nach oben gebogen, wartet es nur darauf, endlich mein Jungfernhäutchen zu zerfetzen. Rote Adern winden sich wie Schlangen über den Schaft bis zur Eichel. Ein cremiger Tropfen perlt an dem kleinen Schlitz an der Spitze.

Ich schlucke hart und zwinge mich, den Blick abzuwenden.

Wie soll der jemals in mich reinpassen?

Knox packt mich an den Knien, reißt sie weit auseinander und legt sich zwischen meine Beine. Das schabende Geräusch, als seine Barthaare über meine Schulter kratzen, lässt mich erschaudern. Ich spüre seine warmen Lippen an meinem Hals, seine scharfen Zähne graben sich in meine Haut. Mit dunkler Stimme raunt er mir ins Ohr, dass es ihn maßlos erregt, dass er mein Erster sein wird. Um seinen Worten mehr Nachdruck zu verleihen, lässt er einen Schwanz durch meine Spalte gleiten. Knox verführt mich, er bringt meinen Körper dazu, ihn zu begehren und meine Angst endgültig zu vergessen.

Das Blut in meinen Adern beginnt zu kochen, als seine dicke Eichel gegen meine Öffnung stupst.

„Vertrau mir, meine Süße, ich habe nicht vor, dich zu verletzen."

Vertrauen? Was bleibt mir anderes übrig?

Die dicke Wulst an der Spitze seines Schwanzes drückt sich in mich, ich wimmere gequält auf. Knox ist einfach zu groß, allein die paar

Zentimeter seines Glieds dehnen mich so sehr, dass ich vergesse zu atmen.

„Au ... bitte ... das geht nicht ... du passt nicht ..."

Instinktiv versuche ich, ihm auszuweichen, aber er hält mich bestimmend fest.

„Ertrage den Schmerz, bald geht er vorbei."

Seine Muskeln spannen sich an, seine Härte gleitet noch ein Stückchen tiefer in mich.

„Jetzt!"

Dieses eine Wort ist die einzige Warnung.

Knox presst mir einen Kuss auf die Stirn und stößt zu. Rammt sich mit Wucht in meinen engen Kanal. Lodernde Pein erfüllt meinen Unterleib, ich schreie gequält auf.

Es fühlt sich so an, als würde er mich aufspießen und dabei zerreißen.

Tränen laufen mir über das Gesicht, ich versuche, ihn von mir zu stoßen – es ist zwecklos.

Plötzlich verharrt Knox reglos. Ich spüre deutlich, wie er sich mit aller Kraft zurückhält und versucht, mir etwas Zeit zu geben, um mich an das Gefühl des Ausgefülltseins zu gewöhnen, doch ich weiß auch, dass es nicht mehr lange dauern wird, bis er anfangen wird, mich wild zu ficken.

„Atme meine Süße, atme ..."

Er bedeckt mit seiner großen Handfläche meinen Bauch und sorgt so dafür, dass ich stillhalte. Meine inneren Muskeln zucken, sein raues Stöhnen übertönt mein leises Wimmern.

„Jetzt gehörst du mir, Kelly."

Das Herz schlägt mir wummernd gegen die Rippen, der bittere Schmerz löst sich mit jedem Atemzug etwas mehr auf und zurückbleibt ein dumpfes Pochen, das alles andere als unangenehm ist.

Knox bemerkt die Veränderung, er bewegt sich, entlockt mir so ein leises Wimmern. Seine Augen blitzen gierig. Ich spanne meinen Unterleib an und gewöhne mich immer mehr an das Gefühl, ihn in mir zu haben.

„Braves Mädchen. Du lernst schnell ..."

Mit einer Hand umfasst er meine Kehle, demonstriert mir so seine Stärke. Automatisch atme ich flacher. All meine Instinkte sind darauf ausgerichtet, mich diesem Rocker zu unterwerfen. Langsam zieht er sich zurück, nur um einen Atemzug später wieder hart zuzustoßen. Der Rhythmus, in den er verfällt, ist tief und gnadenlos. Bei jedem Vorstoß werde ich auf der Matratze ein Stückchen nach oben geschoben.

Ich schnappe japsend nach Luft, halte mich an ihm fest und schließe die Augen.

Meine Scheidenwände sind so empfindsam, dass ich jede Ader und jede Erhebung seines Gliedes spüren kann.

Keuchend komme ich ihm entgegen, werde immer aktiver und fordere ihn so heraus, mich mehr und mehr zu der seinen zu machen.

Unsere Körper verschmelzen miteinander, wir verbinden uns, verlieren uns ganz in dem Gefühl, eins zu sein.

In meinem Bauch beginnt ein Funkenflug, vor meinen Augen wird es schwarz. Der Druck, der sich in mir aufgebaut hat, explodiert. Der Orgasmus, der mich gleich einem Tsunami überrollt, lässt meine Synapsen durchbrennen. Das heftige Zucken und die starken Kontraktionen, die meinen Unterleib erschüttern, entlocken mir einen lauten Schrei.

Das ist Wahnsinn ...

Knox rammt sich immer fester in mich, verliert die Kontrolle, beißt und leckt über meine Haut und knurrt bei jedem Atemzug. Er stößt sich ein letztes Mal bis zur Wurzel in mich und verharrt dann reglos in mir. Mein Rocker brüllt und lässt seinen Kopf in den Nacken fallen. Etwas Heißes flutet mein Inneres und ich weiß, dass es sein Sperma ist, das er tief in mich pumpt.

Wir sehen uns an - ich versuche, das gerade eben Erlebte zu begreifen.

Keiner von uns sagt etwas, ich traue mich kaum zu atmen. Knox beugt sich zu mir nach unten, streicht mir zärtlich eine Strähne aus der Stirn und küsst mich sanft, während er sich langsam aus mir herauszieht. Ich zucke zusammen und wimmere leise.

Jetzt, wo die Lust abebbt, kommt der Schmerz zurück.

In meinem ganzen Leben habe ich mich noch nie so schutzlos gefühlt wie in diesem Augenblick. Erst jetzt, wo ich Sex hatte, kapiere ich, dass wir Frauen viel mehr in diesen Akt einbringen als nur unseren Körper.

„Geht es dir gut, kleine Tinker Bell?“

Keine Ahnung, was ich darauf antworten soll.

Gibt es überhaupt Worte, um den Zustand, in dem ich mich gerade befinde, zu beschreiben?

Meine Nerven vibrieren vor Anspannung, mein Kopf fühlt sich an, als hätte sich mein Hirn in Zuckerwatte verwandelt und in meinem Unterleib pulsiert und pocht es.

„Fuck Süße, geht es dir gut? War ich zu grob mit dir?“

Sorge spiegelt sich in Knox’ Augen, mein Herz zieht sich zusammen. In meinem Brustkorb breitet sich ein warmes Gefühl aus.

Pass auf, verdammt! Du verliebst dich gerade in den Präsidenten der Scorpions.

Die Stimme meines Unterbewusstseins klingt wütend und warnend, ich ignoriere sie einfach.

„Kelly!"

Ich schiebe meine Gedanken beiseite, drücke Knox einen Kuss auf den Brustkorb und kuschle mich an ihn.

„Mit mir ist alles okay."

Erleichtert lässt er seinen angehaltenen Atem geräuschvoll entweichen.

„Ich wollte es echt schön für dich machen, aber verflucht, dieses *zärtlich* und *langsam* ist völlig neu für mich."

Mit den Fingerspitzen streiche ich über das bläuliche Reptilienauge auf seinem Arm.

„Tja, auf gewisse Weise war es für uns beide ein erstes Mal."

Ein Lachen rumpelt in seinem Brustkorb.

„Damit könntest du recht haben, Süße."

Seine starken Arme schlingen sich besitzergreifend um mich, ich fühle mich so sicher und geborgen wie noch nie in meinem Leben.

Offensichtlich war es schon immer meine Bestimmung, im Bett eines Scorpions zu landen, damals hatte ich mich wohl einfach nur für den falschen entschieden.

Wenn ich mich vor all den Jahren gleich in Knox verliebt hätte, wäre mit Sicherheit alles anders gekommen. Ja, mein Bruder wäre gewiss genauso ausgeflippt wie bei Preston, aber er hätte sich nicht getraut, den Präsidenten abzuknallen.

Die Erinnerung lässt mich erschaudern, Knox bemerkt es und streicht beruhigend über meine Flanke.

„Und ich war sicher nicht zu grob zu dir?"

Ein Lächeln breitet sich auf meinem Gesicht aus. Dass sich dieser Rocker, der Frauen sonst einfach nur hart fickt und dann weiterschickt, Sorgen um mich macht, fühlt sich gut an.

Es war sicherlich kein Kuschelsex. Aber mit einer langsamen, sanften Nummer habe ich eh nie gerechnet, das passt nun mal nicht zu Knox.

Mit einem Seufzen drehe ich mich auf den Bauch und lege mich zur Hälfte auf ihn, so dass wir uns nun Auge in Auge gegenüber sind.

„Was machst du, wenn ich mich jetzt in eine sexhungrige Nymphomanin verwandle, die einfach nicht genug von deinem Schwanz bekommen kann?"

Mit seiner Hand durch meine verstrubbelten Haare fahrend, küsst er meine Schulter.

„Sei beruhigt. Ich kann mir Schlimmeres vorstellen, als mich wieder und wieder in deine süße kleine Pussy zu rammen."

Seine Hand streicht über meinen Rücken, über meinen Po bis zwischen meine Schenkel. Als er die Feuchtigkeit spürt, die aus mir herausläuft, wird das Silber seiner Augen eine Nuance dunkler.
„Blut und Sperma ... Fuck! Am liebsten würde ich dich jetzt auf den Rücken drehen und mich erneut bis zum Anschlag in dir vergraben."
Passend zu seinen Worten, spüre ich, wie sich sein Glied bereits wieder verhärtet.
„Ich bin wund."
Mein Eingeständnis entlockt ihm ein Stöhnen.
Knox' Finger streichen durch meinen Spalt, reiben über meinen Kitzler und tauchen immer wieder leicht in mich ein.
An seiner Mimik erkenne ich den Kampf, den er mit sich ausficht.
Nach wenigen Atemzügen zieht er ruckartig seine Hand zurück, dreht mich auf die Seite und steigt ohne einen Blick zurück aus dem Bett.
Jetzt, wo er nicht mehr bei mir ist, wird mir schlagartig kalt.
Habe ich etwas falsch gemacht?
Ist er jetzt sauer auf mich?
Noch bevor ich eine Antwort darauf finden kann, kommt er mit einem Waschlappen in der Hand zurück.
„Dreh dich auf den Rücken und spreiz die Beine."
Ich weiß, dass es lächerlich ist. Aber jetzt, wo ich nicht blind vor Lust bin, ist es mir irgendwie peinlich, ihm meine Mitte zu zeigen.
„Warum? Was hast du vor?"
Seine Lippen verziehen sich zu einem wölfischen Grinsen.
„Ich werde mich um dich kümmern und dafür sorgen, dass du dich besser fühlst."
Bämm ...
Mit diesem Satz hat er sich erneut ein Stückchen meines Herzens gesichert.
Gerade weil Knox eigentlich ein knallharter Killer ist, der nichts für süße Worte und nette Taten übrig hat, ist seine Fürsorge etwas ganz Besonderes.
Entschlossen, die Bindung, die sich gerade zwischen uns aufbaut, nicht mit falscher Scham zu zerstören, kneife ich die Augen zusammen und tue, was er von mir will.
Ich spüre seinen Blick auf meiner Scheide und balle die Hände zu Fäusten.
„Bloody Hell, du bist einfach zu perfekt."
Da ich nicht weiß, was ich darauf antworten soll, bleibe ich einfach still und reglos liegen und vertraue mich ihm an.

Wieder und wieder streicht der Lappen über meine wunden Falten. Sein Atem kommt rau und stoßweise und ich weiß, dass er erregt ist.

Das Wissen, dass er sich aus Rücksicht zu mir zurücknimmt, stellt gefährliche Sachen mit mir an.

Gerade als er den Lappen auf den Boden fallen lässt, ertönt ein lautes Klopfen und dann hallt Zanes Stimme durch die Wohnung.

„Ey, Präs. Bist du hier?"

Mit einem Fluch auf den Lippen springt Knox auf. Deckt mich zu und zieht seine Hose an.

„Bleib hier liegen, Baby, ich bin gleich wieder da."

Da ich nicht scharf darauf bin, Zane nackt gegenüberzutreten, und ich mir auch überhaupt nicht sicher bin, ob mich meine Beine überhaupt tragen, bleibe ich einfach liegen und lausche den wütend klingenden Männerstimmen.

Knox schnauzt Zane an, dass dieser zukünftig nie wieder einfach so diese Wohnung betreten darf, der entschuldigt sich und witzelt darüber, dass er ihm ja noch mal die Nase brechen kann, ehe er anfängt, über die Russen, ein Problem und eine weitere tote Nutte zu reden.

Als ob eine tote Nutte kein Problem wäre ...

Das warme Prickeln in meinem Bauch verwandelt sich in einen Eisregen. Die postkoitale rosa Wolke, die sich über meinen Verstand gelegt hatte, verpufft und die harte Realität stürmt gnadenlos auf mich ein.

Ich bin keine Märchenprinzessin und Knox ist kein edler König, sondern der Präsident eines Motorcycle Clubs - es gibt auch keine sprechenden Frösche, gute Feen oder andere magische Wesen, die dafür sorgen, dass Wunder geschehen.

Das einzige Happy End, das mich an der Seite dieses Rockers erwartet, ist das nach einem harten, schnellen Fick auf einer durchgelegenen Matratze.

So sieht die Realität nun mal aus, es wird Zeit, dass ich das endlich kapiere!

19. Kapitel

Knox

Vertrauen ...

Wenn mir jemand vor ein paar Wochen gesagt hätte, dass ich mal auf das Vertrauen eines Mädchens Wert legen würde, hätte ich ihm wahrscheinlich eine verpasst.

Heute hingegen hat mich Kellys Hingabe eines Besseren belehrt.

Diese Frau hat etwas an sich, das mir unter die Haut geht. Sie fasziniert mich wie noch keine zuvor. Und verdammt! Jetzt, wo ich sie gefickt habe, weiß ich, dass ich sie nie wieder gehen lassen werde.

Das Wissen, dass sie jetzt, in diesem Augenblick, nackt in meinem Bett liegt und schläft, sorgt dafür, dass ich sofort wieder zurück zum Club fahren will.

Genervt zünde ich mir eine Kippe an und mustere Zanes schief stehende Nase.

Die Augen meines Sergeants sind blutunterlaufen, der Schlag, den ich ihm verpasst habe, war heftig. Wenn es um Kelly geht, brennen mir einfach die Sicherungen durch.

„Hey, Bro", Zane sieht zu mir, ich deute auf sein Gesicht, „das tut mir leid. Ich habe überreagiert."

Er zuckt mit den Schultern.

„Kein Thema, Präs, ist nicht das erste Mal, dass sie gebrochen ist, und es wird wahrscheinlich auch nicht das letzte Mal sein. Außerdem bin ich selber schuld. Ich weiß ja, wie du zu Kelly stehst. Hätte mich nicht an sie ranmachen dürfen. Jetzt, wo ich wieder nüchtern bin, kapiere ich, dass ich zu weit gegangen bin. Sorry Boss!"

Wo er recht hat ...

Ungeduldig fahre ich mir mit den Händen durch die Haare und ziehe an ihnen, bis ein scharfer Schmerz durch meinen Kopf zuckt. Diese Warterei geht mir so auf den Sack! Seit etwas über einer Stunde stehen wir jetzt schon hier im Dunkeln und warten auf das Eintreffen von Miodrag.

Dieser Wodka saufende Pisser hat sich einfach zu viel erlaubt.

Während ich Kelly in mein Bett geholt habe, hat er die Zeit genutzt, um sich erneut an einer unserer Huren zu vergreifen. Dieser Pisser will uns treffen, wo es am meisten weh tut. Er lenkt die Aufmerksamkeit des FBIs und der Bullen auf unsere Waffengeschäfte, indem er Handgranaten auf unserem Gelände detonieren lässt und killt unsere

Prostituierten, um so für Angst und Schrecken in unseren Bordellen zu sorgen.

Miodrag will unsere zwei stärksten Einnahmequellen zum Versiegen bringen, den MC so schwächen und uns dann vernichten. Warum? Da kann ich nur Vermutungen anstellen.

Entweder arbeitet er mit Ty zusammen oder aber er hat von dem Vorfall in Duluth gehört und denkt, dass wir nun, wo der Krieg zwischen den Devil's Hangmen und uns eskaliert, geschwächt und angreifbar sind. Aber da hat er sich getäuscht!

Ich werde an diesem Russen ein Exempel statuieren, so dass niemand mehr auf die Idee kommt, dass unser Club ein leichtes Ziel ist.

Miodrag war schon immer scharf auf unser Revier. Er denkt wohl, dass jetzt der Zeitpunkt gekommen ist, es sich unter den Nagel zu reißen.

Sein Plan ist einfach zu durchschauen. Er will uns vernichten und unsere Geschäfte übernehmen, aber das kann er vergessen. Das lasse ich nicht zu!

Vier tote Mädchen sind ein Ärgernis, das wir verkraften können, wenn jedoch noch ein paar dazukommen, wird es hart, den Verlust auszugleichen. Vor allem, weil unsere anderen Girls dann denken, dass wir sie nicht mehr ausreichend beschützen können und zur Konkurrenz überlaufen. Loyalität wird im Rotlichtmilieu nicht gerade großgeschrieben. Das alles gleicht einem Rattenschwanz, und jeder weiß, was einen da erwartet – Scheiße!

Schritte werden laut, sofort hebe ich meine Waffe und ziele auf den sich nähernden Schatten.

„Ich bin's nur, Leute."

Rhett bezieht mit uns am Hauseck Posten. Von hier haben wir beste Sicht auf den Eingang des Casinos, in dem sich Miodrags Hauptbüro befindet.

Das viereckige Gebäude aus Glas und Stahl wird von drei schwer bewaffneten Teams, die aus jeweils zwei Personen bestehen, bewacht.

Wenn mein riskanter Plan aufgeht, wird morgen in der Zeitung stehen, dass in der River Road in Westport letzte Nacht der Anführer der Russenmafia umgebracht wurde.

Im Gegensatz zu Miodrag werde ich nicht sämtliche Aufmerksamkeit auf uns Scorpions ziehen, indem ich sinnlos mit Granaten um mich werfe, sondern ich werde es leise, sauber und effizient erledigen.

Was nützt mir ein lautes *Bumm*, wenn keiner meiner Feinde dabei sein Leben lässt?

Ich will keine Warnung aussprechen und keine Show abziehen, sondern töten!

„Shit, Knox! Willst du das wirklich so durchziehen? Wir sind nur zu dritt und haben keine Chance, diese Nacht zu überleben!"

Genervt werfe ich Zane einen zornigen Blick zu.

„Wenn du dir in die Hose scheißt, dann geh!"

Wütend spuckt er vor mir auf den Boden.

„Denk doch mal logisch, Präs. Wir haben keine Ahnung, wie viele Russen uns da drinnen erwarten."

Lachend boxt Rhett Zane gegen die Schulter.

„Aber das ist es ja gerade, Bro. Wir werden nicht *erwartet*. Niemand rechnet mit uns. Wir müssen einfach einen Russen nach dem anderen ausschalten. Still und leise, so dass unsere Anwesenheit nicht bemerkt wird. Wir arbeiten uns zum Kopf der Schlange vor und hacken ihn ab. Sobald Miodrag tot ist, wird sich uns keiner mehr in den Weg stellen. Seine Männer sind Pussys. Ohne Anführer werden sie sich ergeben und hoffen, dass wir sie verschonen – was wir selbstverständlich nicht tun werden."

Seit Zane in meine Wohnung geplatzt ist und mich über den Tod einer weiteren Hure informiert hat, kocht mein Blut. Natürlich hätte ich auch auf meinen Sergeant-at-Arms hören und über Tage hinweg mein weiteres Vorgehen planen können.

Aber Fuck! Es reicht! Genug ist genug! Ich will nicht reden und denken - ich will zuschlagen, Rache üben und der Welt klarmachen, dass sie sich lieber nicht mit dem Scorpions-Motorcycle-Club anlegen soll.

Die Duluth-Aktion hatten wir akribisch geplant und was hat es uns gebracht? Einen toten Vize.

„Wir müssen leise sein und Küchen meiden, dann könnte diese verrückte Scheiße hier vielleicht funktionieren."

Zane schüttelt ungläubig den Kopf, so als könnte er selbst nicht glauben, dass er das gerade gesagt hat.

„Eleven fehlt. Mit ihm wäre das hier ein Kinderspaziergang. Wir hätten ihn nur vorausschicken und zehn Minuten warten müssen, er hätte das alles im Alleingang erledigt.

Bis zu einem gewissen Grad kann ich Rhett da nur zustimmen.

„Eleven ist alles, aber nicht leise und schon gar nicht unauffällig. Aber genauso müssen wir vorgehen. Miodrag hat viel mehr Männer als wir. Selbst wenn wir mit dem ganzen Club angerückt wären, wären wir ihm zahlenmäßig unterlegen. Und darum müssen wir uns wie Schatten verhalten. Wir müssen ihn und seine Männer umlegen, bevor sie Verstärkung rufen. Wenn sie das tun, sind wir gefickt!"

Die beiden nicken zustimmend.

„Wenn die erste Patrouille ums Eck verschwindet, bleiben uns fünf Minuten, um die Wachen am Eingang auszuschalten und ins Innere des Casinos zu gelangen.“

Das sollte reichen.

Routiniert checke ich das Magazin meiner Nighthawk, schraube den Schalldämpfer fest und schiebe mir ein Minzbonbon in den Mund. Irgendwie erinnert mich das an Kelly und wie ich ihr erklärt habe, wie sie mich mit Zanes Knarre abknallen kann. Doch anstatt mir die wohlverdiente Kugel zu verpassen, hat sie sich drei Wünsche ausgehandelt und ist anschließend in mein Bett gestiegen. Kelly ist die faszinierendste und zugleich komplizierteste Frau, die mir jemals begegnet ist und ich hoffe, dass ich diese Nacht überlebe und mir noch genug Zeit bleibt, um das Rätsel, das sie für mich darstellt, zu lösen. Angespannt beobachte ich, wie die zwei Anzug tragenden Wachmänner aus unserem Sichtfeld verschwinden – unser Zeichen.

In gebückter Haltung und mit entsicherten Waffen rennen wir über die Straße, eilen zum Hintereingang und klopfen, so wie es sich für anständige Gäste gehört, an.

Slawische Worte ertönen durch die Stahltüre, ein Riegel wird zurückgezogen und ein rundes bärtiges Gesicht taucht vor dem meinen auf. Als die ausgewaschenen blauen Augen auf meine Kutte fallen, greift der Russe nach seiner Knarre. Noch bevor er sie von dem Tisch, auf dem sie liegt, nehmen kann, packe ich mir seinen Kopf und drehe ihn mit aller Kraft nach rechts. Ein leises, schmerzerfülltes Keuchen und ein lautes Knacken später liegt er mit gebrochenem Genick vor mir auf dem Boden.

„Das ging leicht.“

Zane hilft mir dabei, die Leiche auf die Seite zu tragen, so dass wir die Türe hinter uns schließen können, ehe die Wachen wieder hier vorbeigehen.

„Wohin mit dem Fettsack?“

Ich sehe mich um und mein Blick fällt auf einen großen Getränkekühlschrank, dessen Front mit roter Coca-Cola-Werbung bedruckt ist.

„Da passt der niemals rein.“

Ich grinse Zane herausfordernd an.

„Wetten doch?“

„Verdammt, Präs! So langsam glaube ich, du entwickelst einen Kühlschrankfetisch ... Okay. Um was willst du wetten?“

Ja, ich wusste doch, dass er dabei ist.

„Wenn er reinpasst, musst du dir das Coke-Zeichen auf den Arsch tätowieren lassen.“
Die Stirn runzelnd sieht er mich ungläubig an.
„Abgemacht. Wenn er nicht passt, bekomm ich einen Kuss von deinem Mädchen.“
What a Fuck! Eher schneide ich ihm die Eier ab, als dass ich zulasse, dass er sich an Kelly ranmacht. An dem belustigten Funkeln in seinen Augen erkenne ich, dass er das ganz genau weiß.
Prüfend sehe ich zu dem Toten, dessen Kopf in einem unnatürlichen Winkel absteht, und dann zu dem Kühlschrank.
Wenn Zane glaubt, dass er gegen mich gewinnt, hat er sich geschnitten.
Ich strecke ihm die geballte Faust entgegen. „Abgemacht!“ Er schlägt mit seiner dagegen und die Wette steht. Rhett, der uns fassungslos beobachtet hat, schüttelt ungläubig den Kopf.
„Ihr zwei seid völlig irre. Das wisst ihr doch, oder?“
Oh ja, das wissen wir ...
Ich öffne die Türe und stelle erleichtert fest, dass der Kühlschrank so gut wie leer ist. Bis auf zwei Flaschen Cola und einer Dose Sprite enthält er nur die gläsernen Einlegeböden. Schnell räume ich die raus, lehne sie hinter einem Tisch verdeckt an die Wand und überlege mir, wie wir den Russen da am besten reinstecken.
„Mit den Füßen zuerst, dann der Rest. So dass er eine Art stehende Position hat.“
Ich stimme Rhett zu und helfe, unser erstes Opfer anzuheben.
„Scheiße, wenn es sein muss, zerstückle ich den Wichser, Hauptsache, Zane trägt ab heute Colawerbung auf dem Arsch.“
Dieser kratzt sich mit dem Mittelfinger an der Augenbraue und zeigt mir so deutlich, was er von meiner Idee hält. Keine zwei Minuten später klopfe ich mir die Hände ab, schiebe einen Stuhl unter den silbernen Griff und sorge so dafür, dass der Kühlschrank geschlossen bleibt.
„Das wäre geschafft.“
Rhett wirkt zufrieden, ich komme nicht gegen das schadenfrohe Grinsen an, das sich auf mein Gesicht legt und Zane, tja, der wirkt plötzlich schlecht gelaunt.
„Mal sehen, was euch Idioten für die restlichen Leichen einfällt.“
Genervt und doch irgendwie belustigt, zieht mein frisch ernannter VP seine Waffe und wartet darauf, dass es weitergeht. Ich sehe mich ein letztes Mal um und stelle zufrieden fest, dass alles unauffällig wirkt.
Sollte jemand hier reinkommen, wird er auf den ersten Blick nicht bemerken, dass hier gerade eine Wache ermordet wurde, außer natürlich er bekommt Durst, dann sieht es schlecht für uns aus.

Meter für Meter arbeiten wir uns weiter vor. Zwei Casinomitarbeiter kommen in unsere Richtung, es gelingt uns gerade noch, Deckung zu suchen, ehe unsere Anwesenheit bemerkt wird.

Da ich aus sicherer Quelle weiß, dass sich Miodrags Büro und sein Hauptsafe, in dem er sein komplettes Vermögen aufbewahrt, im Untergeschoss befinden, schleichen wir die Treppen nach unten, weichen den aufmerksamen Linsen der Sicherheitskameras aus und sehen uns unvermittelt einem weiteren Russen gegenüber. An einem ausgeleierten Ledergurt baumelt an seiner Schulter eine in die Jahre gekommene Kalaschnikow. Bevor er diese ergreifen oder Alarm schlagen kann, zieht Zane seinen Dolch und hält ihn dem Typen an die Kehle.

„Ein Mucks und ich schlitze dich auf.“

Die scharfe Klinge ritzt sich in die Haut, Blut fließt.

Bevor er ihn töten kann, halte ich ihn mit einer Handbewegung davon ab.

„Warte, er ist unsere Eintrittskarte.“

Im ersten Moment sieht er mich verständnislos an, dann nickt er.

„Gute Idee, Präs.“

Rhett, der sofort kapiert hat, was ich vorhabe, stellt sich seitlich neben die gepanzerte Türe des Kontrollraums, so dass ihn die Kamera, die sich über der Türe befindet, nicht erfasst und klopft mit dem Griff seiner Waffe an. Ich bringe die Wache vor dem Spion in Position, so dass die Männer, die sich sicherlich in dem Raum befinden, nur ihren Kollegen sehen, wenn sie prüfen, wer hereinwill.

„Solltest du sie warnen oder einen anderen Trick versuchen, steche ich dir zuerst die Augen aus, ehe ich dich vor deinen Kollegen kastriere. Verstanden?“

Der Wachmann nickt panisch. Gut so. Rhett ist kein Mann der leeren Versprechungen. Wenn er etwas androht – zieht er es auch eiskalt durch.

„Lächle.“

Die Mundwinkel des Russen zucken.

Als die Türe geschlossen bleibt, verstellt Zane seine Stimme und fordert auf Russisch, dass sie sofort aufgemacht werden soll.

„Nemedlenno otkryt'.“

Rhett klopft erneut an. Ein Schlüssel wird herumgedreht, die Türe öffnet sich.

So viel zu Miodrags Sicherheitsvorkehrungen ...

Entweder ist der Wichser so eingebildet, dass er nicht davon ausgeht, dass es jemand wagt, ihn anzugreifen, oder aber er hat seine Männer nicht im Griff. Wie meistens im Leben ist es wohl eine Kombination von vielen Faktoren. Uns erleichtert dieser eklatante Mangel an Arbeitsmoral das Vorankommen ungemein.

Mit einem kraftvollen Tritt sorgt Rhett dafür, dass die Stahltüre komplett aufschwingt, Zane schneidet dem Kalaschnikowträger mit einer schnellen Bewegung die Kehle durch, während ich mich um die zwei überrascht dreinschauenden Idioten kümmere, die uns aus großen Augen anstarren. Fluchend streicht Zane sich die Hände an der Hose ab und steckt den Dolch zurück in die Scheide.

„Was zum Teufel ist hier eigentlich los? Das geht zu leicht! Irgendwie warte ich die ganze Zeit darauf, dass Miodrag mit einer bis an die Zähne bewaffneten Armee ums Eck kommt und uns zuruft, dass das eine Falle ist und dass er uns nur verarscht hat."

Rhett sieht sich nervös um.

„Wenn es so ist, dann lockt er uns erst in eine Küche, ehe er sich zu erkennen gibt."

Zanes Scherz entlockt Rhett nur ein Zungenschnalzen.

„Echt witzig, Bro."

Während sich die beiden anzicken, lasse ich meinen Blick über die zwölf Monitore gleiten, auf denen die verschiedenen Kameras ihre Aufzeichnungen wiedergeben.

Auf dem letzten ist Miodrag zu sehen, wie er an seinem Schreibtisch sitzt und telefoniert. Vor ihm liegt ein großer Gebäudeplan, der mir irgendwoher bekannt vorkommt. Es dauert ein paar Sekunden, bis ich checke, woher.

„Dieser Drecksack!"

Eine Wut, so elektrisierend und allumfassend, wie ich sie nie zuvor verspürt habe, breitet sich wie ein Flächenbrand in mir aus.

„Was ist los, Knox?"

Ich deute auf den Bildschirm. Im Gegensatz zu mir erkennt Zane sofort, womit Miodrag sich beschäftigt.

„Warum hat dieser Wichser einen Plan unseres Clubs vor sich liegen?"

Jetzt wird auch Rhett aufmerksam.

„Keine Ahnung, aber das werden wir gleich herausfinden."

Mit vor Zorn rasendem Puls beuge ich mich zu dem toten Wachmann hinunter und nehme ihm die Keykarte ab, mit der sich die Schlösser in diesem Gebäude entriegeln lassen.

„Die allein wird dir nichts bringen. Für die wichtigen Türen, wie die zu Miodrags Büro, brauchst du auch einen Fingerabdruck."

Genervt sehe ich Zane an.

„Woher weißt du das?"

„Sind dir die Scanner neben den Kartenlesegeräten nicht aufgefallen?"
Verneinend schüttle ich den Kopf.

Fluchend schiebe ich mir die Key Karte in die Hose, ziehe mein Messer und bücke mich erneut.

„Echt jetzt Präs?"

Rhetts Frage strapaziert meine eh schon blank liegenden Nerven.

„Willst du die verdammte Leiche durch das ganze Haus tragen? Ja? Dann nur zu!"

In einer abwehrenden Geste hebt mein Vize die Hände und bedeutet mir so, dass er die Klappe halten wird.

„Dachte ich es mir doch."

Zane, der um einiges kaltblütiger ist als Rhett, reicht mir ein Tuch.

Ohne zu zögern nehme ich es entgegen, schneide den Daumen des Russen ab und wickle ihn so darin ein, dass ich auf dem vor mir liegenden Weg keine verräterische Blutspur hinterlasse.

Ich stecke die nun rot verschmierte Klinge weg, sehe zu Zane und nicke ihm auffordernd zu. In seinen Augen spiegelt sich dieselbe Entschlossenheit, die auch durch meine Adern pulsiert. Es wird Zeit, auf die Jagd zu gehen.

Rhett geht vor und sieht prüfend nach links und rechts.

„Niemand in Sicht", konstatiert er nach ein paar Sekunden.

Perfekt! Dieses Mal machen wir uns nicht die Mühe, die Leichen zu verstecken. Doch das liegt nicht am eklatanten Mangel von Kühlschränken, sondern an der Alles-oder-nichts-Einstellung, die sich langsam aber sicher in uns dreien ausbreitet. Immer mehr Adrenalin überschwemmt meinen Kreislauf, all meine Sinne sind aufs Äußerste geschärft.

Ich bin längst über den Punkt hinaus, an dem ich mir Sorgen über Leben und Tod mache. Ich werde diesen dreckigen Russen töten. Und wenn es das Letzte ist, was ich tue, dann soll es so sein. So oder so - heute Nacht wird eine Entscheidung getroffen. Die Welt ist nicht groß genug für Miodrag und mich. Einer wird dem Sensenmann in die Höllenfeuer der Verdammnis folgen und wenn es nach mir geht, werde nicht ich derjenige sein, der den geschmiedeten Stahl des Sensenblattes an seinem Nacken spüren wird.

Oh ja. Meine Seele gehört längst Mephistopheles und er wird sie bekommen, aber nicht heute Nacht, nicht solange ich einen gottverdammten Engel in meinem Bett liegen habe.

Wir gehen den Flur entlang, ich benutze den Daumen, um durch eine Sicherheitsschleuse zu gelangen, und bleibe erst vor einer prolligen, mit schwarzem Leder bezogenen Türe stehen. Zane zieht seine Augenbrauen nach oben.

„Fuck! Das ist mal wieder das beste Beispiel dafür, dass man sich Stil nicht kaufen kann.“

Lachend sieht Rhett mich an.

„Was denkst du, Präs? Die würde doch perfekt in eines unserer Bordelle passen? Wetten, die ist gut schalldicht?“

Ich weiß schon, warum ich ihn zum König der Nutten ernannt habe.

„Wie wäre es, wenn wir das gleich mal herausfinden?“

Seine Lippen verziehen sich zu einem fiesen Grinsen.

„Gute Idee, Knox. Lass uns herausfinden, wie laut Miodrag schreien muss, bis ihn einer seiner Männer hört.“

Mit einem Nicken gebe ich Zane und Rhett zu verstehen, dass sie einen Schritt zurücktreten sollen, lasse den abgetrennten Finger fallen, entsichere meine Nighthawk und feuere zwei Mal. Der gedämpfte Knall verhallt sofort. Anstatt zu überprüfen, ob der Bolzen durch die Wucht der Projektile gebrochen ist, trete ich die Tür auf bewährte Outlaw-Art einfach ein. Der Absatz meiner schweren Stiefel trifft das Schloss, die Scharniere geben nach, das lederbezogene Holz schwingt auf und gewährt uns so, ohne Widerstand zu leisten, Eintritt.

„Na, das hast du ja toll hinbekommen - jetzt ist die schöne Pufftür zerstört“, sagt Rhett mit gespielter Entrüstung und lässt seinen Arm mit der Waffe nach oben schnellen, als Miodrag erschrocken aus seinem Sessel aufspringt.

„Was zur Hölle habt ihr hier zu suchen?“

Oha ... wie ich diese blöden Fragen hasse.

„Na, was wohl? Wir wollen uns bei dir für die Handgranaten, die toten Nutten und die schick zugerichtete Puppe bedanken.“

Die Gesichtsfarbe des Russen wechselt von Rot auf Weiß, er öffnet den Mund und schließt ihn sofort wieder.

Ich richte den Lauf meiner Waffe auf seine Stirn und muss mich beherrschen, um nicht sofort abzudrücken. Wobei - warum eigentlich nicht? Nur weil ich ihm kein Loch in die Stirn oder in die Brust ballern darf, kann eine Kugel ins Knie nicht schaden.

Mit unbändiger Freude betätige ich den Abzug und genieße den schmerzverzerrten Schrei, der den Bruchteil einer Sekunde später von den Wänden zurückhallt.

„Oh yeah!“ Es hat sich schon lange nicht mehr so gut angefühlt, abzudrücken.

Zane sieht mich neidisch an.

„Darf ich auch mal, Präs?“

Die Lippen verziehend nicke ich.
„Klar, wofür sollte das Arschloch denn sonst zwei Knie haben?“
„Sehr großzügig von dir, Knox. Muss ich dir echt lassen.“
Sein Zeigefinger krümmt sich leicht, Blut spritzt, Knochensplitter sausen wie kleine Geschosse durch die Luft, der Russe schreit.
Mit Genugtuung sehe ich dabei zu, wie mein Feind auf den Boden fällt und sich vor Schmerzen krümmt.
„Ob unsere Girls auch so gelitten haben, als sie von deinen Männern missbraucht und getötet wurden?“
Der ach so mächtige Kopf der russischen Mafia gibt ein gezischtes „Fick dich, Biker!“ von sich, während er sich mit den Händen am Boden abstützt.
Ich bewundere Männer, die sich in den letzten Augenblicken ihrer Existenz nicht in heulende Muschis verwandeln - das tue ich wirklich. Dennoch wäre der Sieg süßer gewesen, wenn Miodrag mich um sein Leben angefleht hätte.
„Zweien wurden die Nippel abgeschnitten.“
Wenn ich daran denke, was dieses perverse Schwein unschuldigen Frauen angetan hat, nur um mir zu schaden, wird mir kotzübel.
„Hmmm ... vielleicht ist das ja in Russland ein Akt der Respektbezeugung?“
Rhett nickt. „Das kann natürlich sein, Präs. Vielleicht sollten wir das auch tun? Wir wollen doch nicht respektlos erscheinen.“
Oh ja ... er wird definitiv ein guter Vizepräsident. Mir ist gerade genau dasselbe durch den Kopf gegangen.
„Willst du? Immerhin hast du kein Knie abbekommen.“
Als Antwort zückt er seinen Dolch und geht auf Miodrag zu. Dieser stößt ein panisches Wimmern aus, die rote Pfütze, die sich unter ihm bildet, wird schnell immer größer.
„Nein nicht! Bitte ... Ich habe eure Nutten nicht angerührt. Das war alles Oleg. Wenn ihr mich am Leben lasst, liefere ich ihn an euch aus.“
Da haben wir die nervige Bettelei.
Rhett zögert, sieht mich kurz an.
„Für mich ist der befehlende König genauso schuldig wie der ausführende Henker.“
Mit einem schnellen Ruck zerschneidet mein VP das lachsfarbene Hemd des Russen, so dass dessen Oberkörper entblößt ist.
Der säuerliche Geruch von Urin erfüllt die Luft. Zane lacht trocken auf.
„Unglaublich, erst greift er uns an, quält kleine Mädchen und dann, wenn es blutig wird und an sein eigenes Fleisch geht, pisst er sich wie ein Baby an. Shit! Die Mafiosi von heute sind auch nicht mehr das, was

sie einst waren. Überhaupt nicht mehr leidensfähig und so weiter. Echt peinlich! Don Vito würde sich, wenn er wüsste, was als seine Nachfolge die Straßen Amerikas unsicher macht, im Grabe umdrehen.“

Rhett schneidet mit der Effizienz eines Killers die erste Brustwarze ab und wirft sie dann achtlos auf den Boden. Der Russe schreit, während sich Rhett zu Zane umdreht.

„Von wem redest du, Alter? Wer ist Don Vito?“

„Du kennst Don Vito nicht? Den Urvater aller Verbrecher? Vito Cascio Ferro war bei der sizilianischen Mafia unter dem Namen ‚Don Vito‘ bekannt, den auch der Protagonist in dem Film *Der Pate* trägt. Dieser Typ gilt als der mächtigste Mafiaboss der Geschichte.“

Rhett sieht mich fassungslos an.

„Scheiße, Knox. Ich glaube unser kleiner Don Zane will gar kein Rocker sein, sondern lieber ein Anzug tragender und Zigarren rauchender Mafiosi.“

Amüsiert setze ich mich in einen der weißen Sessel und zucke mit den Schultern.

„Machst du jetzt mal fertig oder brauchst du die ganze Nacht für zwei Nippel?“

Die Klinge zwischen seinen Fingern kreisen lassend, wendet er sich wieder unserem Opfer zu und schneidet ihm nun auch die zweite Brustwarze ab.

„Erledigt. Zufrieden?“

Ich nicke. Erstaunt darüber, dass nicht längst die Hölle losgebrochen ist, lausche ich der gespenstischen Stille. Bis auf die viel zu schnell kommenden Atemzüge des nun nippellosen Russen ist alles ruhig.

„So langsam beschleicht mich das Gefühl, dass es deine Männer kaum erwarten können, ihren Boss loszuwerden. Oder wie erklärst du dir, dass keine Kavallerie angerannt kommt, die dir den Arsch rettet?“

Miodrag würdigt mich keines Blickes und schweigt. Jetzt, wo er verstümmelt und angeschossen vor mir auf dem Boden liegt, wirkt er gar nicht mehr so mächtig.

„Irgendwie bin ich enttäuscht. Das geht fast zu leicht.“

Ich beobachte, wie er sich mit letzter Kraft zu seinem Schreibtisch zieht, die unterste Schublade öffnet und eine Handgranate rausholt.

Wenigstens zeigt er endlich etwas Kampfgeist.

„Bevor ich dir das Ding so tief in den Rachen stopfe, dass du daran erstickst, magst du mir noch sagen, warum du dich mit den Bauplänen unseres MCs beschäftigst? Oder willst du dieses Geheimnis mit ins Grab nehmen?“

Als ob das sein Stichwort wäre, geht Rhett zum Schreibtisch, rollt besagten Plan zusammen und steckt ihn ein.
„Es spielt keine Rolle, ob ich sterbe. Ihr Scorpions seid so gut wie Geschichte."
Aha! Jetzt sind wir also bei den Drohungen angekommen. Es ist immer dasselbe.
Als Erstes kommt eine Kampfansage, dann wird um das eigene Leben gefleht und zum Schluss werden wüste Drohungen ausgestoßen. Wer hätte gedacht, dass es mich eines Tages langweilt, meine Feinde zu eliminieren.
„Willst du mir noch erläutern, was genau du uns damit sagen willst oder bringen wir dieses traurige Schauspiel zu Ende?"
Endlich ertönen Schritte auf dem Flur, slawische Wörter werden geschrien, vielleicht wird es ja doch noch spannend ...
Zwei junge Kerle, mit den für Russen typisch runden Gesichtern, tauchen auf und senken, als sie sehen, dass ihr Anführer geschlagen auf dem Boden liegt, die Waffen.
Bilde ich es mir nur ein oder wirken sie positiv überrascht?
„Wenn ihr sterben wollt, kommt rein. Wenn nicht, legt die Waffen ab und verpisst euch."
Die beiden tauschen einen kurzen Blick, legen die Sturmgewehre auf den Boden und wenden sich ab, ohne zu zögern.
„Ha ... hahaha ... Scheiße, das ist ja mal so was von geil!"
Rhett hält sich vor Lachen den Bauch. Zane hingegen wirkt zweifelnd.
„Ob das so eine gute Entscheidung war, Knox? Was, wenn die beiden jetzt Verstärkung holen? Dann sind wir gefickt."
Seufzend stütze ich die Hände auf die Lehne, stemme mich hoch und stehe auf.
„Dann lass uns das zu Ende bringen und von hier verschwinden."
Miodrag die Granate abnehmend, werfe ich einen prüfenden Blick auf die Wanduhr.
Von den für diese Aktion veranschlagten vier Stunden haben wir gerade mal die Hälfte gebraucht – Respekt.
„Was meinst ihr? Verpassen wir dem Wichser das Zäpfchen anal oder oral?"
Rhett wackelt anzüglich mit den Augenbrauen, Zane gibt ein würgendes Geräusch von sich. „Warum haben wir den Muschikönig mitgenommen anstatt Eleven?"
„Weil er, also ich", Rhett deutet mit beiden Daumen auf sich, „dein neuer Vize ist, gewöhn dich schon mal daran, meine Befehle auszuführen."

Die beiden Idioten ausblendend, fordere ich Miodrag auf, den Mund zu öffnen, und zerquetsche ihm, als er meinem Befehl nicht umgehend Folge leistet, die zersplitterte Kniescheibe. Ich nutze seinen Schmerzensschrei, um ihm die faustgroße Granate in den Rachen zu stopfen. Der Schalthebel ist so fest zwischen seinem Gaumen und seinem Zungenbein eingeklemmt, dass ich mir sicher bin, dass der Schlagzünder nicht ausgelöst wird. Ich schnappe mir den Ring, ziehe den Splint in einer drehenden Bewegung heraus und spüre, wie ich hart werde. Ja, das ist es. Dieses uneingeschränkte Gefühl von Macht, das ich jedes Mal verspüre, wenn ich töte, pulsiert durch meine Venen und erregt mich maßlos. Miodrag würgt, Spucke rinnt ihm über das Kinn. In seinen Augen spiegelt sich pure Panik – ich habe meine Rache bekommen.

Rhetts „Immer schön schlucken" entlockt Zane ein grunzendes Lachen.

„Der war gut, Bro." Mein Blick fällt auf die leicht offen stehende Türe des Safes, der sich auf der anderen Seite des Büros befindet.

Mal sehen, was sich darin befindet ...

Ich stoße die schwere Stahltüre auf, es kommen unzählige Dollarbündel zum Vorschein.

In einer schwarzen Plastikschale liegen vier große Diamanten, daneben stapeln sich mehrere Goldbarren. An der Prägung erkenne ich, dass es sich dabei um gegossene Valcambi-Feingoldbarren handelt. Jeder 1000 g schwer und geschätzte 40000 Dollar wert.

„Das nenne ich mal eine satte Entschädigung."

Zane stößt einen lauten Pfiff aus.

„Lasst uns das alles einstecken und dann schnell verschwinden, ich traue dem Frieden nicht."

Da geht es Rhett wie mir. Jeder von uns stopft dich die Taschen voll, die Diamanten lasse ich in meine Kippenschachtel rollen, ehe ich mir vier der Barren packe. Hinter uns raschelt es. Ich drehe mich zu Miodrag um und beobachte ihn dabei, wie er versucht, die Granate aus seinem Hals zu ziehen.

Genervt ziehe ich mein Messer, gehe auf ihn zu und sehe auf ihn hinunter.

„Hände auf den Tisch."

Der Russe zögert. Rhett kommt mir zur Hilfe, stellt seinen Fuß auf eine der zerschossenen Kniescheiben und übt etwas Druck aus.

Einen Schmerzensschrei unterdrückend platziert er eilig seine Hände vor mir auf die Tropenholzplatte seines Schreibtischs.

„Geht doch ..."

Die Klinge meines Dolches durch seinen rechten Handrücken stoßend, fixiere ich Miodrag so an Ort und Stelle.

„Kümmere du dich um die Linke, und dann nichts wie weg hier."

Ein lautes Ächzen später ist sichergestellt, dass die Granate da bleibt, wo sie jetzt ist.

Zane verlässt ohne weitere Worte den Raum und prüft den Flur.

„Die Luft ist rein, Abmarsch."

Mein Sergeant ist nervös, ich kann es nachvollziehen.

Rhett folgt Zane, nun bin ich mit dem Russen allein.

Ein letztes Mal drehe ich mich zu meinem ehemaligen Konkurrenten um. Zu schade, dass er keine wirkliche Herausforderung dargestellt hat.

„Jetzt weißt du, was passiert, wenn man sich mit den Scorpions anlegt."

Da ich wohl kaum eine Antwort von ihm bekommen werde, lasse ich ihn mit aufgespießten Händen in seinem eigenen Blut zurück.

Sollte der unwahrscheinliche Fall eintreten, dass er gerettet wird, wird sich das, was wir ihm angetan haben, wie ein Lauffeuer verbreiten. Das Statement ist klar – wer sich mit dem Scorpions-Motorcycle-Club anlegt, verliert.

Doch ich gehe davon aus, dass es nicht mehr lange dauern wird, bis er seinen Kehlkopf entspannt und sich somit in die Luft sprengt. Die Schmach, von uns so zugerichtet worden zu sein, ist für Miodrag zu groß, um damit weiterleben zu können. Ich hoffe nur, dass wir uns, bis er seine Todesangst überwunden hat, nicht mehr im Explosionsradius der Granate befinden.

Zane und Rhett bleiben vor der geschlossenen Panzerglastüre stehen. Ungeduldig sehe ich sie an. „Was ist los?"

Rhett hält die Key Karte in der Hand und deutet mit grimmigem Blick auf das rot beleuchtete Touchfeld.

„Wir brauchen den verfickten Daumen."

Oh Fuck!

Den habe ich, bevor ich die Pufftüre eingetreten habe, fallen gelassen.

„Verflucht, ich dachte, den brauchen wir nicht mehr!"

„Falsch gedacht." Zanes Stimme klingt amüsiert. „Schön, dass unser Präsident auch mal Fehler macht."

Mit den Taschen voller Geld und dem Gold unter dem Arm eile ich zurück und suche den Boden nach dem Finger ab. Es dauert einige Zeit, doch dann finde ich ihn endlich.

„Hab ihn."

Ich hebe ihn auf, renne wieder zurück und drücke die bereits erkaltete Spitze fest gegen den Sensor, so dass dieser die Rillen gut erfassen kann.

Mit einem lauten Piepen wechselt die Kontrollleuchte von Rot auf Grün und die Türe öffnet sich mit einem leisen Surren.

„Endlich. Ich bin nervös, hier stimmt was nicht."

„Seit wann bist du so ein Pessimist?"

Zane macht sich nicht die Mühe, Rhett zu antworten.

Immer zwei Stufen auf einmal nehmend eilen wir die Treppe hoch. Niemand stellt sich uns entgegen, keiner versucht uns aufzuhalten, von den Wachmännern fehlt jede Spur.

„Was wird hier nur gespielt?"

„Wie es scheint, wurde Miodrag von seinen Männern nicht respektiert, sondern nur gefürchtet. Die Tatsache, dass ihm niemand zur Hilfe eilt, bedeutet, dass die Russen es kaum erwarten können, ihren König loszuwerden."

Rhetts Erklärung klingt logisch. Es ist kein Geheimnis, dass Miodrag ein perverses Arschloch ist, das seine Machtposition ausgenutzt hat, um seine Männer zu unterdrücken. Bei Versagen hat er ihnen mit dem Tod gedroht. Erst vor kurzem soll er die Schwester seines Stellvertreters vor dessen Augen vergewaltigt haben, ehe er beide mit einem Kopfschuss hingerichtet hat.

Oben angekommen gehen wir an dem Getränkekühlschrank, in dem sich die Leiche befindet, vorbei. Gerade als Rhett die Türe öffnen will, stellt sich uns ein Russe in den Weg. Sofort lasse ich die Goldbarren fallen, hebe die Waffe und ziele auf seinen Kopf.

„Auf die Seite, Arschloch!"

Anstatt meinem Befehl nachzukommen, zeigt er mir zuerst seine Hände und hebt dann die Aufschläge seines Anzugs an, um mir zu zeigen, dass er unbewaffnet ist.

„Was willst du?"

Er räuspert sich, ehe er mir direkt in die Augen sieht.

„Frieden."

Fuck! Echt jetzt?

Zanes „Will der uns verarschen?", lässt Rhett mit den Schultern zucken.

Der Russe bleibt völlig ruhig und sieht mich einfach weiterhin unverwandt an.

„Wer bist du?"

„Oleg."

Mehr muss er nicht sagen. Dieser Kerl ist Miodrags Schlächter. Alle kennen seinen Namen, aber nur wenige wissen, wie er aussieht, was daran liegt, dass die meisten, die ihm begegnen, das Aufeinandertreffen nicht überleben.

Es dauert einen Moment, bis es auch bei Zane *Klick* macht. Als mein Sergeant jedoch kapiert hat, wer da vor ihm steht, zieht auch er seine Waffe.

„So wie ich die Situation sehe, wird es Zeit für einen Schlussstrich. Ich werde mich auf den Thron setzen und Miodrags Nachfolge antreten. Es liegt nicht in meinem Interesse, mit den Scorpions Krieg zu führen."

Gut zu wissen.

„Sollte einer von deinen Männern auch nur einen Fuß in unser Revier setzen, werden wir ihn vom Sack bis zur Nasenspitze aufschlitzen! Verstanden?"

Rhett spricht ruhig und beherrscht. Wenn man bedenkt, dass der Typ, den er da warnt, die vier Nutten, die unter Rhetts Schutz gestanden haben, auf bestialische Art und Weise umgebracht hat, muss ich ihm seine Selbstbeherrschung hoch anrechnen. Mein Vize hat erkannt, dass jetzt nicht der passende Moment für blinden Hass und blutige Vergeltung ist.

Der Russe nickt und hält mir seine Hand entgegen.

Er weiß, dass es als Präsident an mir liegt, das neue Bündnis zu besiegeln.

Ich sehe kurz zu Rhett, der nickt. Auch Zane wirkt einverstanden.

Die Hand des neuen Anführers ergreifend, lasse ich mich auf einen Waffenstillstand ein. Oleg wirkt zufrieden, er beobachtet mit ausdrucksloser Miene, wie ich die Goldbarren aufhebe und weicht einen Schritt zurück, so dass wir das Casino verlassen können.

Draußen offenbart sich uns, warum wir im Gebäude auf keine Wachen gestoßen sind. Gut drei Dutzend Männer stehen uns plötzlich gegenüber, jeder von ihnen ist bewaffnet. Etwas weiter liegen mehrere Tote auf dem Asphalt. Sie wurden im wahrsten Sinne des Wortes an die Wand gestellt. Machtwechsel haben die unschöne Angewohnheit, blutig vonstattenzugehen. Oleg weiß das, und ich weiß das auch.

Mit rasendem Puls überquere ich an der Seite meiner Brüder den Hof. Oleg folgt uns, es ist kein gutes Gefühl, ihn im Rücken zu haben. Am Straßenrand angekommen bleibe ich stehen und drehe mich zu unserem neuen Verbündeten um. Gerade als ich ihm sagen will, wo er seinen Vorgänger findet, ertönt ein lauter Knall. Die Erde unter unseren Füßen erzittert, die Scheiben des Gebäudes zersplittern und surren wie durchsichtige Geschosse durch die Luft.

„Alle Achtung. Er hat länger durchgehalten, als ich gedacht habe."

Zanes Kommentar überhörend wendet sich Oleg mir zu.

„Ich nehme an, dass damit eine neue Ära zwischen uns beginnt."

Die Mimik des Russen ist völlig ausdruckslos, seine grauen Augen wirken wie tot. Es ist ihm nicht anzusehen, was er wirklich denkt oder fühlt.

„Beachte die Regeln und wir werden keine Probleme haben."

Mit einem Nicken gibt er mir zu verstehen, dass damit alles gesagt ist.

Panische Schreie werden laut, als die Casinobesucher ängstlich aus dem Haus stürmen. Rauch steigt auf, das Warnsignal der Alarmanlage und die Sirene des Feuermelders hallen durch die Nacht. „Ich würde sagen, wir sind hier fertig!"

Da kann ich Rhett nur zustimmen. Ohne einen Blick zurück, überqueren wir die Straße, gehen zu unseren Motorrädern und verstauen das Gold in Rhetts Satteltaschen.

Noch bevor die Polizei eintrifft, verlassen wir den Schauplatz des Verbrechens und machen uns auf den Heimweg.

Miodrag ist Geschichte, das Mafiaproblem ist geklärt und unsere Taschen sind voller Geld. Eine erfolgreiche Nacht.

Das Wissen, dass ein süßer kleiner Engel in meinem Bett liegt und nur darauf wartet, von mir gefickt zu werden, lässt mich beschleunigen.

Heute Nacht werden wir diesen Sieg feiern, wir werden auskosten, dass wir noch am Leben sind, und uns erst morgen mit dem Ärgernis, das die Devil's Hangmen für uns darstellen, beschäftigen.

Ein Schwarm Raben fliegt über unsere Köpfe hinweg, zieht wie ein dunkler Schatten Richtung Süden. Ich sehe ihm nach und spüre, dass die Vögel ein gutes Zeichen sind. Das nächste Mal, wenn wir nach Duluth fahren, wird kein Scorpions-Blut vergossen, da bin ich mir sicher.

20. Kapitel

Kelly

Es ist dunkel, nur der silbern schimmernde Vollmond und die funkelnden Sterne erhellen die schwarze, samten wirkende Fläche des Himmels. Im Club ist es still geworden. Die wilde Party ist zu Ende. Weder höre ich Musik noch irgendwelche Stimmen. Dafür schreien meine Gedanken umso lauter, sie wollen endlich beachtet und sortiert werden. Nackt und reglos sitze ich auf dem kalten Boden in Knox' Wohnzimmer, einzig die Bettdecke, in die ich mich gewickelt habe, schenkt mir etwas Wärme.

Leiurus scheint die Dunkelheit zu genießen. Hin und wieder starrt er mich durch die Scheibe an, so als würde er sich überlegen, wo und wie er mir seinen tödlichen Stachel in die Haut stechen kann. Er und ich werden definitiv keine Freunde ...

Seufzend reibe ich mir über die Stirn, atme tief ein und klopfe mit dem Fingerknöchel meines Zeigefingers gegen das Glas.

„Was soll ich denn nur tun?“

Meine Frage verhallt ungehört, mein Herz zieht sich schmerzhaft zusammen.

Ich habe es tatsächlich gewagt und hatte Sex. Aber ich konnte mir natürlich nicht irgendeinen netten, harmlosen Mann aussuchen, oh nein, ich musste ausgerechnet in das Bett des gefürchteten Präsidenten des Scorpions-Motorcycle-Clubs steigen.

In den vergangenen Jahren habe ich mir oft vorgestellt, wie mein erstes Mal wohl sein wird. Und verdammt, eines muss ich Knox lassen, er hat auf seine düstere, grobe Art all meine Erwartungen übertroffen.

Das, was wir hatten, war kein Kuschelsex, sondern eine gnadenlose Inbesitznahme.

Jeder logisch denkende Mensch würde mir jetzt erklären, dass ein Mann eine Frau nicht besitzen kann - ich weiß es seit ein paar Stunden besser.

Seit Knox sich in mich gestoßen hat, fühle ich mich anders und damit meine ich jetzt nicht das leichte Brennen in meinem Unterleib, sondern das verräterische Ziehen, das sich in meinem Brustkorb ausgebreitet hat.

Noch immer liegt Knox' herber Geschmack auf meinen Lippen, ich spüre seinen Samen tief in mir und bilde mir ein, seine großen Hände noch immer auf meiner Haut fühlen zu können. Ein leichter Schauer lässt mich erbeben.

Ein Teil von mir bereut, dass ich mich auf diesen Deal mit ihm eingelassen habe, ein anderer jedoch würde vor Freude am liebsten im Kreis hüpfen und lauthals in die Welt hinausschreien, dass dieser Scorpion für die nächste Zeit mir – und zwar nur mir - gehört!

Oh mein Gott.

Eine Mischung aus Angst und Freude pulsiert durch meine Venen und macht mich völlig verrückt. Ob meine Entscheidung, mich auf diesen Biker einzulassen, ein Fehler war, wird sich noch früh genug herausstellen.

Der Sex hat mich total aufgewühlt und meine Sehnsüchte wie die Zutaten eines Cocktails kräftig durchgemixt. Ich sehne mich nach Knox' starken Armen, will mich an ihn kuscheln und das Gefühl der Geborgenheit spüren, das sich immer, wenn ich bei ihm bin, tief in meinem Inneren ausbreitet.

Doch anstatt seinen Geruch einzuatmen und meine Lippen auf seine muskulöse Brust zu pinnen, sitze ich alleine in seiner Wohnung und bete zu Gott und allen Mächten, dass er diese Nacht überleben wird. Ich kann verstehen, dass Knox und seine Männer wütend auf Miodrag sind. Immerhin hat er den Club nicht nur mit Handgranaten beworfen, sondern auch eines ihrer Laufhäuser angezündet und mittlerweile mehrere Prostituierte auf grausamste Art und Weise umgebracht. Dennoch denke ich, dass es ein Fehler war, dass er mit nur zwei seiner Männer aufgebrochen ist, um sich an der russischen Mafia zu rächen. Ich meine - jetzt mal ernsthaft - was wollen drei Rocker schon gegen einen Gangsterboss wie Miodrag ausrichten? Selbst der komplette MC wäre nicht stark genug, um sich den Russen gegenüber behaupten zu können.

Vor Sorge zieht sich mein Magen schmerzhaft zusammen. Wenn es dumm läuft, werden Knox und seine Männer heute Nacht sterben und dann hat das, was da heute zwischen ihm und mir seinen Anfang genommen hat, ein schnelles Ende gefunden.

Die Idee mit den drei Wünschen kam spontan und die Erinnerung an Knox' Reaktion auf diese Bedingung sorgt dafür, dass ein unsicheres Lächeln an meinen Lippen zupft.

„Wenn einer dieser Wünsche beinhaltet, dass ich zulasse, dass du dich in Gefahr begibst, oder dich frei lasse, werde ich ihn dir nicht erfüllen."

Das war Rockerromantik pur ...

Die meiste Zeit über wirkt Knox gefühllos und kalt, aber manchmal lässt er die Fassade, die er um sich herum errichtet hat, fallen und erlaubt mir so einen kurzen Blick auf den Mann, der unter der rauen Outlaw-Biker-Fassade steckt.

Was er wohl gerade macht?

Ob er noch lebt?

Sie sind seit Stunden weg.

Es kostet mich einiges an Selbstbeherrschung, dass ich hier ruhig sitze, anstatt mich anzuziehen und mir eines der Autos, die draußen auf dem Hof stehen, schnappe, um ihm zur Hilfe zu eilen.

Aber erstens weiß ich, dass ich es nicht mal vom Gelände schaffen werde - die Wachen haben die Anweisung, mich hierzubehalten, und zweitens, was soll ich bitte gegen einen Mafiaboss ausrichten?

Natürlich ist mir klar, dass die Welt, in der Knox lebt, Mut fordert und dass sie höllisch gefährlich ist, dennoch hoffe ich einfach auf ein Wunder.

Vor vier Jahren habe ich nicht nur meinen Bruder beerdigt, sondern auch den Scorpion, dem damals mein Herz gehört hat, an den Tod verloren. Noch mal will ich das nicht durchmachen müssen.

Mit einem letzten Blick auf Leiurus stehe ich auf, gehe in die Küche und hole mir die Flasche eisgekühlten Wodka aus dem Gefrierfach. Die silberne Dose zieht meinen Blick auf sich, doch das Geld stellt längst keine Versuchung mehr für mich dar.

Alles, was ich will, ist, dass Knox und seine Brüder heil zurückkommen.

Nachdem ich mir mehrere große Schlucke gegönnt habe, beschließe ich zu duschen.

Es fällt mir schwer, einen klaren Gedanken zu fassen, während ich Knox noch immer auf meiner Haut spüren und riechen kann.

Heißes Wasser prasselt auf mich herab, mechanisch seife ich mich ein, wasche mir die Hände und recke mein Gesicht mit geschlossenen Augen in den Strahl.

Wenn es so etwas wie ein Schicksal gibt, dann scheint es mich nicht besonders zu mögen. Anders kann ich mir das Auf und Ab, aus dem mein Leben besteht, nicht erklären.

Gerade als ich aus der gläsernen Duschkabine steige und mich in ein Handtuch einwickle, höre ich, wie die Wohnungstüre geöffnet wird. Dumpfe Schritte werden laut und nähern sich mir. Im ersten Moment denke ich, dass mein Rocker zurück ist, doch dann höre ich, wie etwas zu Bruch geht. Das Klirren von Scherben wird von einem gelallten Fluch begleitet. Die Stimme klingt fremd, ich kenne den Mann, der sich gerade Zutritt verschafft hat, nicht.

Oh Scheiße! Was jetzt?

In der Hoffnung, dass der Eindringling nichts weiter als ein übriggebliebener Partygast ist, der sich verlaufen hat, sehe ich mich hektisch nach etwas das ich als Waffe benutzen kann, um. Doch bis auf eine Bürste und eine Dose Haarspray befinden sich nur Zahnbürsten in meiner Nähe.

Beherzt greife ich nach dem Haarspray und der Bürste und öffne die Türe.

Bis auf das kleine Licht im Flur ist alles dunkel. Plötzlich bereue ich, dass ich nicht mehr Lampen eingeschaltet habe. Mit kleinen Schritten, den Zeigefinger auf dem Sprühkopf und die andere Hand fest um den Griff der Bürste gekrallt, schleiche ich mich barfuß Richtung Wohnzimmer.

Zuerst sehe ich nur einen Schatten, der mitten im Raum steht, dann erkenne ich, wie groß der ungebetene Gast ist.

Verdammter Mist!

Was würde ich jetzt dafür geben, Zanes Waffe noch zu haben.

„Bschhh... bsch..... bsch... wo ist denn das keine Luder, das unseren Präsidenten verhext hat?“

Die genuschelten, undeutlich ausgesprochenen Wörter verraten mir, dass dieser Typ nicht zufällig hier reingestolpert ist, sondern dass er nach mir sucht.

Was jetzt?

Leise schleiche ich mich an ihm vorbei Richtung Haustüre. Ich muss hier raus und Hilfe holen.

Ich weiß, dass Knox mit Rhett und Zane gefahren ist. Also müssen Eleven und Jaxton, die zwei Scorpions, mit denen ich mich bis jetzt am besten verstehe, hoffentlich irgendwo hier in der Nähe sein. Falls nicht, muss ich es einfach bis zu den Wachen am Tor schaffen.

Der Gedanke, nackt und nur mit einem Handtuch durch das Clubhaus zu laufen, gefällt mir nicht, doch was bleibt mir anderes übrig? Wasser rinnt mir aus den feuchten Haaren, tropft mit einem leisen *Plopp* auf den Boden. Ohne den Blick von dem Eindringling abzuwenden, weiche ich etwas zurück und stoße gegen die Wand. Ich spüre, wie der Bilderrahmen an meinem Rücken zu wackeln beginnt und hoffe inständig, dass er nicht fällt – was er natürlich trotzdem tut.

Mit einem lauten Krachen landet der Holzrahmen auf dem Boden, die Scheibe zerspringt und eine der Scherben schneidet mir ins Bein.

Ich zucke zusammen, ignoriere den Schmerz und beobachte, wie das angetrunkene Arschloch auf mich zukommt.

Mit dem Rücken zur Wand hebe ich den Arm.

„Stopp! Bleib sofort stehen oder ich drücke ab.“
Als Erstes lässt er seine Augen über meine nackten Beine gleiten, ehe er auf die Spraydose in meiner Hand schaut und laut zu lachen anfängt.

„Was soll das werden, Bitch? Willst du mir eine neue Frisur verpassen?“

Hätte ich jetzt die Waffe mit dem 25-Schuss-Magazin, die Knox mir abgenommen hat, würde er mich sicherlich nicht auslachen. Er kommt mir noch näher, so dass ich erkenne, dass er keine Kutte trägt, die ihn als Member kennzeichnet.

Entweder hat er sie in seinem Suff ausgezogen, was sehr unwahrscheinlich ist, schließlich lieben die Rocker ihr Leder, oder aber er ist nur ein Hangaround, also ein Freund des Clubs. Solche Freunde helfen bei Bedarf, werden gelegentlich mitgenommen und stehen in loser Verbindung zum Club, ohne Verpflichtungen und logischerweise auch ohne Rechte.

Seine Frage ignorierend hoffe ich, dass er vor Knox mehr Angst hat als vor dem blöden Haarspray.

„Was willst du hier? Wenn Knox erfährt, dass du hier eingedrungen bist und mich belästigst, wird er dir sämtliche Knochen brechen!“

Obwohl ich mir Mühe gebe, meine Stimme laut und selbstsicher klingen zu lassen, höre ich selbst die Panik, die darin mitschwingt.

Der Typ lacht und kratzt sich an der Stirn, während er leicht wankt.

Ich versuche nach links auszuweichen, um etwas mehr Abstand zwischen uns zu bekommen, aber er bemerkt es und folgt mir.

„Oh ja, der Scorpionspräsident wird wütend auf mich sein, aber der der Devils wird mir eine beachtliche Belohnung geben, wenn er erfährt, dass ich dich gekillt habe.“

Es dauert eine Sekunde, bis ich die Bedeutung seiner Worte verstehe.

Das Blut gefriert mir in den Adern.

„Ty? Was hast du mit Ty zu schaffen?“

Sein lautes Lachen hallt durch die Wohnung, die Härchen in meinem Nacken stellen sich warnend auf.

„Die Devils haben eine ordentliche Belohnung ausgesetzt. Der Mann, der dich bei Ty abliefert oder den Nachweis erbringen kann, dass er dich kaltgemacht hat, bekommt 5000 Dollar.“
Ach du heilige Scheiße!
In meinen Kopf überschlagen sich die Möglichkeiten.

Wenn ich die Lage richtig einschätze, dann musste sich dieser Kerl erst mal Mut antrinken, ehe er sich getraut hat, mich zu suchen. Er ist also kein abgebrühter Killer, sondern eher ein Gelegenheitsmörder mit einem finanziellen Engpass.

Mir kommt eine Idee.

„Hör zu. Ich mache dir ein viel besseres Angebot. Wenn du mir nichts tust, bekommst du von mir das Doppelte. Also 10000 Dollar und du musst dir dafür nicht mal die Hände schmutzig machen. Das ist doch viel besser.“

Seine Stirn legt sich in Falten, er denkt kurz nach, dann verziehen sich seine Lippen zu einem schmierigen Grinsen.

„Wo hat eine Muschi wie du so viel Geld her? Hmmm?“

„Wenn du mich lässt, hole ich es dir.“

Er nickt, greift sich in die Hosentasche und zieht ein langes Messer hervor.

Mit rasendem Puls gehe ich voran, schalte das Licht ein und eile in die Küche. Für eine Sekunde spiele ich mit dem Gedanken, mir ebenfalls eine andere Waffe zu nehmen, entscheide mich dann aber dagegen. Dieser Typ ist gut 1,80 Meter groß und wiegt locker hundert Kilo. Zwar besteht er mehr aus Fett als aus Muskeln, dennoch bezweifle ich, dass ich eine Chance hätte, ihn zu überwältigen. Mit zitternden Fingern hole ich die Dose aus der Tiefkühlung und reiche sie ihm. Während der ganzen Zeit habe ich das Haarspray nicht losgelassen, es fühlt sich lächerlich an, doch was soll ich machen?

Mit einem Grunzen klemmt er sich die Dose unter den Arm und dreht den Deckel auf. Kaum das er die vielen Dollarscheine sieht, stößt er einen lauten Pfiff aus.

Als er nichts sagt, sondern sich nur gierig die Lippen leckt, erreicht meine Nervosität einen neuen Höhepunkt.

„Du hast das Geld und lässt mich in Ruhe. Abgemacht?“

Anstatt mir zu antworten nimmt er sich das Bündel Dollarscheine, steckt es sich in die Tasche und kommt auf mich zu.

„Warum sich mit 10000 zufriedengeben, wenn man auch 15000 haben kann?“

Mir wird klar, dass mein Plan nicht funktioniert hat. Das aufgedunsene Gesicht des Mannes wird von einem langen Bart bedeckt. Fettige braune Haare, schmale Lippen und ausdruckslose grüne Augen sorgen dafür, dass er perfekt in das Bild eines versoffenen Kriminellen mit geringer Erfolgsquote passt.

Nicht bereit, mich von diesem Arschloch einfach so abstechen zu lassen, kratze ich all meinen Mut zusammen, reiße den Arm hoch, ziele auf sein Gesicht und drücke ab.

Gott, was würde ich dafür tun, jetzt eine Schusswaffe in der Hand zu halten, doch statt einer tödlichen Kugel verpasse ich dem Söldner eine ordentliche Portion Haarspray. Schreiend kneift er die Augen zusammen und stolpert zurück.

Oh ja, ich weiß aus Erfahrung, dass das höllisch in den Augen brennt.

Ich nutze die Gelegenheit und laufe los. Ich renne durch das Wohnzimmer, den Flur entlang bis zur offen stehenden Türe.

Vor Angst schlägt mir das Herz bis zum Hals. Ich höre, wie er mir fluchend folgt, und versuche zu schreien, bekomme aber nur ein Krächzen zustande. Gerade als ich das Treppenhaus erreicht habe, lässt mich ein stechender Schmerz aufschreien.

Die Klinge seines Messers trifft mich am Arm und schneidet sich ihren Weg bis zu meinem Ellenbogen.

Blut sprudelt nur so hervor, tropft auf den Boden und bedeckt das mittlerweile schief hängende Handtuch und meine Beine.

„Hab ich dich, Bitch!"

Seine Worte klingen klarer, das Lallen wird weniger.

Mit einem kraftvollen Stoß zwischen die Schulterblätter befördert er mich zu Boden. Ich schlage hart auf, noch mehr Schmerz! Vor meinen Augen tanzen schwarze Punkte, ich versuche mich aufzurappeln, das Tuch löst sich, so dass ich nun nackt bin.

„Wenn ich jetzt nur ein Handy dabeihätte. Das wäre ein geiles Video. Nackt, voller Blut und von Todesangst erfüllt. Ty würde mir bestimmt einen fetten Bonus drauflegen."

Meine Kehle schnürt sich zusammen, jeder Atemzug ist ein Kampf, der gewonnen werden will.

„Das mag sein, aber Knox wird das nicht tun, er wird dich suchen, dich jagen und dir dafür das Genick brechen."

Keine Ahnung, ob er das wirklich tun wird. Aber was bleibt mir im Moment anderes übrig, als Drohungen auszusprechen?

Den Kopf leicht schief legend reibt er sich mit der Hand über die rot verquollenen Augen.

„Wird er das, ja? Wo ist denn dein toller Beschützer jetzt? Nicht da, stimmt's? Du bist nur eine Pussy, eine Bitch von vielen. Warum sollte sich der Präsident der Scorpions wegen dir die Hände schmutzig machen?"

Mir will keine Antwort einfallen. Die Klinge zwischen seinen Fingern drehend sieht er auf mich herab.

„Lass uns das zu Ende bringen, damit ich mir meine Belohnung abholen kann."

Vor Verzweiflung wie gelähmt schüttle ich heftig den Kopf.

„Nein, nein bitte. Bitte tu das nicht!"

Flehend, schluchzend und vor Angst wie gelähmt sehe ich dabei zu, wie er sich zu mir nach unten beugt, mir immer näher kommt. Er stinkt nach Bier, Zigaretten und Schweiß.

Das Messer kommt meiner Kehle immer näher, ich lege mich so flach wie möglich auf den Boden, trete zugleich nach ihm und schreie so laut ich kann nach Hilfe.

Der kalte Stahl drückt sich gegen meine Haut, ritzt sie ein – gleich ist es vorbei ...

Zitternd sehe ich meinem Mörder in die Augen, und hoffe, dass es nicht allzu sehr schmerzen und dass es schnell gehen wird.

Man hört immer wieder, dass einem kurz vor dem Tod Erinnerungen gleich einem Film im Schnelldurchlauf durch den Kopf rasen, bei mir ist das nicht der Fall.

Alles, woran ich denke, sind Knox' quecksilberfarbene Augen, der Klang seiner dunklen, rauen Stimme und die drei Wünsche, die ich nun nicht mehr äußern kann.

Es hätte so viel sein können ... Es wäre so viel möglich gewesen ... Jetzt ist es vorbei.

Einfach so. Ich liege nackt und blutend auf dem dreckigen Fliesenboden des Scorpions-Motorcycle-Clubs und das Letzte, was ich wahrnehme, ist der widerliche Körpergeruch dieses Arschlochs. Was für eine erbärmliche Art zu sterben!

„Bitte ..."

Auch mein letztes Flehen verhallt ungehört und gerade, als ich versuche, die Unausweichlichkeit meines Todes zu akzeptieren, ertönt ein wilder, lauter Schrei.

„Dafür wirst du leiden, Loco!"

Elevens Stimme dröhnt durch den Club, eine Sekunde später ist nicht nur die Klinge von meinem Hals, sondern auch der Angreifer aus meinem Sichtfeld verschwunden.

Wie erstarrt bleibe ich liegen und beobachte, wie Eleven plötzlich über mir auftaucht. Seine Augen glühen und seine Nasenflügel sind gebläht. Reine, unverfälschte Aggressivität geht in Wellen von ihm aus. Neben ihm sieht der Messermann aus wie ein unschuldiges Kätzchen. Das ist er, der Unterschied zwischen einem primitiven Kriminellen und einem echten Outlaw-Biker. Eleven sieht kurz nach dem Schnitt an meinem Hals, erst als er sich sicher ist, dass ich nicht lebensgefährlich verletzt bin, steigt er einfach über mich drüber und widmet seine Aufmerksamkeit dem Arschloch, das mir vor wenigen Augenblicken die Kehle durchschneiden wollte.

Das unverkennbare Geräusch von auf Fleisch treffenden Fäusten vermischt sich mit Elevens lauten Atemzügen. Wieder und wieder landet seine Faust in dem Gesicht des nun am Boden liegenden Kerls. Das Messer liegt unbeachtet neben den Männern.

Erst als der Kiefer des Angreifers völlig verschoben, die Nase Matsch und ein Auge zugeschwollen ist, stoppt Eleven seine Schläge. Er richtet sich auf und wischt einen Großteil des Blutes, das seine Finger bedeckt, an seiner Hose ab.

Mit zitternden Knien rapple ich mich nun ganz auf, so dass ich stehe.

Meine Beine können mich kaum tragen, ich lehne mich an die Wand und schmecke etwas Salziges. Ich habe gar nicht mitbekommen, dass ich angefangen habe zu weinen.

Der Scorpion dreht sich zu mir um und mustert mich mit einem undurchdringlichen Blick. Mir ist nur allzu bewusst, dass ich völlig nackt bin.

„Was hat dir diese Drecksau angetan, Tinker?“

Ich will was sagen, öffne den Mund und bringe kein einziges Wort heraus.

Mit der Situation völlig überfordert starre ich auf die vielen 500-Dollar-Scheine, die überall verteilt sind. Manche von ihnen sind rot eingefärbt. Keine Ahnung, ob von meinem oder ob von dem Blut des Mannes, der meinen Tod wollte.

Eleven kapiert, dass er von mir wohl keine Antwort bekommen wird, stößt ein dunkles Knurren aus, das mich an einen wilden Wolf erinnert und schüttelt den Kopf.

Angewidert spuckt er auf den Boden und sieht zu meinem, nun überhaupt nicht mehr gefährliche wirkenden Angreifer.

Unglaublich, wie schnell sich das Blatt wenden kann.

„Fuck! Was sollte diese Scheiße, Loco? Dir ist klar, dass ich dich jetzt töten muss?!“Also heißt der Hangaround, der die 5000 Dollar kassieren wollte, Loco. Was für ein blöder Name.

Ich bin keine Ärztin, aber so wie es aussieht, ist Locos Kiefer gebrochen, so dass er, selbst wenn er wollte, keine Antworten mehr geben kann.

„Er wollte es für Ty tun.“

Mein Flüstern ist leise, doch Eleven hört mich.

„Für den Präsidenten der Devil's Hangmen?“

Ich nicke.

„Warum?“

„Ty hat demjenigen, der mich umbringt oder in Duluth abliefert, 5000 Dollar versprochen.“

Falls überhaupt möglich, verfinstert sich Elevens Miene noch mehr. Jetzt wirkt er wie der Leibhaftige höchstpersönlich. Obwohl ich weiß, dass sich seine Wut nicht gegen mich richtet, schleicht sich erneut eiskalte Angst an meiner Wirbelsäule nach oben. Legt sich um mein Herz und quetscht es so fest zusammen, dass meine Beine nachgeben und ich völlig entkräftet auf den Boden sinke.

Sein „Heilige Scheiße!“ klingt ungläubig. Für einen Moment starrt Eleven Loco eindringlich an, dann schüttelt er seine Überraschung ab, zuckt mit den Schultern und zieht das Butterfly-Messer, das er immer bei sich trägt, aus seiner Tasche. So als ob nichts Besonderes dabei wäre, diesen Mann umzubringen. Wenn ich bedenke, was ich bereits alles über Eleven gehört habe und wie er zu seinem Clubnamen gekommen ist, dann ist für ihn das Töten eines Menschen genauso alltäglich wie das Zähneputzen oder das Abendessen.

„Du warst lang genug ein Teil dieses Clubs. Du weißt, was wir mit Ratten und Verrätern machen.“

Entsetzen macht sich auf dem Gesicht des Verprügelten breit. Ein klares Anzeichen dafür, dass er die Antwort kennt.

Bevor Eleven mit was auch immer anfängt, dreht er sich zu mir um.

„Das wird eine ziemliche Sauerei. Du solltest da nicht zusehen, Mädchen. Geh ins Bett - du bist nackt, es ist kalt und du zitterst. Sobald ich hier fertig bin, komme ich und sehe nach dir.“

Ich weiß, dass er recht hat, dennoch schüttle ich energisch den Kopf.

„Nein. Ich bleibe.“

Mit der Zunge schnalzend sieht er mich fragend an.

„Sicher? Ich werde auf deine empfindliche Frauenseele keine Rücksicht nehmen.“

Na wunderbar!

Obwohl ich mir alles andere als sicher bin, bleibe ich stur sitzen.

„Also schön, kleine Tinker Bell, du hast es so gewollt.“

Der Rocker, der mich wie eine Disneyfee nennt, wendet sich wieder seinem Opfer zu und stößt ein lustvolles Stöhnen aus.

Gott ist das krank ...

Er setzt die Spitze des Messers auf Locos Stirn an und lässt sie über dessen komplettes Gesicht gleiten. Eine dünne rote Spur windet sich wie eine Schlange um sein Auge, an der Schläfe hinab bis hin zu seiner Kehle.

Die Spannung, die mich fest im Griff hat, erreicht einen neuen Höhepunkt. Ich will wegsehen, die Gewalt und die Brutalität, die da vor mir stattfinden, ausblenden, doch ich kann nicht. Ich bin von all dem viel zu gefesselt. Eleven wirkt entspannt, fast so als würde es ihn beruhigen, anderen Menschen Qualen zuzufügen.

Unter normalen Umständen bräuchte jemand wie er eine psychiatrische Behandlung und viele bunte Pillen, doch was ist hier im Club schon normal?

Davon abgesehen habe ich nicht das Recht, ihn zu verurteilen. Ja, er tickt anders, aber er hat mir das Leben gerettet. Dieser Scorpion hat nicht gezögert, nicht an seine eigene Sicherheit gedacht, sondern gehandelt. Und dafür werde ich ihm ewig dankbar sein.

Ein seltsames Geräusch ertönt, es dauert einen Moment, bis ich kapiere, dass es von meinen aufeinanderschlagenden Zähnen kommt.

„Schnell oder langsam? Wie willst du es, Kelly?"

Loco, der kurz davor ist, das Bewusstsein zu verlieren, hat längst aufgehört sich zu wehren.

Was in drei Teufels Namen soll ich darauf antworten?

Mein Hirn ist offline, es hat beschlossen, dass es sich mit dieser Katastrophe hier nicht auseinandersetzen will. Also anstatt logisch zu reagieren, spreche ich aus, was mir als Erstes durch den Kopf geht.

„Kannst du möglichst wenig Sauerei machen? Ich meine ... dieses ganze Blut ... das ist echt nicht schön."

Über meine Antwort verwundert steht er auf und lässt das Messer fallen.

„Ihr Frauen seid schon seltsame Geschöpfe."

Noch während er das sagt, umfasst er Locos Kopf und dreht ihn mit einem kraftvollen Ruck nach rechts. Das Genick bricht knackend, mein Magen stülpt sich um und ich übergebe mich direkt neben mir auf die Fliesen.

„Ach Scheiße, aber ich soll keine Sauerei machen!"

Mein Blick fällt auf die nun starren Augen des toten Hangarounds, während ich ein leises „sorry" nuschle.

„Komm schon, Kelly, hoch mit dir!"

Eleven kommt auf mich zu, noch bevor er mich an der Schulter packen und mir beim Aufstehen behilflich sein kann, ertönt ein lauter, extrem wütend ausgestoßener Fluch. Die dunkle Stimme, die gleich einem Donner durch das Clubhaus dröhnt, lässt mich erleichtert aufseufzen. *Er ist zurück ...*

„What a fuck! Was zur Hölle läuft hier?"

Die Erleichterung, dass Knox nichts passiert ist, lässt mich erneut anfangen zu weinen.

Schniefend sehe ich zu ihm hoch und zucke zusammen.

Der Rocker, der da vor mir steht, sieht zwar aus wie Knox, wirkt aber eher wie ein Dämon, der gleich alles und jeden in seiner Nähe umbringen wird.

Seine Augen muten schwarz an, auf seiner Stirn zeichnet sich eine dicke Ader ab, während die Sehnen an seinem Hals deutlich hervortreten.

Knox wird von Zane und Rhett flankiert, die Eleven auffordernd ansehen.

„Mag uns einer erklären, was während unserer Abwesenheit passiert ist?“

Während Rhett noch einigermaßen gefasst wirkt, sieht Knox so aus, als würde er gleich explodieren. Eleven zieht seine Hände zurück, weicht einige Schritte zurück und zündet sich eine Zigarette an.

Mit seiner Stiefelspitze verpasst er der am Boden liegenden Leiche einen Tritt. Noch bevor Eleven zu sprechen ansetzen kann, geht Knox vor mir in die Hocke, zieht sich seine Kutte aus und bedeckt damit meine Blöße. Das warme Leder, das Knox' Geruch an sich haften hat, hilft meinem außer Kontrolle geratenen Herzschlag, sich wieder etwas zu beruhigen.

Knox' warme Finger streichen über die Schnittwunde an meiner Kehle, falls überhaupt möglich, wird seine Mimik noch etwas finsterer.

Ich kann mir durchaus vorstellen, wie ich aussehen muss. Nackt, blutverschmiert - wie die Hauptdarstellerin in einem zweitklassigen Horrorfilm.

„Was ist passiert, Baby?“

Ich will ihm so vieles sagen, ihn so vieles fragen und ihn anflehen, mich ganz fest in die Arme zu nehmen, doch bis auf ein leises Schluchzen verlässt nichts meinen Mund.

Unglaublich sanft, so als ob er befürchten würde, dass ich auseinanderbreche, umfasst er mein Gesicht und haucht mir einen federleichten Kuss auf die Stirn.

„*Schhhh ...,* beruhig dich, Kleines. Ich bin jetzt hier, ich bin da und ich beschütze dich.“

Seine Worte sickern langsam zu mir durch, seine liebevolle Zärtlichkeit lullt mich ein. Es ist Knox deutlich anzusehen, dass er kurz davor steht zu explodieren, doch für mich beherrscht er sich.

„Was ist hier vorgefallen, Bro? Was, verfickte Scheiße, hast du getan?“

Rhetts Stimme ist mit Vorwürfen überladen. Das hat Eleven nicht verdient.

Bevor er sich rechtfertigen kann, schlucke ich meine Angst hinunter und zwinge mich dazu, den Schock zu überwinden.

„Eleven hat mich gerettet. Ohne ihn wäre ich jetzt tot!“

Etwas, das nach Erleichterung aussieht, huscht über Knox' Gesichtszüge.

Kann es sein, dass er gedacht hat, dass Eleven Amok gelaufen ist?

„Sag mir, was passiert ist."

Seine Stimme klingt befehlsgewohnt und emotionslos, doch das Glühen in seinen Augen verrät mir, dass er nicht annähernd so kontrolliert ist, wie es den Anschein hat.

„Ty hat ein Kopfgeld auf mich ausgesetzt. Derjenige, der mich tötet oder nach Duluth bringt, bekommt 5000 Dollar. Loco konnte dem Ruf des Geldes nicht widerstehen. Wenn Eleven nicht eingeschritten wäre, dann ..."

Je öfter ich das laut ausspreche, umso unglaublicher finde ich es.

Wenn mein Bruder wüsste, was sein ehemals bester Freund gerade macht, würde er von den Toten auferstehen und Ty höchst persönlich abknallen. Knox' Nasenlöcher blähen sich, eine Gänsehaut überzieht meine Arme.

„Magst du mir sagen, was noch passiert ist?"

Er hat die Stimme gesenkt. Seine Lippen wirken hart, so als wären sie aus Stein gemeißelt. Irgendwie kapiere ich nicht, worauf er hinaus will.

„Was meinst du?"

„Du bist eine Frau und du bist nackt. Hat er dich vergewaltigt?"

Seine Frage ist mir irgendwie peinlich. Unsicher sehe ich zu Rhett und Zane, ehe ich versuche aufzustehen.

„Kelly??"

Knox sieht mir tief in die Augen, so als könnte er die Antwort auf seine Frage in meinem Inneren ablesen.

„Nein, hat er nicht."

Das Seufzen, das er von sich gibt, drückt eine grenzenlose Erleichterung aus.

„Gut so. Menschen haben die dumme Angewohnheit, dass man sie nur einmal töten kann. Und dieses Vergnügen hat sich ja schon Eleven gesichert."

„War kein Vergnügen, Präs. Dein Mädchen wollte, dass ich keine Sauerei mache."

In Knox' Brustkorb rumpelt ein raues Lachen.

„Trotzdem danke ich dir, Bruder, du hast mein Eigentum beschützt. Hast was gut bei mir."

Eigentum? Echt jetzt? Macho!

Endlich hilft Knox mir, hebt mich hoch und presst mich besitzergreifend an seinen Oberkörper. Ich zupfe seine Kutte zurecht, so dass ich vom Hals bis zu den Knien von seinem Leder bedeckt werde, lehne mich an ihn und erlaube mir, mich etwas zu entspannen.

Rhett mustert mich besorgt, während sich Zane um das Handy des Toten kümmert, das in dessen Hosentasche vibriert.

Nach einem kurzen Blick auf das Display ziehen sich seine Augenbrauen bedrohlich zusammen.

„Dreimal dürft ihr raten, wer da gerade versucht, Loco anzurufen."

„Ty."

Mein Flüstern sorgt dafür, dass sich die vier Rocker zu mir umdrehen.

Knox wirft Zane einen fragenden Blick zu.

„Aye, so sieht es aus. Kelly hat recht. Er will sicher wissen, ob Loco sie getötet hat."

Ein Zittern durchläuft den Präsidenten der Scorpions. Wenn Ty jetzt hier wäre, würde Knox ihn mit Sicherheit zerfetzen. Um zu verhindern, dass mein Rocker auf blöde Ideen kommt, wie zum Beispiel auf der Stelle zu den Devil's Hangmen zu fahren, streiche ihm über das stachelige Kinn und lenke so seine Aufmerksamkeit auf mich. Mit geblähten Nasenflügeln und vor Anspannung zuckenden Muskeln sieht er zu mir herab.

„Ty ist nicht hier und ich bin in Sicherheit. Es wird der Tag kommen, an dem ihr diesen Bastard für das, was er getan hat, leiden lassen werdet. Aber jetzt brauchen wir beide eine heiße Dusche und ein Bett."

Knox schüttelt den Kopf, doch Rhett stimmt mir zu.

„Die Nacht war lang und blutig. Draußen wird es schon hell. Lasst uns die Leiche hier wegschaffen und Schluss machen."

Zane, der das mittlerweile verstummte Mobiltelefon einsteckt, streckt sich mit gequälter Miene. „Also, ich weiß ja nicht, wie es euch geht, aber mir reicht's, ich brauche jetzt ein kaltes Bier oder am besten ein Glas Whisky und dann ein paar Stunden Schlaf."

Widerwillig stimmt Knox zu, trägt mich ins Schlafzimmer und setzt mich vorsichtig ab.

„Kann ich dich kurz allein lassen?"

Da ich weiß, dass er sich schnell um den Toten im Flur kümmern will, nicke ich.

Kaum dass er mich alleine gelassen hat, überkommt mich das große Zittern.

Nach und nach wird mir bewusst, wie verflucht knapp das heute für mich war. Wenn Eleven nur eine Minute später gekommen wäre, dann würde ich jetzt nicht mehr leben.

Eine ausgewachsene Panikattacke will sich meiner bemächtigen, doch ich kämpfe gegen sie an. Entschlossen, jetzt nicht die Nerven zu verlieren, streiche ich mit den Fingern über die abgewetzte Kutte, betrachte die verschiedenen Patches und lege sie schlussendlich neben mir aufs Bett.

Ich muss mir das Blut von der Haut waschen, den Schnitt an meinem Arm versorgen und dann will ich einfach nur schlafen. Am liebsten einen einhundert Jahre langen Dornröschenschlaf. Zum zweiten Mal in dieser Nacht steige ich in die gläserne Kabine, stelle das Wasser an und wasche mir Blut, Tränen und den ganzen Dreck von der Haut.

Die Seife brennt in der Schnittwunde an meinem Arm. Vorsichtig taste ich sie ab und komme zu dem Ergebnis, dass sie zwar lang, jedoch nicht so tief ist, dass sie genäht werden muss.

Gerade als ich das Wasser ausstellen will, steigt Knox zu mir unter den heißen Wasserstrahl. Ohne ein Wort zu sagen, schlingt er mir die Arme um die Mitte und zieht mich fest zu sich heran. So bleiben wir stehen und genießen die Nähe des anderen.

„Wenn er dich angefasst oder getötet hätte, wäre meine Welt wieder schwarz geworden."

Seine gewisperten Worte sind so leise, dass ich sie kaum verstehe. Ich hebe den Kopf und sehe ihn an. Der Totenkopf an seiner Kehle beobachtet mich mit seinen roten Augen, so als würde er über mich wachen.

„Schwarz? Was meinst du damit?"

„Du hast Licht und Farbe in meine Welt gebracht. Du rückst mir den Kopf zurecht, zögerst nicht, mir zu widersprechen, und forderst mich immer wieder aufs Neue heraus. Du bist meine Sonne, bevor ich dir begegnet bin, war alles um mich herum dunkle Nacht."

Oh wow ...

Da ich absolut nicht weiß, was ich darauf antworten soll, stelle ich mich auf die Zehenspitzen, lege ihm meine Hände auf die Schultern und drücke ihm einen Kuss auf die Lippen.

Anstatt über meinen Mund herzufallen, wie ich es eigentlich erwarte, löst er sich von mir und streift mit seiner Nasenspitze über meine Stirn.

„Wie fühlst du dich?"

„Frisch entjungfert und halb getötet."

Es sollte leicht und ironisch klingen, so dass Knox sich nicht mehr so viele Sorgen um mich macht, aber es hört sich doch ziemlich krass an.

„Fuck! Verzeih mir, Baby."

„Was soll ich dir verzeihen, Scorpion? Dass du mir meine Unschuld geraubt hast?"

„Nein, dass ich nicht da war, um auf dich aufzupassen. *Ich* hätte dich vor Loco beschützen müssen, nicht Eleven."

Unendlich viel Bitterkeit zeichnet sich auf seinem markanten Gesicht ab.

Er schaltet das Wasser aus, verlässt die Dusche und trocknet sich ab. Anschließend hält er mir ein großes Badetuch hin, in das er mich einwickelt, ehe er mich hochhebt und zurück ins Schlafzimmer bringt.

„Es wäre toll, wenn du mir eine Waffe geben könntest. Das nächste Mal will ich mich nicht mit Haarspray verteidigen müssen."

Kurz vor dem Bett bleibt er stehen. „Haarspray?" Seine Stirn runzelt sich.

„Ja, ich bin gerade aus der Dusche gestiegen, als ich gehört habe, dass jemand in die Wohnung gekommen ist. Erst dachte ich schon, du bist zurück, aber dann wurde mir klar, dass es jemand anderes war und da habe ich mir das Spray und die Bürste geschnappt. Keine besonders effektiven Mittel zur Abwehr von mit Messern bewaffneten Psychopathen."

Knox sieht mich ungläubig an.

„Es tut mir leid, ich werde mir angewöhnen, die Türe abzuschließen. Und ja, du bekommst eine Waffe, aber nur, wenn du mir versprichst, sie auch zu benutzen. Ich erinnere mich noch gut daran, wie du mich mit einer bedroht hast, das war nicht besonders effizient."

Es war ja klar, dass er wieder damit anfängt.

„Echt jetzt? Du machst mir einen Vorwurf, weil ich dich nicht erschossen habe?"

„Nein ... Von mir aus knallst du zwanzig Typen, die dir zu nahe kommen, ab, Hauptsache du zögerst nicht. Die Leichen lasse ich verschwinden, das ist eine meiner leichtesten Übungen. Deine Sicherheit steht für mich an erster Stelle. Verstanden?"

Und da haben wir sie wieder, meine heißgeliebte Rockerromantik.

„Verstanden."

Knox wirkt zufrieden, legt mich auf das Bett und geht zu seiner Kommode. Mit einer schwarzen viereckigen Tasche kommt er zurück zu mir.

„Zeig mir deine Verletzungen."

Ich ziehe den Arm aus dem Handtuch hervor.

Aus zusammengekniffenen Augen betrachtet er den Schnitt.

„Er muss nicht genäht werden, wird aber wahrscheinlich eine Narbe hinterlassen."

Nachdem er die Wunde desinfiziert hat, cremt er sie ein und wickelt einen weißen Verband darum.

„Jetzt zeig mir deinen Hals."

Wieder tue ich, was er will, beobachte, wie er die Zähne so fest aufeinanderbeißt, dass es knackt.

„Verfluchte Scheiße! Dieser Wichser ist dir viel zu nah gekommen.“

„Ich sag ja, ich brauche eine Waffe.“

Das kühle Desinfektionsspray brennt leicht, ich zucke zusammen und versuche tapfer zu sein.

„Das ist doch alles Bullshit, Baby. Ich habe dich in meinen Club gebracht, damit du in Sicherheit bist und Ty dir nichts mehr antun kann. Das mit Loco hätte nicht passieren dürfen. Ich bin der Präsident dieses MCs, ich habe diesem Wichser erlaubt, bei den Scorpions abzuhängen, und wie hat er es mir gedankt? Fuck ...“

Um ihn zu beruhigen, lege ich Knox meine Hand auf die Schulter und drücke sie leicht.

„Ich habe mich noch gar nicht bei Eleven bedankt.“

Er stößt ein Schnauben aus.

„Das musst du auch nicht, Süße. Es war selbstverständlich für ihn, dich zu verteidigen.“

Wahrscheinlich hat er damit recht, dennoch möchte ich es tun.

„Na ja ein kleines Danke-Küsschen bekommt er trotzdem von mir.“

Gerade sitzt Knox noch einigermaßen ruhig neben mir, in der nächsten Sekunde steht er vor mir und sieht bedrohlich auf mich herab.

„Einen Scheißdreck wirst du einen anderen Mann küssen. Wenn du nicht willst, dass ich Eleven sämtliche Knochen breche, wirst du das schön lassen.“

Oh oh ... Da habe ich Knox’ Eifersucht wohl unterschätzt.

„Reg dich bitte ab, Scorpion. Er hat mir das Leben gerettet, ich finde, ein einfacher Händedruck ist da etwas zu wenig.“

Sein gemurrtes: „Lass das mal meine Sorge sein, ich kümmere mich darum!“, amüsiert mich. Wer hätte gedacht, dass Knox wegen eines Kusses so ausflippt.

Nachdem er mich fertig verarztet hat, räumt er die Erste-Hilfe-Utensilien wieder zurück in die Tasche und klappt die Bettdecke auf.

„Ab mit dir.“

Er deutet mit der Hand auf die Matratze und ich komme seiner Anweisung nur zu gerne nach. Jetzt, wo die Aufregung nachlässt, spüre ich erst, wie k. o. ich bin. Mein Rocker deckt mich zu und legt sich neben mich. Instinktiv taste ich mit meiner Hand nach der seinen und verflechte unsere Finger miteinander.

Obwohl ich schrecklich müde bin, hält mich meine Neugierde wach.

„Magst du mir sagen, wie es in Westport gelaufen ist?“

Seine Lippen verziehen sich zu einem fiesen Grinsen.

„Die Sache ist erledigt."
Was für eine unbefriedigende Antwort!
„Geht es auch genauer? Ich meine, habt ihr euch einigen können oder hast du Miodrag getötet?"
Knox drückt meine Hand.
„Ich habe ihn seine eigene Medizin schlucken lassen."
Irgendwie verstehe ich nur Bahnhof.
„Also ist er tot?"
Knock nickt.
„Miodrag ist Geschichte, wir haben eine ordentliche Entschädigung für unsere toten Nutten erhalten und somit hat sich das Problem erledigt. Scheiße! Wir haben sogar einen ordentlichen Gewinn eingefahren."
Es klingt irgendwie makaber, wenn er von einer Entschädigung spricht. Ich meine, diese Nutten waren Frauen, sie wurden auf brutalste Art ermordet und er denkt nur ans Geschäft – das ist grausam.
„Dir ist aber schon klar, dass es nur eine Frage der Zeit ist, bis sich die Russen neu formieren. Sie werden auf Rache aus sein. So wie ich das sehe, hat sich längst einer von Miodrags Männern zu seinem Nachfolger ernannt ..." Ich denke kurz nach und setze mich so abrupt auf, dass ein schmerzhaftes Stechen durch meinen Arm zuckt. „Oh verflixt, Knox! Ich wette mit dir, dass sich Oleg zum neuen Boss ernannt hat. Dieses machtgierige Arschloch war schon immer scharf auf den Thron."
Mit gerunzelter Stirn stemmt er sich von der Matratze hoch und lehnt sich an das Bettgestell.
„Zum Teufel, Weib, woher kennst du Oleg, den Schlächter?"
Manchmal scheint Knox zu vergessen, dass ich eine lange Zeit ein Teil des Devil's-Hangmen-Motorcycle-Clubs war. Ich kenne also die Guten und die Bösen dieser Welt.
„Er hat ein paar Wochen, bevor ihr vor meiner Tür standet, eine Nacht im *Break* verbracht."
Der Präsident der Scorpions sieht mich ungläubig an.
„Verdammt, Kelly. So langsam glaube ich, dass du einer von den Menschen bist, die Gefahren wie magnetisch anziehen."
Damit könnte er durchaus recht haben.
„Ich habe mich bisher als neutralen Part in der Welt der Rocker und Gangster gesehen. So ein bisschen wie die Schweiz. Solange mir keiner etwas Böses wollte und für seinen Aufenthalt in meiner Pension gezahlt hat, war jeder willkommen."
„Sogar der Schlächter?"

„Ja Knox, sogar der. Außerdem wollte ich es mir nicht mit ihm versauen. Manchmal ist es besser, sich mit den Monstern zu verbünden. Vor allem, wenn man eine Frau ist und alleine lebt ...“

Er steigt aus dem Bett, automatisch fällt mein Blick auf seinen Schwanz. Jetzt, wo ich das erste Mal Sex hatte und weiß, wie gut es sich anfühlt, ihn in mir zu haben, reicht der Anblick schon aus, um mich erneut feucht werden zu lassen. Knox holt sich seine Zigarettenschachtel und zündet sich eine Marlboro an.

Mit undeutbarem Gesichtsausdruck lehnt er sich neben der Türe an die Wand und sieht mich finster an.

„Jetzt bist du aber nicht mehr allein. Du bist auch nicht mehr neutral. Du liegst in meinem Bett und gehörst ab heute zum Präsidenten des Scorpions-Motorcycle-Clubs. Das ändert alles – vergiss das nicht!“

Es war mir klar, dass er so etwas sagen wird.

„Stimmt. Für den Moment habe ich meine Neutralität aufgegeben.“

„Nicht nur für den Moment, Baby.“

Ach nein?

„Ich trage kein Leder. Auf meinem Rücken steht kein *Property of Knox*, ich bin nicht deine Old Lady, sondern nur dein neuestes Sexspielzeug. Früher oder später wirst du das Interesse an mir verlieren, ich werde zurück nach Duluth gehen und wieder neutral sein. Akzeptiere das, Knox.“

Scheinbar ruhig lässt er den Rauch durch die Nase entweichen.

„Stimmt. Du trägst nichts – du bist nackt und du bist bei mir. Ich würde sagen, das spricht für sich. Von mir aus kämpfe gegen mich an, rebelliere und diskutiere, aber das ändert nichts an den Tatsachen, kleine Tinker Bell.“

Weil ich keine Lust auf einen Streit habe, lasse ich seine Aussage unkommentiert.

„Kann ich auch eine haben?“

Er versteht sofort und wirft mir die Zigarettenschachtel zu.

Als ich den Deckel aufklappe, rollt mir etwas Glitzerndes auf den Oberschenkel. Neugierig hebe ich es auf und betrachte den im schwachen Licht funkelnden Diamanten.

„Ist der echt oder aus Glas?“

Mit der Zunge schnalzend kommt Knox auf mich zu.

„Ich bezweifle, dass Miodrag Glassteine in seinem Safe aufbewahrt hat.“

„Du hast seinen Safe ausgeräumt?“

Pure Schadenfreude blitzt in seinen silbernen Iriden auf.

„Natürlich.“

Er sagt das mit so einer selbstgefälligen Arroganz, dass man annehmen könnte, dass es für einen Rockerclub nichts Besonderes ist, einen Mafiaboss umzulegen und sich an seinen Vermögenswerten zu vergreifen.

Ich betrachte den Edelstein und staune nicht schlecht, als er mir noch drei weitere in die Handfläche legt.

„Ach du heilige Scheiße. Was die wohl wert sind?“

„Vier tote Prostituierte – vier Steine.“

Er zieht ein letztes Mal an seiner Kippe und drückt sie dann in dem totenkopfförmigen Aschenbecher, der auf seinem Nachtkästchen steht, aus.

„Diese vier Prostituierten waren Frauen wie ich, sie waren die Kinder von jemandem und keine wertlosen Maschinen, die man einfach abschreibt.“

Er will mich unterbrechen, doch ich halte ihn davon ab.

„Was ist mit mir? Ich gehe nicht mal für den Club anschaffen, du hast an mir also keinerlei Verdienst. Bin ich dann in deinen Augen überhaupt einen Diamanten wert oder eher einen schönen Glasstein?“

Wut pulsiert durch meine Adern, ich werfe ihm die wertvollen Steine entgegen und springe regelrecht aus seinem Bett.

Knox, der von meinem plötzlichen Ausbruch überrascht ist, sieht mich mit zuckenden Mundwinkeln an. Wie schön, dass ich ihn amüsiere.

„Was ist los, kleine Fee?“

„Du bist ein gefühlloses Arschloch!“

Er sammelt die Steine ein, steckt sie zurück in die Zigarettenschachtel und legt diese neben den Aschenbecher.

„Ich bin ein Outlaw und kein verdammter Priester. Wenn du für ihre verlorenen Seelen beten willst, dann tu das, Kelly. Emotionen sind nichts für mich – zumindest waren sie das nicht, bis du dich mir mit einer Schrotflinte bewaffnet in den Weg gestellt hast. Du löst Gefühle in mir aus, von denen ich nicht einmal wusste, dass ich zu ihnen imstande bin. Du willst wissen, was du mir wert bist? Fuck, Baby! Für dich würde ich nicht nur die Diamanten geben, sondern auch mein Leben. Zweifel nicht an dem, was zwischen uns ist, das lasse ich nicht zu!“

Überrascht und überwältigt starre ich Knox an. Einen Fluch von sich gebend kommt er auf mich zu und presst mir einen harten Kuss auf die Lippen. Mit seiner Zunge dringt er tief in mich ein, wühlt sich wütend durch meinen Mund und entlockt mir so ein leises Seufzen. Er schmeckt nach Mann, Rauch und purer Verführung.

„Meins!“

Sein Knurren lässt mich erschaudern.

Mit einem Ruck hebt er mich hoch, legt sich mit mir in seinen Armen zurück ins Bett und presst seinen harten Schaft gegen meine empfindliche Mitte.

Obwohl ich innerlich wund und todmüde bin, kann ich es kaum erwarten, ihn erneut in mir aufzunehmen.

Wieder und wieder lässt er seinen Schwanz durch meine geschwollenen Schamlippen gleiten. „Du bist so heiß und nass …“
Etwas, das wie Bewunderung klingt, schwingt in seinen Worten mit.

„Sag, dass du bereit für mich bist.“

Wenn das so leicht wäre! Ja, mein Körper ist mehr als bereit, sich ihm erneut hinzugeben, aber meine Seele fürchtet sich davor. Unser erster Sex hat schon etwas zwischen uns geändert, hat eine unglaubliche Intimität entstehen lassen. Wie heftig wird die erst nach dem zweiten Mal sein?

Vor langer Zeit habe ich mal in einem Buch gelesen, dass Sex Nähe bedeutet, damals konnte ich nicht verstehen, was damit gemeint ist – jetzt kann ich es.

Als er keine Antwort von mir bekommt, umfasst er mein Kinn und fesselt meinen Blick an den seinen.

„Sag, dass du mir gehörst und ich das Recht habe, mich tief in deinen perfekten Körper zu stoßen. Ich will hören, wie du dir gegenüber eingestehst, dass du mir gehörst!“
Schweigend sehe ich ihn einfach nur an. Knox verliert die Kontrolle und bewegt seine Hüften. Mit einem harten, tiefen Stoß bohrt er sich in mich, dehnt meinen engen Kanal und gibt ein wildes Fauchen von sich.

„Warum ist dir das so wichtig, Scorpion?“
Er lässt mich ebenfalls warten, als ich endlich eine Antwort bekomme, ist sie nichts weiter als ein leises, bedrohliches Flüstern, das sich direkt in mein Herz frisst.

„Weil ich dich will, Kelly. Du faszinierst mich wie keine Frau zuvor. Du hast die Macht, die Dämonen in meinem Inneren zum Verstummen zu bringen. Du befriedigst meine Gier nach mehr. Es war nicht geplant, dass es so zwischen uns wird, doch jetzt, wo es so ist, will ich es gar nicht mehr anders! Du wirst bei mir bleiben. Ich werde für dich sorgen und dich beschützen. Niemand wird dich mir jemals wieder wegnehmen. Niemand! Das schwöre ich dir bei meinem Leben. Du bist mein Besitz, mein Mädchen und ich verteidige, was mir gehört. Immer!“
Während Knox spricht, verändert sich sein Gesichtsausdruck. Ich erkenne nicht nur die Entschlossenheit in seinen Augen, sondern auch etwas anderes. Eine Unnachgiebigkeit, die mich zutiefst erschüttert.

„Das ist verrückt.“

Er lacht rau auf. „Ja, das ist es. Aber es fühlt sich gut an und das ist alles, was zählt.“

Mit diesen Worten rollt er sich von mir runter, packt mich an den Knöcheln und zieht mich an die Bettkante.

Unsicher sehe ich auf seinen beeindruckend nach oben gebogenen Penis und erneut flutet eine Welle Feuchtigkeit meine Mitte.

„Nimm ihn in den Mund.“

Die Finger seiner rechten Hand streichen über meine Unterlippe, schieben sich in meinen Mund und reiben über meine Zunge.

„Saug an ihnen.“

Ein erwartungsvolles Zittern lässt mich erbeben. Ich schließe die Augen und tue, was er von mir verlangt. Hingebungsvoll verwöhne ich seine Fingerkuppen, züngle an ihnen und massiere sie mit meinen Lippen.

Grollend atmet er aus, zieht seine Finger aus meinem Mund, vergräbt seine Faust in meinen Haaren, und zieht meinen Kopf nach oben.

„Schau mir in die Augen und öffne deinen Mund!“

Ich zögere.

„Jetzt, süße Fee!“

Die rote, geschwollene Spitze seines Glieds befindet sich nur wenige Zentimeter vor meinem Gesicht. Sein moschusartiger Geruch steigt mir in die Nase.

„Sei ein braves Mädchen und leck an ihm.“

Ich habe noch nie einen Mann oral befriedigt und ich kann nur hoffen, dass ich Knox nicht enttäusche.

Langsam lasse ich meine Zunge über den kleinen Schlitz an der Spitze schnellen und werde mit einem Zucken seiner Bauchmuskeln belohnt.

Ungeduldig kommt er mir entgegen, schiebt sich in meinen Mund und stöhnt laut auf. Dick und schwer liegt er nun auf meiner Zunge, erfüllt meine Sinne mit seinem herben Aroma. Noch bevor ich mir überlegt habe, was jetzt zu tun ist, dirigiert er meinen Kopf vor und zurück. Seine Hüfte bewegt sich, seine kraftvollen Oberschenkel zucken, so als könnten sie es kaum erwarten, tief zuzustoßen.

Knox dringt immer tief in mich ein, ich kämpfe gegen meinen Würgereflex an, es gelingt mir. Nur gegen die Tränen, die mir in die Augen steigen, komme ich nicht an.

„Saug an ihm, fest.“

Wieder tue ich, was er verlangt. Meine Wangen höhlen sich aus, während ich ihn mit meinen Lippen, meiner Zunge und meinem Gaumen bearbeite. Zu meiner Überraschung gefällt es mir, seinen Schwanz in meinem Mund zu haben.

„Sieh mich an.“

Ich tue es und genieße die Begierde, die ich in seinem Blick erkennen kann.

Knox beobachtet, wie mir eine Träne aus dem Augenwinkel rinnt, wie sich sein Glied zwischen meine Lippen schiebt und ich, als er besonders tief eindringt, würgen muss.

„Ja Baby, du machst das gut. Lass mich noch tiefer!“

Beim nächsten Vorstoß gleitet er so tief in meine Kehle, dass ich instinktiv ausweichen will. Seine große Hand verhindert das und so bleibt mir nichts anderes übrig, als meine Halsmuskulatur zu entspannen und jeden dicken Zentimeter zu schlucken.

Immer unnachgiebiger hält er mich in Position, stößt immer kraftvoller zu und stöhnt immer lauter auf.

Mein Rocker-Präsident verliert die Kontrolle ...

Es ist verrückt, aber dass er solche Macht über mich hat und dass ich ihm hilflos ausgeliefert bin, erregt mich. Zwischen meinen Beinen wird es immer nasser, während sich in meinem Unterleib ein dumpfes Pochen ausbreitet.

„Halt dich an mir fest.“

Das ist die einzige Warnung, ehe er meinen Mund in einem unglaublich schnellen, tiefen Rhythmus bearbeitet. Speichel rinnt mir über das Kinn. Meine Lippen brennen, während ich mich vollkommen darauf konzentrieren muss, Luft zu holen, zu saugen und zu schlucken.

„Gott! Du bist so unfassbar schön. Wie du da vor mir sitzt mit Tränen in den Augen, meinen Schwanz im Mund und voll darauf konzentriert, mich zufriedenzustellen. Bloody Hell! Ich habe noch nie etwas Geileres erlebt!“

Das nächste Mal, als er sich in mich rammt, zieht er sich nicht sofort zurück, sondern verharrt tief in meiner Kehle.

Mit angehaltenem Atem beobachte ich, wie er in einer wölfischen Geste die Zähne bleckt.

Kreisend bohrt er sich noch tiefer in meinen Hals. Ich packe seine Beine, drücke mich, in dem Versuch ihn noch tiefer in mir aufzunehmen, selbst noch näher an ihn und streife mit meiner Nase über die unterste Reihe seines Sixpacks.

„Yeah, Baby ...“

Keine Ahnung, woher das Bedürfnis kommt, ihn zu befriedigen, doch es ist da und es wird mit jedem Herzschlag stärker.

Mir kommt eine Idee. Mit der rechten Hand halt ich mich weiter an seinem Bein fest, doch mit der linken umfasse ich seine Hoden, knete und massiere sie. Es dauert nicht lang, bis sie immer praller werden und sich zusammenziehen.

Ein gezischtes „Fuck!“ von sich gebend, zieht er sich aus mir heraus, umfasst meine Schultern und wirft mich rückwärts aufs Bett. Noch bevor ich weiß, was mir geschieht, ist er auch schon über mir und drückt mich mit seinem Gewicht tief in die Matratze.

Warm und weich streifen seine Lippen über meine Schläfe, seine Hände umfassen meine Taille, heben meinen Unterleib an und pressen ihn gegen den seinen. Dick und schwer drückt sich sein Penis gegen meinen Venushügel, während er mir einen bittersüßen Kuss gibt. Die plötzliche Sanftheit seiner Verführung steht im starken Kontrast zu dem wilden Ausdruck in seinen Augen.

Seine Finger finden meine Brustwarzen, necken und zwirbeln sie, bis sie sich ihm hart entgegenpressen. Ein dünner Schweißfilm überzieht meine Haut, ich erschaudere.

Leise flüstert er mir zu, wie schön er mich findet, wie dringend er mich besitzen will und wie unfassbar tief er mich gleich ficken wird.

Verspielt knabbert er an meinem Ohrläppchen, leckt an meinem Hals hinab bis zu der empfindlichen Haut an meinem Schlüsselbein.

Knox’ raue Zunge schnellt über meinen rechten Nippel. Er saugt ihn in seinen heißen Mund, lässt mich seine Zähne spüren und schiebt seine Hand zwischen meine gespreizten Schenkel.

Als er spürt, wie extrem nass ich bereits für ihn bin, gibt er ein wildes Brummen von sich.

„Du kannst es kaum erwarten, endlich gebumst zu werden.“

Das kann ich wohl kaum leugnen ...

Sein Mund verzieht sich zu einem zufriedenen Lächeln.

Langsam schiebt sich sein Finger in mich. Tief und tiefer, mein Herz steht still.

Mit seinem Handballen reibt er über meinen Kitzler, übt Druck aus, beobachtet dabei jede meiner Regungen. Ich kämpfe gegen den viel zu schnell ansteigenden Orgasmus an.

„Lass es zu, Baby.“

Die Art, wie er mich mit seinen Fingern penetriert, wird härter und gnadenloser. Die Zärtlichkeit, mit der er mich eben noch behandelt hat, verwandelt sich in reine Gier.

Dieser Rocker verführt mich nicht, er verschlingt mich. Endlich spüre ich wieder die dicke Spitze seiner Eichel an meinem Eingang. Bestimmend fesselt er meinen Blick an den seinen und schiebt sich Stück für Stück in mich.

Das köstliche Gefühl der Dehnung, seine Haut, die über meine reibt, seine Hände, die sich besitzergreifend um meine Taille schlingen – es ist perfekt!

Vergessen sind die Diamanten, die Russen, der Mordversuch von Loco und die drohende Gefahr, die Ty für mich darstellt. Alles, was in diesem Augenblick zählt, sind er und ich und das göttliche Gefühl, das sein eindringender Schwanz in mir auslöst.

Wimmernd presse ich mich ihm entgegen, fordere mehr.

Mit jedem Zentimeter, den er mich mehr ausfüllt, mit jedem geteilten Atemzug und jedem sanften Kuss werde ich mehr zu der seinen.

Dieser Outlaw ist mein Schicksal!

Endlich rammt Knox sich mit einer kraftvollen Bewegung seiner Hüfte bis zum Anschlag in mich. Ich versuche leise zu sein, doch ich schaffe es nicht. Mein lauter Schrei durchbricht die Stille.

Zuerst bewegt er sich quälend langsam, dann immer schneller und schneller. Das klatschende Geräusch unserer aufeinandertreffenden Körper vermischt sich mit seinem laut kommenden Atem.

„Mehr! Gib mir mehr, Knox!“

Brummend gräbt er seine Finger tiefer in mein Fleisch, ehe er mich gnadenlos rannimmt.

Verschwitzt und atemlos reibe ich mich an ihm, spanne meinen Unterleib an, beobachte wie in Trance das verführerische Spiel seiner beeindruckenden Muskeln.

„Oh Kelly, ich schwöre dir, du hast mich süchtig gemacht. Deine süße kleine Pussy muss mit Pixie Dust gefüllt sein, anders kann ich das, was du in mir auslöst, nicht erklären.“

Stöhnend vergrabe ich meine Fingernägel in seiner Haut, suche nach Halt, während ich mich in meiner Lust verliere.

Zuckend, bebend und laut schreiend stürze ich über die Klippe des Erträglichen – verliere mich an diesen Mann.

Knox' animalisches Stöhnen wird immer lauter, sein gebrülltes „Oh Jesus!“ hallt genau wie mein Schrei durch seine Wohnung, ehe er sich heiß und pumpend in mir ergießt.

Ich spüre, wie sich eine angenehme Mattigkeit in mir ausbreitet, meine Nervenbahnen brennen lichterloh, vor meinen Augen tanzen schwarze Punkte.

Die Konturen des Schlafzimmers verschwimmen, werden unscharf.

Das Letzte, was ich sehe, ist, wie er sich zu mir herabbeugt, sich an meinem Hals festsaugt und zubeißt. Ein scharfer Schmerz lässt mich zusammenzucken, ich versuche, ihn von mir zu stoßen, doch ich habe keine Chance.

Die Dunkelheit, die mich immer mehr zu sich lockt, streckt nun endgültig ihre Finger nach mir aus. Leise seufzend gebe ich ihr nach, schließe die Augen und falle in ein bittersüßes schwarzes Nichts.

21. Kapitel

Knox

Samtig und weich, warm und nachgiebig – wunderschön und zerbrechlich ...

Wer hätte gedacht, dass es so schön sein kann, mit einer Frau Sex zu haben?

Bisher habe ich sie immer nur gefickt, wollte abspritzen und schnell fertig werden, aber mit meiner kleinen Fee hier ist alles anders. Von ihr kann ich nicht genug bekommen.

Dass Zane, Rhett und vor allem Eleven sie heute nackt gesehen haben, macht mich rasend. Kelly hat recht, sie trägt weder mein Leder noch ist sie meine Old Lady, und dennoch will ich, dass jeder Mann auf den ersten Blick erkennt, dass sie zu mir gehört. Am liebsten würde ich ihr meinen Namen auf die Stirn tätowieren lassen, nur bin ich mir sicher, dass sie da nicht mitmachen wird. Der Drang, sie zu markieren, wird immer stärker, ich gebe ihm nach und sauge ihre zarte Haut in den Mund. Doch es reicht mir nicht, ihr nur einen Knutschfleck zu verpassen, die Dämonen in meinem Inneren sehnen sich nach mehr. Sie wollen Kellys Blut schmecken, ihre Schreie hören und sie so zeichnen, dass sie ein paar ihrer kristallenen Tränen vergießt. Knurrend gebe ich dem Drang nach, grabe wie ein Vampir meine Zähne in ihren schlanken Hals und beiße zu.

Ein Ruck zuckt durch das süße Mädchen in meinen Armen. Ich spüre an meinen Lippen, wie ihr Puls in die Höhe schnellt, ihr lauter Schrei schrillt mir in den Ohren.

Kelly stemmt ihre Hände gegen meine Schultern, wehrt sich, versucht, mich von sich zu stoßen, ehe sie seufzend nachgibt. Ihre Gegenwehr ist süß und erregt mich. Der metallische Geschmack von Blut legt sich auf meine Zunge. Gierig beginne ich zu saugen, ich will mehr davon. Ich bin wie im Rausch, so dass es einige Zeit dauert, bis ich mitbekomme, dass Kelly sich nicht mehr bewegt. Auch ihr Pulsschlag ist so langsam geworden, dass ich ihn nur noch schwach spüre. Besorgt löse ich mich von ihr, richte mich auf und streiche mit den Fingern über ihre sanft geschwungenen Augenbrauen.

Mit geschlossenen Augen liegt sie unter mir, ihr Gesichtsausdruck ist friedlich, ihre Lippen sind von meinen Küssen geschwollen.

„Hey, Baby."

Sie reagiert nicht. Ich will meine Finger mit den ihren verweben, doch es scheint so, als hätte sie jegliche Kraft verlassen.

„Kelly?“
Noch immer keine Reaktion. Besorgnis breitet sich in mir aus.
„Mach die Augen auf oder ich beiße dich erneut.“
Mein Blick fällt auf die rot-lila gefärbte Stelle auf ihrer Kehle, an der sich mein Bissabdruck deutlich abzeichnet. In wenigen Stunden wird dort ein leuchtendes Mal sein, das alle Männer abschrecken wird. Sollte dennoch jemand so dumm sein und Kelly anfassen, hacke ich ihm die Hand ab.
„Fuck, Kelly!“
Wieder nichts. Mir fällt auf, dass ihr Atem besorgniserregend leise und sehr gleichmäßig kommt. Das kann nicht sein oder?
Sie wird doch nicht das Bewusstsein verloren haben?
Eine mir unbekannte Angst breitet sich in mir aus, legt sich wie eine dünne Eisschicht über mein Herz.
Was habe ich nur getan?
War ich zu wild, zu fordernd oder gar zu brutal?
Da ich keine Ahnung habe, wie man mit ohnmächtigen Mädchen umgeht, sehe ich sie unsicher an.
Was jetzt?
Ich handle instinktiv und verpasse ihr einen leichten Schlag ins Gesicht.
Sie gibt ein Wimmern von sich und bewegt den Kopf.
Zum Teufel! Es fühlt sich falsch an, sie zu schlagen.
Erneut platziere ich meine Hand auf ihrer Wange, es klatscht laut. Ihre Lider flattern, sie dreht sich auf die Seite und zuckt zusammen.
Als sie endlich die Augen öffnet, fällt mir ein verdammter Stein vom Herzen.
„Was ist los?“
Mit zittriger Stimme richtet sie sich auf, als sie leicht schwankt, setze ich mich neben sie und ziehe sie auf meinen Schoß, um sie zu halten.
„Wie geht es dir?“
Irritiert sieht sie mich an.
„Um ehrlich zu sein, fühle ich mich irgendwie komisch.“
Kein Wunder.
„Du bist einfach ohnmächtig geworden.“
„Echt?“
„Ja, echt. Scheiße, ich bin vor Sorge um dich fast gestorben. Tu das nie wieder. Verstanden?“
Ein unsicheres Lächeln huscht über ihre Lippen.
„Das war wohl kaum meine Schuld. Wer ist denn wie ein Wilder über mich hergefallen?“
Obwohl sie es im Spaß sagt, weiß ich, dass sie recht hat.

Kelly hat einen langen, verdammt harten Tag hinter sich und anstatt vorsichtig mit ihr umzugehen und Rücksicht darauf zu nehmen, habe ich die Kontrolle verloren.

„Fuck! Ich bin ein egoistischer Bastard!"

Weder widerspricht sie mir noch stimmt sie mir zu. Kelly lehnt einfach nur ihren Kopf an meine Brust und schließt die Augen. Ich erkenne, dass sie am Ende ihrer Kräfte ist, lege sie zurück ins Bett und decke sie fürsorglich zu.

Ich zögere kurz, doch dann gehe ich los, um ihr eine Cola zu besorgen.

Als ich eine Minute später zurück bin, ist sie fast eingeschlafen.

„Hey Kleines, trink was. Der Zucker wird deinem Kreislauf guttun."

Sie murrt, doch sie lässt sich widerstandslos den Strohhalm in den Mund schieben und leert das Glas in Windeseile.

„Braves Mädchen."

Sie flüstert ein leises „Macho", dann ist sie auch schon eingeschlafen.

Ich habe versagt. Anstatt mich gut um sie zu kümmern, habe ich sie über ihre Grenzen hinausgetrieben.

Morgen werde ich dafür sorgen, dass sie sich schont. Keine Aufregung, keine Anstrengung, nur Ruhe.

Erleichtert, dass es ihr besser geht, lege ich mich neben sie, schlinge meinen Arm um ihre Mitte und ziehe sie so nah wie möglich zu mir.

Mit meiner Nase in ihren Haaren, ihrem Geschmack auf der Zunge und dem Wissen, dass diese Frau nur mir gehört, schließe ich die Augen und lasse meinen Gedanken freien Lauf.

Ich schmiede Pläne, stelle Überlegungen an und gehe die unterschiedlichsten Szenarien von Tys Tod durch. Dass dieser Wichser sterben wird, ist längst entschieden. Doch nach der Nummer mit dem Kopfgeld, das er auf Kelly ausgesetzt hat, werde ich mich seiner persönlich annehmen und ich werde mir viel Zeit lassen. Selbst wenn er mich anflehen wird, endlich sterben zu dürfen, werde ich der Versuchung widerstehen und sein Leiden hinauszögern.

Kelly ist mein und sie ist für all meine Feinde tabu! Wenn ich erst mal mit Ty fertig bin, wird sich das ganz schnell herumsprechen.

Die goldenen Sonnenstrahlen kommen viel zu schnell, auf dem Hof dröhnen die ersten Motoren und in der clubeigenen Kfz-Werkstatt schwillt das Fauchen einer Flex an. Es wird gehämmert, gebohrt und gesägt und obwohl der Krach ungehindert durch das offen stehende Fenster zu uns dringt, schläft Kelly noch immer tief und fest.

Dem Verlangen, sie zu küssen, nachgebend, pinne ich kurz meine Lippen auf die ihren, ehe ich aus dem Bett steige und mich anziehe.

Nachdem ich mir einen Kaffee organisiert habe, setze ich mich in mein Büro und teile Rhett in einer Textnachricht mit, dass er seinen Arsch hierherbewegen soll.

Während ich auf das Eintreffen meines Vizes warte, sperre ich die oberste Schublade meines Schreibtischs auf und hole die verbeulte Blechschachtel hervor, in der ich die Patches aufbewahre. Der *Expect-No-Mercy*-Aufnäher steht Eleven schon seit einiger Zeit zu, doch bisher habe ich ihn ihm nicht verliehen. Nach letzter Nacht ist nun der Zeitpunkt gekommen, an dem ein weiteres Abzeichen sein noch relativ junges Leder zieren wird. Eleven ist einer unserer kaltblütigsten und unkontrollierbarsten Mitglieder. Es wundert mich, dass Loco noch einigermaßen wiederzuerkennen war, als wir eingetroffen sind.

Wenn er so weitermacht, dann wird er sich einen beeindruckenden Namen in der Welt der Motorcycle Clubs aufbauen.

Rhett taucht im Türrahmen auf, als er sieht, was vor mir steht, stößt er einen Pfiff aus.

„Das wollte ich dir auch schon vorschlagen. Das Erwarte-keine-Gnade-Patch passt perfekt zu unserem Killer."

Ich dachte mir schon, dass Rhett mit meiner Entscheidung einverstanden sein wird.

„Nach letzter Nacht hat er es sich redlich verdient."

„Ja, das sehe ich auch so, dennoch ist es erschreckend, wie schnell sich unser kleiner Psycho seine Aufnäher verdient."

Wieder teilen wir uns einen Gedanken und wieder stelle ich fest, wie gut Rhett zu meinem Führungsstil passt. Das mit Brock war ein harter Schlag. Unser Club hat ein wichtiges Mitglied verloren, dennoch wird unser Rotlichtkönig ein würdiger Nachfolger für ihn sein. Wobei er, wenn meine Pläne aufgehen, schon bald sein eigenes Chapter leiten wird.

„Ich habe vor, es ihm heute bei der Versammlung zu überreichen."

Er grunzt zustimmend und zündet sich eine Kippe an.

„Guter Plan. Die Prospects haben Loco bereits entsorgt, wollte nur, dass du weißt, dass das schon mal erledigt ist."

Mit einem Nicken zeige ich ihm, dass die Info bei mir angekommen ist.

„Bevor die First Nine eintreffen, wollte ich noch mit dir über die Devil's Hangmen reden. Die Scheiße, die Ty sich da erlaubt hat, ist krass. Der Typ kennt keine Grenzen, er muss sterben und das so schnell wie möglich. So wie ich das sehe, müssen wir ihn aus der Reserve locken. Entweder wir stellen ihm eine Falle oder wir bringen ihn mit einem Köder dazu, die Grenze zu überschreiten und in unser Revier einzudringen. Ty hingegen direkt an seinem Club anzugreifen, würde einer Selbstmordaktion gleichkommen."

Den Rauch Richtung Zimmerdecke blasend sieht er mich an.

„Hast du auch schon einen Plan, wie das funktionieren soll, Präs?"

„Einen Plan würde ich es nicht nennen, eher eine grobe Vorstellung."

Er streckt die Füße aus, legt die Knöchel übereinander, lehnt sich in dem Stuhl zurück und sieht mich auffordernd an.

„Na, dann weih mich mal ein."

Noch bevor ich Rhett über die Einzelheiten aufkläre, weiß ich, dass ihm meine Idee nicht gefallen wird. Ich tue es ihm nach, zünde mir eine Zigarette an und lehne mich scheinbar entspannt zurück. Mit einem letzten Blick auf die verschiedenen Patches sehe ich meinen VP direkt in die Augen.

„Du wirst mich verraten."

Zuerst wirkt er überrascht, doch dann schüttelt er entschieden den Kopf.

„Vergiss es, Alter, im Leben nicht!"

Da mir klar war, dass er so reagieren wird, habe ich mich schon darauf eingestellt, etwas Überzeugungsarbeit leisten zu müssen.

„Bevor du nein sagst, denk nach. Ty ist nach Brocks Tod so von sich selbst überzeugt, dass er sich nicht wundern würde, wenn du auf ihn zugehst, um ihm einen Deal vorzuschlagen. Überzeug ihn davon, dass es dir nicht reicht, nur an zweiter Stelle zu stehen, und dass du Präsident werden willst. Sag ihm, dass du bereit bist, mich für den Frieden zwischen den Henkern und den Scorpions zu opfern und dass du ihn und seine Männer als führenden MC anerkennst. Ty ist so versessen darauf, die Scorpions zu schlagen und mich tot zu sehen, dass er, ohne lange zu zögern, darauf einsteigen wird."

Mit geballten Fäusten springt Rhett vom Stuhl auf und beginnt unruhig auf und ab zu laufen.

„Ich sage es ja nur ungern, Knox, aber das könnte funktionieren."

„Nicht nur könnte, es wird!"

Geduldig beobachte ich meinen VP, wie er die verschiedenen Szenarien durchspielt und schlussendlich direkt vor mir stehen bleibt.

„Das alles ist mit einem großen Sicherheitsrisiko verbunden. Das ist dir doch bewusst, oder?"

Oh, das ist mir mehr als bewusst. Aber ich bin bereit, dieses Risiko in Kauf zu nehmen.

„Ich bin der Präsident dieses Clubs, es ist meine Aufgabe, für unsere Sicherheit zu sorgen und unsere Feinde zu eliminieren."

Das Wohl unserer Gemeinschaft steht über dem meinen. Ganz einfach.

Rhett stößt einen lauten Fluch aus.
Die Stirn in Falten legend, stützt er sich mir gegenüber auf der Tischplatte auf und lehnt sich zu mir vor.
„Sag mir nur, dass du das alles nicht wegen des Mädchens tust!“
Es war ja klar, dass er mich durchschaut.
„Ich tue es nicht nur wegen ihr. Aber ja, Kellys Sicherheit ist ein Grund mehr, Ty möglichst schnell auszuschalten. Der Shit mir Loco war heftig. So etwas darf nicht passieren, schon gar nicht auf unserem Gelände.“
Mit einem lauten Seufzen lässt er sich zurück auf den Stuhl fallen.
„Sie hat dir das Hirn vernebelt, Knox. Das ist dir doch bewusst, oder?“
Dem kann ich nicht widersprechen.
Für eine Weile schweigen wir.
„Und was ist, wenn ich Blut lecke, und dich tatsächlich verrate? Woher willst du wissen, dass ich kein machtgieriges Arschloch bin, das dich vom Thron stoßen will?“
Trotz der Loyalität, die Rhett mir bisher immer entgegengebracht hat, habe ich letzte Nacht, als ich diese Vorgehensweise konstruiert habe, auch daran gedacht. Geld und Macht sind zwei Dinge, für die manche Menschen über Leichen gehen.
„Das kann ich nicht wissen, aber ich habe mich dazu entschlossen, dir zu vertrauen.“
„Fuck, Knox! Du bist vollkommen irre. Auf diese Scheiße wird sich Zane nie einlassen.“
Das ist durchaus möglich. Als Sergeant-at-Arms ist es Zanes Aufgabe, mich zu beschützen.
„Wir werden ihn einfach davon überzeugen müssen, dass dieser Plan genial ist.“
Seufzend schließt er für eine Sekunde die Augen. Als er sie wieder öffnet, wirkt er entschlossen und fokussiert.
„Bevor ich das mache, musst du erst mal *mich* davon überzeugen, dass er das ist, noch habe ich *erhebliche* Zweifel, mein Freund.“
Geduldig beginne ich, ihn über die Details meiner Idee aufzuklären.
Als ich erläutere, wie ich Ty in die Falle locken will, beginnt Rhett fies zu grinsen.
„Oh Scheiße, Präs. Das hört sich gut an. Was mir aber noch Sorgen bereitet, sind die restlichen Devil’s Hangmen. Nur weil wir ihren Präsidenten töten, haben wir diesen Krieg noch lange nicht gewonnen.“
Mein Handy beginnt zu vibrieren, ich werfe einen prüfenden Blick auf das Display, sehe, dass es mein Versicherungsmakler ist, und stelle es lautlos.

„Stimmt. Aber wenn wir erst mal Ty ausgeschaltet haben, sind wir im Vorteil. Es wird eine Zeit dauern, bis sich diese Arschlöcher neu formiert haben, und während sie das tun, jagen wir ihr gottverdammtes Clubhaus in die Luft."

Rhett überlegt, dann nickt er.

„Gute Idee, aber dafür werden wir jede Menge Sprengstoff brauchen."

Sein Kommentar verrät mir, dass er bereits beginnt, sich auf die Sache einzulassen.

„Ganz genau und da kommen unsere neuen Freunde ins Spiel. Oleg ist dafür bekannt, mit TNT wahre Wunder zu bewirken. Außerdem ist das die perfekte Gelegenheit für die Russen, zu beweisen, dass sie tatsächlich auf unserer Seite stehen und an einem Frieden, wenn nicht sogar an einer Zusammenarbeit, interessiert sind."

Eine Mischung aus Ablehnung und Zweifel blitzt in Rhetts Augen auf.

„Mit dem Schlächter maximieren sich nicht nur unsere Erfolgschancen, sondern auch das Risiko. Auf diesen Kerl will ich mich nicht verlassen müssen."

Mit seiner Zustimmung steht und fällt alles, wenn ich nicht mal meinen Vize überzeugen kann, dann löst sich meine geniale Idee in Luft auf.

„Komm schon, Alter, denk nach. Du lockst Ty unter dem Vorwand des Verrats in den Steinbruch, wir pumpen ihn mit Blei voll, während sich Oleg und seine Männer darum kümmern, den MC zu verkabeln. Sobald sich dann alle Henker versammeln, um einen neuen Präsidenten zu wählen, drücken wir das Knöpfchen und jagen sie in die Luft. Einfacher geht es nicht. Und das Risiko, dabei eigene Verluste einzufahren, ist äußerst gering."

Mir ist bewusst, dass diese Aktion viele Gefahren für uns birgt, aber so ist es doch jedes Mal. *Wer nicht wagt, der nicht gewinnt ...*

„Nehmen wir mal an, ich lasse mich darauf ein und wir haben Erfolg. Was dann? Was hast du mit dem Revier der Devils vor? Wenn wir es nicht in unsere Gewalt bekommen, gibt es das reinste Chaos. Wir müssen den Hafen kontrollieren und die Geschäfte der Henker übernehmen. Das wird schwierig von Madison aus. Das ist dir doch klar?"

Allerdings.

„Wir werden ein Chapter der Scorpions in Duluth eröffnen. Und wenn du interessiert bist, werde ich dich als Präsidenten vorschlagen."

Rhetts Augen blitzen auf. Jetzt hat auch er kapiert, warum ich mir keine Sorgen darüber mache, dass er mich tatsächlich verraten könnte.

„Du bist der Teufel, Knox!"

Genau der bin ich und es wird Zeit, dass die Devil's Hangmen das endlich am eigenen Leib zu spüren bekommen.

„Und da gibt es noch einen Bonus. Wenn wir es geschickt anstellen, bekommen wir auch endlich unsere Bikes zurück."

Rhetts Mundwinkel ziehen sich nach oben.

„Ich verstehe, Präs, zwei Fliegen mit einer Klappe und so weiter."

„Ganz genau, Bro."

Wieder beginnt mein Handy zu vibrieren, dieses Mal ist die Nummer unbekannt.

Genervt drücke ich den Anrufer weg und trinke einen Schluck meines mittlerweile lauwarmen Kaffees.

„Zane war vorhin draußen bei der Werkstatt. Ich schicke ihn dir, damit du ihn von deiner Genialität überzeugen kannst. Mal sehen, ob es dir gelingen wird."

Mit diesen Worten verlässt er das Büro und lässt mich müde allein zurück. Ich kenne Zane und ich weiß, dass ich ihn überzeugen kann, meine Idee zu unterstützen.

Nach Brocks Tod habe ich ihn nicht als dessen Nachfolger vorgeschlagen, weil ich weiß, wie gerne er den Posten des Sergeants innehat. Dieses Mal aber werde ich alle Joker ziehen und die Karten komplett auf den Tisch legen. Falls Zane Interesse daran hat, der neue VP zu werden, habe ich ihn damit schon so gut wie auf meiner Seite und falls nein, muss ich mir etwas einfallen lassen. Jaxton wird zwar ausflippen weil ich ihn damit nun schon zum zweiten Mal bei der Wahl für die Stelle des VPs übergehe, aber damit muss er klarkommen.

Mit den Händen reibe ich mir über das Gesicht und kämpfe gegen die aufsteigenden Kopfschmerzen an. Das Wissen, dass Kelly in diesem Augenblick nackt und schutzlos in meinem Bett liegt, sorgt dafür, dass mein Schwanz gierig zuckt.

Doch völlig egal, wie sehr ich sie auch begehre, heute werde ich meine eigenen Bedürfnisse unterdrücken und meinem Mädchen die Ruhe gönnen, die sie so dringend benötigt. Wahrscheinlich ist sie wund und hat Schmerzen, vierundzwanzig Stunden Pause werden ihrem Körper sicherlich guttun.

„Im Augenblick beneide ich dich nicht darum, König zu sein."

Die amüsiert klingende Stimme meines Sergeants reißt mich aus meinen Gedanken.

„Sehr witzig."

„Das war nicht als Scherz gedacht, Knox. Der Ballast, der momentan auf deinen Schultern lastet, wiegt mir zu viel."

Das ist auf jeden Fall schon mal eine gute Einleitung, um direkt auf das richtige Thema zu sprechen zu kommen.

Bevor ich jedoch ansetzen kann, erkundigt sich Zane nach Kelly und will wissen, wie es ihr nach letzter Nacht geht.

Ich erzähle ihm die Wahrheit. Dass sie verstört und verängstigt ist und dass es wohl einige Zeit dauern wird, bis sie über den Schrecken des Mordversuchs hinweggekommen ist.

Allein wenn ich daran denke, wie sie erst vor wenigen Stunden weinend und nach Hilfe schreiend aus einem Alptraum hochgeschreckt ist, würde ich am liebsten sofort auf ein Motorrad steigen, nach Duluth fahren und diesem Pisser mit bloßen Händen die Eingeweide rausreißen.

Zane, der mir wohl ansehen kann, wie wütend ich bin, gibt ein leises Zischen von sich.

„Es ist immer krass, wenn Frauen in die Scheiße mit reingezogen werden."

Da kann ich ihm nur zustimmen.

Für ein paar Sekunden hängt jeder von uns seinen Gedanken nach. Schlussendlich ist Zane derjenige, der zuerst das Wort ergreift.

„Ich kenne dich, Präs. Ich sehe dir an, dass du mir was sagen willst und nicht weißt, wo du anfangen sollst. Also rede einfach drauflos. Deinem Gesichtsausdruck nach zu urteilen, wird mir wohl nicht gefallen, was ich gleich hören werde."

Zane und Rhett sind zwei völlig unterschiedliche Charaktere, doch in einer Hinsicht sind sie gleich – sie bevorzugen klare Ansagen und erwarten absolute Ehrlichkeit.

Entschlossen, diese ganze Laberei schnell hinter mich zu bringen, fange ich an, meinen Sergeant in meinen Plan einzuweihen. Er schweigt, hört mir genau zu und gibt ein zorniges Fauchen von sich, als ich zu der Stelle komme, an der Rhett mich verraten muss. Anstatt mir sofort ins Wort zu fallen, lässt er mich aber ausreden. Erst als ich verstumme und mir eine Zigarette anzünde, gibt er ein gemurmeltes „Ach du heilige Scheiße!" von sich.

Gerade als ich denke, dass er meinen Plan als Bullshit abstempeln will, verzieht sich sein Mund zu einem dreckigen Grinsen.

„Wann willst du es durchziehen, Präs?"

Ich denke kurz nach. Obwohl ich am liebsten *sofort* sagen würde, muss ich realistisch sein.

„In vier Tagen. Mittwochs bekommen die Devils immer eine ihrer Koks-Lieferungen, was bedeutet, dass die Hälfte von ihnen donnerstags zu nichts zu gebrauchen ist. Das müssen wir zu unserem Vorteil nutzen."

Zane nickt zustimmend.

„Es gibt einiges zu bedenken. Wir müssen Vorbereitungen treffen und Oleg darüber informieren, dass er sich für uns die Hände schmutzig machen soll. Das wird ihm nicht gefallen, das ist dir doch klar, Knox?"

Oh ja, das ist mir durchaus bewusst.

„Gibt es eine bessere Möglichkeit, um die Absichten der Russen auf die Probe zu stellen? Wenn sie uns jetzt helfen, wissen wir, dass wir nach Miodrag endlich einen starken Verbündeten an unserer Seite haben. Wenn nicht ... tja ..., dann ist der Schlächter eben der Nächste, der eine Handgranate schlucken muss."

Mit zwei Fingern kneift Zane sich in den Nasenrücken.

„Nur dass du es weißt, Alter, ich kann verstehen, dass Rhett nicht gerade begeistert ist, doch ich denke, dass das tatsächlich funktionieren kann. Also lass uns eine Besprechung einberufen, die anderen informieren und loslegen. Vier Tage sind eine knappe Deadline, es gibt viel zu tun."

Lachend stehe ich auf und boxe Zane gegen die Schulter.

„Deadline – welch eine passende Wortwahl."

Bevor Zane sich daranmacht, alles Notwendige einzuleiten, halte ich ihn kurz zurück.

„Eleven bekommt heute das Expect-Patch."

Genau wie Rhett wirkt er nicht im mindesten überrascht.

„Das wurde auch Zeit, Boss. *Falls* ich mich auf deinen Vorschlag einlasse und mich mit dem Gedanken, Vize zu werden, anfreunden kann, und das ist ein großes *falls*, wäre er mein Vorschlag für den dann frei werdenden Sergeantposten. Eleven ist schnell, gnadenlos und sehr intelligent – genau die Eigenschaften, die ein Mann haben muss, um die Sicherheit unseres Motorcycle Clubs gewährleisten zu können."

Mit einem Zwinkern gibt er mir zu verstehen, dass ihm sehr wohl aufgefallen ist, dass er sich gerade selbst in den Himmel gelobt hat.

„Setz die Besprechung für 13:00 Uhr an."

„Alles klar, Präs."

Zane geht den Gang entlang, bevor er endgültig aus meinem Sichtfeld verschwunden ist, rufe ich ihm noch hinterher, dass er sich schon mal auf die Suche nach Jaxton, unserem Clubtätowierer, machen kann, um einen Tattootermin zu vereinbaren. Als Antwort erhalte ich nur ein „Fick dich!", das mich zum Lachen bringt.

Bevor wir die Scheiße mit Ty klären, werde ich dafür sorgen, dass er seine Wettschulden einlöst. Der tote russische Wachmann hat in den Kühlschrank gepasst, also wird bald Coca-Cola-Schleichwerbung Zanes Rückseite zieren.

Bevor ich in mein Büro zurückgehe, drehe ich den Kopf und sehe auf meine verschlossene Wohnungstüre. Eigentlich liegt noch ein Berg Arbeit vor mir und eigentlich muss ich mich um 100 Dinge kümmern, eigentlich ...

Anstatt zurück an meinen Schreibtisch gehe ich zur Türe, sperre sie auf und mache mich auf die Suche nach meiner süßen kleinen Tinker Fee.

Vor Rhett und Zane habe ich die Risiken meines Plans heruntergespielt und als unbedeutend abgetan, doch in Wirklichkeit weiß ich genau, wie hoch die Chance ist, dass ich bei dieser Aktion draufgehe. Wenn alles reibungslos läuft, und das ist ein großes *wenn*, gönne ich mir anschließend eine Pause. Vielleicht sollte ich mir mein Mädchen packen, sie hinter mich auf die Harley setzen, das Klischee erfüllen und mit ihr in den Sonnenuntergang fahren. Einfach aus dem Alltag ausbrechen, ohne genaues Ziel, immer dem Abenteuer entgegen. Doch bis es so weit ist, wartet noch viel Arbeit auf mich.

Kelly liegt noch immer im Bett, doch sie schläft nicht sondern sieht mich aus großen schokobraunen Augen an. Ihre goldenen Locken ringeln sich an ihren schmalen Schultern. Die Bettdecke ist an ihr herabgerutscht, so dass die Rundung ihres Pos und ihre schlanken Beine meinen gierigen Blicken schutzlos ausgeliefert sind.

„Fuck Baby, du bist einfach wunderschön.“

Sie kichert leise, dreht sich auf die Seite und präsentiert mir so ihre prallen Titten.

„Was ein schönes Fluchiment.“

Fragend sehe ich sie an.

„Ein was?“

„Na, ein Fluchiment. Das ist die Mischung aus einem Fluch und einem Kompliment. Immer wenn du mir etwas Nettes sagst, ist ein *Fuck* oder ein *Shit* oder ein *zum Teufel* dabei. Aber ich schätze, das muss so sein, wegen der Rockerromantik und so ...“

Obwohl ich keine Ahnung habe, wovon sie redet - der Anblick des gelockten Dreiecks zwischen ihren Schenkeln hilft meinem Hirn nicht gerade dabei, sich auf ihre Worte zu konzentrieren - muss ich mir eingestehen, dass sie recht hat.

„Es ist nicht meine Schuld, dass du so verteufelt schön bist.“

Lachend streckt sie ihre Hand nach mir aus und fordert mich so auf, ihr näher zu kommen.

„Siehst du, du hast es schon wieder getan.“

Ihre Finger ergreifend, wechsle ich das Thema.

„Wie geht es dir? Fühlst du dich besser?“

Bei meiner Frage fällt mein Blick auf den roten Fleck auf dem Bettlaken. *Jungfrauenblut* ... Kelly bemerkt ihn ebenfalls und sieht mich verlegen an.

„Wen du mir sagst, dass die Vorkommnisse letzter Nacht nur ein böser Traum waren, ja, dann geht es mir bestens."

Ich betrachte die Bandage an ihrem Arm, den Schnitt an ihrem Hals und den tiefblauen Bissabdruck, den ich ihr verpasst habe.

„Sorry Baby, kein Traum."

Etwas, das verdächtig nach Angst aussieht, flackert in ihren Iriden.

„Wo warst du? Als ich aufgewacht bin, warst du schon weg."

„Hast du mich etwa vermisst, süße Fee?"

Den Kopf leicht schief legend, nickt sie zögerlich.

„Ein winzig kleines bisschen vielleicht."

Das ist ja schon mal ein Anfang.

„Hast du Hunger? Wie wäre es, wenn ich dich auf ein verspätetes Frühstück einlade?"

Unsicher sieht sie mich an.

„Jetzt?"

„Klar, wann sonst?"

Sie zuckt mit den Schultern, kniet sich hin und kommt auf mich zu. Ihre Brüste wippen, mein Schwanz wird hart. Fluchend fasse ich mir in die Hose und platziere ihn um.

„Was ist los, Rocker?"

Am Zucken ihrer Mundwinkel erkenne ich, dass sie ganz genau weiß, was ihre Nacktheit in mir auslöst.

„Pass auf, Baby. Es ist nicht ratsam, mich zu reizen, vor allem nicht in deiner momentanen Verfassung. Wenn du nicht bereit bist, dich von mir packen, über die Bettkante beugen und hart ficken zu lassen, solltest du aufhören, mit mir zu spielen."

Ihr Mund öffnet sich, sie keucht leise und leckt sich über die Lippen.

Es ist ihr deutlich anzusehen, dass meine Warnung sie nicht wie geplant abgeschreckt, sondern erregt hat.

„Aber ich bin wund."

„Du hast noch ein Loch, das noch nicht entjungfert wurde."

Es gelingt mir, den Klang meiner Stimme unter Kontrolle zu behalten, so dass sie nicht mitkriegt, wie verflucht nah dran ich bin, mich bis zum Anschlag in ihren engen Po zu stoßen. Die Dämonen in meinem Inneren verstehen nicht, warum ich mich zurückhalte, sie fordern Kellys Tränen, wollen sie leiden und bluten sehen.

„Dafür bin ich noch nicht bereit, Knox."

In ihrem Blick erkenne ich, dass das die Wahrheit ist.

„Gut, dann lass uns frühstücken gehen.“
Die schmerzhafte Erektion ausblendend, ziehe ich mein Mädchen aus dem Bett und verpasse ihrer linken Arschbacke einen leichten Klaps.
„Du hast fünf Minuten. Wir treffen uns draußen im Hof.“
Lachend schüttelt sie den Kopf.
„Fünf? Soll das ein Scherz sein? Du hast wohl noch nicht viel Zeit mit Frauen verbracht, sonst wüsstest du, dass wir länger brauchen.“
Ich entscheide mich dazu, ihr die Wahrheit zu sagen. Es kann nicht schaden, wenn ihr langsam klar wird, was für eine gigantische Ausnahme sie darstellt.
„Alles, was ich mit Frauen bis jetzt gemacht habe, war, sie zu ficken und zu benutzen. Ich habe nicht die geringste Ahnung, wie lange es dauert, bis eine Frau fürs Frühstück bereit ist, weil ich noch nie mit einer gefrühstückt habe.“
Sprachlos sieht Kelly mich an. Gut, ich würde sagen, sie weiß jetzt, wie weit ich für sie von meinen Gewohnheiten abweiche.
Über ihren verdutzten Gesichtsausdruck muss ich lachen. Ich presse ihr einen schnellen Kuss auf den Mund, streiche mit der Zunge an ihrem Gaumen entlang und löse mich wieder von ihr. Sie schnappt japsend nach Luft und runzelt die Stirn.
„Fünf Minuten, Baby.“
Da ich spüre, dass ich mich nicht länger zurückhalten kann, gehe ich aus der Wohnung, durch den Club bis raus an die frische Luft.
Die Kombination aus Bett und Kelly ist einfach zu viel für meine eh schon überstrapazierte Selbstbeherrschung.
Draußen angekommen, hole ich meine Kippenschachtel raus und stelle frustriert fest, dass sie bis auf die Diamanten leer ist.
Mit zwei Fingern zwischen den Lippen stoße ich einen lauten Pfiff aus und winke Eleven zu mir.
Als er in meiner Nähe ist, werfe ich ihm die wieder verschlossene Schachtel zu.
„Gib die Rhett und sag ihm, er soll sie in den Safe sperren.“
Er ist verwundert über die Anweisung, eine Packung Marlboro in den Safe zu sperren, macht sich aber daran, den Befehl auszuführen.
Schlussendlich warte ich zehn statt fünf Minuten, bis Kelly endlich auftaucht.
Sie trägt eine enge Jeans, die an den Knien Löcher aufweist, eine taillierte weiße Bluse und ihre heißgeliebten Ballerinas. Sie ist so verteufelt schön, dass die in meinem Inneren kochende Besitzgier eine neue Dimension erreicht. Ich beobachte wie alle anwesenden Männer sie anstarren und kann nur schwer an mich halten, um ihnen nicht zu

befehlen, sich sofort zu verpissen. Ohne die umstehenden Kerle auch nur eines Blickes zu würdigen, kommt sie mit wiegenden Hüften auf mich zu, legt mir die Hände auf die Schultern, stellt sich auf die Zehenspitzen und haucht mir einen unschuldigen Kuss aufs Kinn.

Anschließend reibt sie mit den Daumen über meine Haut, um den rosa Lippenstift wieder runterzurubbeln.

„Immer wenn du lächelst, bildet sich da eine Kerbe, was ich total süß finde.“

Weiße Bluse, rosa Lippenstift, unschuldige Küsse und süße Grübchen...

Muss ich noch irgendetwas sagen? Ich denke nicht!

„Hör mal, Baby, du kannst mich nicht vor all meinen Männern süß nennen und mir wie bei einem kleinen Jungen übers Gesicht reiben. So läuft das nicht.“

Eine Augenbraue nach oben ziehend, sieht sie mich fragend an.

„Ach und warum kann ich das nicht? Du bist süß, zumindest dein Kinn ist es und du warst da rosa.“

Zane, der uns anscheinend nicht nur beobachtet, sondern auch belauscht hat, versucht nicht mal, sein Lachen zu unterdrücken.

Ohne dem grimmigen Blick, mit dem ich sie anstarre, auch nur die geringste Beachtung zu schenken, schnappt sie sich meinen Helm, setzt ihn sich auf und lässt den Verschluss einrasten. Nachdem sie sich eine blonde Locke aus dem Gesicht gestrichen hat, sieht sie mich ungeduldig an.

„Können wir los? Ich habe echt einen mega Hunger.“

Echt jetzt?

Erst lässt sie mich warten, dann macht sie mich zu Trottel und jetzt wird sie ungeduldig?

Zanes Lachen, das sich mittlerweile wie das Grunzen eines erstickenden Schweins anhört, wird immer lauter.

Kopfschüttelnd geht er auf Kelly zu, packt sie an der Hüfte und wirbelt sie einmal im Kreis, ehe er ihr einen Kuss auf den Scheitel drückt. Sie quietscht erschrocken auf und wankt leicht, als Zane sie wieder auf die Füße stellt.

„Habe ich dir schon gesagt, dass ich dich mag, kleine Tinker Bell?“

Meine Faust juckt, sehnt sich danach, ihm erneut die Nase zu brechen. Zane scheint das zu ahnen, denn er sieht mich herausfordernd an.

Kelly wirkt erstaunt.

„Obwohl ich dich ausgetrickst und dir deine Waffe abgenommen habe?“

„Ja. Und nur dass du es weißt, frag mich das nächste Mal einfach und ich gebe sie dir auch so."

Sie knabbert kurz auf ihrer Unterlippe, ehe sie sich traut, die Frage zu stellen, die ihr auf die Stirn geschrieben steht.

„Obwohl ich damit deinen Präsidenten bedroht habe?"

„Natürlich. Selbst du süßes Mädchen wirst lernen, dass dir keine Waffe der Welt gegen Knox hilft. Er hat dich einkassiert und jetzt gehörst du ihm. Keine Armee kann daran etwas ändern, ergo auch nicht meine Knarre."

Mit dieser Ansage lässt er eine völlig verdutzte Kelly stehen und geht auf das Clubhaus zu. Über das, was die letzten zehn Minuten so alles passiert ist, blöd grinsend, setze ich mich auf die Harley und warte, dass Kelly auf den Sozius steigt. Erst als sie hinter mir Platz genommen und ihre Arme um meine Mitte geschlungen hat, um sich an mir festzuhalten, klappe ich den Ständer ein und starte den Motor mit einem kraftvollen Tritt.

„Ich bin also süß, ja?"

Meine erneute Frage lässt sie kichern, das leise Geräusch hallt in meiner Seele wieder.

„Manchmal schon, ja. Aber manchmal, da kannst du einem auch eine Scheißangst einjagen."

Wir überqueren langsam den Hof, während ich über ihre Antwort nachdenke. Erst als wir das Tor passiert haben, gebe ich Gas und lasse den Motor laut knurren.

Als erfahrendes Bikermädchen schmiegt Kelly sich entspannt an meinen Rücken, lässt ihre kalten Finger in meinen Hosenbund gleiten und hat keine Ahnung, was diese eigentlich harmlose Berührung in mir auslöst. Über mich selbst verwundert versuche ich, das Chaos in meinem Kopf während der Fahrt auf die Reihe zu kriegen.

Dieses Mädchen entfacht nicht nur die ungewohntesten Empfindungen in mir, es stellt auch mein komplettes Leben auf den Kopf. An sich schon schlimm genug, doch das Besorgniserregendste an der Sache ist, dass mir das alles absolut nichts ausmacht, solange sie nur in meiner Nähe ist.

So langsam glaube ich wirklich, dass ich mit der Pixie-Dust-Pussy-Theorie völlig richtig liege. Kelly hat mich angefixt. Sie ist wie eine Droge, von der ich nicht mehr loskomme.

22. Kapitel

Kelly

Wir halten vor einem in die Jahre gekommenen Backsteinhaus, dessen untere Fassade rot angestrichen ist. Ein weißes Leuchtschild mit der Aufschrift *Mickies Dairy Bar* verrät mir, dass wir hier wohl richtig sind.

In der Hoffnung, dass das Essen besser schmeckt, als das *Mickies* aussieht, steige ich vom Motorrad und ziehe mir den Helm vom Kopf.

„Mickie macht die besten Eier der Stadt und für seine Pancakes würde ich töten."

Was für eine Aussage ...

„Da du ein Killer bist, habe ich keine Ahnung, ob das nur ein Scherz war."

Knox schwingt sein Bein über den Sitz, nimmt mir den Helm ab und hängt ihn über den Lenker. Anschließend packt er mich an der Hand und verwebt seine Finger mit den meinen. Von der Tatsache, dass der gefürchtete Präsident der Scorpions in der Öffentlichkeit mit mir Händchen hält, überrascht, bekomme ich nur am Rande mit, wie er „Kein Scherz!" sagt und mich durch die Türe in das Innere des Restaurants zieht.

Wir haben gerade zwei Schritte gemacht, als uns ein grauhaariger Mann entgegenkommt. Er trägt eine mit Fettflecken übersäte Kochschürze und wischt sich die Hände an einem rotkarierten Küchentuch ab, das gut zu den roten und schwarzen Fliesen passt, die in Schachbrett-Optik verlegt sind. Irgendwie passt der Fußboden des Diners gut zu meiner derzeitigen Situation. Ich stelle mich mittig in eines der schwarzen Quadrate und überlege mir, was ich wohl für Knox bin. Der Bauer, der geopfert wird? Der Springer, der nur kurz zum Einsatz kommt, ehe er am Spielfeldrand vergessen wird, oder die mächtige Dame, die dem König zur Seite steht?

Knox löst seine Hand von der meinen und begrüßt den Mann. „Es tut gut, dich zu sehen, Mickie", sagt er und nimmt ihn kurz in die Arme. Nach einem Schulterklopfen und ein paar getauschten Worten wendet sich mein Scorpion wieder mir zu.

„Du kommst in weiblicher Begleitung? Dass ich das noch erleben darf, hätte ich ja nicht gedacht."

Die Verwunderung in Mickies Stimme sorgt dafür, dass ich mich kurzzeitig wie die Königin dieser Partie fühle. Dieses Hochgefühl hält genau zwei Minuten an, nämlich genau bis zu dem Moment, in dem mich dieser Kerl an sich zieht und mir der unangenehme Geruch von altem Fett und Fritteuse in die Nase steigt.

Kaum dass er mich wieder losgelassen hat, zieht Knox mich bestimmend an seine Seite und legt mir besitzergreifend seinen Arm um die Schultern.

„Dein Verhalten beantwortet mir all meine Fragen, Bro."

Verwundert darüber, dass dieser Mickie zu Knox *Bro* sagt, betrachte ich ihn etwas genauer und mir fällt das Skorpiontattoo unter seinem linken Ohr auf.

Trotz des Küchenoutfits wirkt er mehr wie ein Rocker als wie ein Koch. Kann es sein, dass er mal zum Club gehört hat?

Die Männer unterhalten sich über Waffen, irischen Whisky und ein paar Leichen, die erst neulich durch Zufall von ein paar Bauarbeitern entdeckt wurden, als diese eine Baugrube für ein neues Haus ausgehoben haben.

Allein die Art, wie die beiden über die menschlichen Überreste sprechen, verrät mir, dass sie schon vor den Bauarbeitern von den Toten wussten. Es würde mich nicht wundern, wenn Knox und Mickie die Männer dort vor vielen Jahren vergraben haben.

Mein Magen zieht sich grummelnd zusammen und ich habe keine Ahnung, ob das an dem Gesprächsthema oder an meinem Hunger liegt.

„Könnten wir vielleicht erst etwas essen, bevor ihr noch ein bisschen mehr ins Detail geht?"

Knox sieht mich amüsiert an, drück seine Lippen an meine Schläfe und tätschelt mir den Po. Mickie beobachtet uns genau, er scheint über das Verhalten, das Knox mir gegenüber zeigt, glücklich zu sein.

„Du hast mein Mädchen gehört, sie braucht etwas zwischen die Zähne."

Der Koch mit der Skorpion-Tätowierung deutet auf einen der leeren Tische und reicht uns zwei Karten. „Ich hol euch schon mal einen Kaffee."

Mit diesen Worten verschwindet er hinter der schwarzen, auf Hochglanz polierten Theke.

Die Schmetterlinge, die wie durch Zauberei in meinen Bauch entstanden sind, als Knox mich *mein Mädchen* genannt hat, fliegen wilde Loopings. Und auch wenn ich noch lange nicht bereit bin, es laut auszusprechen, muss ich mir eingestehen, dass ich mich unsterblich in diesen Outlaw verliebt habe.

„Also Baby, worauf hast du Hunger?"

Knox Frage klingt so normal, überhaupt ist das alles hier so schön durchschnittlich, dass ich es kaum glauben kann.

Als er keine Antwort von mir bekommt, hebt er den Kopf und sieht mich an.

„Was ist?“

Das Grübchen an seinem Kinn bildet sich. Ohne lang darüber nachzudenken, strecke ich die Hand nach ihm aus und streiche mit dem Daumen darüber.

„Wenn du dein Leder nicht tragen würdest und du nicht die düstere Ausstrahlung eines gnadenlosen Rockers hättest, dann könnte man uns fast für ein normales Paar halten.“

Meine Bemerkung lässt ihn stutzen.

„Wir *sind* ein normales Paar.“

Die Art, wie er das *sind* betont, fühlt sich gut an.

Er muss mir ansehen, dass ich daran meine Zweifel habe.

„Du und ich, wir hatten Sex, du hast die Nacht in meinem Bett verbracht – in meinen Armen geschlafen und jetzt führe ich dich zum Frühstück aus. Fuck Baby! Das ist so normal wie nur überhaupt möglich.“

Da ich absolut nicht weiß, was ich darauf sagen soll, bin ich froh, dass Mickie mit dem angekündigten Kaffee zurückkommt und unsere Unterhaltung somit unterbricht.

„Wisst ihr schon, was ihr bestellen wollt?“

Aus einer spontanen Eingebung heraus bestelle ich mir die Pancakes, die Knox vorhin so gelobt hat, und ein Glas Orangensaft. Mein Rocker bestellt sich Speck, Würstchen und Eier.

Kaum dass wir wieder allein sind, nimmt er unser Gesprächsthema wieder auf.

„Ich weiß, dass es in letzter Zeit alles sehr viel für dich war. Aber du musst mir glauben, wenn ich dir sage, dass ich will, dass das zwischen uns funktioniert.“

Dass ich ihm glaube, steht außer Frage, was mir mehr Sorgen bereitet ist, ob wir überhaupt eine realistische Chance haben. Ich meine, was erwartet mich an seiner Seite für ein Leben? Handgranaten, Kopfgelder, Hangarounds, die mir die Kehle aufschlitzen wollen, Zane, der mir nur zu gerne seine Waffe gibt, weil er weiß, dass ich gegen Knox eh nicht die geringste Chance habe ... Das alles ist völlig verrückt.

Plötzlich wird mir kalt, eine Gänsehaut überzieht meine Arme und die Barriere des Tisches, der zwischen uns steht, kommt mir unüberwindbar vor.

„Hey, hey, hey, kleine Fee. Was ist los?“

Ich bemerke erst, dass ich angefangen habe zu weinen, als mir eine Träne von der Lippe tropft.

„Ich glaube, ich muss den ersten meiner drei Wünsche einfordern."
Knox sieht mich misstrauisch an.
„Du denkst aber an die zwei Bedingungen, die ich dir genannt habe."
Leise schluchzend nicke ich.
„Ich wünsche mir, dass du mich küsst – jetzt. Küss mich, als ob es unser erster und zugleich unser letzter Kuss wäre."
Noch bevor ich meinen Wunsch ganz ausgesprochen habe, steht mein Rocker auf, packt mich an den Schultern und zieht mich von dem Sitz hoch. Wenige Herzschläge später sitze ich auf seinem Schoß, fest an seine Brust gedrückt und dank seiner starken Arme von der Außenwelt abgeschirmt.
Ein Zittern durchläuft seinen muskulösen Körper, ich sehe seine innere Zerrissenheit in den Tiefen seiner quecksilberfarbenen Augen. Manchmal kommt es mir so vor, als würde Knox' Seele aus zwei Teilen bestehen. Der kleinere Teil ist gut und rein und sehnt sich nach Liebe. Der größere hingegen ist schwarz wie die Nacht und gefährlich wie ein wildes Raubtier. Knox ist die menschliche Verkörperung eines tödlichen Dämons. In seinem Herzen lebt der Geist der Dunkelheit – der *Spirit of Darkness.*
Unsicher, was jetzt geschehen wird, beobachte ich, wie er einen Kampf mit sich selbst ausficht. Nach wenigen Atemzügen gibt er ein wildes Grollen von sich, ehe er mich so zärtlich und gefühlvoll küsst, dass mein Herz für einen gefährlich langen Moment stillsteht. Vergessen sind meine Sorgen, vergessen sind die anderen Restaurantbesucher, die uns neugierig beobachten. Alles, was zählt, sind er und ich und die Art, wie seine Zunge träge Kreise in meinem Mund dreht. Zwischen meinen Schenkeln beginnt es sehnsüchtig zu pochen, ich wimmere leise und kralle mich an dem Revers seiner Kutte fest. Falls es wirklich so sein sollte und dieser Scorpion mein Untergang ist, dann bin ich bereit, mich von ihm in die Finsternis, die ihn umgibt, ziehen zu lassen - Hauptsache, ich kann bei ihm sein. Süchtig nach mehr komme ich ihm mit demselben Hunger, mit dem er mich verschlingt, entgegen.
Unsere Zungen umschlingen sich, wir knabbern, lecken, spielen und fordern immer mehr des anderen, solange bis mir die Sinne schwinden. Knox' Griff wird immer fester, er presst mich so dicht an sich, dass ich von seiner Kraft, seiner Wärme und seinem Geruch umgeben bin. Seine Zurückhaltung löst sich mit jedem Atemzug mehr auf und ich spüre, wie seine dunkle Seite langsam, aber sicher seine Kontrolle zerfetzt. Erst als unsere Zähne krachend aufeinanderschlagen und meine Lippe aufplatzt, löst er sich mit einem Ruck von mir.

„Holy Shit. Du bist ein wirklich sehr gefährliches Geschöpf, kleine Fee."

Ich? Das sagt ausgerechnet der Biker, der mich, wenn er wollte, mit bloßen Händen in zwei Teile zerbrechen könnte.

Mit wild klopfendem Puls und feuchtem Slip lecke ich mir über die Unterlippe und genieße seinen herben Geschmack, der darauf liegt.

„Das war dann Wunsch Nummer 1."

Ein raues Lachen von sich gebend, streichelt er mir sanft über den Arm.

„Oh Kleines, wenn alle deine Wünsche beinhalten, dass ich über dich herfallen, dich packen und küssen soll, dann hast du von mir aus noch 1000 Wünsche frei."

Auch wenn ich mir noch nicht zu 100 % sicher bin, ahne ich schon, was ich mir als Nächstes von ihm wünschen werde und ich weiß jetzt schon, dass es ihm extrem schwerfallen wird, mir diesen Wunsch zu erfüllen. Falls er es überhaupt kann.

„Mach dir mal keine Hoffnung, Scorpion, so leicht kommst du mir nicht davon."

„Aye, das dachte ich mir schon."

Mickie kommt mit unserer Bestellung, Knox lässt mich los und setzt sich wieder vis-à-vis von mir auf den Stuhl.

Während des Essens unterhalten wir uns über alles Mögliche, mein sonst so schweigsamer Biker ist erstaunlich gesprächig und ich erfahre, dass Mickie früher mal ein Member des Scorpions-Motorcycle-Clubs war. Als er aber vor sechs Jahren erfahren hatte, dass er Lungenkrebs hat, hat er darum gebeten, ausscheiden zu dürfen, und es wurde ihm gewährt. Keiner hatte damit gerechnet, dass er die Krankheit überleben würde, doch als es ihm gelungen war, hat er das Restaurant eröffnet und ein neues Leben angefangen.

„Wie nennt man es noch mal, wenn ein Mitglied sich vom MC trennt, aber dennoch weiterhin mit ihm befreundet ist? Dafür gibt es doch einen Begriff, oder täusche ich mich da?"

Wie immer, wenn ich mich besonders für die Welt der Rocker interessiere, blitzen Knox' Augen glücklich auf.

„Mickie ist *‚out in good standing'*. So nennt man im Jargon den Status eines ehemaligen Vollmitglieds, das sich im Guten von seinem Club getrennt hat."

Also habe ich mich doch nicht getäuscht.

Je mehr Zeit ich bei den Scorpions verbringe, umso mehr Erinnerungen an meinen Bruder kehren zurück. Jetzt, wo er tot ist, bereue ich vieles. Damals haben wir uns ständig wegen Nichtigkeiten gestritten, ich bereue, dass ich ihm nicht öfters gesagt habe, wie sehr ich ihn geliebt habe.

„Woran denkst du gerade?“

Knox’ Frage reißt mich aus meinen düsteren Überlegungen. Weil ich weiß, wie er reagiert, wenn ich anfange, von den Devils zu sprechen, vermeide ich es, mit ihm über Thomas zu reden, schließlich war er einst der Vizepräsident der Teufelshenker.

„Daran, dass du recht hast und dass diese Pancakes wirklich mörderisch gut sind.“

Ich sehe Knox an, dass er weiß, dass ich ihm gerade nicht die ganze Wahrheit sage, doch er belässt es dabei.

Wir beide haben eine Vergangenheit, die nicht unbedingt kompatibel ist. Aber das ist auch nicht wichtig, das Einzige, worauf es ankommt, ist, dass es uns gelingt, unsere Zukunft miteinander zu verbinden.

Als wir aufgegessen haben, gesellt sich Mickie zu uns. Die Zeit vergeht und das erste Mal seit einer kleinen Ewigkeit, genauer gesagt seit Knox und seine Männer vor der Türe des *Break* gestanden und mich um Hilfe gebeten haben, fühle ich mich wieder wie eine ganz normale Frau und nicht wie ein Ping-Pong-Ball zweier verfeindeter Rockerclubs.

23. Kapitel

Knox

Die letzten zwei Stunden waren unbeschreiblich. Zum ersten Mal konnte ich einen Blick auf die unbeschwerte, lockere Kelly werfen. Sonst wirkt sie immer viel zu ernst und verantwortungsbewusst für ihr Alter. Es tut mir fast schon leid, dass ich ihr diese Sorglosigkeit in wenigen Stunden wieder nehmen werde.

Sobald die Besprechung vorbei ist, werde ich Kelly in groben Zügen über meinen Plan aufklären und wenn sie erfährt, dass ich den MC, der ihr einst wichtig war, inklusive all seiner Mitglieder in die Luft jagen werde, wird ihre Stimmung ganz schnell umschlagen.

Es ist durchaus möglich, dass sie mich davon abbringen will, vielleicht sogar einen ihrer Wünsche dafür verwenden möchte, doch das wird ihr nichts bringen.

Ich werde Ty und seine Männer umbringen, selbst wenn Kelly mich dafür hassen wird.

Während Rhett, Eleven und Jaxton über die Details diskutieren, sinkt meine Stimmung rapide.

Das abhörsichere Prepaidhandy, mit dem ich vorhin Oleg angerufen habe, beginnt vibrierend über den Tisch zu tanzen – der erwartete Rückruf. Jetzt wird sich zeigen, ob uns die Russen zur Seite stehen werden. Nach einem schnellen Blick zu Rhett, dem die Anspannung ins Gesicht geschrieben steht, nehme ich das Telefon und verlasse den Raum.

„Oleg?“

Anstatt sich lange mit überflüssigen Begrüßungsfloskeln aufzuhalten, kommt er sofort zum Punkt. Das mag ich an den Russen. Ihre rücksichtslose Gradlinigkeit.

„Wir sind dabei, aber nur unter einer Bedingung.“

„Welcher?“

„Das Gold geht zurück in unseren Besitz.“

Mit so etwas habe ich bereits gerechnet und mich längst mit Rhett und Zane darüber unterhalten.

„Das geht in Ordnung.“

Ein Schwall slawischer Wörter dringt gedämpft zu mir durch, mir ist klar, dass er gerade mit einem seiner Männer spricht. Ich warte ab.

Als er sich wieder an mich wendet, spricht er beinahe akzentfrei.

„Die Hälfte vor der Aktion, die andere danach.“

Obwohl es mich brennend interessiert, warum er ausgerechnet das Gold und nicht die Diamanten und das Geld zurückwill, halte ich meine Frage zurück.

„Schick einen deiner Männer vorbei, er kann es abholen."

„Wann soll das in Duluth losgehen?"

Nach eingehender Überlegung sind wir zu dem Entschluss gekommen, Ty und die Männer, die ihn garantiert begleiten werden, doch nicht in den Steinbruch zu locken, sondern ihn an einer günstig gelegenen Tankstelle an der Grenze unseres Reviers fertigzumachen. Diese liegt sehr abseits und ist ab 23:00 Uhr nicht mehr besetzt.

Sollte unser Plan schiefgehen, haben wir so immer noch die Möglichkeit, den Präsidenten der Henker mit tausenden Litern Treibstoff ins Jenseits zu befördern.

„Morgen Nacht. Deine Leute müssen bis dahin das Clubhaus verkabelt haben."

Oleg gibt ein gelangweiltes Grunzen von sich.

„Mach dir darüber keinen Kopf, das *Wie* ist unsere Sache. Wir werden ein Ablenkungsmanöver starten, so dass die Devil's Hangmen nicht mitbekommen, dass wir ihr Clubhaus mit Sprengstoff bestücken. Sie werden erst wissen, was los ist, wenn es *Boom* macht."

Täusche ich mich oder schwingt da Vorfreude in der dunklen Stimme des Mafiabosses mit? Es würde mich nicht wundern, wenn Ty es sich auch bei Oleg versaut hätte, der Präsident der Hangmen hat die Angewohnheit, keine anderen Autoritäten zu akzeptieren. Wie dem auch sein mag, mir kann das alles nur recht sein. Aus welchen Gründen auch immer der Schlächter beschlossen hat, den Scorpions zu helfen, ist nebensächlich. Hauptsache, er steht zu seinem Wort, hält sich an unseren Plan und hat Erfolg.

„Damit wäre alles gesagt, ich lasse die Barren herrichten, so dass sie abholbereit sind."

„Ochen' khorosho! Ich informiere dich, wenn unsere Aufgabe erledigt ist."

Die Leitung ist tot, das Gespräch ist beendet.

Auch wenn mein Russisch nicht besonders gut ist, weiß ich, was *ochen' khorosho* bedeutet – *sehr gut*. Ich kann nur hoffen, dass es tatsächlich sehr gut wird.

So eine Pleite wie bei der letzten Aktion in Duluth darf uns kein zweites Mal passieren. Ein erschossener Scorpion ist schon einer zu viel ... Ich werde alles in meiner Macht Stehende tun, um meine Männer zu beschützen, selbst wenn das bedeutet, für sie in den Tod zu gehen.

Tief einatmend starre ich kurz auf das alte Nokia in meiner Hand und gehe das kurze Gespräch noch mal gedanklich durch. Das alles klang sehr gut, der erste Stein wurde ins Rollen gebracht.

Zufrieden reiße ich die transparente Folie einer neuen Kippenschachtel ab, klappe den Deckel auf und entferne das silberne Papier, das die Filter bedeckt und das Aroma schützen soll. Ich klemme mir eine Marlboro zwischen die Lippen, ziehe mein Zippo aus der Tasche, lasse es aufschnappen und erwecke die Flamme zum Leben.

Keine zwei Sekunden später füllt warmer Rauch meine Lungenflügel. Mir eine kleine Pause gönnend, schließe ich die Augen, lehne mich an die Wand und stemme einen Fuß gegen den rauen Putz. So stehe ich da, lasse meine Gedanken schweifen und versuche, mich auf das vor uns Liegende zu fokussieren.

In den vergangenen Jahren, genau genommen seit der Nacht, in der Preston, der Prospect, in den Kelly einst verliebt war, ihren Bruder, den damaligen VP der Hangmen, erschossen hat, haben wir unzählige Male versucht, Ty auszuschalten. Wir sind immer Male gescheitert. Dieser Wichser ist wie ein verfluchter Zombie, der jedes Mal, wenn es uns gelungen ist, ihn auf den Boden zu befördern, einfach seine Knochen gerichtet und wieder aufgestanden ist.

Aber Fuck! Auch Zombies können vernichtet werden, man muss nur ihre Schwachstellen herausfinden. Tys Schwachstelle ist seine grenzenlose Arroganz. Mein Bauchgefühl sagt mir, dass wir dieses Mal Erfolg haben werden.

Erst als ich die Kippe fertig geraucht habe, gehe ich zurück in mein Büro und verkünde den First Nine unseres Motorcycle Clubs, dass uns die Russen den Rücken stärken werden.

Selbst Olegs Forderung, dass wir ihm als Dank für seine Unterstützung das Gold zurückgeben sollen, kann die kolossale Hochstimmung nicht abmildern.

Zufrieden, dass sich alles in die richtige Richtung entwickelt, bitte ich Zane, die Barren für die Abholung herzurichten.

Es hat sich gut angefühlt, kiloweise Gold im Safe zu haben, aber wir sind darauf nicht angewiesen – auf Olegs Hilfe in diesem Fall schon.

Die Russen machen keinen Fehler zweimal. Dass wir Miodrag so leicht ausschalten konnten, war reines Glück. Falls Oleg sich jemals gegen uns stellt, wird das ein harter, todbringender Kampf werden.

Rhett und Jaxton haben sich endlich darüber geeignet, wie wir die Tankstelle absichern, so dass es für Ty kein anderes Ende nehmen kann als den sicheren Tod.

„Ich werde noch heute mit Eleven dahin fahren und die Örtlichkeiten checken, eventuelle Schwachstellen erkunden und planen, wo wir die zwei Sprengladungen anbringen werden, um eine möglichst große Explosion generieren zu können."

In Jaxtons grauen Augen erkenne ich pure Vorfreude, er kann es kaum erwarten, die Devil's Hangmen endlich dem Erdboden gleichzumachen.

„Mach das, aber bleibt unauffällig, wir müssen extrem vorsichtig sein, niemand darf Verdacht schöpfen. Und was besonders wichtig ist, haltet in Teufels Namen die Fresse. Die Scheiße mit Loco hat uns gezeigt, dass Ty seine Augen und Ohren überall hat. Das Letzte, was wir gebrauchen können, ist, dass die Hangmen irgendwie von unserem Plan erfahren und vorbereitet sind."

Jaxton nickt ernst, er weiß, wie viel für uns auf dem Spiel steht. Eleven, der während der Besprechung seine Waffe gereinigt hat, setzt diese routiniert zusammen, befüllt das Magazin und lässt es geräuschvoll einrasten.

„Du kannst dich auf uns verlassen, Präs. Dieses Mal hat Tys letzte Stunde geschlagen."

Nachdem das geklärt ist, beende ich die Sitzung. Einer nach dem anderen verlässt mein Büro. Ich setze mich an den Schreibtisch und warte, bis die Stühle an dem großen Konferenztisch leer sind. Bevor Eleven sich zusammen mit Jaxton auf den Weg zur Tankstelle machen kann, rufe ich ihn noch mal kurz zurück.

„Was gibt's, Boss?"

Mit einem Handzeichen gebe ich ihm zu verstehen, dass er sich mir gegenüber auf den Ledersessel setzen soll.

„Es gibt da noch etwas, das ich mit dir besprechen muss."

Neugierde blitzt in seinen Augen auf.

„Sag mir, wenn ich mich täusche, aber ich habe das Gefühl, dass du in letzter Zeit deine Impulskontrollstörung gut im Griff hast."

Eleven greift in die Tasche seiner Kutte und schiebt sich anschließend einen Zimtkaugummi in den Mund. Der würzige Geruch steigt mir in die Nase, absolut ekelhaft.

Er kaut ein paarmal, wägt seine Antwort genau ab.

„Ich will ehrlich sein, Präs, die Impulse, zerstören und töten zu wollen, sind immer noch da. Manchmal fühlt es sich sogar so an, als würden sie immer stärker werden, doch ich schaffe es, gegen sie anzukämpfen – meistens zumindest. Als du mich zu einem der First Nine ernannt hast, habe ich dir geschworen, dich nicht zu enttäuschen, und diesen Schwur will ich einhalten."

Sein Ehrgeiz ehrt ihn, ich empfinde den allergrößten Respekt für diesen Mann.

„Letzte Nacht hast du nicht zum ersten Mal bewiesen, dass meine Entscheidung, dir zu vertrauen, absolut richtig war. Du hast mein Mädchen gerettet, dafür stehe ich in deiner Schuld."

Eleven schüttelt entschieden den Kopf, formt eine Kaugummiblase und lässt diese geräuschvoll zerplatzen.

„Kelly ist eine gute Frau, sie ist nett und freundlich und gehört nun zu unserer Gemeinschaft. Sie zu beschützen ist Ehrensache, Knox. Du schuldest mir gar nichts."

Es freut mich, dass er das so sieht.

Ich greife in die Tasche meiner Kutte und hole das *Expect-No-Mercy*-Abzeichen hervor. Noch behalte ich es in meiner Faust, so dass er es nicht sehen kann, und lehne mich entspannt zurück.

„Welche Ziele hast du für die Zukunft, Eleven? Könntest du dir vorstellen, einen Posten mit verantwortungsvollen Aufgaben zu übernehmen?"

Auf seiner Stirn bilden sich zwei tiefe Falten.

„Alle Ämter sind besetzt. Worauf willst du also hinaus, Knox?"

„Was ich will, ist eine Antwort."

Er zögert kurz, nickt dann jedoch entschlossen.

„Mein Leben ist der Club, meine Familie ist der Club – ich bin der Club. Also ja, wenn du einen Posten für mich hast, nehme ich ihn."

Sehr gut. Genau das wollte ich hören.

Während ich die Faust mittig auf den Tisch lege, öffne ich langsam die Finger und zeige ihm so das Patch, das ich für ihn vorgesehen habe.

„Das hier hast du dir schon lange verdient, doch nach letzter Nacht steht es dir erst recht zu. Und was dein neues Amt angeht, hängt alles von der Aktion in Duluth ab. Wenn es uns gelingt, die Devil's Hangmen zu vernichten, stell dich auf ein neues Aufgabengebiet ein."

Obwohl ich in seinen Augen dutzende von Fragen sehe, nickt er einfach nur.

Eleven zeigt ein breites Grinsen, pickt sich den Aufnäher aus meiner Hand und formt eine weitere Kaugummiblase.

„Fuck, wie geil! Darauf habe ich es schon lange abgesehen. Da werde ich jetzt gleich Nadel und Faden rausholen."

Als ich nichts darauf erwidere, kapiert er, dass er entlassen ist. Von dem Sessel aufstehend, sieht er, noch immer breit grinsend, auf mich herab.

„Danke, Präs." Er zögert kurz, ehe er ein „Für alles!" hinterherschiebt.

Dann geht er und ich weiß, dass ich die richtige Entscheidung getroffen habe.

Die silberne Kette, die an seinem Gürtel baumelt und an der er sein Portemonnaie befestigt hat, schwingt klirrend hin und her.

Die Zeit der Devil's Hangmen ist angezählt, alles läuft reibungslos und mein Plan nimmt langsam Formen an.

Nicht mehr lange und es wird in Duluth einen neuen tonangebenden Motorcycle Club geben – nämlich unseren! Mit diesem neuen Chapter werden wir nicht nur unser Revier, sondern auch unsere Macht verdoppeln. Allein bei der Vorstellung, welche neuen Möglichkeiten sich uns damit erschließen, wird mein Schwanz hart und dick.

Das Spiel mit dem Tod erregt mich, es lässt das Blut in meinen Adern pulsieren und sorgt dafür, dass ein Schwall Adrenalin durch meine Venen gepumpt wird.

Entschlossen stehe ich auf und mache mich auf die Suche nach meiner süßen kleinen Fee. Irgendwo in meinem Hinterkopf weiß ich sehr wohl, dass ich ihrem Körper heute eine Schonfrist geben wollte – doch verdammt – wenn ich mich nicht gleich in ihr süßes, feenstaubgefülltes Fötzchen ramme, verliere ich den Verstand!

24. Kapitel

Kelly

Heute herrscht viel Trubel im Club. Die Bar ist trotz der Tatsache, dass es erst früher Nachmittag ist, gut besetzt. In Knox' Büro findet irgendeine Besprechung statt und auf dem Hof toben sich die Prospects aus. Nach dem Erfolg gegen die Russen haben alle gute Laune. Verständlich, nicht jeder Club hätte es geschafft, sich gegen Miodrag zu behaupten.

Mit einem Glas Saft in der Hand setze ich mich draußen im Hof in die Sonne und beobachte, wie ein Anwärter, den alle Wheelie nennen, seinem Namen alle Ehre macht, indem er nur auf dem Hinterrad über das Gelände fährt. Beifall wird laut, das ist kein leichter Stunt. Der unverkennbare Gestank von verbranntem Gummi, Benzin und Rauch erfüllt die Luft.

Eine Frau mit langen blonden Haaren schiebt ihre Deuce in die Mitte des Geländes, steigt auf und startet mit einem Kickdown den Motor des kleinen Harley-Davidson-Modells. Nachdem sie ihn kurz hat warmlaufen lassen, legt sie den Leerlauf ein, steigt ab und umfasst von der Seite aus mit beiden Händen den Lenker.

Ich ahne, was kommt - mir tut die schöne Maschine jetzt schon leid.

Sie drückt die Kupplung, hält die Bremse und gibt gleichzeitig Gas, der Hinterreifen beginnt sich zu drehen, der Burnout beginnt.

Nach und nach drehen sich Frau und Maschine im Kreis, gleich einem Zirkel hinterlassen sie einen schwarzen Gummikreis auf dem Asphalt. Immer mehr Rauch steigt auf, der Gestank wird immer schlimmer, die graue Wolke, die sie umgibt, wird so dicht, dass ich kaum noch etwas erkennen kann.

Am Knurren des Motorrads und dem lauten Knall erkenne ich, dass sie es zu weit getrieben hat und der Hinterreifen geplatzt ist.

Die Zuschauer klatschen Beifall, ich hingegen nippe einfach nur an dem Saft. Vielleicht bin ich einfach zu langweilig, aber ich weiß nicht, was daran toll sein soll, eine Harley auf diese Art zu quälen. Was hatte die Frau davon außer Gestank, Rauch und Kosten? Nichts!

Dumm ... dumm ... dumm ...

Der Motor verstummt, eine große Gestalt kommt aus dem grauen Rauch direkt auf mich zu. Dank der Sonnenstrahlen, die die Konturen des muskulösen Körpers in ein orangefarbenes Licht tauchen, wirkt Knox wie ein Dämon, der aus der Finsternis aufgestiegen ist, um mich zu holen.

Der Gedanke lässt mich erschaudern. Direkt vor mir bleibt er stehen, seine grauen Augen wirken wie mit flüssigem Silber gefüllt, an seinem Kiefer zuckt ein Muskel. Er wirkt angespannt, so als würde er unter extremen Druck stehen.

Wie immer, wenn dieser Rocker in meiner Nähe ist, beginnt es wie wild in mir zu prickeln. Meine Brustwarzen ziehen sich zusammen, stellen sich auf und schwellen an. Zwischen meinen Beinen pocht es und meine Nervenbahnen fangen Feuer. Es ist unglaublich, aber Knox braucht mich nicht mal zu berühren und schon spielen meine Hormone verrückt, schalten auf Paarungsmodus und lassen keinen vernünftigen Gedanken mehr zu.

„Hey Baby."

„Hey Biker."

Unsere Blicke treffen sich und ich erkenne das primitive Verlangen, das durch seine Adern pulsiert.

Knox gibt mir das Gefühl, schön, begehrenswert und extrem weiblich zu sein - das gefällt mir.

„Wie geht es dir?"

Vier Worte, die eine ganz normale Frage darstellen und dennoch ist klar, auf was er anspielt.

Da ich weiß, was von meiner Antwort abhängt, zögere ich kurz, ehe ich ein leises „gut" flüstere.

„Sicher?"

„Oh ja!"

Mit einem wilden Brummen beugt er sich zu mir, nimmt mir das Glas ab und stellt es auf den Boden. Keine Sekunde später hänge ich Kopf nach unten über seiner Schulter.

Er benimmt sich wie ein Wikinger auf Raubzug, der sich seine Beute packt und sie mit sich nimmt, um sich an ihr zu vergehen. Seltsamerweise verspüre ich nicht den Hauch von Angst, sondern nur reine, unverfälschte Lust.

Als er nicht wie erwartet Richtung Clubhaus, sondern an der Türe vorbei und auf die Garagen zugeht, versuche ich, mich aus seinem bestimmenden Griff zu befreien.

„Wohin bringst du mich?"

„Ich dachte mir, wir probieren mal was Neues."

Ohhh ...

„Du meinst Sex im Freien?"

Knox gibt ein zustimmendes Grunzen von sich. Ein nervöses Zittern breitet sich in mir aus.

„Ich weiß nicht, ob ich das mag, immerhin hatte ich das noch nie. Was, wenn uns jemand beobachtet?"

Jetzt besitzt er doch tatsächlich die Frechheit zu lachen.

„Natürlich hattest du es noch nie. Immerhin war ich dein Erster."

Seine Arroganz stört mich.

„Das bedeutet gar nichts. Ich meine, du lässt mich viel allein und ich bin in einem Haus voller Rocker, da bieten sich einem Mädchen viele Gelegenheiten ..."

Was er von meiner Idee, ihn zu reizen, hält, lässt er mich deutlich spüren, indem er meinem Hintern einen echt harten Schlag verpasst.

„Autsch!"

Wir kommen am Rand des Geländes an, hier ist nichts als Wiese, hohe Bäume, blauer Himmel und Sonnenschein. Endlich lässt er mich von seiner Schulter gleiten. Doch anstatt mich langsam abzustellen, packt er mich an den Schultern und zieht mich grob an sich.

„Solltest du es jemals wagen, deine Beine für einen anderen Mann zu spreizen, töte ich dich! Ich töte ihn und jeden, der mich davon abhalten will!"

Knox atmet heftig, seine Iriden sind so dunkel geworden, dass sie schwarz und kalt wirken. Aus jeder Pore dringt ihm pure Aggression und reine Gewaltbereitschaft und ich spüre, dass es gerade keinen Spaß macht. Das, was er da gerade gesagt hat, ist sein voller Ernst. Mit meinem blöden Witz habe ich das Dunkle, das in diesem Outlaw lauert und nur darauf wartet aus ihm herauszubrechen, geweckt – ihm geradezu die Türe geöffnet. Knox ist kein normaler Mann und kein normaler Biker. Er ist der *Spirit of Darkness* und er hat sich fest in den Kopf gesetzt, dass ich ihm gehöre. Etwas, das sich verdächtig nach Angst anfühlt, kriecht an meiner Wirbelsäule hoch und windet sich um mein Herz.

Seine Finger graben sich so fest in meine Arme, dass sie sich schon ganz taub anfühlen und schmerzen. Nicht mal die goldenen Sonnenstrahlen schaffen es, die Schwärze, die sich über meinen Rocker gelegt hat, zu durchdringen.

„Das war nur ein Scherz ..."

Trotz meiner Bemühung ruhig zu wirken, höre ich, wie meine Stimme zittert.

„Darüber solltest du lieber keine Witze mehr reißen, Kelly!"

Ja, das habe ich gerade selbst schon festgestellt.

Meine Angst überwindend, wackle ich mit den Armen, mit deutlichem Widerwillen gibt er sie frei. Anstatt meinem Instinkt zu folgen und so schnell wie möglichst viel Abstand zwischen Knox und mich zu bringen, schiebe ich meine Finger unter sein Shirt, an seinem Bauch hinauf bis zu seiner Brust. Ich presse meine Handflächen gegen seinen Brustkorb und spüre das kraftvolle, viel zu schnelle Wummern seines Herzens.

„Der einzige Mann, den ich will, bist *du*. Ich will *deine* Hände auf meiner Haut spüren, *deine* Lippen küssen und *dich* tief in mir aufnehmen. Ich will, dass das hier ...“, mit den Nägeln kratze ich über den Bereich seiner Brust, unter dem sich sein Herz befindet, „... nur für *mich* schlägt. Ich will, dass es *mir* gehört, für immer.“

Falls überhaupt möglich, werden seine Iriden noch eine Nuance dunkler.

Er atmet gepresst aus, schließt für eine Sekunde die Augen und als er sie wieder öffnet, sehe ich das Gefühlschaos, das meine Worte in ihm ausgelöst haben.

„Ist dir bewusst, was du da gerade gefordert hast?“

Da ich meiner Stimme nicht traue, nicke ich nur.

„Bei meinem Leben, ich werde dich nie, nie wieder frei geben!“

Wieder packt er mich, doch dieses Mal gelingt es ihm, seine Kraft zu dosieren, so dass er mich zwar so fest hält, dass es kein Entkommen für mich gibt, aber dass es nicht weh tut.

Dieses *nie, nie wieder* sollte mich eigentlich verschrecken, doch stattdessen zieht es mich noch etwas tiefer in das gefährliche Netz, das dieser Scorpion um mich herum gesponnen hat.

„Das musst du auch nicht.“

Ein Hauch Erleichterung huscht über seine angespannten Gesichtszüge.

„Küss mich, Rocker.“

Das muss ich ihm nicht zweimal sagen. Sein Mund findet den meinen, unsere Lippen verschmelzen und wir verlieren uns an den anderen.

Ich habe keine Ahnung, was das zwischen uns ist, aber es hat nichts mit den romantischen, zarten Gefühlen zu tun, die frisch Verliebte im Normalfall füreinander empfinden. Das, was uns verbindet, ist wild, düster, allumfassend und intensiv.

Unsere Zungen umschlingen sich, fordern sich zu einem sinnlichen Tanz auf, der sich schnell in ein Duell der Leidenschaft verwandelt.

Hilflos kralle ich mich an ihm fest, komme ihm entgegen und inhaliere mit jedem Atemzug seinen herben, männlichen Geruch.

Ich dachte immer, dass Rot die Farbe der Liebe ist, doch in meiner persönlichen Lovestory ist es wohl eher ein sattes, undurchdringbares Schwarz ...

Knox beendet unseren Kuss und zieht sich die Kutte und das darunterliegende Holster, in dem seine Waffe steckt, aus. Als Nächstes folgt sein Shirt, das er auf dem Boden ausbreitet. Schwungvoll werde ich hochgehoben, um anschließend auf der improvisierten Decke abgelegt zu werden.

„Ich werde dich verschlingen, kleine Fee!"

Er richtet sich auf, und zieht sich mit schnellen ruckartigen Bewegungen aus, kickt seine schweren Stiefel von den Füßen und steigt aus seiner Hose.

Groß und kraftvoll steht er vor mir. Trotz der Tatsache, dass er komplett nackt ist, strahlt er so viel Dominanz aus, dass mir das Atmen schwerfällt.

Seine Augen ruhen auf mir, seine Wangenmuskulatur zuckt leicht. Das Skulltattoo an seiner Kehle bewegt sich, als er schluckt, die Muskeln in seinen Armen zucken unter der tintenverzierten Haut.

„Ich werde dich in Besitz nehmen und dich spüren lassen, wie sehr ich dich will!"

Um Kontrolle ringend fährt er sich mit den Fingern durch seine rabenschwarzen Haare.

„Sag, dass du bereit für mich bist."

Gott, ist dieser Mann schön - wie ein gefallener Engel.

Noch bevor ich diesen Gedanken zu Ende gebracht habe, werde ich plötzlich von harten Muskeln, weicher Haut und purer Kraft auf den Boden gepresst.

Sein heißer Atem streift mein Gesicht, sein Blick bohrt sich in den meinen.

Trotz der Furcht, die durch meine Venen rauscht, kann ich nicht verhindern, dass ich mich immer mehr in diesen Mann verliebe.

Lieber Gott, hilf mir, dass ich zukünftig genug Kraft habe, um an der Seite dieses Outlaws bestehen zu können.

Grob, beinahe brutal, presst er seine Lippen auf die meinen, dringt mit seiner Zunge tief in mich ein, raubt mir die Luft zum Atmen.

Hilflos liege ich unter ihm, werde von ihm dominiert.

Seine Hände umfassen meine Bluse und zerreißen sie. Die kühle Luft, die über meinen entblößten Oberkörper streicht und mich erzittern lässt, steht im starken Kontrast zu der Hitze, die Knox ausstrahlt.

Seine Berührungen sind nicht bittend oder zärtlich, sondern bestimmend und besitzergreifend. Der Dämon in meinem Rocker übernimmt die Kontrolle, das kann ich deutlich spüren.

Seufzend presse ich mich ihm entgegen, überwinde meine Scheu und überlasse mich seiner Führung. Sofort werden seine Berührungen zärtlicher, seine Lippen verschlingen mich nicht mehr, sondern beginnen, mich zu verführen.

Ich vergrabe meine Fingernägel in der Haut an seinem Rücken und reibe meinen Unterleib an seinem.

Knox' Lippen geben die meinen frei, seine Zunge umschmeichelt mein Ohrläppchen, ehe er es sachte in seinen Mund saugt.

„Du. Bist. Mein."

Ein heißer Schauer lässt mich erbeben, die Haare in meinem Nacken stellen sich auf. Er raunt mir ins Ohr, dass er mich niemals gehen lassen wird, dass ich zu ihm gehöre und dass er für mich gegen den Rest der Welt kämpfen würde.

Knox' Schwur hallt in meiner Seele wider, er wird zum Mittelpunkt meiner Welt.

Seine Finger umfassen mein Kinn, erneut tackert er seine warmen Lippen auf meinen Mund. „Ich brauche dich so sehr, Baby!"

In einem verboten sinnlichen Rhythmus reibt er seinen harten Schwanz zwischen meinen Beinen auf und ab. Und trotz des Stoffs meiner Jeans, der sich noch immer störend zwischen uns befindet, reagiert mein Zentrum mit purer Lust.

Heiße Feuchtigkeit benetzt meine Schamlippen, ein gieriges Pochen hallt in meinem Kitzler nach. Ich stöhne laut, plötzlich legt er mir seine große Hand auf den Mund, erstickt so meinen aufsteigenden Schrei.

„Baby, wenn du nicht willst, dass uns der halbe Club beim Ficken beobachtet, dann bist du jetzt lieber etwas leiser."

Herausfordernd sieht er mich an, öffnet mit den Fingern der anderen Hand meine Jeans, zieht sie nach unten und schiebt seine Finger in meinen Slip.

Als er spürt, wie nass und bereit ich für ihn bin, brummt er bewundernd.

„Deine Pussy ist das reinste Paradies."

Langsam dringt er mit zwei seiner Finger tief in mich ein, krümmt sie leicht und reibt so über meinen G-Punkt.

Oh jaaaa!

Seine Hand, die noch immer auf meinem Mund liegt, erstickt mein Stöhnen.

Hilflos schiebe ich mein Becken vor, hebe es an und komme ihm willig entgegen.

Seine silbernen Augen fixieren die meinen. Fasziniert beobachte ich ihn dabei, wie er, nachdem er seine Finger aus mir zurückgezogen hat, sie an seine Lippen hält und ableckt.

„Von deinem süßen Geschmack werde ich nie genug bekommen."

Erneut gleitet seine Hand zwischen meine Beine, er umfasst meinen Venushügel, mit seinem Daumen massiert er meine empfindliche Perle.

„Wenn ich meine Hand wegnehme, versprichst du mir dann, wie ein braves Mädchen leise zu sein?“

Ich nicke. Kaum dass er meinen Mund frei gegeben hat, schnappe ich japsend nach Luft.

Geschickt zieht er mich aus und wirft all meine Klamotten beiseite.

Nackt und entblößt liege ich vor ihm in der Sonne, während sich sein gieriger Blick auf meine Muschi legt. Bestimmend spreizt er meine Knie etwas weiter, so dass seinen Augen nicht die geringste Kleinigkeit verborgen bleibt.

Gekonnt wühlen sich seine Finger durch meine Falten, dringen in mich ein, massieren meine inneren Scheidenwände.

Vor Lust trunken beobachte ich Knox dabei, wie er seinen Kopf senkt und sich vorbeugt. Langsam streicht seine Zungenspitze über meine empfindliche Klit. Züngelnd verwöhnt er meine Spalte, seine Finger ficken mich immer schneller, vor meinen Augen zucken grelle Blitze.

„Ahhhhh!“

Mein lauter Schrei hallt über das Gelände, zu spät erinnere ich mich an seine Mahnung, dass ich leise sein soll.

Wogen der Lust bauen sich in mir auf, jeder Zentimeter meiner Haut glüht und prickelt. Meine Nervenbahnen fangen Feuer, ich verliere den Bezug zur Realität. Es fühlt sich an, als würde ich schweben.

Oh Gott, mein Orgasmus ist zum Greifen nah.

Gerade als ich denke, dass er mich über die Klippe züngelt, hebt er seinen Kopf und leckt sich knurrend über die Lippen.

Mich windend nehme ich seine Hand, presse sie auf meine Scheide, reibe mich an ihr und sehe ihn an.

„Fühlst du das? Diesen inneren Druck, das alles verschlingende Verlangen?“

Ich ahne, auf was er hinauswill und nicke.

„So geht es mir den ganzen Tag. Ich kann an nichts anderes denken, als mich wieder und wieder in deine feuchte Pussy zu stoßen und in dir abzuspritzen.“

Mein leises „ohhh...“ bringt ihn zum Lachen.

Der Moment ist so intim, sein Blick bohrt sich tief in den meinen.

„Ich will, dass du mich nimmst. Jetzt! Fick mich, Scorpion. Benutz deinen Stachel.“

Er lacht noch lauter. Plötzlich wird er jedoch schlagartig ernst.

„Ich will, dass du meine Old Lady wirst!“

Nervös sehe ich ihn an. Hat er das gerade wirklich gesagt oder spielt mir mein lusttrunkener Verstand Streiche?

„Sag das noch mal.“

„Schenk dich mir, Kelly, werde meine Old Lady. Ich muss wissen, dass du mir gehörst. Ich will, dass jeder sehen kann, dass du mein bist und dass ich das gottgegebene Recht habe, dich zu ficken und zu beschützen!“

Lieber Himmel - was soll ich denn darauf antworten?

Mein Verstand schreit laut *nein,* mein Herz wispert verzweifelt *ja.*

Ich erkenne die Entschlossenheit in Knox’ Blick und weiß, dass ich, völlig egal, wie ich mich entscheide, so oder so ihm gehöre. Dieser Rockerpräsident hat mich für sich beansprucht und daran kann niemand mehr etwas ändern.

„Okay - ich werde deine Old Lady.“

Kaum dass ich diese Wörter ausgesprochen habe, blähen sich seine Nasenflügel, sein Kinn spannt sich an, seine Pupillen glühen teuflisch.

Alles an diesem Biker wirkt einschüchternd, hart und tödlich.

Umso erstaunter bin ich, als seine Lippen zartschmelzend über die meinen streichen und er mich so sanft küsst, als wäre ich das zerbrechlichste Wesen auf dieser Welt.

Das ist er, der erste Kuss als Old Lady ...

Süchtig nach seiner Nähe schlinge ich meine Arme um seinen Hals und ziehe ihn auf mich.

„Fickst du mich jetzt endlich?“

Dank seines tiefen Lachens bebt sein Brustkorb.

„Oh, du gieriges Luder. Kaum zu glauben, dass du bis vor kurzem noch eine süße kleine Jungfrau warst.“

Da kann ich ihm nur zustimmen. Ich hätte nicht im Leben gedacht, dass Sex mir so gut gefallen könnte.

„Das Blut auf deinem Bett ist aber der beste Beweis, dass du Monster mich zu diesem sündigen Mädchen gemacht hast.“

„Glaube mir, es ist gut, dass ich dein Erster war. Hättest du schon mal einen Mann in deinen Körper gelassen, hätte ich ihn töten müssen!“

Ich zweifle keine Sekunde an der Ernsthaftigkeit seiner Worte.

„Du bist mein Erster und mein Letzter.“

„Aye Baby! Dafür werde ich sorgen!“

Mit diesen Worten zieht er mich bestimmend etwas weiter nach unten, umfasst mit seinen Fingern meine Scham und schiebt sie in mich. Seine Zähne finden meine Brustwarze, knabbern an ihr, während sein heißer Atem meine Haut liebkost.

Knox verführt mich nicht - er verschlingt mich. Endlich spüre ich die dicke Spitze seines Schwanzes an meinem Eingang. Er fesselt meinen Blick an den seinen und stößt sich tief und immer tiefer in mich.

Das dekadente Gefühl der Dehnung, seine Haut, die über meine reibt und seine Hände, die sich besitzergreifend um meine Taille schlingen – ich bin verloren!

Dieses Mal ist der Schmerz weniger intensiv, langsam scheint sich mein Körper an Knox' Eindringen zu gewöhnen.

Wimmernd presse ich mich ihm entgegen, fordere ihn so auf, härter zuzustoßen.

Mit jedem Zentimeter, den er mich mehr ausfüllt, mit jedem geteilten Atemzug und jedem hungrigen Kuss werde ich mehr zu der seinen.

Langsam komme ich zu der Überzeugung, dass dieser Rockerpräsident mein Schicksal ist. „Nimm mich, Knox, jetzt, mehr ... bitte ..."

Knurrend verändert er seine Position und rammt sich endlich mit einer kraftvollen Bewegung bis zum Anschlag in mich.

Stöhnend gräbt er seine Finger tiefer in mein Fleisch, ehe er mich so gnadenlos fickt, dass ich Sterne sehe.

Verschwitzt und atemlos reibe ich mich an ihm, spanne meinen Unterleib an, beobachte wie in Trance das beeindruckende Spiel seiner Muskeln.

Keuchend kralle ich mich an seinem Hintern fest.

Bebend und laut schreiend lasse ich mich von den Wellen meines Höhepunkts mitreißen.

Halleluja ...

Knox wird noch etwas schneller, benutzt noch mehr Kraft und dringt so tief zu wie noch nie zuvor ein. Unter halb geöffneten Augen beobachte ich, wie er all seine Energie dafür aufbringt, mich zu bumsen. Mit eiserner Entschlossenheit jagt er seine eigene Erlösung, bis er sich wenige Atemzüge später laut brüllend in mir ergießt.

Oh wow - das war bis jetzt der beste Sex meines Lebens.

Mit rasendem Puls und unregelmäßigen Atemzügen beobachte ich, wie er sich langsam aus mir herauszieht, sich neben mich in die Wiese fallen lässt und mich bestimmend an sich zieht.

So bleiben wir liegen, beinahe reglos, die Augen auf den blauen Himmel gerichtet. Die Sonne, unsere einzige Zeugin, liebkost mit ihren warmen Strahlen unsere verschwitzten Körper, während eine leichte Brise über uns hinwegweht.

25. Kapitel

Knox

Das war gut – sehr gut. Nein, Schwachsinn! Das war das Beste, was ich jemals erlebt habe. Die kleine Fee in meinem Arm seufzt leise, dreht sich auf die Seite und legt ihren Schenkel auf den meinen. Ich spüre, wie ihre Finger kleine Unendlichkeitszeichen auf meine Brust zeichnen und wünsche mir, dass das Schicksal diese Liebkosung als Aufforderung versteht, mir dieses Mädchen für immer an die Seite zu stellen.

Kelly ist einzigartig, süß, zerbrechlich und das absolute Gegenteil von mir – unschuldig.

Das hier, dieser Moment, ist unbeschreiblich und stellt in meinem Inneren komische Sachen an.

Die kommende Woche wird interessant und ich freue mich auf die Herausforderung, dennoch bin ich nicht so naiv zu glauben, dass es einfach wird, die Hangmen zu besiegen.

Mein Tod ist nur *ein* mögliches Opfer, das dieser Krieg für sich einfordern wird.

„Woran denkst du gerade?“

In der Vergangenheit war diese Frage, die Frauen anscheinend gerne nach dem Sex stellen, immer das Zeichen für mich, das Weite zu suchen. Bei Kelly hingegen ist das anders, sie lasse ich nur zu gern an dem, was in meinem Kopf stattfindet, teilhaben. Für einen Moment überlege ich, die Wahrheit zu beschönigen, doch dann beschließe ich, dass Kelly es verdient hat, die unverfälschte Wahrheit zu erfahren.

„In vier Tagen locken wir Ty in eine Falle, töten ihn und löschen die Devils aus.“

Ich spüre, wie sie zusammenzuckt. Sie versucht, sich aus meiner Umarmung zu befreien, was ich nicht zulasse.

Für ein paar Sekunden kämpft sie noch gegen mich an, dann gibt sie seufzend auf und kuschelt sich wieder an mich.

„Wie?“

„Wir locken sie in eine Falle. Rhett wird Ty kontaktieren und ihm meinen Kopf auf dem Silbertablett anbieten.“

Ein entsetztes Keuchen entringt sich ihrer Kehle.

„Warum sollte Ty sich darauf einlassen?“

„Er ist blind vor Hass, er will meinen Tod - genau wie ich seinen will. Außerdem hat er es auf unser Revier abgesehen. Rhett wird ihm eine Zusammenarbeit anbieten, wenn die Devils ihn dabei unterstützen, mein Nachfolger zu werden.“

Mir ist klar, dass das alles sehr kompliziert für sie sein muss.

Doch anstatt mich wie erwartet mit dutzenden Fragen zu bombardieren, bleibt sie stumm.

Erst als eine verräterische Flüssigkeit auf meinen Brustkorb tropft, bemerke ich, dass sie leise weint. Besorgt und auch etwas wütend darüber, dass sie Tränen für meine Feinde vergießt, wende ich mich ihr zu.

„Es muss sein. Die Welt ist nicht groß genug für uns beide. Bitte hass mich nicht dafür, Baby."

Ein zorniges Blitzen lässt ihre Augen aufleuchten.

„Bist du irre, Scorpion? Du denkst, dass ich wegen der Henker traurig bin? Dass ich mich um sie sorge?"

Sie schüttelt so entschieden den Kopf, dass ihre goldenen Locken durch die Luft fliegen.

„Der Einzige, um den es mir geht, bist du!"

Um ihre Worte zu verdeutlichen, stupft sie mir mit dem Fingernagel gegen die Schulter, was erstaunlich schmerzhaft ist.

„Du bist der Mann, in dessen Bett ich schlafe und dem ich versprochen habe, sein Leder zu tragen. Also, das einzige Leben, um das ich mich sorge, ist - verdammt noch mal - deins! Eine Kugel reicht aus, um dich zu töten. Ihr handelt mit Waffen, die Devils handeln mit Waffen – das bedeutet, dass keinem von euch die Munition ausgehen wird. Es werden hunderte Projektile durch die Luft surren und du wirst in diesem ganzen Chaos mittendrin sein. Sag mir, wie ich da nicht vor Sorge durchdrehen soll? Vor allem, da dein Tod der Dreh- und Angelpunkt in diesem Plan zu sein scheint.

Darauf habe ich keine Antwort.

Die Tatsache, dass dieses schöne, verrückte Mädchen vor Sorge um mich weint, bringt mich völlig aus dem Konzept. Bis jetzt gab es niemanden in meinem Leben, der sich um mich Sorgen gemacht hat. Keine Familie, keine Frau – absolut niemanden. Dieses Gespräch und ihre vor Angst belegte Stimme sind eine völlig neue Erfahrung für mich.

Erst jetzt realisiere ich, dass ich nicht mehr allein bin und dass ich die Verantwortung für diese Frau trage. Im Geist notiere ich mir, dass ich Vorkehrungen treffen muss. Sollte ich tatsächlich draufgehen, will ich, dass Kelly versorgt ist.

Mich aufsetzend senke ich den Kopf, so dass sich unsere Gesichter auf gleicher Höhe befinden.

„Ich schwöre dir, dass ich zu dir zurückkommen werde."

Sie schürzt die Lippen und sieht dabei unglaublich niedlich aus.

„So wie ich das sehe, wird es Zeit für meinen zweiten Wunsch."

Auweia! Wenn sie mich davon abhalten will, in den Krieg zu ziehen, muss ich sie enttäuschen.

„Formuliere ihn weise, Baby. Es gibt Verpflichtungen, denen ich als Präsident nachkommen muss, ich habe keine andere Wahl.“

In ihrem Blick erkenne ich, dass ihr das bewusst ist.

Mir einen Kuss auf den Mund pressend, schnieft sie leise und wischt sich die letzten Tränen von den Wangen.

Wie sie da vor mir sitzt, nackt, im Schneidersitz mitten in der Wiese - sie hat noch nie so sehr wie eine Fee ausgesehen wie in diesem Moment.

Ihre blauen Augen leuchten in einer Intensität, dass sie sogar dem Himmel Konkurrenz machen. Der Wind bläst ihre Locken durch die Luft, ihr Mund ist von meinen Küssen geschwollen, während sich ihre rosa Nippel der Sonne entgegenrecken.

In meinem ganzen Leben habe ich noch nie so eine verführerische Frau gesehen.

Kelly wirft mir einen unsicheren Blick zu, ehe sie die Augen senkt und die Tätowierungen an meinem linken Arm betrachtet.

„Ich wünsche mir, dass du heil und unversehrt zu mir zurückkommst und dass du kein unnötiges Risiko eingehst.“

„Das sind aber zwei Wünsche.“

„Pech gehabt, mein Süßer. Diese zwei Punkte sind nicht verhandelbar.“

Ihre Taktik bringt mich zum Lachen. Ich weiß, dass sie mit dieser Wortwahl auf unsere Begegnung im Flur anspielt - bei der sie mich zuerst mit Zanes Waffe bedroht hatte, ehe ich sie in mein Bett getragen und entjungfert habe.

Herausfordernd sieht sie mich an.

Wie soll ich ihr diesen Wunsch verwehren?

„Okay. Dein Wunsch sei mir Befehl, my Old Lady.“

Sie grinst zufrieden, es ist beschlossene Sache.

Ty wird sterben, die Devils werden in die Luft gejagt und ich lasse mich nicht töten.

Eigentlich ein ganz einfacher Plan, mal sehen, ob das Schicksal auf meiner Seite ist.

26. Kapitel

Ty

In den vergangenen Jahren habe ich alles versucht, um den Scorpions-Motorcycle-Club zu vernichten. Mir sind ein paar gute Schläge gegen sie gelungen, zuletzt der Tod von Brock, ihrem Vizepräsidenten, doch zerschlagen konnte ich diese Ansammlung von Wichsern nie.

Diese Typen halten zusammen wie Pech und Schwefel, ihr Club hat etwas, das dem unseren fehlt, und das ist Loyalität.

Mir ist klar, dass die meisten meiner Member nur hier sind, weil sie auf das schnelle Geld, die Gratis-Pussys und das Töten geil sind, aber das stört mich nicht. Wichtig ist nur, dass sie da sind und meine Befehle ausführen, die Motivation, die dahintersteckt, ist mir einerlei.

Jetzt, wo es Knox geschafft hat, Miodrag in die Luft zu jagen, hat sich die Situation der Scorpions verbessert.

Die Unterwelt hat neuen Respekt vor ihnen bekommen.

Gerüchte werden laut, alle reden darüber, wie es Knox gelungen ist, den gefürchteten russischen Mafiaboss zu erledigen. Wenn man den Geschichten Glauben schenkt, dann hat er Miodrag nicht nur seine eigene Handgranate schlucken lassen, sondern auch seinen Safe ausgeräumt und ist mit den Taschen voller Geld, kiloweise Gold und lupenreinen Diamanten seelenruhig aus dem Casino spaziert.

„Fuck! Fuck! Fuck!"

Die Nummer macht Knox unsterblich, darüber werden sich die Leute noch lange nach seinem Tod unterhalten.

Laut meinen Informanten hat sich nun Oleg, der Schlächter, auf den Thron gesetzt.

Wenn das stimmt, dann bedeutet das Ärger für uns.

Oleg und mich verbindet genau eine Sache - Antipathie. Wenn man uns für eine Stunde in einen geschlossenen Raum sperren würde, wäre anschließend nur noch einer von uns übrig. Vor ein paar Monaten haben wir versucht, wegen eines Waffendeals miteinander auszukommen. Dass wir uns nicht gegenseitig umgebracht haben, grenzt an ein Wunder. Es war knapp!

Die Ellenbogen auf die Knie gestemmt, sehe ich mich gelangweilt im Club um, trinke von meinem Bier und überlege, wie es uns endlich gelingen kann, unseren stärksten Konkurrenten auszuschalten.

Vor vier Jahren hat ein Anwärter der Scorpions Thomas, meinen Stellvertreter, erschossen. Im Grunde genommen sind wir jetzt quitt: einen Vize für einen Vize. Doch zwischen unseren Clubs ist schon so viel Scheiße vorgefallen, dass es nicht mehr darum geht, einen Weg für eine mehr oder weniger friedliche Koexistenz zu finden. Entweder die Scorpions oder die Devils - es muss endlich zum finalen Kampf kommen.

Und zu der ganzen Scheiße kommt noch hinzu, dass Knox sich Thomas' Schwester gekrallt hat. Das lässt mich so wütend werden, dass ich am liebsten auf irgendjemanden einprügeln möchte.

Kelly war früher schon ein echt hübsches Ding. Nur Thomas' Warnung, dass er mir die Eier abschneidet, wenn ich mich an seiner kleinen Prinzessin vergreife, hat mich damals davon abgehalten, sie mir zu nehmen.

Mein verstorbener VP war der Einzige, dem ich zu 100 % vertraut habe, zusammen waren wir unschlagbar. Seinem Andenken zu Ehren habe ich mich auch nach seinem Tod von Kelly ferngehalten, aber wenn ich geahnt hätte, dass sie schlussendlich im Bett meines Feindes landet – *fuck* – dann hätte ich nicht gezögert und sie zu meiner Hure ernannt.

Dieses Luder hat uns verraten und verkauft! Sie hat sich nun schon zum zweiten Mal auf die Seite unserer Feinde gestellt, dafür wird sie bluten.

Vor ein paar Tagen war ich so wütend und frustriert, dass ich einem meiner Männer gegenüber erwähnt habe, dass ich demjenigen, der sie mir bringt, egal ob tot oder lebendig, 5000 Dollar von meinem Privatvermögen zahle. Diese Aussage hat sich wie ein Lauffeuer verbreitet, so dass sich dieses nicht durchdachte Angebot in einen Selbstläufer verwandelt hat. Unter den Männern ist eine Art Konkurrenzkampf entstanden, durch den das Geld völlig irrelevant geworden ist. Die Summe an sich ist lächerlich, im Normalfall macht sich für die paar Dollar niemand die Hände schmutzig.

Doch was ist bei einem Krieg zwischen zwei verfeindeten Motorcycle Clubs schon normal?

Unzählige Wetten, in denen es darum geht, wie lange es dauert, bis mir jemand diese verräterische Hure vor die Türe legt, wurden bereits abgeschlossen.

Diese Scheiße artet mit jeder Stunde mehr aus ...

Zu meinem Verdruss ist der Einzige, dem es bisher gelungen ist, in Kellys Nähe zu kommen, ein Hangaround der Scorpions gewesen, doch er ist gescheitert - ich habe mit nichts anderem gerechnet.

So sehr ich Knox auch verabscheue, muss ich doch anerkennen, dass er ein würdiger Gegner und ein guter Präsident ist.

Jetzt, wo er weiß, dass ich es auf seine Nutte abgesehen habe, lässt er Kelly kaum noch aus den Augen. Wenn er nicht bei ihr ist, hält er sie auf dem Gelände des Clubs gefangen, so dass es schwer wird, an sie ranzukommen.

Natürlich ärgert es mich, dass er sich die Pussy gekrallt hat, die ich für mich wollte, doch es bietet mir auch eine neue Gelegenheit, Knox zu treffen. Es hat den Anschein, als wäre ihm Kelly wichtig, was bedeutet, dass sie zu seiner Schwachstelle geworden ist. Wenn ich sie ihm wegnehme, oder sie - noch besser - vor seinen Augen ficke und anschließend töte, wird ihm das eine Lehre sein. Ich bin längst über den Punkt, an dem ich Knox einfach nur killen will, hinaus. Ich will ihn leiden lassen, ihm das Herz aus der Brust reißen und ihn bis zum letzten Atemzug foltern.

Die Vorstellung macht mich geil, mein Schwanz wird hart und meine Stimmung noch schlechter. Unruhig richte ich mich auf. Das Bier schmeckt schal, ich nehme die Flasche und schleudere sie durch die Luft, so dass sie gegen die Wand prallt, zerplatzt und die goldgelbe Flüssigkeit im Raum verteilt.

Zwei meiner Männer springen fluchend auf, sehen sich kampfbereit nach dem Schuldigen um und lassen die Fäuste schnell wieder sinken, als sie kapieren, dass die Flasche von mir kommt.

Was für eine beschissene Nacht! Es ist kurz nach elf, alle amüsieren sich, saufen sich ins Koma oder messen sich bei Prügeleien, nur ich kann mich zu nichts aufraffen.

Die Unzufriedenheit, die wie Pech an mir klebt, mich lähmt und meine Sinne trübt, lässt sich einfach nicht abschütteln.

Mit einem Fluch stehe ich auf, ziehe den Joint aus der Innentasche meiner Kutte und drehe das Papier an der Spitze etwas fester zusammen.

„Was geht, Präs? Siehst aus, als hättest du die Schnauze gestrichen voll."

Woody, unser Sergeant, stellt sich neben mich und nippt an einer Flasche Schlangenschnaps. Das widerliche Gebräu kauft er immer bei einem unserer vietnamesischen Arbeiter. Die kleinen Schlitzaugen sind besonders geschickt, wenn es darum geht, die zerlegten Waffen, die wir geliefert bekommen, schnell und akkurat zusammenzusetzen.

„Na, Bro? Arbeitest du wieder an deinem Potenzproblem?"

Ein reptilienartiges Zischen von sich gebend, streckt er mir seinen Mittelfinger entgegen.

„Fuck you, Präs." Er greift sich in den Schritt und grinst mich blöd an. „Mein Schwanz ist härter als Stahl, der braucht keine Hilfsmittel."

Wer's glaubt ...

„Und wieso säufst du dann immer diesen Mist?"

Ich betrachte durch das Glas hindurch die trüben Augen des toten Tiers.

„Das ist kein Mist, sondern ein Wundermittel. Ich schwöre dir, das verleiht Kraft und Mut!“

Wie soll ich so einen Bullshit ernst nehmen?

„Das hat Alkohol so an sich, das hat nichts mit der Schlange zu tun, die in diese Flasche gestopft wurde.“

Verärgert darüber, dass ich ihm nicht glaube, dreht Woody sich um und verschwindet in der feiernden Menge.

Zur Hölle!

Es ist kein Wunder, dass es uns nicht gelingt, die Scorpions auszuschalten, wenn sich der Sicherheitsbeauftragte unseres Clubs erst Mut antrinken und an vietnamesische Volksmärchen glauben muss, ehe er die Scheiße, die wir erledigen müssen, anpackt.

Noch etwas, das mich wütend werden lässt.

Zane, Knox' Sergeant, wird in unserer Welt von den meisten gefürchtet.

Jeder weiß, dass es ihn einen Dreck interessiert, ob ihn der Sensenmann bei der Ausführung seiner Pflicht einkassiert. Alles, was für diesen Typen zählt, ist, den Auftrag, den er bekommen hat, auszuführen, völlig egal, über wie viele Leichen er dabei steigen oder wie viele Wochen er seine Zielperson jagen muss.

Die Unfähigkeit meiner Männer hilft nicht gerade dabei, meine Stimmung zu bessern.

Das alles geht doch mit dem Teufel zu. Während ich mich mit Idioten rumschlagen muss, scheint es bei den Scorpions gut zu laufen. Nicht mal Brocks Ableben hat den MC ins Wanken gebracht.

Eine halb nackte Tussi torkelt auf mich zu, in der Hand hält sie ein Glas, aus dem der Rotwein über den Rand schwappt und sich auf ihrem schief hängenden Shirt verteilt.

Sie sieht fertig, durchgefickt und verbraucht aus und vielleicht ist sie genau die Ablenkung, die ich brauche. Völlig egal, wie hart ich sie rannehme, oder welche meiner brutalen Fantasien ich an ihr auslebe, niemand wird diese Frau vermissen oder mich wegen dem, was ich ihr angetan habe, zur Rechenschaft ziehen.

Der Gedanke, mich an ihr auszutoben und etwas Druck abzubauen, gefällt mir mit jeder Sekunde besser. Gerade als sie sich an mir vorbeischieben will, packe ich sie an den Haaren, reiße sie zu mir und lege ihr meine Hand auf den Arsch.

„Lass uns Spaß haben.“

Sie quietscht erschrocken auf, in ihren Augen zeichnet sich Panik ab.

Ja, ich denke, das gefällt mir. Mit der Entscheidung, meine Wut an ihr auszulassen, mehr als zufrieden, ziehe ich sie hinter mir her, an der Bar entlang bis in einen der leer stehenden Räume, in dem ein paar Matratzen auf dem Boden liegen.

Es riecht nach Muschi, Schweiß und abgestandenem Rauch. Mit einem Schubser verfrachte ich die Bitch auf den Boden.

„Ausziehen!“

Ein Zittern durchläuft sie. Trotz des Alkohols, der durch ihre Adern rauscht, erkennt sie, dass sie geliefert ist.

„Bitte Ty ... Ich habe dir doch gar nichts getan.“

Versucht sie gerade wirklich, an mein Gewissen zu appellieren? Das wird ihr nicht viel bringen, denn ich habe gar keins.

„Du bist in meinem Club, säufst meinen Wein und lässt dich von meinen Männern ficken. Also warum sollte ich nicht auch etwas davon haben?“

Sie überlegt kurz, dann schüttelt sie den Kopf.

„Okay, ich gehe. Du wirst mich hier nie wieder sehen.“

Stimmt, das werde ich nicht, aber aus einem ganz anderen Grund, als sie denkt.

„Was ist los, Bitch? Keinen Bock auf einen wilden Ritt mit dem Präsidenten?“

Es ist allgemein bekannt, in welchem Zustand sich die Nutten befinden, wenn ich mit ihnen fertig bin. Selbst wenn ich einen guten Tag habe, sind sie anschließend nicht mehr in der Lage, das Gelände ohne Hilfe zu verlassen. Und heute habe ich einen schlechten, einen echt beschissenen Tag und ich bin fest entschlossen, ihn jetzt etwas zu verbessern.

„Nein.“

Zumindest ist sie ehrlich.

„Ach, und warum?“

Ihre Stimme zittert, doch ihre Antwort kommt schnell.

„Du bist nicht nett zu Frauen.“

Nicht nett ... nicht nett ...

Obwohl mir die Worte dieser Fotze scheißegal sein sollten, sind sie es nicht.

„Tja, so spielt das Leben nun mal, nichts auf dieser Welt ist nett.“

Ein Schauder lässt sie erbeben, ich kann ihre Angst förmlich wittern.

Etwas unbeholfen steht sie auf, ihre Beine knicken ein, doch es gelingt ihr in letzter Sekunde, ihr Gleichgewicht wiederzuerlangen, ehe sie längs auf den harten Boden aufschlägt.

Die Art, wie sie versucht, gegen das ihr auferlegte Schicksal anzukämpfen, gefällt mir.

Sie verzieht sich nicht heulend in ein Eck, sondern kämpft mit den begrenzten Mitteln, die ihr in dieser Situation zur Verfügung stehen.

„Ich könnte nett zu dir sein, Ty. Du musst mir nur eine Chance dazu geben."

Sie schluckt hart. Die Bewegung ihres grazilen Halses zieht meine Aufmerksamkeit auf sich. Jetzt, wo ich mir einen Moment Zeit nehme, um sie genauer zu betrachten, stelle ich fest, dass sie schön ist.

Unter dem verschmierten Make-up verbirgt sich eine zarte Haut. Blaue Augen, die von zwei geschwungenen Brauen eingerahmt werden, eine schmale Nase und volle Lippen.

Instinktiv frage ich mich, was in ihrem Leben schief gelaufen ist, dass sie zu diesem Zeitpunkt genau hier gelandet ist. Was hat ein hübsches Mädchen in ihrem Alter, ich schätze sie auf Anfang zwanzig, in einem Drecksloch wie diesem hier zu suchen?

Hat sie keine Familie, die für sie sorgt? Keinen Mann, der sich um sie kümmert? Anscheinend nicht. Wenn sie einen hätte, dann wäre sie wohl nicht hier und mir schutzlos ausgeliefert.

Wenn ich eine Frau hätte, eine wie sie, mit zarten Gesichtszügen und einem schönen Körper, würde ich niemals zulassen, dass sie sich alleine in einem Motorcycle Club herumtreibt. Das Problem an der Sache ist nur, dass die ganzen anständigen Typen, die immer damit prahlen, dass sie sich an jedes verschissene Gesetz halten, nicht die Eier haben, sich einem Kriminellen wie mir entgegenzustellen.

Bloody Fuck! Wahrscheinlich würde er schweigend dabei zusehen, wie ich seine Frau vergewaltige, Hauptsache er bekommt selber keinen Kratzer ab.

Gott! Ja, ich bin ein gefühlloser Bastard, aber Scheiße! Wenn ich einen Menschen hätte, der zu mir gehört, würde ich nicht zögern und ihn beschützen.

Was ist nur los mit mir?

Meine Gedanken gehen in eine völlig falsche Richtung.

„Zieh dich aus. Sofort!"

Ihre Knie sind aufgeschürft, an ihrer Unterlippe prangt ein blauer Fleck.

„Wer hat dich so zugerichtet?"

Sie zuckt mit den Schultern.

„Spielt das eine Rolle? Wenn du mit mir fertig bist, wird es noch viel schlimmer sein."

Stimmt! Wenn man bedenkt, was ich mit ihr vorhabe, kann sie froh sein, wenn sie diese Nacht überlebt.

„Wie heißt du?"

„Hope."

Die Bedeutung ihres Namens trifft mich wie ein harter Schlag in den Nacken.

Darauf war ich nicht vorbereitet.

Ich wollte eine abgenutzte Bitch, jetzt hingegen habe ich eine schöne, erschreckend junge Frau vor mir stehen, deren Name *Hoffnung* bedeutet.

Holy Shit!

Das Leben nimmt manchmal verdammt seltsame Wege.

Wahrscheinlich sitzt der Teufel gerade auf seinem Thron und lacht sich über mich schlapp.

„Auf was hoffst du, kleines Mädchen?"

„Darauf, dass du mich gehen lässt."

Da ist sie wieder, diese brutale Ehrlichkeit, die ich so zu schätzen weiß.

„Das wird nicht passieren."

In einer nervösen Geste leckt sie sich mit der Zungenspitze über die Unterlippe.

„Auf was hoffst du, Ty?"

Mit dieser Gegenfrage habe ich nicht gerechnet. Überrascht sehe ich sie an.

Wollen tue ich vieles, vor allem Knox' Untergang, aber auf was hoffe ich?

Verdammt! Ich habe keine Ahnung.

„In meinem Leben ist kein Platz für so etwas Sinnloses wie Hoffnung. Hoffen ist wie beten – völlig umsonst."

Hope schüttelt den Kopf. Dann wagt sie das Unglaubliche, sie widerspricht mir.

„Du täuschst dich, Teufelshenker. Ohne Hoffnung ist das Leben verloren. Wenn du nicht bereit bist, auf eine schöne Zukunft und auf Glück zu hoffen, dann kannst du deinem Leben auch gleich ein Ende setzen."

Glück? Jetzt wird es lächerlich.

„Ich schenke nur Dingen, die ich anfassen kann, Beachtung. Alles andere ist Bullshit."

Etwas, das wie Verständnislosigkeit aussieht, huscht über ihr erschöpft wirkendes Gesicht.

„Und was ist mit Liebe und Schmerz? Beides kannst du nicht anfassen, dennoch existiert es. Das kannst du nicht abstreiten, wenigstens eines von diesen beiden Dingen musst selbst du schon mal verspürt haben."

Oh ja, Schmerz kenne ich. Man kann fast sagen, dass ich ihn erfunden habe. Meine Kindheit hat fast nur aus endloser Pein bestanden, zumindest hat sie das bis zu dem Tag, an dem sich meine Mutter in der Badewanne die Pulsadern aufgeschlitzt hat und ich meinen Stiefvater noch in derselben Nacht mit neunzehn Messerstichen getötet habe.

Neunzehn Mal habe ich die silberne Klinge in seinen aufgedunsenen Körper gerammt. Für jede Nacht, in der er sich in mein Zimmer geschlichen hat, einen Stoß ...

Meine Mimik muss mich verraten haben, denn Hope sieht mich mitleidig an, kratzt ihren Mut zusammen und streift mit ihren Fingerspitzen unglaublich zärtlich über meinen Arm. Die Stelle, an der sie mich berührt hat, fühlt sich an, als würde sie anfangen zu glühen. Wie kann sich eine so leichte, eine so unbedeutende Berührung nur so gut anfühlen?

Bis zu diesem Augenblick hatte keine Frau je die Möglichkeit, zärtlich zu mir zu sein. Berührungen habe ich immer vermieden. All die Tussis, an denen ich mich bis jetzt ausgetobt habe, hatten keine Chance, ihre Finger nach mir auszustrecken – das habe ich zu verhindern gewusst.

„Mach das noch mal.“

Hope wirkt verwirrt, dann fängt sie sich wieder und streicht sanft über meinen Handrücken, um das Gelenk herum, so dass sie die bläulichen Linien der Venen nachspuren kann.

Mit fest zusammengebissenen Zähnen beobachte ich sie dabei, wie sie immer mutiger wird. Meine Muskeln zucken – mein Puls rast.

Der unerträgliche Druck, der sich in meinem Inneren angestaut hat, wird weniger, so dass er erträglich ist. Ausatmend schließe ich die Augen und verharre beinahe reglos. Hopes Hände wandern an meinem Arm nach oben, schieben sich unter meine Kutte und umfassen meine Schultern.

Ihr warmer Atem streift meine Haut, der leichte Duft von Vanille steigt mir in die Nase.

Die Bitch, an der ich meine Wut, für die sie gar nichts konnte, auslassen wollte, hat das Unmögliche geschafft und mich dazu gebracht, mich berühren zu lassen.

Das ist verrückt! Aber es fühlt sich gut an!

Unter halb gesenkten Lidern beobachte ich sie, studiere ihre Gesichtszüge und erwische mich dabei, wie ich mit dem Gedanken spiele, diejenigen, die sie verletzt haben, bestrafen zu wollen.

Hope ist ein gefallenes Mädchen, sie ist durch das strenge Raster der Gesellschaft gerutscht und nun ganz unten angekommen.

Ohne Beschützer wird sie es nicht lange in meiner Welt überleben. Tagtäglich verschwinden Frauen spurlos, niemand fragt nach ihnen – niemand vermisst sie.

Bis vor wenigen Augenblicken hatte ich mit ihr genau dasselbe vor, jetzt hingegen sehne ich mich nicht mehr danach, sie zu zerstören, sondern danach ... *Fuck* ... ich habe keine Ahnung, was ich mit ihr tun will, aber ich will sie nicht verletzen. Die Geräuschkulisse der anderen dringt zu uns durch. Dunkle Stimmen, schrilles Lachen und die dumpfen Bässe der Musikanlage. Die Party findet den Gang runter statt, dennoch kommt es mir so vor, als wäre sie meilenweit entfernt.

„Was hast du mit mir vor, Rockerpräsident?"

Ich beschließe, ehrlich zu ihr zu sein.

„Mein ursprünglicher Plan hat sich erledigt. Ich weiß es nicht."

„Du musst mir nicht weh tun."

Mit müssen hat das alles auch ziemlich wenig zu tun, eher mit wollen.

„Ach nein? Interessant. Sag du mir doch, was ich mit dir anstellen soll!"

Damit hat sie anscheinend nicht gerechnet, wie sollte sie auch? Das alles gerät langsam außer Kontrolle ... Hope zögert kurz, dann zieht sie ihre Hände zurück und sieht mir direkt in die Augen.

„Das, was du brauchst, Ty, kann man von einer Frau nur geschenkt bekommen und nicht erzwingen."

Na, da bin ich ja mal gespannt.

„Ach, und was soll das sein?"

„Unterwerfung, Hingabe und Leidenschaft."

„Glaube mir, das mit der Unterwerfung kriege ich auch so hin. Wenn ich es darauf anlege, kniest du in einer Minute vor mir und lutscht mit solch einer Hingabe meinen Schwanz, als würde dein Leben davon abhängen."

Ein ungläubiges Schnauben von sich gebend, streicht sie sich mit den Fingern durch die Haare.

„Das ist dann aber keine Leidenschaft, sondern Todesangst. Und mit Hingabe kann man das genauso gut vergleichen wie Salz mit Zucker."

Ich zünde mir den Joint, den ich vorhin schon mal in der Hand hatte, an und inhaliere den ersten Zug. Das süßliche Aroma des Marihuanas füllt meine Lungen. Für ein paar Sekunden halte ich den Atem an, so dass der Rauch seine berauschende Wirkung entfalten kann.

„Ich wollte dich ficken, dich foltern und dich töten! Wahrscheinlich indem ich meine Hände um deinen Hals gelegt und dich erwürgt hätte, während ich tief in dir gesteckt wäre."

Meine Worte sind klar, gut verständlich und mit ruhiger Stimme gesprochen. Hopes Pupillen weiten sich entsetzt, ein ängstliches Wimmern löst sich aus ihren vollen Lippen. Dieses Mädchen ist zu schön, um jung zu sterben.

„Du hast gesagt: *wollte* ..."

Ich nicke. Das, was ich jetzt tue, werde ich spätestens, wenn ich zu Ende geraucht habe, bereuten. Doch im Moment fühlt es sich richtig an.

„Aye, mein Plan hat sich geändert. Jetzt will ich, dass du verschwindest – schnell. Solltest du noch da sein, wenn ich mit dem Joint fertig bin, packe ich dich und du wirst bluten."

Sie zittert, in ihren Augen schwimmen dicke Tränen.

„Du lässt mich gehen? Einfach so?"

„Nein, nicht einfach so. Ich will, dass du dich hier nie wieder blicken lässt! Lauf um dein Leben und lauf weit oder ich beende es."

Hope zögert, sie ist anscheinend mit dem eben Gehörten überfordert. Erneut fülle ich meine Lungenflügel mit Rauch.

„Deine Zeit läuft, Mädchen."

Ein Ruck geht durch ihren Körper, sie sieht mich ein letztes Mal an, ehe sie zur geschlossenen Türe eilt und diese aufreißt. Kurz stoppend flüstert sie ein leises „Danke", dann ist sie weg.

Über das gerade Geschehene nachdenkend schüttle ich den Kopf, bleibe dann reglos stehen und denke über Hopes Worte nach. *Verdammt!* Es ist durchaus möglich, dass sie recht hat ...

Unschlüssig, was ich mit der restlichen Nacht anstellen soll, gehe ich zurück auf die Party. Noch bevor ich mir einen Drink besorgen kann, beginnt das Handy in meiner Tasche zu vibrieren. Ich ziehe es hervor - ein unbekannter Anrufer. Mein erster Instinkt ist, das Telefonat einfach wegzudrücken, doch dann überwiegt die Neugierde und ich nehme es doch an.

„Ja?"

„Ist da Ty?"

Die raue Männerstimme kommt mir irgendwie bekannt vor, ich kann sie jedoch nicht gleich zuordnen.

„Wer will das wissen?"

„Rhett, der Vize des Scorpions-Motorcycle-Clubs."

Fuck!

„Was willst du. Arschloch? Sterben wie dein Vorgänger? Dann komm her, dann können wir uns das sinnlose Gelaber sparen."

Er lacht.

„Ich rufe an, um dir ein Geschäft vorzuschlagen."

Na, da bin ich ja mal gespannt.

„Was kannst du mir schon anbieten, was für mich von Interesse ist?"

Eine kurze Pause entsteht, dann nennt er einen Namen. Aber nicht einfach irgendeinen, sondern den meines größten Feindes - Knox.
„Was soll das werden. Scorpion?“
Rhett erklärt mir, dass er Blut geleckt hat, dass es ihm gefällt, Macht über den Club zu haben und dass er Präsident werden will. Schlussendlich bietet er mir einen Deal an, zu dem ich einfach nicht nein sagen kann.
Er liefert mir Knox, wir locken ihn in einen Hinterhalt und dafür helfe ich Rhett dabei, sich auf den Thron zu setzen. Natürlich ist Knox' Tod schon Anreiz genug, um mich darauf einzulassen, aber ich bin von Natur aus gierig. Ich will noch mehr.
„Wenn ich da mitmache, dann muss schon mehr für die Devil's Hangmen rausspringen.“
Er zögert kurz, dann stellt Rhett die richtige Frage.
„Was willst du?“
„Die Zusage, dass ich meine Geschäfte auf euer Territorium ausweiten kann.“
Keine Ahnung, ob er da zustimmen wird, probieren musste ich es.
Die Sekunden verstreichen. Gerade als ich damit rechne, dass er verneinen wird, stößt er ein leidgeplagtes Seufzen aus.
„Unter einer Bedingung, Ty.“
„Welcher?“
„Du gibst mir dein Wort, dass die Hangmen kein weiteres Scorpionsblut vergießen.“
Da ich noch nicht weiß, ob ich nach Knox' Tod den Scorpions-Motorcycle-Club nicht einfach übernehme oder gar auslösche, fällt es mir leicht, dieser Bedingung zuzustimmen. Rhett ist mein Feind, sämtliche Zusicherungen, die ich ihm jetzt gebe, sind alles, aber ganz gewiss nicht bindend.
„Du hast mein Wort.“
Die nächste halbe Stunde besprechen wir die Details. Als alles feststeht und ich auflege, kann ich nichts gegen das zufriedene Grinsen machen, zu dem sich meine Lippen verziehen.
Wer hätte das gedacht? So viel zu der Loyalität und der Bruderschaft zwischen den Skorpionen. Alles Bullshit! Auf dieser Welt steht sich jeder Mann selbst am nächsten.

27. Kapitel

Kelly

Die letzten Tage waren wunderschön und sind wie im Zeitraffer vergangen. Ich hätte nie gedacht, dass es sich so unglaublich fantastisch anfühlt, verliebt zu sein.

Knox ist der Inbegriff eines Bad Boys, dennoch kann er auf seine ganz eigene Rockerart sehr romantisch sein: Wilder Sex unter blauem Himmel – frische Croissants für ein Frühstück im Bett und mit Kerzen dekorierte Schaumbäder, die wir für langsamen, zärtlichen Sex genutzt haben.

Das alles kommt mir vor wie ein verrückter Traum, aus dem ich nie wieder erwachen will. Doch der angekündigte Tag X rückt unaufhaltsam näher, nur noch einmal schlafen und Knox und seine Männer werden nach Duluth aufbrechen, um Ty zu töten.

Die Angst um meinen Outlaw hat sich tief in meinem Magen festgesetzt, sie rumort darin und legt eine Art dunklen Schatten auf mein Liebesglück.

Allein das Wissen, dass ich der Auslöser für diesen Krieg bin, macht es nicht gerade einfacher für mich.

Wenn ich damals vor all den Jahren nicht darauf bestanden hätte, mich mit Preston zu treffen, dann wäre das alles nie so weit gekommen, dann wäre mein Bruder noch am Leben und zwischen den Clubs wäre kein Krieg. Und so rosig die Welt dann auch wäre, sie wäre nicht perfekt, denn dann hätte Knox auch nie hilfesuchend vor meiner Türe gestanden und wir wären uns nie begegnet.

Was für ein verfluchter Mist.

Unruhig mache ich damit weiter, die Bar aufzufüllen, und kümmere mich dann um die Bestellliste. Da fast alles aus ist, wird das eine große Lieferung werden. Ich lasse mir einen Kaffee raus, schaufle zwei Löffel Zucker in die braune Flüssigkeit und gönne mir einen großen Schluck.

Eleven taucht neben mir auf und grinst freundlich zu mir runter.

„Hey, Tinker Bell, was muss ich tun, damit du mir auch einen machst?“

„Wie wäre es mit lieb ‚Bitte, bitte’ sagen?“

Mein Blick fällt auf das *Expect–no–Mercy*–Patch, das seit dem Vorfall mit Loco sein Leder ziert und das Eleven mit Stolz trägt.

Ich muss innerlich immer lachen, wenn ich es sehe, denn ich weiß, was Knox’ Motivation war, Eleven diesen Aufnäher zu überreichen – Eifersucht. Mein übereifersüchtiger Rocker hatte einfach nur Angst, dass ich Eleven auf meine Art mit einem Kuss danke, und hat ihm darum ein neues Abzeichen verliehen.

Es tut gut zu wissen, dass ich Knox so viel bedeute, dass er mich ganz für sich alleine will. Zumal ich ja weiß, dass die Männer für gewöhnlich kein Problem damit haben, die Bitches untereinander herumzureichen wie eine Art Wanderpokal.

„Bitte, bitte, süße Fee, lass deine Magie walten und zaubere mir einen Kaffee!"

Eleven, der einer der gefährlichsten Member des Clubs ist, zieht einen Schmollmund und wackelt übertrieben mit den Augenbrauen.

„Okay, okay ... Aber hör auf, mich so anzusehen."

„Warum?"

Natürlich hört er nicht auf mich, sondern verstärkt das Gewackle noch.

„Weil ich dich sonst schlagen muss."

Gespielt verängstigt weicht er zurück, hebt seine Hände und fleht mich an, ihm nichts zu tun. Bis zu der verhängnisvollen Nacht, in der Loco mich töten wollte, habe ich mich vor Eleven ein bisschen gefürchtet, doch seitdem er mich gerettet hat, ist er eine Art Freund für mich geworden.

Ich stelle ihm den Kaffee, Milch und Zucker vor die Nase und greife wieder nach meiner Tasse.

„Geht es dir gut, Kleines?"

„Ich mache mir Sorgen."

Auf seiner Stirn bilden sich zwei tiefe Falten.

„Das ist nur verständlich, aber das musst du nicht, ich decke ihm den Rücken. Keine Sorge, Kelly, deinem Kerl passiert nichts."

Gedankenverloren reibe ich über den Bissabdruck an meinem Hals. Nacht für Nacht sorgt Knox dafür, dass er nicht kleiner wird und die lila-blaue Färbung behält. Wobei das gar nicht nötig ist. Jeder hier im Club weiß, dass ich sein Mädchen bin und dass ich verrückterweise zugestimmt habe, seine Old Lady zu werden. Kein Mann ist lebensmüde genug, mich anzubaggern, oder mir gar zu nahe zu kommen. Und die Bitches? Tja, sie behandeln mich mit Respekt, machen einen auf freundlich und versuchen, sich mit mir anzufreunden – worauf ich gut verzichten kann.

Ich kenne diese Schlangen und spüre ihre neidischen Blicke, jede von ihnen würde nur allzu gerne meinen Platz einnehmen.

„Wenn man vom Teufel spricht ..."

Mein Kerl, wie Eleven Knox gerade genannt hat, kommt mit dem Telefon am Ohr auf mich zu. Er trägt eine verschlissene blaue Jeans, schwere Boots und über einem schneeweißen Shirt ein offen stehendes schwarzes Hemd. Natürlich spannt sich das abgewetzte Leder seiner Kutte über Knox' breiten Schultern.

Eine dicke bullenkopfförmige Schnalle prangt an seinem Gürtel, ein Wassertropfen löst sich aus seinen verstrubbelten schwarzen Haaren und rinnt ihm über die Stirn. Wie eine Ertrinkende den letzten Atemzug, sauge ich Knox' Anblick tief in mich ein. Die blutroten Augen des Death Skulls, der seinen Kehlkopf ziert, starren mich an. Alles an diesem Rockerpräsidenten wirkt hart, kalt und abweisend und dennoch löst seine Nähe eine prickelnde Wärme in meinem Unterleib aus.

So als ob er meinen Blick spüren würde, hebt er seinen Kopf und sieht mir direkt in die Augen. Ich bilde mir ein, dass sich sein finsterer Gesichtsausdruck etwas aufhellt und ein Lächeln an seinen Mundwinkeln zupft. Als er jedoch sieht, wie nah Eleven bei mir sitzt, verfinstert er sich schlagartig wieder. Natürlich könnte ich ihn auch beruhigen und ihm sagen, dass es keinen Grund für sein überbesitzergreifendes Verhalten gibt, aber ich tue es nicht. Um ehrlich zu sein, gefällt mir Knox' urtümliche Besitzgier viel zu sehr, als dass ich sie bremsen werde. Das Gespräch beendend kommt er auf mich zu, stellt sich hinter mich und schlingt mir seinen muskulösen Arm um die Mitte. Knox' große, warme Hand bedeckt meinen Bauch, seine Fingerspitzen hat er in den Bund meiner Hose gleiten lassen.

Eleven grüßend zunickend, raunt er mir ein „hey Baby" ins Ohr, presst seine Nase gegen meinen Scheitel und schnuppert wie ein Tier an mir.

„Du riechst nach mir."

Seine Feststellung trieft nur so vor männlicher Zufriedenheit.

„Wundert dich das etwa? Es kommt mir so vor, als würdest du die meiste Zeit des Tages in mir verbringen."

Als mir klar wird, dass ich das gerade direkt vor Eleven gesagt habe, laufe ich rot an.

„Jetzt, wo du es erwähnst, Baby ..."

Plötzlich werde ich von den Füßen gerissen, herumgewirbelt und stürmisch geküsst. Instinktiv öffne ich meinen Mund, lasse seine Zunge herein und küsse ihn mit derselben Wildheit, mit der auch er mich verschlingt. Knox' Hände umfassen meinen Po, ich schlinge ihm die Beine um die Taille und klammere mich an ihm fest.

Die Konturen seines harten Glieds pressen sich gegen meine Mitte, ein leises Stöhnen entringt sich mir.

„Sucht euch ein Zimmer. Außer das hier wird ein Live-Porno, dann macht ruhig weiter."

Über Elevens Kommentar lachend, beende ich den Kuss und verstecke mein Gesicht an Knox' Hals.

„Halt die Schnauze, Bro. Bist ja nur neidisch, weil du kein Mädchen hast."

Ich rechne damit, dass Eleven ihn auslacht, doch statt des Spotts kommt nur ein leises Knurren von ihm.

„Stimmt. Kelly hast du so schnell einkassiert, dass ich keine Chance hatte. Wenn ich ihr aber vor dir begegnet wäre, dann wäre ich jetzt der Glückspilz, der sie gleich ficken darf."

Seine Aussage überrascht mich, ich wäre nie auf die Idee gekommen, dass er Interesse an mir hat. Bis jetzt hat der Club keine Ladys, die Scorpions scheinen wie ihr tierisches Vorbild Leiurus eher Einzelgänger zu sein. Wenn ich erst mal Knox' Leder trage, das mich als sein Eigentum markieren wird, dann bin ich die erste Old Lady dieses Rockerclubs – hoffentlich geht das gut.

„Wenn du schneller gewesen wärst, hätte ich dich töten müssen! Wie du siehst, hast du ebenfalls Glück gehabt."

Mit diesen letzten Worten, die Eleven ein Grunzen entlocken, trägt Knox mich in Richtung seiner Wohnung.

„Was soll das werden, Outlaw?"

„Ich bin so geil, dass ich kaum laufen kann. Wenn ich dich nicht gleich bumse, platzen meine Eier."

Seine romantische Ader scheint im Augenblick eine Pause zu machen.

„Das hast du aber schön gesagt."

Bevor er die Türe zu seiner Wohnung öffnet, bleibt er kurz stehen und sieht mich an.

„Das ist nur die Wahrheit."

Die Wahrheit ist aber auch, dass er morgen mit seinen Männern losziehen wird, um den Devil's Hangmen eine Falle zu stellen. Anstatt sich im Hintergrund zu halten oder auf Nummer sicher zu gehen, hatte Knox die beschissene Idee, den verdammten Köder zu spielen. Wie immer, wenn ich an das Risiko denke, dem er sich aussetzen wird, breitet sich pure Verzweiflung in mir aus.

„Ich will nicht, dass du fährst."

„Ich habe jetzt auch nicht vor, irgendwohin zu fahren."

Idiot! Er weiß genau, wovon ich spreche.

„Das weiß ich, ich rede auch von der morgigen Aktion. Sag es ab, bleib bei mir. Bitte, Knox!"

Ein genervtes Stöhnen von sich gebend, öffnet er die Türe und betritt mit mir in seinen Armen die Wohnung.

„Diese Diskussion hatten wir schon, Baby. Ich muss das tun."

„Aber warum? Was ist daran so wichtig? Wieso ist es dir das wert, vielleicht dafür draufzugehen? Denk nur an das, was das letzte Mal passiert ist, als ihr euch mit den Hangmen angelegt habt!“

Die Muskeln in seinem Oberkörper spannen sich an und werden hart. Ein klares Zeichen dafür, dass er wütend wird.

„Das war Pech. So was kommt mal vor.“

Pech? Echt jetzt?

Anstatt mich ins Schlafzimmer zu bringen, geht er ins Wohnzimmer und bleibt vor der Couch stehen. Verzweifelt greife ich nach der letzten Idee, die ihn vielleicht davon abhält, in den sicheren Tod zu gehen.

„Wenn du unbedingt Tys Tod willst, dann engagier einen Auftragskiller.“

Er stößt ein lautes Lachen aus, setzt mich auf das Sofa und schüttelt amüsiert den Kopf.

„Scheiße, kleine Fee! Was glaubst du, was ich bin?“

Ein unangenehmer Schauer rieselt zwischen meinen Schulterblättern an meinem Rücken herab. Natürlich ist mir klar, dass Knox und seine Männer Auftragsmorde ausführen, doch das bedeutet ja noch lange nicht, dass er nicht einmal die Seiten in dem Business wechseln und zum Auftraggeber werden kann.

„Sag mir, was das alles für einen Sinn hat? Wofür bin ich hier? Wofür habe ich mich auf dich eingelassen, wenn ich dich jetzt vielleicht schon begraben muss? Vermisst du Brock so sehr, dass du ihm unbedingt in sein kaltes Grab folgen willst?“

Knox beobachtet mich aus zusammengekniffenen Augen, in seinem Blick liegt eine deutliche Warnung – ich soll endlich still sein. Mit den Händen fährt er sich durch die Haare, zieht an ihnen und stößt ein lautes „Fuck!“ aus.

„Scheiße, ich habe ganz vergessen, dass ihr Weiber einem Mann den letzten Nerv raubt.“

Sein letzter Satz war nicht unbedingt der netteste, doch das, was mich am meisten verletzt, ist das kleine Wörtchen *ihr*. Bis jetzt hat er mich immer behandelt, als ob ich etwas Besonderes für ihn wäre, als ob er für mich mehr empfinden würde, als für die ganzen Frauen, die er vor mir hatte, doch dieses *ihr* gibt mir im Augenblick das Gefühl, dass er in mir nichts anderes sieht als eine weitere Pussy.

„Ist es jetzt so weit, Knox? Ist jetzt der Moment gekommen, an dem ich dir zu anstrengend werde und du mich einfach weiterschickst, so wie all meine Vorgängerinnen?“

Ich fürchte mich so sehr vor der Antwort auf meine Frage, dass mein Herzschlag ins Schleudern gerät. Wenn er jetzt ja sagt, würde mich das zerstören.

Vielleicht war es naiv, aber ich habe mich zu 100 % auf diesen Rocker eingelassen, und das nicht nur körperlich, sondern auch emotional.

„Du hast keine Vorgängerinnen!“

„Ach, und was ist mit den unzähligen Bitches vor mir?“

Falls überhaupt möglich, wird seine Mimik noch etwas finsterer - da ist er wieder, der *Spirit of Darkness*.

„Stell dich nie wieder auf eine Stufe mit diesen wertlosen Schlampen. Du bist die einzige Frau, die es geschafft hat, mich etwas fühlen zu lassen. Du gehst mir unter die Haut, Kelly. Du hast mich angefixt, mich süchtig gemacht und deine Feenstaubmagie bei mir eingesetzt. Fuck! Ich will dich mehr als alles auf der Welt – dringender als den nächsten Atemzug. Aber Scheiße! Deswegen kann ich nicht einfach verleugnen, wer oder was ich bin. Du als ehemaliges Bikergirl müsstest es doch besser wissen und mich nicht mit unrealistischen Ideen bombardieren! Ich bin nicht irgendein Mann, ich bin ein Outlaw, ich schicke nicht einfach jemanden los, der meine Feinde für mich tötet, sondern kümmere mich um meine Probleme selbst. Auge um Auge – Zahn um Zahn. So war es schon immer und so wird es auch immer bleiben. Wenn du das Leben an meiner Seite genießen willst, dann musst du dich daran gewöhnen, dass ich an vorderster Front stehe und mich nicht feige hinter meinen Männern verstecke. Ich bin die legislative, die judikative und die exekutive Gewalt in unserer Welt. Du weißt, was das bedeutet. Ich mache die Gesetze, ich verhänge Urteile und ich führe diese aus.“

Mittlerweile bebt er vor unterdrückter Wut.

Verunsichert stehe ich auf und gehe auf ihn zu. In der ersten Sekunde befürchte ich, dass er zurückweicht, doch Knox bleibt stehen und lässt zu, dass ich meine Hände unter sein Shirt und an seinem Waschbrettbauch nach oben gleiten lasse. Warme Haut, feste Muskelberge und ein paar vereinzelter Härchen. Erst als ich das kraftvolle Wummern seines Herzens unter meiner rechten Handfläche spüre, bin ich zufrieden.

„Alles, was du sagst, klingt logisch und ist nachvollziehbar, zumindest für den rationalen Teil in mir. Doch mein Inneres zieht sich bei der Vorstellung, dich zu verlieren, so fest zusammen, dass ich kaum noch atmen kann.“ Ich hole tief Luft und nehme all meinen Mut zusammen, um das auszusprechen, was schon längst hätte gesagt werden müssen. „Ja, du hast recht. Als ehemaliges Bikergirl weiß ich, wie es läuft. Ich habe nicht nur den Mann, in den ich einst verliebt war, bei einer sinnlosen Schießerei verloren, sondern auch meinen Bruder. Ich weiß, wie schnell Kugeln fliegen, glaube mir.“

Nicht fähig, der Versuchung zu widerstehen, beuge ich mich etwas weiter vor, hauche Knox einen Kuss auf das Grübchen an seinem Kinn und inhaliere seinen männlichen Duft. „Das, was ich damals für Preston empfunden habe, war die Verliebtheit eines jungen Mädchens, doch das, was ich für dich fühle, ist umso vieles stärker. Du bist in den letzten Tagen und Wochen zum Mittelpunkt meiner Welt geworden. Ich liebe dich, Knox. Dich zu verlieren, würde mich zerstören."

Das Silber seiner faszinierenden Iriden beginnt zu glühen, seine Pupillen ziehen sich zusammen, so als ob ein heller Lichtstrahl ganz plötzlich die Dunkelheit, die ihn bis jetzt umgeben hat, vertrieben hätte.

„Sag das noch mal!"

Knox' Stimme klingt nicht wie die eines Mannes, sondern wie das dunkle Grollen eines Unwetters. Die Muskelstränge unter meinen Fingern zucken, sein Herzschlag beginnt zu rasen.

„Ich liebe dich!"

Durch geblähte Nasenlöcher atmet er geräuschvoll ein.

„Ich werde dich nie wieder frei geben! Nie wieder! Du gehörst mir, Kelly!"

Seine Hände packen meine Arme, seine Finger graben sich schmerzhaft tief in meine Haut. Erneut erhebt er Anspruch auf mich. In den Tiefen seiner Augen erkenne ich, was seine Lippen nicht ausgesprochen haben. Ich bin nicht die Einzige von uns beiden, die liebt. Das, was dieser Rocker für mich empfindet, hat wahrscheinlich nichts mit dem gemein, was die normale Welt mit dem Wort Liebe verbindet, aber das muss es auch gar nicht.

Anstatt mir ebenfalls seine Gefühle zu gestehen, pinnt Knox seine Lippen auf die meinen und wühlt sich mit seiner Zunge durch meinen Mund. Der Kuss ist grob, rau und bestimmend und ich kann spüren, was mein Geständnis in ihm ausgelöst hat. Der Präsident der Scorpions ist kein Mann der Worte und das ist okay für mich. Wahrscheinlich wird noch einige Zeit vergehen, bis er mir seine Liebe gestehen wird, damit kann ich leben. Lieber habe ich einen Mann, der mich spüren lässt, was er für mich fühlt, als einen, der nur mit Worten so um sich schmeißt, ohne dass sie viel Bedeutung für ihn haben. Seufzend lasse ich mich gegen seinen kraftvollen Körper sinken, erwidere den Kuss und lege all meine Emotionen in das verführerische Spiel unserer Zungen.

Nichts von dem, was ich gesagt habe, war gelogen oder übertrieben. Ich habe keine Ahnung, wie es diesem Rocker gelungen ist, sich so schnell mein Herz zu sichern, doch er hat es geschafft und ich spüre, dass es auf ewig ihm gehören wird.

Er schickt seine Hände auf Reisen, meine Sinne spielen verrückt. Plötzlich stört mich jedes Fitzelchen Stoff, das uns voneinander trennt. Ich will Knox so nah wie möglich sein. Ich will ihn auf mir, in mir und um mich herum, ich muss spüren, dass wir zusammengehören und keine Gefahr der Welt es schafft, uns wieder voneinander zu trennen. Wenn es wirklich so sein sollte und der Tod morgen seine knochigen Finger nach Knox ausstreckt, werde ich mich ihm entgegenstellen und um die Seele meines Geliebten kämpfen. *Apropos kämpfen* ... Mir kommt da gerade eine Idee. Was, wenn ich morgen mit nach Duluth fahre? Was, wenn ich den Scorpions dabei helfe, Ty und seine Henker zu schlagen? Würde das die Chance für einen Sieg verbessern? Ganz bestimmt, ich bin gut mit Waffen ...

Ich versuche, den Kuss zu beenden, aber Knox lässt mich nur widerwillig frei.

„Was ist?"

„Lass mich morgen mitkämpfen. Wenn ich dabei bin, mache ich mir weniger Sorgen und komme mir nicht so hilflos vor."

Etwas, das stark nach Entsetzen aussieht, huscht über sein Gesicht.

„Niemals! Keine Chance!"

Die Endgültigkeit, die in seiner Stimme mitschwingt, macht mich wütend.

„Ach, und warum nicht? Weil ich eine Frau bin oder was? Du bist so ein Chauvinist."

Seine Lippen bilden einen dünnen Strich.

„Scheiße, Kelly! Hast du eigentlich eine Ahnung, wie ich fühle?"
Zornig schüttle ich den Kopf.

„Du bist nicht einfach irgendeine Muschi, sondern *mein* Eigentum. Um *dich* in Sicherheit zu wissen, würde ich mein Leben geben. Wenn ich könnte, würde ich für dich eine Festung bauen, dich in einen Safe sperren oder auf eine einsame Insel verfrachten. Wenn du morgen dabei wärest, könnte ich an nichts anderes als an deine Sicherheit denken und das würde mich angreifbar machen. Ty und seine Männer wissen sicherlich schon, dass du meine Old Lady bist. Sie wissen, dass du meine einzige Schwachstelle bist, das heißt, sie würden versuchen, dich zu verletzen oder einzufangen, um an mich ranzukommen. Eher hacke ich mir beide Hände ab, als dass ich zulasse, dass du dich auch nur in einen Hauch von Gefahr begibst!"

Oh wow ...

Was für eine Ansage. Auch wenn er das Wort Liebe nicht ausgesprochen hat, weiß ich dennoch, dass er genau davon spricht.

„Und was, wenn es mir genauso geht? Was, wenn ich dich ebenfalls in einen Safe sperren will. Findest du es fair, dass du kämpfen kannst, während ich mich unter deiner Bettdecke verstecken und darauf hoffen soll, dass du zu mir zurückkommst?“

Er zuckt mit den Schultern, seine Mundwinkel biegen sich leicht nach oben, bilden ein freudloses Lächeln.

„Niemand hat je gesagt, dass das Leben fair ist.“

Damit hat er wohl recht.

Für die Dauer von ein paar Herzschlägen starren wir uns schweigend an.

„Was ist jetzt, süße Fee? Willst du in den restlichen Stunden, die wir haben, streiten oder soll ich dich zum Schreien bringen?“

Die Wahl fällt leicht.

„Fick mich, Outlaw, mach, dass ich den ganzen Bullshit für einen Augenblick vergesse.“

„Jung, wunderschön, ganz und gar mein und so was von notgeil. Zur Hölle, Baby! Du bist perfekt, absolut perfekt ...“

Mit Wucht werde ich auf die Couch gestoßen, unter einem Berg von Muskeln begraben und atemlos geküsst. Knox scheint regelrecht zu vibrieren, er knurrt wild, beißt mir in die Unterlippe und drückt mit seinen Knien meine Beine auseinander, so dass er sich zwischen ihnen platzieren kann.

Meine Mitte pocht ungeduldig, vielleicht hat er ja mit seiner Behauptung, dass ich notgeil bin, nicht ganz so unrecht.

Seit meinem ersten Mal sind erst ein paar Tage vergangen, aber ich hatte bereits dutzende Male Sex. Über den Punkt des Wundseins bin ich längst hinaus und kann einfach nicht genug von ihm bekommen.

„Ich will dich, Rocker, ich will dich tief in mir. Vertreib das Gefühl der Leere und füll mich bis zum Anschlag aus.“

Mittlerweile weiß ich nur zu gut, was meine Forderungen in ihm anstellen. Auf diese Art reize ich die dunkle Seite in ihm. Auch wenn mich dieser Dämon, der Knox’ Seele immer wieder heimsucht, verängstigt, liebe ich es, wenn er beim Sex zum Vorschein kommt.

Zu meiner eigenen Verwunderung stehe ich auf die wilde, grobe Art. Ich mag es, wenn Knox mich hart anpackt, seine Kontrolle verliert und mich so tief fickt, dass ich kaum mehr atmen kann.

Zart und langsam hat auch was Schönes, aber wenn ich die Wahl habe? Tja, dann entscheide ich mich ganz klar für den Dämon.

Knox richtet sich auf und beginnt damit, die kleinen blauen Knöpfe meines sommerlichen Oberteils zu öffnen.

Trotz der Sorge, die mich noch immer fest im Griff hat, sehnt sich jede Faser meines Seins nach seinen Berührungen.

Noch bevor es ihm gelungen ist, den letzten Knopf durchs Loch zu schieben, ziehen sich meine Nippel erregt zusammen, eine Gänsehaut überzieht meinen Nacken und meine Atmung beschleunigt sich. Als es ihm endlich gelungen ist, mir die Bluse samt meinem BH auszuziehen, wirft er beides achtlos auf den Boden.

Süchtig nach seiner Wärme kralle ich mich an seinen Schultern fest, küsse ihn gierig und präge mir das wundervolle Gefühl, das seine Lippen auf den meinen hinterlassen, tief in meinem Inneren ein. Falls ihm morgen etwas passiert, falls er nicht zu mir zurückkommt, will ich mich an all das erinnern können.

Stöhnend beginnt er meine Brüste zu massieren, kneift mir in die Knospen, zwirbelt sie und entlockt mir so ein leises Wimmern.

Die leichte Pein zuckt durch meinen Bauch hinab bis in meinen Schoß.

„Oh Tinker, du bist so unglaublich schön. Deine Haut fühlt sich so weich unter meinen rauen Fingern an.“

Mit einem dunklen Brummen beugt er sich zu mir vor, knabbert mit seinen Zähnen an meinem Kiefer und saugt sich an dem eh schon violett leuchtenden Mal an meinem Hals fest. Mein Scorpion liebt es, mich zu zeichnen und seine Spuren überall auf meinem Körper zu hinterlassen. Völlig egal, ob an meinem Bauch, knapp unterhalb meiner Schamlippen oder gut sichtbar an meiner Kehle. Den Bissabdruck zwischen meinen Schenkeln hat er in den letzten Tagen immer wieder berührt und mir dabei gesagt, wie sehr ihn das Wissen, dass ich die seine bin, erregt.

Mit einem *Plopp* gibt er meine Kehle wieder frei, steht auf und sieht grimmig zu mir herab.

„Verdammt Süße, ich werde dich jetzt so hart rannehmen, dass du nicht mehr laufen kannst.“

Um ihm dabei zu helfen, seine Drohung wahr zu machen, streife ich mir die Schuhe von den Füßen und öffne meine Hose.

„Wehe, wenn das nur eine leere Versprechung ist ...“

Seine Augenbrauen wandern nach oben.

„Willst du das etwa?“

„Ich will, dass du mir alles von dir gibst und nichts zurückhältst.“

Knox’ Mundwinkel zucken.

„Du willst mich herausfordern? Echt jetzt?“

Und wie ich das will.

„Hat der große, böse Biker etwa Angst, dass er dem kleinen unschuldigen Mädchen nicht gewachsen ist?“

Bevor er auf meine Sticheleien eingeht, entledigt er sich seiner Kutte, legt das Leder über den Couchtisch, ehe er das Holster, das er immer trägt und in dem seine Waffe steckt, auszieht und auf den Boden legt.

Den Rest seiner Sachen wirft er daneben.

„Meine einzige Angst ist, dass ich die Kontrolle verliere, zu grob werde und dich verletze. Du bist so klein und zart im Gegensatz zu mir, und du hast die verrückte Angewohnheit, mich immer stärker herauszufordern. Du solltest mehr auf deine Gesundheit bedacht sein, Fee."

„Ich vertraue dir eben."

Etwas, das nach Sorge aussieht, legt sich in seinen Blick.

„Das solltest du nicht. Ich vertraue mir ja nicht mal selbst."

Seinen beeindruckenden Körper musternd, lecke ich mir über die Lippen. Muskeln und Sehnen, so weit das Auge reicht. Etliche Narben zieren seine tintenverzierte Haut, sind stumme Zeugen für das gewaltgeprägte Leben, das er führt.

Ich liebe die Tattoos, die sich über seinen kompletten rechten Arm ziehen. Sie reichen bis über die Schulter und faszinieren mich, völlig egal, wie oft ich sie auch schon gesehen habe, jedes Mal aufs Neue.

Seinen harten, leicht nach oben gebogenen Schwanz betrachtend, ziehe ich mir die Hose aus und genieße die Bewunderung, die in seinen Augen aufblitzt.

Bis auf den knappen schwarzen String, der kaum als Slip bezeichnet werden kann, bin ich jetzt nackt. Knox ballt die Hände zu Fäusten, seine Gelenke knacken und aus seiner Kehle löst sich ein wild klingendes Fauchen. Alles an ihm wirkt hart, gefährlich und zugleich geheimnisvoll - und alles will ich für mich.

Trotz meiner Unerfahrenheit bin ich fest entschlossen, diesem Scorpion alles zu sein, was er braucht. Als er auch Sekunden später immer noch reglos vor mir steht und keine Anstalten macht, endlich zu mir zu kommen, beschließe ich, ihn herauszufordern.

„Was ist, Rockerpräsident? Angst, dass du der Sache nicht gewachsen bist? Vielleicht solltest du Eleven fragen, ob er dir helfen will?"

Jep ... mehr braucht es nicht. Ein teuflischer Ausdruck legt sich auf sein markantes Gesicht, ab jetzt gibt es kein Erbarmen mehr.

„Du kleines Luder wirst, wenn ich mit dir fertig bin, nicht mal mehr wissen, dass es neben mir auch noch andere Männer auf diesem Planeten gibt!"

Endlich legt er sich auf mich, presst mich tief in das Sofa und erobert meinen Mund.

Knox' raue Zunge spurt die Konturen meiner Lippen nach, ehe sie grob in mich eindringt. Hungrig nach seinem Geschmack, gebe ich mich dem

Kuss hin, sauge sein herbes Aroma in mich auf und sehne mich nach mehr.

Oh Gott, ich liebe diesen Mann so sehr!

Er lässt sich Zeit und intensiviert unser Vorspiel mit jedem Atemzug. Es fühlt sich so an, als würde er mich fressen wollen.

Verzweifelt wölbe ich den Rücken und komme ihm entgegen. Zwischen meinen Schenkeln wird es feucht und ein sehnsüchtiges Ziehen zuckt durch meinen Unterleib. Knox stiehlt mir den Atem, vergräbt seine Finger in meinen Haaren und positioniert meinen Kopf so, wie er es will. In seinen Armen fühle ich mich geborgen und beschützt – ich liebe das.

Erst als meine Lungen brennen und ich versuche, nach Luft zu schnappen, löst er seinen Mund von dem meinen und sieht mir tief in die Augen.

„Selbst wenn ich morgen sterben sollte, habe ich dank dir erfahren, wie es ist zu leben."

Ich will ihm antworten, ihn mahnen, dass er so etwas nicht sagen soll, aber er bedeckt mit seiner Hand meinen Mund, so dass ich stumm bleibe.

„Die Zeit mit dir war die beste meines Lebens. Du bist ein Engel, der mir das Paradies auf Erden beschert hat."

Mit seinen rauen Fingerkuppen streicht er sachte über meinen Bauch, lässt mich erschaudern, ehe sie tiefer gleiten und meine empfindlichen Falten bedecken.

Als er spürt, wie bereit ich für ihn bin, blähen sich seine Nasenflügel.

„Du gehörst mir, süße Fee - nur mir. Wenn morgen alles nach Plan verläuft, stehen uns ruhige Zeiten bevor. Ich werde dir ein Haus kaufen mit einem Garten voller Blumen. Du wirst glücklich sein und ich werde dich behalten und beschützen – für immer!"

Seine Worte sorgen dafür, dass sich mein Herz sehnsüchtig zusammenzieht. Meine Fantasie spielt mir einen Streich und lässt ein Bild entstehen, das zu Knox' Versprechen passt. Es ist wunderschön und ich will mehr als alles andere, dass es in Erfüllung geht.

Wenn das Schicksal gut zu uns ist, dann haben wir eine echte Chance, zusammen glücklich zu werden.

„Dann bin ich deine Old Lady, trage dein Leder und stibitze dir jeden Tag so viele Küsse, wie ich will."

„Aye. Dann bist du mein Eigentum und niemand kann dich mir mehr wegnehmen."

Für Außenstehende mag diese ganze Old-Lady-Sache ziemlich seltsam klingen, doch in der Welt der Motorcycle Clubs ist das eine echt große, unglaublich bedeutende Sache. Wenn ein Rocker eine Frau zu seiner Old

Lady ernennt, dann bedeutet das, dass sie zu ihm gehört, dass sie sein Eigentum ist und dass er für sie sorgt und sie mit seinem Leben beschützen wird. Während die Clubnutten nur zum Ficken da sind, werden die Old Ladys mit sehr großem Respekt behandelt. Sollte irgendjemand so lebensmüde sein und ihnen zu nahe kommen oder sie gar belästigen, bekommt er es mit der geballten Kraft des jeweiligen Motorcycle Clubs zu tun. Loco hat das schon zu spüren bekommen.

Die Old Ladys bekommen von ihren Männern eine eigene Kutte, auf deren Rückseite ganz groß *Property of ...* geschrieben steht. In meinem Fall wird also *Property of Knox* meinen Rücken zieren.

In der Sekunde, in der Knox meinen linken Nippel tief in seinen heißen Mund saugt, ist mein Kopf wie leer gefegt.

Seine Zähne graben sich in das empfindliche Fleisch, ich schreie laut auf. Plötzlich beißt er noch etwas fester zu und der scharfe Schmerz zuckt wie ein Blitz durch meine Nervenbahnen.

Es ist wie eine dunkle Sucht, die mich nach mehr stöhnen lässt.

Atemlos streiche ich mit den Fingern durch die weichen Strähnen seiner schwarzen Haare und presse seinen Kopf fester gegen mich.

Erst als mein Verstand kapituliert, mein Atem stoßweise kommt und meine Sinne verrücktspielen, lässt er von meiner Brustwarze ab.

Um mich zu revanchieren, fasse ich ihm zwischen die Beine, packe seinen dicken Schaft und beginne über die beeindruckende Länge zu reiben.

Aus glühenden Silberaugen sieht er mit zusammengebissenen Zähnen auf mich herab.

„Ich muss jetzt sofort in dir sein."

Knox richtet sich so abrupt auf, dass ich beinahe von der Couch falle, umfasst meine Taille und dreht mich mit einer schnellen Bewegung auf den Bauch.

Noch bevor ich Gelegenheit habe, mich an die neue Position zu gewöhnen, ragt er auch schon groß und mächtig über mir auf.

Quälend langsam streichen seine Finger über meine Schulter, hinab zu meinem Hintern, über meinen Schließmuskel bis zu den feuchten Falten meiner Pussy.

„Allein schon, um mir das Vergnügen zu gönnen, dich in deinen süßen Arsch zu ficken, muss ich das morgen überleben."

Unsicher, was ich darauf erwidern soll, presse ich meine Wange auf das weiche Polster, sehe ihn an und dränge mich seiner geschickten Hand etwas mehr entgegen.

Einerseits löst die Vorstellung, dass er mich anal nimmt, eine neue Sehnsucht in mir aus. Andererseits fürchte ich mich aber auch davor. Ich meine, er ist verdammt gut bestückt, er kann doch gar nicht da hinten reinpassen, ohne dass es unerträgliche Schmerzen für mich sind. *Oder?* Mein Kopfkino läuft auf Hochtouren, meine Klitoris reagiert mit purer Lust, schwillt an und wird immer empfindlicher.

Knox weiß genau, wie und wo er mich anpacken oder berühren muss, um mich in den Wahnsinn zu treiben. Kreisend massiert er meine Klit, dringt mit zwei seiner langen Finger in mich ein und trifft zielsicher auf den empfindlichen Punkt tief in meinem Inneren.

„Oh ja ... meeehr ... bitte ..."

„Du willst mehr? Sicher?"

Ich nicke und schreie auf, als er einen weiteren Finger in mich schiebt.

„Von deinen hilflosen Schreien werde ich niemals genug bekommen."

Während ich vor Lust zerfließe, ruht sein animalischer Blick die ganze Zeit auf meinem Gesicht. Knox beobachtet mich und jede meiner Regungen ganz genau. Glühend und pulsierend zieht sich mein Inneres zusammen, ungeduldig wölbe ich mich ihm entgegen. Ich brauche mehr!

Als er sich endlich auf mich legt, flutet eine neue Welle an Feuchtigkeit meine Scheide.

Manchmal kommt es mir so vor, als wäre ich nur für Knox geschaffen worden.

Das Schöne an dieser Stellung ist, dass ich jede Erhebung seiner angespannten Muskeln spüren kann.

Mehr als bereit spreize ich meine Beine noch etwas weiter für ihn. Er weiß, was ich will und beginnt mit seinem harten Schwanz über meine pulsierende Mitte zu reiben. Dick und prall badet seine Eichel in meiner Nässe.

Knox' Körperspannung nimmt immer mehr zu. Ich weiß, dass er es kaum erwarten kann, endlich in einen schnellen, gnadenlosen Rhythmus zu verfallen.

Er gibt ein wildes Knurren von sich, sein heißer Atem streift über meine verschwitzte Haut.

„Oh Süße! Du bist so heiß, nass, eng und perfekt."

„Das bin ich nur für dich!"

Mit einem festen Griff packt er mich bestimmend am Nacken, drückt mich runter und dominiert mich. *Gott, ich liebe es ...*

Knox hilflos ausgeliefert, sehe ich über meine Schulter und beobachte, wie er versucht, seine Selbstbeherrschung wiederzufinden.

Aber genau das will ich ja gar nicht. Ich will es wild, zügellos und ohne falsche Zurückhaltung - ich will ihn unbeherrscht und nicht kontrolliert.

In den Tiefen seiner quecksilberfarbenen Augen sehe ich den Kampf, den er mit sich selbst ausficht. Ich erkenne, wie er mit sich ringt.

Mit dem Daumen reibt er durch meinen Spalt, seine Finger schieben sich immer und immer wieder in mich.

„Nicht denken, Scorpion. Lass es einfach zu – lass dich gehen und nimm dir, was du brauchst."

Er kneift die Lider zusammen, als er sie wieder öffnet, sehe ich nicht mehr meinem Liebhaber, sondern dem Dämon, der die Kontrolle übernommen hat, in die Augen.

Endlich ...

Sofort festigt sich sein Griff noch etwas mehr, er zischt mir leise zu, das ich es ja so wollte und das ich jetzt tapfer sein muss. Mehr als bereit, alles, was er mit mir vorhat, zu ertragen, beiße ich mir keuchend auf die Unterlippe und drücke mich seiner Hand entgegen.

Langsam fährt er mit seinen Fingern durch meine Pospalte, massiert den engen Muskel und dringt mit dem Daumen in ihn ein.

Instinktiv zucke ich zusammen, gebe einen lauten Schrei von mir und versuche, ihm auszuweichen – vergebens.

Ich weiß, dass er sich danach sehnt, mich auch auf diese Weise zu entjungfern.

„Nicht mehr lange und ich werde mich so tief in deinen Arsch rammen, bis du vor Schreien heiser wirst."

Am ganzen Körper zitternd lasse ich meinen angehaltenen Atem entweichen und zwinge mich dazu ruhig zu bleiben. Ich wollte, dass Knox die Kontrolle verliert, ich wollte seine dunkle Seite und jetzt, wo ich sie habe, muss ich auch bereit sein, das Spiel zu Ende zu spielen. Die Zähne fest aufeinanderbeißend lasse ich zu, dass er mit seinem Daumen noch tiefer in mich gleitet, mich dehnt und in Besitz nimmt.

Es schmerzt und es fühlt sich seltsam an – doch für Knox bin ich bereit, alles zu ertragen.

Sein dicker Schwanz gleitet immer wieder durch meine nasse Mitte, ehe er endlich seine dicke Spitze in mein zuckendes Inneres schiebt.

Sein Penis in meiner Scheide und sein Finger in meinem Po - die doppelte Penetration reicht aus, um mich an den Rand des Erträglichen zu bringen.

Mein Höhepunkt ist zum Greifen nah.

Knox beugt sich über mich, stößt einen Fluch aus und vergräbt seine Zähne in meiner Schulter.

Ein dünner Schweißfilm überzieht meine Haut, mein Atem kommt immer abgehackter.

Langsam gleitet er aus meinem Po heraus und verpasst meiner Rückseite einen leichten Klaps.

„Beim nächsten Mal, Baby."
Einerseits erleichtert und dennoch irgendwie enttäuscht, spüre ich, wie er meine Taille umfasst, mich etwas anhebt und seinen harten, verdammt dicken Schwanz ein paar Zentimeter tief in mich schiebt.

Ohhhhh jaaaa, das ist es ...

In dieser Stellung fühlt sich sein Eindringen besonders intensiv an, ich kann jede Ader, jede Erhebung und jede Wölbung seines Glieds spüren.

Mein leises Stöhnen vermischt sich mit Knox' wilden Geräuschen.

Ich spüre, wie er seine Finger tief und schmerzhaft in mein Fleisch gräbt und weiß, dass er mich gleich so richtig rannehmen wird.

„Sag es, Fee. Sag, dass du mir gehörst und ich lass dich kommen ..."

„Nur dir."

Meine Antwort ist nicht lauter als ein Wispern, doch das scheint ihm auszureichen.

„Halt dich fest. Ich werde nicht sanft sein."

Erwartungsvoll erschaudernd tue ich, was er verlangt.

Viel zu langsam zieht er sich aus mir zurück, reibt mit der wulstigen Spitze seines Schwanzes über meine Rosette, ehe er sich wieder vor meiner Pussy in Position bringt und sich so tief in mich rammt, dass mir kurzzeitig schwarz vor Augen wird.

Hart und unfassbar groß stößt sich sein Penis tief in mein Inneres.

Das anfänglich leichte Ziehen verwandelt sich in bittersüße Pein, die mich aufschluchzen lässt. Knox liebt es, dass ich so eng bin. Für mich sind die ersten Sekunden nach seinem Eindringen immer schmerzhaft. Ich schreie auf, während er eine Sekunde innehält, mir einen Kuss zwischen die Schulterblätter drückt und anschließend damit beginnt, mich so gnadenlos zu bumsen, wie ich es mir erhofft habe. Wieder und immer wieder stößt er zu, vergräbt sich in mir und lässt mich spüren, dass ich längst die seine bin.

Mein Scorpion lässt mich all seine Kraft fühlen, es hat fast schon etwas Verzweifeltes, wie er mich festhält und in Besitz nimmt.

In meinem Inneren pocht es heftig – es ist noch nicht genug.

Tief in meinem Bauch baut sich ein pulsierender Druck auf.

Mit letzter Kraft presse ich mich seinen Stößen entgegen, genieße das Gefühl der aneinanderreibenden Haut und ertrinke in unserer Vereinigung.

Der Orgasmus, der über mir hereinbricht, ist so wahnsinnig intensiv, dass mich all meine Kraft verlässt. Erschöpft sacke ich zusammen und spüre, wie mein Rocker ebenfalls auf seine Erlösung zusteuert.

Verschwitzt, zitternd und mit rasendem Puls spüre ich, wie er seinen Samen Schub für Schub in mein Inneres spritzt. Ein letztes Mal rammt er sich bis zum letzten harten Zentimeter in mich, ehe er keuchend auf mir zusammensackt.

Es dauert eine Weile, bis ich in der Lage bin, mich zu bewegen.

Ich presse mich gierig gegen seinen Schwanz und gebe ihm so zu verstehen, dass ich noch nicht bereit bin, ihn wieder frei zu geben. Lachend schiebt er seine Finger zwischen mich und das Sofa, legt seine Handfläche auf meinen Bauch und dreht sich mit mir in seinen Armen auf die Seite.

Sein heißer Atem streift mein Ohrläppchen, lässt mich seufzend erschaudern.

„Geht es dir gut?“

„Bestens.“

„Freut mich zu hören.“

Knox bewegt sich etwas, so dass er sich wieder komplett in mich schiebt. So bleiben wir liegen, eng umschlungen mit im Gleichtakt schlagenden Herzen.

Es ist mir völlig einerlei, welches übernatürliche Wesen über die Welt regiert. Dieser Rocker gehört mir, wir haben uns endlich gefunden und ich bin nicht bereit, ihn wieder zu verlieren. Von mir aus kann die Hölle zufrieren oder der Himmel in Flammen aufgehen. Knox wird morgen nicht sterben, sondern heil und unversehrt zu mir zurückkommen – alles andere lasse ich nicht zu!

„Woran denkst du gerade?“

Ein Lachen rumpelt in seinem Brustkorb.

„Ich denke nicht, ich fühle.“

„Ach und was?“

Er knabbert an meinem Ohrläppchen, lässt seine Hüfte kreisen und gibt ein zutiefst befriedigt klingendes Stöhnen von sich.

„Wie verdammt perfekt wir zusammenpassen! Ich bin immer mehr davon überzeugt, dass du nur für mich geschaffen wurdest.“

Zufrieden verschlinge ich meine Finger mit den seinen, hebe sie an meinen Mund und hauche ihm einen zarten Kuss auf den Handrücken.

„Der Dämon und die Fee, klingt fast schon nach einem Märchen.“

„Nicht nur fast, Kelly, und ich verspreche dir, dass wir ein Happy End bekommen werden.“

Erschöpft hoffe ich, dass er recht hat, schließe für einen kurzen Moment die Augen und genieße das Gefühl, das sich in meinem Bauch ausbreitet - reines, absolutes Glück garniert mit einer großen Portion Hoffnung.

28. Kapitel

Knox

Der angebliche Hinterhalt, in den Rhett mich locken will, soll an der Tankstelle sein, die an der Grenze unseres Reviers liegt. Diese befindet sich am Rand einer kleinen Stadt. Das einzige Gebäude, das sich in der Nähe befindet, ist eine stillgelegte Tuchfabrik, in der seit über zehn Jahren keine einzige Maschine mehr gelaufen ist. Bis jetzt war es immer so, dass Wisconsin den Scorpions gehört hat, während die Devil's Hangmen ihr Territorium in Minnesota hatten.

Nach heute Nacht wird auch Minnesota uns gehören, wir werden der führende MC in diesem Teil des Landes sein und der einzige Rockerclub, der uns dann noch größenmäßig das Wasser reichen kann, sind die Dead Riders aus Tacoma. Doch die sind knapp 2000 Meilen entfernt – ein ausreichender Abstand, der dafür sorgt, dass wir uns nicht gegenseitig in die Quere kommen. Ace, der Präsident der Riders, ist ein vernünftiger Mann, der, seit er sich eine Lady genommen und eine Familie gegründet hat, einen eher ruhigen Kurs für seinen Motorcycle Club eingeschlagen hat. Bis jetzt habe ich zweimal wegen einer landesweiten Ermittlung des FBIs mit dem Rocker Dämon, so wird Ace in unserer Welt genannt, telefoniert. Die Gespräche waren kurz und friedlich – aus dieser Richtung droht uns also schon mal keine Gefahr.

Eleven und Jaxton haben schon vor Stunden zwei strategisch gut platzierte Sprengladungen in der Nähe der unterirdischen Treibstofftanks angebracht, die im Notfall dafür sorgen werden, dass Ty diese Nacht garantiert nicht überlebt. Wenn es sein muss, werden wir die Tankstelle samt Ty in die Luft jagen – aber eben nur, wenn es sein muss.

Im Optimalfall werde ich mir den Präsidenten der Henker schnappen und ich werde ihn nicht nur für Brocks Tod leiden lassen, sondern auch dafür, dass er auf mein Mädchen ein Kopfgeld ausgesetzt hat.

Seit wir vor über sieben Stunden vom Club losgefahren sind, zwinge ich mich dazu, mich auf das vor uns Liegende zu fokussieren und nicht an Kelly zu denken. Früher ging das leicht, da war der Club mein einziger Lebensinhalt. Jetzt hingegen spukt mir dauernd eine blauäugige Fee im Kopf herum, die dafür sorgt, dass ich mich nur schwer konzentrieren kann.

Wie pflegt unser Rotlichtkönig immer zu sagen?

Fängst du dir Gefühle ein, fängst du dir Kugeln ein.

Bis jetzt konnte ich über Rhetts Aussage immer nur lachen, mittlerweile weiß ich, dass da etwas Wahres dran ist.

Der Himmel ist schwarz, wolkenverhangen und düster. Kein Stern, kein Mond.

Es ist absolut windstill und wie erwartet sind wir völlig alleine hier. Bis auf den Kassenwart ist niemand da. Perfekt.

Der unverkennbare Geruch von Benzin hängt in der Luft, vermischt sich mit dem würzigen Duft der blühenden Akazien, die den Straßenrand säumen.

Heute Nacht werden wir dem Namen Wisconsin alle Ehre machen. Der Name ist entstanden aus der Bezeichnung, die einst Indianer dem Wisconsin River gaben: *Der rot liegt.* Das ist auf den roten Sandstein bezogen, der das Flussufer säumt. Wir werden die Erde heute ebenfalls rot färben - wir werden sie mit dem Blut unserer Feinde tränken, unsere Macht ausbauen und als Sieger hervorgehen.

Seit zwei Stunden beobachten wir nun schon die Gegend. An der Hauptstraße, die die Henker passieren müssen, haben wir Wheelie, einen unserer Prospects, postiert, der uns sofort Bescheid geben wird, wenn sich unsere Feinde blicken lassen.

Wir sind optimal vorbereitet. Es herrscht die berühmte Ruhe vor dem Sturm, die an meinen Nerven zerrt.

Fluchend lasse ich mich auf den verwitterten Plastikstuhl sinken und starre auf die glühende Zigarette zwischen meinen Fingern.

„Was meinst du, Präs? Wie weit sind die Russen?“

So wie ich den Schlächter kenne, hat er seinen Part längst ausgeführt und wartet nun auf mein Kommando.

„Fertig. Oleg überlässt bekanntermaßen nichts dem Zufall.“

Rhett nickt, schiebt sich einen Zimtkaugummi in den Mund und behält die Umgebung im Auge. Er wirkt nervös, so als ob er Zweifel an der Genialität unseres Plans hätte.

„Es ist zu still“, konstatiert er schließlich und spuckt auf den Boden.

„Was hast du erwartet? Eine Schießerei?“

Etwas Unverständliches brummend öffnet er die Coladose, die neben ihm steht, mit einem lauten Zischen. Mein Blick fällt auf die geschwungenen Lettern, sofort hebt sich meine Stimmung. Zane hat Wort gehalten und seine Wettschuld eingelöst. Seit letzter Nacht ziert das Coca-Cola-Logo seine linke Arschbacke.

„Was meinst du? Wie geht es dem Arsch unseres Sergeants?“

„Er wird brennen.“

„Aye, darauf wette ich!“

Rhett stößt ein Grunzen aus.

„Vergiss es, Knox, ich lasse mich auf keine deiner bescheuerten Wetten ein."

Ich beobachte, wie sich Eleven und Jaxton über irgendetwas unterhalten, ehe sie im angrenzenden Tankstellenshop verschwinden. Kurz danach tauchen sie mit dem Kassenwart wieder auf, der abschließt und mit seinem Pick-up davonfährt. Mit einem Blick auf die Uhr stelle ich fest, dass es bereits elf Uhr nachts ist. Rhett hat das Treffen mit den Devil's Hangmen für 23:30 Uhr anberaumt, es wird also Zeit, die letzten Vorbereitungen zu treffen. Ty, der denkt, dass ich von meinem Vize verraten werde, wird in weniger als einer Stunde festgestellt haben, dass er die Maus war, die auf das Stückchen Käse hereingefallen ist. Unsere Falle wird zuschnappen und ich werde endlich die langersehnte Chance bekommen, Ty jede Gliedmaße einzeln abzuhacken.

„Du wirst es wirklich durchziehen und Kelly dein Leder anziehen?" Rhetts plötzlicher Themawechsel irritiert mich.

„Ja, das werde ich."

„Dir ist klar, dass so eine Old Lady viel Verantwortung mit sich bringt und das nicht nur für dich, sondern für uns alle, für den ganzen Club."

Da ich aus offensichtlichen Gründen keinen Nerv für diese kryptischen Aussagen habe, beschließe ich, die Sache gleich auf den Punkt zu bringen.

„Was zum Teufel willst du mir sagen, VP?"

Er hebt den Kopf und sieht mich direkt an.

„Dass Frauen die schönsten und besten Geschöpfe dieser Welt sind, aber eben auch die anstrengendsten. Glaube mir, ich weiß das. Ich kümmere mich seit Jahren um dutzende von Nutten und weiß wie Muschis ticken. Seit Kelly bei uns ist, ist immer etwas los. Alleine die Scheiße mit Loco und dann noch die Sache mit de..."

Weiter lasse ich ihn gar nicht erst kommen.

Ein heißer Blitz zuckt durch meine Arme, es kostet mich einiges an Beherrschung, langsam aufzustehen, anstatt Rhett ein paar harte Schläge zu verpassen.

Auf ihn hinuntersehend balle ich meine Hände zu Fäusten und zwinge mich dazu, ruhig zu bleiben.

„Du hast mein Mädchen nicht gerade mit einem Haufen Prostituierter verglichen? Oder?"

Er spuckt den Kaugummi aus und versucht ebenfalls aufzustehen, doch das verhindere ich, indem ich dem Stuhl, auf dem er sitzt, einen kraftvollen Tritt verpasse, so dass dieser samt meinem Vize rückwärts umfällt. Rhett liegt wie ein Käfer auf den Rücken. Ich stelle mich über ihn, ziehe mein Messer und streife mit dem Daumen über die frisch geschliffene Klinge. Ein roter Streifen bildet sich auf meiner Fingerkuppe, demonstriert Rhett, wie leicht es wäre, ihm jetzt und hier ein paar tiefe Schnitte zu verpassen.

„Hey Knox, ruhig Blut. Das war doch nur ein Beispiel!“

Seine Art, sich zu verteidigen hilft mir nicht dabei, mich wieder zu entspannen.

Er kennt mich gut genug, um zu wissen, in welcher Stimmung ich mich gerade befinde – eine falsche Bewegung oder ein unbedachtes Wort und ich könnte etwas tun, das ich später bereuen werde.

Reglos verharrend sieht er zu mir hoch.

„Bruder hin, Bruder her. Kelly gehört zu mir, sie steht unter meinem Schutz und wird meine Old Lady. Solltest du jemals wieder den Fehler machen, sie auf eine Stufe mit einem Dutzend wertloser Schlampen zu stellen, wird das für dich böse enden! Verstanden?“

Rhett nickt, das reicht mir.

Bevor ich ihn wieder aufstehen lasse, drehe ich die Klinge ein paarmal zwischen meinen Fingern, ehe ich sie betont langsam zurück in die Lederscheide an meinem Gürtel stecke.

„An der Sache mit Loco ist sie ja wohl kaum selbst schuld. Fuck! Er ist ihr so nah gekommen, dass sie einen Schnitt an der Kehle hatte. Wenn Eleven nur eine Sekunde später aufgetaucht wäre, dann wäre sie jetzt tot. Es ist unsere Schuld, dass wir so einen käuflichen Abschaum in unserem Club geduldet haben. Loco war ein Hangaround, wir hatten ihm erlaubt, bei uns abzuhängen, das sollte dir zu denken geben, Vizepräsident.“

Wieder nickt er. Ich gehe einen Schritt zurück, stoße einen lauten Fluch aus und ziehe mein vibrierendes Mobiltelefon aus der Tasche.

„Ja Wheelie, was gibt's?“

„Sie kommen!“

„Folge ihnen und bezieh wie besprochen deinen Posten. Sollte was schieflaufen, halte dich an Plan B.“

Ich lege auf und drehe mich zu Rhett um, der sich gerade den Staub von der Hose klopft.

„Es geht los.“

Nachdem er den Stuhl aufgehoben hat, dreht er sich mit finsterer Miene zu mir um.

„Bullshit! Nach der Aktion von eben habe ich gute Lust, dich tatsächlich an die Devils zu verraten, mein Freund.“

An dem Ausdruck in seinen Augen erkenne ich, dass er nur einen Scherz macht.

„Tu, was du tun musst, Rhett. Bei Sonnenaufgang werden wir sehen, wer die bessere Überlebensstrategie hatte."

Im Gegensatz zu ihm meine ich es absolut ernst. Er versucht, die angespannte Stimmung zu lockern, indem er mir in einer brüderlichen Geste auf die Schulter klopft – es funktioniert nicht.

„Lass uns anfangen. Ty darf nicht durchschauen, dass wir ihm etwas vorspielen."

Rhett nickt, wir überqueren die Straße, ich reiche ihm die Funkfernbedienung, mit der er im Notfall die Sprengung auslösen kann und zünde mir eine Kippe an. Ein letztes Mal erlaube ich mir, an meine Fee zu denken, ehe ich auf volle Konzentration umsteige und mich auf eine einzige Sache fokussiere, auf das Auslöschen unserer Feinde.

Ich spüre Rhetts zornigen Blick in meinem Rücken und lache vor mich hin.

Es ist gut, dass wir das geklärt haben. Er und alle anderen müssen sich im Klaren darüber sein, wie wichtig mir Kelly ist.

Je schneller sie realisieren, dass ich für dieses Mädchen töten würde, desto besser ist es für uns alle. Davon abgesehen, können wir Rhetts Wut auf mich gut gebrauchen. Der Verrat, den er angeblich an mir verüben will, wirkt realistischer, wenn er mich so ansieht, als ob er es kaum erwarten könne, mich sterben zu sehen.

Im Augenblick mag er vielleicht nicht verstehen, was ich für Kelly empfinde, doch der Tag wird kommen. Irgendwann wird ihm eine Frau über den Weg laufen, die sein komplettes Leben auf den Kopf stellt, und dann wird er endlich nachvollziehen können, warum ich meinen Schwanz an die goldene Leine lege und mir eine Old Lady nehme.

Wir machen uns auf den Weg zu dem Gelände, das sich auf der Rückseite der Tankstelle befindet. Hier sind fliegende Kugeln kein Problem.

Mit einem Pfiff gebe ich Eleven und Jaxton zu verstehen, dass es losgeht.

Nach ein paar knappen Befehlen eilen die beiden davon. Sie ziehen sich ihre kugelsicheren Westen an, checken die Magazine ihrer Waffen und verstecken sich anschließend im dichten Gebüsch, das direkt an den Hinterhof der Tankstelle angrenzt. *Jetzt geht es endlich los ...*

Obwohl das alles mein Plan war, fühlt es sich seltsam an, mein Messer abzulegen und es zusammen mit meiner Waffe Rhett zu überreichen. Nachdem er beides eingesteckt hat, strecke ich ihm meine Hände entgegen und beobachte, wie er mit sichtlicher Schadenfreude einen Kabelbinder darumwickelt und diesen zuzieht.

„Du siehst viel zu gut aus, um einen gefallenen Präsidenten zu markieren."
Noch bevor ich verstehe, was er damit sagen will, verpasst er mir einen ordentlichen Faustschlag. Ich gerate ins Torkeln und wäre auf den Boden gefallen, wenn er mich nicht am Arm gepackt hätte. Mein rechte Gesichtshälfte pulsiert heftig, ich spüre regelrecht, wie meine Augenbraue anschwillt und schlussendlich aufplatzt.
Rhett mustert mich prüfend, ehe er ein weiteres Mal zuschlägt.
Dieses Mal trifft er meinen Kiefer.
„Was zur Hölle soll das, Arschloch?"
Der metallische Geschmack von Blut breitet sich in meinem Mund aus, ich spucke es auf den Boden und fahre mit der Zunge die untere Zahnreihe ab - es scheint keiner zu wackeln.
„Wenn ich dich wirklich verraten hätte, hättest du dich doch gewehrt? Oder?"
Im Grunde genommen kann ich seiner Logik nur zustimmen, dennoch ... *Fuck,* tut das weh ... Rhett grinst mich an, schüttelt seine Faust aus und nickt zufrieden.
„Jetzt passt dein Erscheinungsbild zu unserem Plan."
„Na, vielen Dank."
„Gern geschehen, Präs. Jederzeit wieder!"
Die Mundwinkel meines Vizes zucken, er hat Spaß, das war seine Rache für vorhin.
„Sobald Ty hier auftaucht, ziehst du deine Show ab. Erst wenn wir wissen, wie viele seiner Männer ihn begleiten und wie sie bewaffnet sind, legen wir los und überwältigen die Wichser."
Eleven und Jaxton haben die Anweisung bekommen, alle bis auf Ty aus der Deckung heraus abzuknallen.
„Was hast du Ty erzählt, wie du mich hier rauslocken willst?"
„Gar nichts, obwohl ich mir so eine schöne Story ausgedacht hatte."
Neugierig sehe ich ihn an. Bis jetzt habe ich diesen Part der Aktion völlig ihm überlassen. Es war mir einerlei, was er zu Ty gesagt hat, um ihn heute hierherzulotsen. Das Einzige, was für mich gezählt hat, war, dass es ihm gelingt.
„Wärst du auch so freundlich, mich in deinen grandiosen Plan einzuweihen?"
Rhett zündet sich eine Kippe an.
Nachdem er den ersten Zug genommen hat, bekomme ich endlich meine Antwort.
„Ty ist so versessen darauf, dich zu töten, dass er nicht lang nachgefragt hat. Ich habe ihm gesagt, dass ich dich hier an ihn übergeben

werde und er hat es akzeptiert. Ursprünglich hatte ich vor, ihm zu erzählen, dass ich dich unter dem Vorwand, dass die Devils hier dealen, herlocken werde, aber das war gar nicht nötig. Im Nachhinein war das alles fast schon zu einfach."

Er kann leicht reden, immerhin trägt er keinen Kabelbinder an den Handgelenken und ist voll bewaffnet.

„Hoffen wir, dass es so bleibt."

Rhetts Idee ist gut. Er musste sich einen Grund ausdenken, mit dem er mich angeblich hierherlocken konnte, ohne dass ich gleich mit zwanzig Mann anrücke.

Mit ein paar Dealern wären er und ich locker alleine klargekommen, da wäre keine Verstärkung notwendig gewesen.

Das laute Geboller sich nähernder Harleys dröhnt durch die Nacht.

Jetzt wird es ernst ...

Wenn Ty einen juckenden Zeigefinger hat, ist es durchaus möglich, dass wir heute Nacht alle draufgehen.

„Hast du den Zünder in Reichweite?"

Rhett nickt, zieht seine Waffe, entsichert sie und hält mir den Lauf direkt ins Gesicht.

Mir ist klar, dass das alles zur Show gehört, dennoch breitet sich ein mulmiges Gefühl in meinem Magen aus.

Brock war über Jahre mein Stellvertreter, ihm habe ich blind vertraut. Bei Rhett hingegen bin ich mir nur zu 95 % sicher, dass er keine eigenen Ziele verfolgt. Dennoch war das hier die beste Lösung.

Natürlich hätte ich auch den ganzen Club mobilisieren und all meine Männer in den Krieg schicken können, aber das hätte dutzende Tote bedeutet und das ist einfach nicht mein Stil.

Ty ist ein Präsident, der, ohne zu zögern, ein Massaker befohlen hätte, ich nicht.

Die Devil's Hangmen fahren auf den Hinterhof - zehn Motorräder und ein verbeulter, ausgeblichener blauer Transporter. Ty führt die elfköpfige Karawane an.

Während Rhett Ty unschädlich machen wird, können sich Eleven und Jaxton um den Rest kümmern. Das sind fünf für jeden, das ist machbar.

Bei Gott, es fühlt sich beschissen an, gefesselt vom Feind umgeben zu sein, doch da muss ich jetzt durch. All meine Instinkte schreien nach einem Kampf, meine Muskeln zucken ungeduldig, meine Finger kribbeln.

Ich habe Kelly das Versprechen gegeben, mich keiner unnötigen Gefahr auszusetzen. Das einzuhalten wird schwer werden.

Was ein Bullshit!

Wie definiert man bitte *unnötige Gefahr*? Entweder riskiert man alles oder man verliert alles - mehr Möglichkeiten hat man bei so einer Sache nun mal nicht.

Nach und nach werden die Motoren der Bikes abgeschaltet, eine trügerische Ruhe breitet sich aus.

Ein letztes Mal sehe ich zu der Stelle, an der ich Jaxton und Eleven vermute, dann konzentriere ich mich ganz auf die Rolle des wütenden und verratenen Clubpräsidenten. Tys Gang ist selbstsicher, fast schon arrogant. Als er die Verletzungen sieht, die von Rhetts Schlägen stammen, gibt er ein zischendes Lachen von sich.

„Ja, sieh mal einer an, was wir hier haben."

Als er dicht neben mir stehen bleibt, steigt mir der Geruch seines Schweißes in die Nase. Er schnippt mir gegen die gefesselten Hände, was mich dazu veranlasst, ihm einen Tritt zu verpassen. Während er nur leicht ins Wanken gerät, katapultiert mich der Schlag, den er mir als Revanche verpasst, auf die Knie. Vor Zorn am ganzen Leib zitternd, versuche ich, wieder auf die Füße zukommen.

„Der mächtige Scorpionspräsident liegt wie ein nutzloses Insekt im Dreck. Das gefällt mir, sehr sogar."

Einer von Tys Männern drückt mir den Lauf seiner Waffe gegen den Hinterkopf. Ich verstehe die Warnung und bleibe kniend auf dem Boden.

Mein angeblich verräterischer Vize reicht Ty die Hand, die beiden begrüßen sich, mir steigt bittere Säure im Hals hoch.

„Respekt, Scorpion, du hast dein Wort gehalten."

Rhett spuckt auf den Boden und nickt gönnerhaft.

„Natürlich. Was dachtest du denn?"

Ty sieht sich prüfend um, trotz der Überheblichkeit, die ihm aus jeder Pore tropft, wirkt er verunsichert.

„Was ich dachte, spielt keine Rolle."

Er sieht zu mir und zeigt mir seine vergammelten Zähne. Dann wirft er einen Blick über die Schulter und befiehlt zwei seiner Männer, mich in den Transporter zu verfrachten.

Okay, jetzt geht es gleich los ...

Unsanft werde ich auf die Füße gezogen, einer der Hangmen rammt mir seine Faust in den Bauch, ich kippe kraftlos nach vorne. Mein Sichtfeld engt sich ein, ich bekomme kaum noch Luft.

Fuck! Es fühlt sich echt beschissen an, der Lockvogel zu sein.

Mit ausdrucksloser Miene beobachtet Rhett, wie ich Richtung Auto gezerrt werde. Ich höre, wie Ty und er sich über die getroffenen Vereinbarungen unterhalten und weiß, dass er jetzt gleich Eleven und Jaxton das Zeichen geben wird, worauf die beiden das Feuer eröffnen werden. Gerade als die Seitentüre geöffnet wird und mich die Henker in den Kastenwagen sperren wollen, fällt der erste Schuss.

Um nicht durch Zufall getroffen zu werden oder einen Querschläger abzubekommen, lege ich mich flach auf den Boden und sehe prompt in die weit aufgerissenen Augen des Typen, der mir erst vor wenigen Sekunden den Hieb in den Magen verpasst hat.

Da wir nicht wussten, wie vorsichtig Ty ist und ob er mich nach Waffen durchsuchen wird, habe ich alle meine Messer abgelegt, so dass ich jetzt nichts bei mir habe, womit ich die Plastikfesseln durchschneiden kann. Ich entdecke am Hosenbund des Toten eine Lederscheide und robbe zu ihm rüber. Immer mehr Schüsse werden abgefeuert, offensichtlich haben die restlichen Devils ebenfalls das Feuer eröffnet. Über den Asphalt kriechend zucke ich zusammen, als direkt neben mir eine Kugel einschlägt – das war knapp.

Bei der Leiche mit dem Kopfschuss angekommen, braucht es eine gefühlte Ewigkeit, bis es mir gelingt, den Druckknopf zu öffnen, den Dolch rauszuziehen und ihn so zu drehen, dass ich zwar die Kabelbinder zerschneiden kann, mich jedoch nicht selbst verletze.

Als es mir endlich gelingt, meine Hände zu befreien, checke ich die Lage und springe auf. Dann schnappe ich mir die Halbautomatik, die der Tote fallen gelassen hat, und die nun vor meinen Füßen liegt. Zwei Schüsse – zwei Treffer. Ich beobachte, wie Ty auf Rhett zielt. Bevor er abdrücken kann, verpasse ich ihm einen Schuss in die Kniekehle, so dass er mit einem lauten Schmerzensschrei wie ein gefällter Baum umkippt.

Rhett nickt mir dankend zu, wirft seine leere Pistole beiseite, zieht sein Messer und schneidet dem Hangman, den er im Würgegriff hat, die Kehle auf. Das war's. Bis auf den mit der Situation völlig überforderten Ty sind alle tot. Wheelie, der von der anderen Straßenseite aus geschossen hat, läuft zu uns rüber und klatscht sich mit Eleven ab, der gerade aus seinem Versteck kommt.

„Yeah, war das geil!“

Jaxtons Ruf hallt über die Leichen hinweg, rote Flecken breiten sich aus - genau wie angekündigt, haben wir den Boden mit dem Blut unserer Feinde getränkt. Reines Adrenalin pumpt durch meine Venen, meine Nervenbahnen feuern elektrische Impulse ab, so dass ich mich unglaublich lebendig, ja fast schon high fühle.

Mehr als zufrieden, dass unser Plan so reibungslos funktioniert hat, gehe ich zu Rhett. Wir nehmen uns die Zeit für eine kurze brüderliche Umarmung, ehe er damit beginnt, die Waffen der Toten aufzusammeln, und ich mich Ty zuwende.

Mit schmerzverzerrtem Gesicht liegt er vor mir und sieht mich aus hasserfüllten Augen an.

„Tja, Arschloch. So schnell kann sich das Blatt wenden!"

„Selbst wenn du mich tötest, werden die Hangmen eines Tages über die Scorpions triumphieren."

Rhett lacht gehässig. Ich ziehe mein Handy hervor, wähle Olegs Nummer und warte, bis er rangeht.

„Hier ist Knox. Wir sind fertig. Wie sieht es bei euch aus?"

Unser ursprünglicher Plan war es, zu warten, bis sich die Devil's Hangmen versammeln, um über ihre Niederlage zu diskutieren und Tys Nachfolger zu wählen. Doch falls sich die Wichser jetzt gerade in ihrem Club aufhalten, dann werde ich nicht zögern, sondern Oleg jetzt schon den Befehl zur Sprengung geben.

Oleg informiert mich darüber, dass sie bereits eine kleine Explosion ausgelöst haben, um die Ratten anzulocken und dass sich in diesem Augenblick knapp vierzig Männer auf dem Gelände der Devils befinden. Sehr schön, das müssten so gut wie alle sein.

„Erledige es!"

Anstatt mir zu antworten, ruft er einem seiner Männer auf Russisch etwas zu, keine zwanzig Sekunden später tönt ein ohrenbetäubender Knall durch die Leitung.

Nach einem knappen „Danke" lege ich auf. Das wäre erledigt.

Ty, der mich die ganze Zeit über aus weit aufgerissenen Augen beobachtet hat, kapiert, was los ist und stößt ein lautes, verzweifeltes Brüllen aus.

Ich gehe neben ihm in die Hocke und koste meinen Triumph in vollen Zügen aus.

„Der Devil's-Hangmen-Motorcycle-Club ist zerstört, deine Männer sind tot und du bist Geschichte."

So sehr ich Ty auch hasse, bis zu einem gewissen Grad sind wir vom selben Schlag. Wir leben und wir sterben für unseren MC. Ich kann mir nicht mal annähernd vorstellen, wie es sich anfühlen muss, machtlos dabei zusehen zu müssen, wie alles, was ich aufgebaut habe, von meinem schlimmsten Feind zerstört wird.

„Dafür wirst du in der Hölle schmoren."

Damit mag er recht haben, aber mein Platz im Fegefeuer ist mir nicht erst seit heute sicher.

„Dann werden wir uns da wiedersehen."

Mein eigentlicher Plan war es, Ty möglichst lange leiden zu lassen, ihm unzählige Verletzungen zuzufügen und mir Zeit mit ihm zu lassen, doch jetzt, wo er weiß, dass seine Männer tot sind und sein Clubhaus zerstört ist, ist er nur noch ein Schatten seiner selbst. Ein gebrochener, blutender Mann mit einem gestorbenen Traum und einer nun wertlosen Kutte. Angewidert stehe ich auf, gebe Rhett zu verstehen, dass er das erledigen soll, und befehle Eleven und Jaxton, die angebrachten Sprengladungen wieder zu demontieren. Zu meiner Erleichterung war es nicht nötig, die Tankstelle in die Luft zu jagen.

Obwohl wir hier draußen ziemlich weit weg von den nächsten Häusern sind, ist es durchaus möglich, dass jemand die Schießerei gehört und die Polizei gerufen hat.

Je schneller die Scheiße hier erledigt ist, umso eher sind wir wieder zurück in Madison. Verdammt! Ich sollte es nicht so eilig haben, zurück zu meinem Mädchen zu kommen, dennoch kann ich es kaum erwarten, Kelly endlich wieder in meine Arme zu ziehen und zu küssen.

„Hey, Präs, bist du dir sicher, dass du das nicht selber erledigen willst?"

Rhett deutet mit seinem Messer auf Ty und sieht mich abwartend an.

„Mach du das. Ich bin mit diesem Pisser fertig."

Fassungslos legt mein Vize den Kopf schief und gibt ein ungläubiges Grunzen von sich.

„Du hast so viele Jahre darauf gewartet, ihm endlich das Genick brechen zu können und jetzt, wo du die Gelegenheit hast, willst du nicht mehr?"

Ganz genau. Bis vor kurzem war die Vernichtung der Henker mein Lebensinhalt, jetzt hingegen habe ich einen neuen und der wartet besorgt und höchstwahrscheinlich nackt in meinem Bett darauf, dass ich zu ihm zurückkomme.

„So sieht es aus."

Eleven gesellt sich zu Rhett und bietet ihm an, die Aufgabe zu übernehmen, doch mein Vize lässt es sich nicht nehmen, Brocks Tod persönlich zu rächen.

Vier Stiche später ist Tys Shirt rot gefärbt und ein hölzerner Griff markiert die Stelle, an der sich der Dolch bis zum Heft in das Herz des nun toten Devil's-Hangmen-Präsidenten gegraben hat.

Viele Jahre des Hasses, der Wut und der Missgunst haben hiermit ein Ende gefunden. Es liegt viel Arbeit vor uns. Ein neues Scorpions-Chapter muss gegründet werden, die Geschäfte der Henker übernommen und unsere Position ausgebaut werden.

Aber Fuck! Um ehrlich zu sein, kann ich es kaum erwarten. Das Wissen, dass bei all dem Kelly an meiner Seite sein wird, beflügelt mich geradezu.

Jaxton lässt seinen Blick über die vielen Leichen gleiten.

„Ich bereue nur, dass es uns nicht gelungen ist, eure Harleys zurückzuholen."

„Stimmt, das ist schade. Aber den Verlust können wir verkraften."

Mit der Summe, die wir aus Miodrags Safe entwendet haben, ist es ein Leichtes, die Bikes zu ersetzen und so hatte das Zurückholen unserer Motorräder längst nicht mehr meine oberste Priorität.

Rhett wischt sich die blutigen Hände an der Hose ab, er wirkt zufrieden.

„Sind wir hier fertig?"

Ohne zu überlegen, nicke ich.

„So was von fertig."

Eleven zieht sein Handy hervor, tippt eine Textnachricht und schiebt es wieder zurück in die Hosentasche. Zusammen gehen wir zu unseren Harleys, steigen auf und verlassen den Schauplatz, auf dem unser Erzfeind besiegt wurde.

Es fühlt sich gut und zugleich merkwürdig an, den Hass, der für eine so lange Zeit in mir geglüht hat, nun endlich löschen zu können.

29. Kapitel

Kelly

Knox und die anderen sind seit Stunden weg, was bedeutet, dass meine Fantasie genug Zeit hatte, um sich die unterschiedlichsten Horrorszenarien ausdenken zu können.

Meine Nerven sind quasi nicht mehr existent, ebenso meine Fingernägel, die ich vor Nervosität alle abgeknabbert habe.

Natürlich ist mir bewusst, dass Knox kein durchschnittlicher Mann ist. Er weiß, was er tut, er kennt die Gefahren und er hat mir versprochen, kein unnötiges Risiko einzugehen. Wobei mich *das* nicht wirklich beruhigt. Er und ich definieren die zwei Wörter ‚unnötig' und ‚Risiko' völlig unterschiedlich.

Ich muss immer wieder daran denken, wie er und seine Männer mitten in der Nacht vor meiner Tür gestanden und mich um Hilfe gebeten haben. Obwohl das alles erst wenige Wochen her ist, kommt es mir so vor, als wäre es in einem anderen Leben passiert. Nach Prestons Tod habe ich alles getan, um mich in mein Schneckenhaus zurückzuziehen. Im Nachhinein stelle ich erst fest, dass es fast so war, als ob ich die Stopptaste meines Lebens gedrückt hätte. Erst durch Knox hat meine Zukunft endlich wieder einen Sinn bekommen.

Dank Maria, meiner mexikanischen Putzfrau, weiß ich, dass es meiner Pension gut geht. Seit ich hier bei den Scorpions bin, hat sie sich darum gekümmert, dass regelmäßig die Blumen gegossen werden, sie leert den Briefkasten und leitet alle wichtigen Briefe an mich weiter. Natürlich hat sie keine Anfragen beantwortet, so dass die Pension derzeit geschlossen ist. Aber, um ehrlich zu sein, auf die zwei Gäste, die sie bisher abgewiesen hat, kommt es auch nicht an.

Die Sorge und die Angst, die ich um meinen Rocker habe, verstärken sich mit jeder Minute. Zwar hat Eleven versprochen, mir eine Nachricht zu schicken, wenn alles vorbei ist, doch bis jetzt ist das Handy, das Knox mir gegeben hat, stumm geblieben.

Was machen die denn so lange?

Warum meldet sich keiner?

Was ist, wenn ihr Plan gescheitert ist und die Devil's Hangmen Knox und seine Männer erschossen haben?

Ich zwinge mich dazu, meine Gedanken in eine andere Richtung zu lenken. Ja, Ty ist ein machtgieriges, brutales Arschloch, das über Leichen geht. Aber Knox ist nicht dumm, er wird sicherlich an alles gedacht haben, so dass sein Plan aufgeht.

Wenn die Scorpions Erfolg haben, dann endet heute Nacht ein über Jahre andauernder Krieg, der viele Leben gefordert hat. Und auch das Damoklesschwert, das, seit Ty diese Belohnung auf meinen Kopf ausgesetzt hat, über mir geschwebt hat, wäre endlich weg.

Es ist ein beklemmendes Gefühl, zu wissen, dass jemand bereit ist, Geld dafür zu zahlen, dass ich umgebracht werde.

Nicht zum ersten Mal wundere ich mich, dass Ty so weit gegangen ist. Damals, als mein Bruder noch gelebt hat, waren die beiden beste Freunde. Wie mein Leben wohl verlaufen wäre, wenn ich vor all den Jahren auf Thomas gehört und mich nicht weiter mit Preston getroffen hätte? Dann wären die zwei noch am Leben, ich wäre Knox nie begegnet und wäre wahrscheinlich früher oder später die Lady von Ty geworden. Er war damals schon an mir interessiert und diese Verbindung hätte mein Bruder sicherlich auch unterstützt. Es war immer seine Forderung, dass ich mich in einen Devil verliebe. Was völlig idiotisch ist, denn seit wann lassen sich Gefühle kontrollieren?

Viel zu nervös, um mich auf das Buch, das ich eigentlich lesen wollte, konzentrieren zu können, steige ich aus dem Bett, gehe in die Küche und hole mir eine der Schokoladentafeln, die ich nach dem letzten Einkauf in dem Küchenschrank neben der Kaffeemaschine gebunkert habe.

Wenn sich jetzt nicht bald jemand bei mir meldet und mich über den Stand der Dinge informiert, drehe ich noch durch!

Ich werfe einen Blick auf die leise vor sich hin tickende Küchenuhr: Es ist kurz nach Mitternacht – Geisterstunde.

Noch bevor ich mich mit der Schoki bewaffnet auf den Weg zurück ins Schlafzimmer machen kann, höre ich das sehnsüchtig erwartete Piepen des Mobiltelefons.

Na endlich!

Ich renne zurück zum Bett. Dort starre ich das Briefzeichen der eingegangenen SMS unschlüssig an. Seit Stunden warte ich darauf, dass sich jemand bei mir meldet und jetzt, wo es so weit ist, habe ich Angst vor dem Inhalt der Nachricht.

Was, wenn etwas schiefgegangen ist?

Mit zittrigen Fingern und angehaltenem Atem nehme ich mir das Handy, wische über die Scheibe, um das Display zu entsperren, und tippe auf das Briefsymbol.

Die SMS ist von Eleven, der Inhalt lässt mir die Knie weich werden.

Hey, Tinker Bell. Es ist alles gut. Wir sind auf dem Rückweg.
E.

Wer hätte gedacht, dass ich mich mal so über lächerliche zwölf Wörter freuen würde.

Einen erleichterten Seufzer ausstoßend, schiebe ich mir ein weiteres Stück meiner heißgeliebten Nussschokolade in den Mund und lege mich zurück ins Bett.

In den vergangenen Nächten habe ich nicht besonders viel Schlaf bekommen. Knox' Sexhunger ist unersättlich, der Mann ist eine Maschine und seine Potenz rekordverdächtig. Der Schlafmangel und die Sorge der vergangenen Stunden haben mich erschöpft, so dass ich jetzt, wo ich weiß, dass es Knox gut geht, ziemlich schnell einschlafe.

Ich träume von einem großen, silbern schimmernden See, unter dessen spiegelglatter Oberfläche ein gefährliches Wesen lauert, das mich bei lebendigem Leib fressen will. Verrückterweise fürchte ich mich jedoch nicht davor, sondern ziehe mich langsam aus und gleite nackt in die eiskalten Tiefen des Wassers. Kaum dass ich mit dem Kopf untergetaucht bin, sehe ich in zwei wunderschöne vertraute Augen. Warme Lippen berühren die meinen, stehlen mir das letzte bisschen Atem, ehe ich von zwei starken Armen umschlungen und festgehalten werde. Ich ertrinke und obwohl ich weiß, dass ich sterben werde, fühle ich mich so lebendig wie noch nie zuvor.

Mit einem leisen Schrei richte ich mich auf, strample mir die Decke von den Füßen und schnappe wie ein Fisch auf dem Trockenen nach Luft.

Oh mein Gott, war das unheimlich.

Bis auf die kleine Nachttischlampe ist alles dunkel, so dass es einen Moment dauert, bis ich die große Gestalt, die am Fußende des Bettes steht und mich besorgt mustert, bemerke. Knox ist endlich zuhause, das muss mich aufgeweckt haben.

„Geht es dir gut, Fee?"

Echt jetzt? Das fragt er mich? Im Gegensatz zu ihm habe ich in den vergangenen Stunden im Bett gelegen und musste mich weder dem Tod stellen noch meine Feinde umbringen.

Von dem seltsamen Traum noch immer wie benebelt, lecke ich mir über die trockenen Lippen und spüre überdeutlich, wie sich meine Lunge mit frischem Sauerstoff füllt.

„Ja, ich habe nur schlecht geträumt. Seit wann bist du wieder zurück?"

Täusche ich mich oder zupft an seinen Mundwinkeln so etwas wie ein Lachen?

„Eine Minute."

„Und du bist sofort zu mir gekommen?“
Diese Frage kann ich mir selbst beantworten.
Mein Rocker sieht fürchterlich erschöpft aus. Knox hat eine aufgeplatzte Lippe, ein bläulich gefärbtes Auge und mit Blut besudelte Klamotten.
„Ich brauche dich.“
Sein Eingeständnis bringt mein verliebtes Herz wie wild zum Rasen.
„Dann nimm mich, ich gehöre ganz dir.“
Ich kann ihm deutlich ansehen, was mein Eingeständnis in ihm auslöst. Zu meiner Enttäuschung schüttelt er verneinend den Kopf.
„Erst duschen.“
Mit diesen Worten dreht er sich um und lässt mich allein zurück. Eine Spur von auf den Boden geworfenen Kleidungsstücken hinterlassend, verschwindet er im Bad. Wenige Minuten später höre ich das leise Rauschen des Wassers.
Im ersten Moment will ich ihm folgen, mich zu ihm stellen, meine Arme um ihn schlingen und mich so versichern, dass es ihm den Umständen entsprechend gut geht, doch irgendetwas hält mich zurück. Mein Gefühl sagt mir, dass Knox etwas Zeit für sich braucht, also gebe ich sie ihm, lege mich wieder hin und denke über den unheimlichen Traum nach.

Es vergeht maximal eine Viertelstunde, dann steigt er zu mir ins Bett, zieht mich in einer besitzergreifenden Geste an sich und vergräbt sein Gesicht an meinem Hals.
„Oh fuck, Baby, genau das brauche ich jetzt.“
Knox' Haut ist eisig, er muss kalt geduscht haben. Ich erschaudere, drücke mich jedoch fester an ihn, so dass mein Hintern an der Mulde seiner Hüfte zum Ruhen kommt. Seine Muskeln beginnen zu zucken, die Hügel seines Sixpacks reiben über meinen Rücken, während sich sein Schwanz immer härter werdend zwischen meine Pobacken drückt.
Mehr als zufrieden verschlinge ich meine Finger mit den seinen und küsse die Knöchel.
„Geht es dir gut?“
„Ty ist tot.“
Männer!
„Das war nicht die Antwort auf meine Frage.“
Er lacht.
„Mir und den anderen Scorpions ist nichts passiert.“
„Dann hat dein Plan funktioniert.“

Darauf sagt er nichts, beginnt nur seine Hüften kreisen zu lassen und lässt mich seine beeindruckende Erektion spüren.

„Du bist eine sexhungrige Bestie!“

Knox’ scharfe Zähne finden den Punkt an meinem Hals, an dem sein Bissabdruck meine Haut ziert. Er knabbert, saugt, leckt und küsst.

„Ich brauche dich wie die Luft zum Atmen. Zur Hölle, Baby, ich habe keine Ahnung, wie es mir gelungen ist, so lange ohne dich zu existieren. Wenn ich nur ein paar Stunden von dir getrennt bin, bin ich jedes Mal kurz davor, die Kontrolle zu verlieren. Solltest du mich jemals verlassen, werde ich durchdrehen. Ich werde die gottverdammte Welt nach dir absuchen und dich zurückholen. Das schwöre ich dir!“

Daran zweifle ich keine Sekunde.

Ich versuche, mich zu ihm umzudrehen, weil ich ihm gerne in die Augen sehen würde, doch er hält mich so bestimmend fest, dass ich mich nicht bewegen kann.

„Ich liebe dich, Knox, und ich werde dich nie verlassen!“

„Das würde ich dir auch nicht erlauben.“

Süß ... Weil ich ihn, falls es so wäre, auch um Erlaubnis bitten würde...

Seine große Hand legt sich um meinen Hals, drückt leicht zu, demonstriert mir, wie schutzlos ich ihm ausgeliefert bin. Diese dominante Geste sorgt dafür, dass es zwischen meinen Schenkeln feucht wird. Nach wenigen Sekunden löst er seine Finger von meiner Kehle, ich schnappe nach Luft.

Ein Knurren von sich gebend, streicht er über meine Brüste, zupft an den aufgerichteten Nippeln und schiebt seine Hand zwischen meine Beine. Willig spreize ich sie, gewähre ihm so besseren Zugang.

„Ich will dich ficken.“

„Und ich will, dass du das tust.“

Er kreist mit dem Daumen über meine Klit und entlockt mir ein raues Stöhnen, während er sich vor meinem Eingang in Position bringt und quälend langsam in mich eindringt.

Knox’ Körper ist angespannt, jeder seiner Muskeln ist hart und bereit, so richtig loszulegen, doch er hält sich zurück und liebt mich zärtlich und liebevoll.

Ich will ihn reizen, ihn dazu bringen, fester zuzustoßen, doch er behält seinen langsamen Rhythmus bei, raunt mir zu, dass ich es genießen soll, und knabbert an meinem Ohrläppchen.

Es fühlt sich gut an, so bei ihm zu liegen, von Kopf bis Fuß an ihn geschmiegt und von seiner Kraft eingehüllt.

Seufzend lasse ich mich fallen, schließe die Augen und treibe in einem Meer aus Farben.

Sein Glied schiebt sich so tief in mich, dass es gegen meine Gebärmutter stößt. Ich schreie laut auf, in meinem Unterleib pulsiert es. Atemzug für Atemzug baut sich mein Höhepunkt immer mehr auf. Mein Schoß zieht sich krampfend zusammen, meine Zehenspitzen krümmen sich und meine Beine zittern.

„Komm für mich, süße Fee, ich will dich um meinen Schwanz zucken spüren."

Mehr brauche ich nicht ... Ich falle, verliere mich in dem Ansturm der Emotionen, die wie ein Tornado in mir wüten und zittere unkontrolliert, als meine Nervenbahnen in Flammen aufgehen.

Erst jetzt erhöht Knox sein Tempo, jagt seinen eigenen Höhepunkt und pumpt mit einem dunklen Stöhnen sein Sperma tief in mich hinein.

Erschöpft genieße ich das göttliche Gefühl, mit ihm aufs Intimste verbunden zu sein, und wispere ihm zwischen zwei Atemzügen zu, wie sehr ich ihn liebe.

Für eine Weile liegen wir einfach so da, genießen die Nähe des anderen und hängen unseren Gedanken nach.

„Ty und seine Männer sind tot und das Clubhaus der Devil's Hangmen wurde in die Luft gejagt. Bis auf die, die heute nicht anwesend waren, hat sich dieses Problem also erledigt. Die wenigen verbliebenen Henker werden uns garantiert keinen Ärger mehr machen. Wenn sie schlau sind, verbrennen sie ihre Kutten und tauchen unter. Die Vergangenheit ist endlich abgeschlossen und Brock wurde gerächt. Jetzt können wir uns auf die Zukunft konzentrieren."

Knox klingt zufrieden, doch die überschwängliche Euphorie, mit der ich gerechnet habe, bleibt aus.

„Was ist los? Du klingst nicht so, als ob du zufrieden wärst. Dabei hast du eigentlich einen Grund zum Feiern. Die Scorpions haben triumphiert. Das ist doch toll."

Er atmet geräuschvoll aus, warme Luft streicht über meinen verschwitzten Nacken.

„Die heutige Nacht hat mir etwas klargemacht."

Mit einer Bewegung seiner Hüfte zieht er sich aus mir heraus und breitet die Decke über mir aus. Anschließend steht er auf, bleibt neben dem Bett stehen und sieht mit undurchdringlichem Blick und angespannter Mimik auf mich herab.

„So schön wie ein Engel, der vom Himmel gefallen ist ..."

Seine Stimme ist so leise, dass ich mir nicht sicher bin, ob er das wirklich gesagt hat oder ob ich es mir nur eingebildet habe.

Ich erwidere seinen Blick, eine Zeitlang sehen wir uns einfach nur an.

Als ich etwas sagen will, um die drückende Stille zu durchbrechen, ergreift er endlich das Wort.

„Viele Jahre habe ich mir vorgestellt, wie gut es sich wohl anfühlen muss, Ty zu töten. Die Rache war alles, was mich angetrieben hat. Aber in dem Moment, in dem mein Erzfeind blutend und mit dem Wissen, dass er sterben wird, vor mir im Dreck lag, ist mir klargeworden, dass er und ich uns ähnlicher sind, als es mir bewusst war. Er war Präsident, ich bin es auch. Wir beide haben unser ganzes Leben dem Club gewidmet – wir sind quasi der Club. Wenn Männer wie wir sterben, hinterlassen wir nichts als Schall und Rauch. Zum ersten Mal stelle ich mir die Frage, was ein Leben wert ist? Das Schlimme ist, ich habe keine Antwort darauf."

Ich richte mich auf, so dass ich vor ihm knie. Mit beiden Händen umfasse ich sanft sein Gesicht, genieße das Piksen der Bartstoppeln und ertrinke in den Tiefen seiner schönen Augen.

Bevor ich spreche, pinne ich ihm einen Kuss auf die Lippen und lasse ihn so spüren, dass ich für ihn da bin.

„Es mag sein, dass du bisher nur für den Club gelebt hast, aber das ist jetzt anders, jetzt hast du mich. Wenn du stirbst, hinterlässt du weder Schall noch Rauch, sondern eine Frau mit gebrochenem Herzen." Wieder küsse ich ihn, dieses Mal etwas inniger. „Ich habe mich für dich entschieden, Scorpion. Für das Gute und für das Böse in dir. Und was den Preis angeht - für mich ist dein Leben unbezahlbar und mit keinem Gold der Welt aufzuwiegen."

Eine kleine Ewigkeit lang starrt er mich einfach nur an. Dann stößt er ein wildes Fauchen aus, packt mich an den Schultern und wirft mich auf den Rücken. Plötzlich ist er auf mir, drückt mich mit seinem Gewicht tief in die weiche Matratze.

„Keine Ahnung, womit ich dich verdient habe, kleine Fee, aber du bist das Beste, was mir je passiert ist. Die nächsten Wochen und Monate werden noch mal hart und anstrengend, aber wenn es uns erst mal gelungen ist, uns das Revier der Hangmen anzueignen und wir ein neues Chapter aufgebaut haben, dann ist unsere Zeit gekommen. Du und ich, wir werden uns ein Haus kaufen - ein Zuhause, in dem wir zusammen glücklich sein können. Ich will, dass dein Bauch mit meinem Kind anschwillt, dass deine Lippen wund von meinen Küssen sind und dass ich zum Mittelpunkt deiner Welt werde. Und glaube mir, meine Schöne, ich werde erst ruhen, wenn mir das alles gelungen ist."

Das Bild, das seine Worte in meinem Kopf entstehen lassen, ist perfekt.

Wenn mir jemand vor einem halben Jahr gesagt hätte, dass ich mich in den gefürchteten Präsidenten des Scorpions-Motorcycle-Clubs verliebe und seine Old Lady werde, hätte ich ihm nicht geglaubt.

Zwar hatte ich keine genaue Vorstellung, wie meine Zukunft aussehen soll, aber eines wusste ich ganz genau, mit Rockern wollte ich nie wieder etwas zu tun haben. Tja, so kann man sich eben täuschen. Eines habe ich endlich verstanden: Das Leben ist wie eine große Losbox - man weiß nie, was man bekommt ...

„Du weißt aber schon, dass ich noch einen Wunsch frei habe."

Knox bedenkt mich mit seinem Killerlächeln, sofort ist mein Hirn wie leergefegt.

„Ich habe es dir schon mal gesagt, Baby. Du kannst auch 1000 Wünsche äußern, solange es in keinem darum geht, dass ich dich frei gebe, werde ich dir jeden einzelnen erfüllen."

Rockerromantik ...

„Im Augenblick reicht mir dieser eine."

„Gut, my Old Lady, dann sprich ihn aus."

Für einen Moment zögere ich, doch dann kratze ich all meinen Mut zusammen.

„Ich will, dass du mich liebst und das auf jede erdenkliche Art, auf die ein Mann eine Frau nur lieben kann."

Mit angehaltenem Atem beobachte ich seine Reaktion. Knox' Pupillen weiten sich, die Muskeln in seinen Oberarmen zucken, während die Sehnen an seinem virilen Hals deutlich hervortreten.

Mit einem Schlag wird sein Blick weich. Natürlich kann er meinen letzten Wunsch auch nur auf sexuelle Art interpretieren, doch an dem Ausdruck in seinen Augen erkenne ich, dass er ganz genau weiß, wonach ich mich sehne.

„Glaube mir, Kelly, das werde ich."

Süchtig nach seiner Nähe, vergrabe ich meine Fingernägel in seiner tintenverzierten Haut, ziehe ihn zu mir herab und küsse ihn so stürmisch, dass unsere Zähne aufeinanderschlagen. Wild und erbarmungslos duellieren sich unsere Zungen, während ich vor Glück fast überschäume.

Knox ist kein Mann der Worte, sondern der Taten, dennoch bin ich mir sicher, dass er eines Tages so weit sein und mir seine Liebe gestehen wird.

Über meinen Überfall lachend, öffnet er mit seinem Bein meine Knie, presst seinen schon wieder hart werdenden Schwanz gegen meine Mitte und küsst mich atemlos. Erst als ich nach Luft schnappe, gibt er meinen Mund wieder frei.

„Oh, du bist so ein notgeiles Wesen, ich werde mein ganzes Leben damit beschäftigt sein, dich zu befriedigen."
„Willst du dich etwa beschweren, Scorpion?"
„Nein Baby, ich werde es genießen."
Wieder küsst er mich, während er langsam in mich eindringt und mir so erneut beweist, dass wir füreinander geschaffen sind.
Das ist es, so fühlt sich die wahre Liebe an.

30. Kapitel

Knox

Die meisten Menschen auf diesem Planeten glauben, dass das Böse etwas ist, das vernichtet und ausgemerzt werden muss. In Wirklichkeit ist es aber vielmehr so, dass das Gute gar nicht ohne seinen Gegenpol bestehen kann.

Bis ich der Fee, die sich gerade vor Lust auf die Lippen beißt, um ihren lauten Schrei zu unterdrücken, begegnet bin, war ich davon überzeugt, dass mein Herz längst schwarz ist und dass meine Seele gar nicht in der Lage ist, so etwas wie Liebe zu empfinden.

Doch ich habe mich getäuscht. Kelly hat mir bewiesen, dass auch Dämonen lieben können. Sie hat meinem Leben einen Sinn gegeben und mir gezeigt, dass auch die finsterste Nacht irgendwann einmal endet. Diese Frau ist das absolute Gegenteil von mir und aus genau diesem Grund passen wir perfekt zusammen.

Da, wo ich hart bin, ist sie weich und da, wo sie gut ist, bin ich böse...

Kelly ist die Sonne und ich bin der Mond, und nur durch unser Zusammenspiel gibt es die Gezeiten unseres gemeinsamen Schicksals.

Jetzt, wo es den Scorpions endlich gelungen ist, Ty und seine Männer auszulöschen, kann unser Club endlich etwas Kraft tanken, in die Zukunft investieren und wachsen.

Duluth wird uns gehören, wir werden den Hafen beanspruchen und unsere Geschäfte werden florieren. Den Scorpions stehen goldene Zeiten bevor.

Genau wie in der Vergangenheit werde ich - so wie es auch meine Aufgabe als Präsident ist - alles dafür tun, um unseren Motorcycle Club voranzubringen. Doch ich werde zukünftig auch ein neues Kapitel in meinem Leben aufschlagen und ich kann es kaum erwarten, zu sehen, wohin es mich führt. Kelly weiß, dass sie mir gehört, doch was sie nicht ahnt, ist, dass ich noch viel mehr ihr gehöre.

Bonusmaterial

Kelly

Die Sonne scheint, die goldenen Strahlen spiegeln sich in dem auf Hochglanz polierten Chrom der schweren Harleys, die allesamt mit dem Hinterreifen zur Garagenwand geparkt dastehen. Auch ohne ihre Besitzer bieten sie einen beeindruckenden Anblick.

In Momenten wie diesen kann ich es immer noch kaum glauben, in welche Richtung sich alles entwickelt hat.

Vor ein paar Jahren habe ich alles, was mit Rockern und Motorrädern zu tun hatte, wie die Pest gemieden, und jetzt bin ich die Old Lady des Präsidenten des Scorpions-Motorcycle-Clubs, trage das Leder, das mich als Knox' Eigentum markiert, und liebe das Clubleben über alles. Mein Leben ist so perfekt, dass ich mich manchmal am liebsten zwicken würde, um herauszufinden, ob ich das alles nur träume.

Vor genau achtzehn Monaten, als Knox mich vor Ty und seinen Männern gerettet und mit nach Madison gebracht hat, war ich verängstigt und hatte das Gefühl, in eine tödliche Falle getappt zu sein. Jetzt hingegen weiß ich, dass das Schicksal diesen Weg für mich vorgesehen hatte.

In den vergangenen Monaten hat sich alles wie ein Puzzle zusammengefügt. Meine Pension, das *Break,* dient als neues Zuhause für die Member des neu gegründeten Chapters der Scorpions in Duluth, das unter Rhetts Führung wächst und gedeiht. In der kurzen Zeit hat sich Rhett als Präsident schon einen ordentlichen Ruf erarbeitet. Mittlerweile ist er fast so gefürchtet wie Knox.

Es gab viele Veränderungen. Zane, der der Sergeant hier in Madison war, ist nun Knox' neuer VP. Jaxton ist Rhetts VP und Eleven hat Zanes alten Posten als Sergeant übernommen.

Obwohl mein überbeschützender Rocker alles versucht, um mich in Watte zu packen und von jeglichem Stress fernzuhalten, bekomme ich einiges mit. Und daher weiß ich auch, dass die Geschäfte gut laufen.

Dem MC ist es gelungen, die Connections der Devil's Hengmen für sich zu nutzen, so dass die Scorpions so mächtig sind wie noch nie zuvor.

Selbst Oleg hat Wort gehalten und das nicht nur in der geschichtsträchtigen Nacht, in der die Teufelshenker vernichtet wurden, sondern auch noch unzählige Male danach. Alles, was Knox geplant und vorausgesagt hat, ist eingetreten – was eigentlich schon unheimlich ist.

An so perfekten, ruhigen Tagen wie heute macht mir dieser trügerische Frieden, der sich über den Club gelegt hat, beinahe schon Angst.

Wie lange wird er anhalten?

Aus welcher Richtung wird die nächste Gefahr über uns hereinbrechen?

Wenn ich eines gelernt habe, dann dass es nie lange dauert, bis dunkle Wolken aufziehen.

Die Scorpions haben viele Feinde, einige davon sind mächtig genug, um einen Krieg anfangen zu können. Neid ist etwas Schreckliches, er frisst sich in die Köpfe der Menschen und verleitet sie dazu, dumme Dinge zu tun. Früher oder später wird sich irgendein anderer Rockerclub aus dem Schatten erheben, um sich mit uns anzulegen. Doch so wie ich Knox kenne, hat er längst vorgesorgt.

Ein heftiger Tritt gegen meine Rippen lässt mich zusammenzucken. Instinktiv setze ich mich aufrechter hin und streiche zärtlich über meinen runden Kugelbauch.

Ich bin jetzt in der achtundzwanzigsten Schwangerschaftswoche, es wird nicht mehr lange dauern, bis unser Baby auf die Welt kommt. Zwar wissen wir schon, dass es ein Junge wird, allerdings haben wir uns noch nicht auf einen Namen einigen können.

Im Augenblick bin ich noch die einzige Old Lady der Scorpions, aber irgendwann wird es einer weiteren Frau gelingen, einen Outlaw zu bändigen und dann werde ich weibliche Verstärkung bekommen.

In meiner Vorstellung sehe ich viele kleine Kinder über das Gelände rennen, ich kann beinahe schon ihr lautes Lachen hören, das in ferner Zukunft über den Hof schallen wird.

Der Frieden wird nicht ewig währen, und darum dürfen wir keine Zeit verschwenden. Wir müssen die goldenen Jahre, für die alle so hart gekämpft haben, und die nun vor uns liegen, in vollen Zügen auskosten.

Ich greife nach dem Wasserglas, das neben mir steht, und trinke es in einem Zug leer. Im Augenwinkel sehe ich Knox auf mich zukommen. Sein Blick fällt auf meinen dicken Bauch, seine Lippen verziehen sich zu einem trägen Lächeln. Bei mir angekommen tätschelt er unseren Junior und pinnt mir einen Kuss auf die Stirn.

„Na, wie geht es meiner Familie?“

Wann immer mein harter Rocker das Wort *Familie* in den Mund nimmt, beginnt mein Herz vor Freude zu rasen.

Seit dem Tod meines Bruders damals war ich völlig alleine auf dieser Welt - ich hatte absolut niemanden. Das hat sich jetzt geändert. Ich habe nicht nur einen tollen Mann, den ich über alles liebe, sondern auch bald ein Baby, das mein Leben ausfüllen wird.

Dank dem Biker, der mich mit seinen düsteren Blicken regelrecht verschlingt, weiß ich endlich, wie es sich anfühlt, zu lieben und geliebt zu werden. Knox mag nicht in die normale Definition eines Märchenprinzen passen, doch für mich ist er genau das.

Es spielt keine Rolle, dass er ein Killer und ein Waffenhändler ist. Alles, was zählt, ist, dass er mich und unseren Sohn, ohne zu zögern, mit seinem Leben beschützen würde.

Meine Finger mit den seinen verschlingend, blinzle ich gegen die Sonne an und sehe zu ihm hoch.

„Uns geht es bestens."

„Gut. So soll es sein."

Wieder küssen wir uns. Seine Zunge wühlt sich durch meinen Mund, während die kratzigen Stoppeln seines Bartes über meine Haut reiben.

Tief in meinem Inneren spüre ich, dass es egal ist, was für Hürden uns das Leben in den nächsten Jahren noch vor die Füße werfen wird. Solange wir beide zusammen sind, können wir alles schaffen.

Als er unseren Kuss beendet, bin ich atemlos.

„Hast du Hunger?"

Was für eine blöde Frage. Der Minibiker in meinem Bauch hat einfach immer Appetit.

„Immer, das weißt du doch."

Knox' Augen blitzen vor Belustigung auf.

„Na, dann komm, meine süße Fee, ich werde dich füttern."

Ganz der Gentleman hilft er mir beim Aufstehen, streicht erneut über meine Babykugel und sieht mir dabei tief in die Augen.

„Ich liebe dich, Kelly. Ich liebe dich mehr als mein Leben und ich werde dafür sorgen, dass du die nächsten Jahre wieder und wieder schwanger wirst. Es gefällt mir, dich mit meinem Kind im Bauch zu sehen. Allein das Wissen, dass du einen Teil von mir unter deinem Herzen trägst, macht mich so unfassbar stolz, dass ich es nicht mit Worten beschreiben kann."

Wie so oft in den letzten Monaten steigen mir die Tränen in die Augen.

Diese Schwangerschaftshormone machen mich noch mal fertig.

Knox bedenkt mich mit einem nachsichtigen Lächeln, wischt mir die Tränen aus dem Gesicht, drückt meine Finger etwas fester und führt mich über den Hof.

Hand in Hand gehen wir an den Bikes vorbei in das Clubhaus des gefürchtetsten Motorcycle Clubs des Landes. Die Sonne scheint auf uns herab und die Vögel singen in den Bäumen. Aus der Werkstatt dröhnt lautes Gehämmer, ein Motor jault kurz auf, ehe er abstirbt. Ein lauter Fluch ertönt, der ein raues Gelächter auslöst. Die vertraute

Geräuschkulisse meines Zuhauses – ich will nirgendwo anders sein. Das hier ist der Anfang vom Rest meines Lebens. Im Augenblick scheint das Glück uns zu küssen – ich werde alles dafür tun, damit es dabei bleibt.

Buchempfehlung

Kennt Ihr schon alle Rocker Romane von Bärbel Muschiol?

Die Rocker Serie besteht aus:

1. Rocker Dämon – Ace und Amy
2. Rocker Devil – Slide und Ellen
3. Rocker Bastard – Razzor und Nicki
4. Rocker Heart – Spider und Abigail
5. Rocker Ghost – Ghost und Angel

Ihr könnt die Rocker Romane als Taschenbücher und eBooks lesen!

„Rocker Dämon – Ace und Amy"

Klappentext:
Es ist ein Deal, um ihren Vater zu retten. Amy liefert sich Ace, dem dämonischen Präsidenten der Dead Riders aus. Doch schon bald genießt sie diese neue und gefährliche Welt des gefürchteten Rockerclubs. Das vollkommene Ausgeliefertsein, Aces Gier und der harte, bedingungslose Sex führen sie in immer neue Höhen. Aber die Schatten der Vergangenheit drohen das neue Glück zu zerstören. Gewalt bricht über die Familie der Riders herein und führt in ein tödliches Blutbad. Prickelnde Erotik, gnadenlose Härte und Dominanz und wahre Freundschaft zeichnen diese spannende Geschichte aus, die mehr als eine Lovestory ist: furchteinflößend, dabei sexy, verdammt heiß und voller Gefühl!

Taschenbuch ISBN: 978-3-95573-549-4
eBook ISBN: 978-3-95573-550-0

Klarant Verlag

Lernen Sie die Titel des Klarant Verlages kennen und besuchen Sie uns im Internet unter:

www.klarant.de

Sie können dort Näheres über unsere Autoren erfahren, viele weitere interessante Bücher und eBooks finden und Leseproben herunterladen.

Mit dem kostenlosen Newsletter unter

www.liebe-lesen.de

erhalten Sie aktuelle Informationen rund um das Verlagsprogramm, wie beispielsweise spannende Neuerscheinungen und Gewinnspiele.